THIS
BOOK
BELONGS
TO:

LA CHANSON DE GUILLAUME

LETTRES GOTHIQUES
Collection dirigée par Michel Zink

La Chanson
de Guillaume

Texte établi, traduit et annoté par François SUARD

*Ouvrage publié avec le concours
du Centre d'Études supérieures de Civilisation médiévale
de l'université de Poitiers*

LE LIVRE DE POCHE

François Suard est professeur émérite à l'université Paris-X-Nan-
terre. Spécialiste de l'épopée médiévale (*La Chanson de geste*,
Que sais-je ?, 2003) et de la tradition épique (*Guillaume d'Orange*.
Étude du roman en prose, 1979), il a publié des traductions de chansons de geste (*Huon de Bordeaux*, 2001) et des adaptations pour la
jeunesse (*Les Quatre Fils Aymon*, 2000). Son édition-traduction de
la chanson d'*Aspremont* est sous presse.

© Librairie Générale Française, 2008.
ISBN : 978-2-253-08251-4

AVANT-PROPOS

Sans les travaux de nombreux devanciers, l'entreprise d'éditer et de traduire la *Chanson de Guillaume*, que nous avait confiée le regretté Daniel Poirion, aurait été vouée à l'échec, car ce poème, qui nous est parvenu dans une version anglo-normande délabrée, transmise par un manuscrit unique, Additional 38663 du British Museum de Londres, pose des problèmes philologiques, historiques et littéraires tels que les travaux de tous ceux qui, depuis 1903, se sont attachés à étudier ou à éditer ce texte, constituent une base indispensable.

Parmi tous les érudits qui ont progressivement rendu accessible le *Guillaume*, quatre méritent particulièrement la reconnaissance des médiévistes. Il revient à Hermann Suchier d'avoir tenté, dès 1911, la première édition critique du poème, en consacrant les immenses ressources de sa science philologique à la reconstitution du texte de la première partie de l'œuvre (v. 1-1980). Près de quarante ans plus tard, D. McMillan procurait, dans la collection de la Société des Anciens Textes Français, la première édition savante de l'ensemble du ms., en choisissant le parti de la fidélité à la copie de Londres. Peu de temps après, en 1955, J. Frappier publiait, dans son premier tome des *Chansons de geste du cycle de Guillaume d'Orange*, une étude qui reste, aujourd'hui encore, une synthèse décisive sur l'ensemble des questions concernant la *Chanson de Guillaume*. Enfin, en 1975, après des décennies de travail,

J. Wathelet-Willem donnait à son tour une édition du texte, en s'efforçant de retrouver, au-delà des erreurs de copistes successifs, la version qui est à l'origine du ms. conservé ; elle joignait à cette édition une traduction et un volume entier consacré aux problèmes d'histoire du texte, aux questions de langue, de versification, aux rapports entre le *Guillaume* et d'autres chansons du cycle, notamment *Aliscans*, sans oublier une étude suivie du poème qui abonde en remarques utiles.

Nous avons fait notre miel de ces quatre contributions ainsi que de l'édition plus récente (2000) de Philip Bennett.

LISTE DES ABRÉVIATIONS

Bn   *La Chanson de Guillaume*, edited and translated by Philip E. Bennett, Grant & Cutler ltd., London, 2000.

DM   *La Chanson de Guillaume*, publiée par D. McMillan, Paris, SATF, 2 vol., 1949 et 1950.

F   J. Frappier, *Les Chansons de geste du cycle de Guillaume d'Orange*, I.

LF   L. F. Flutre, « Sur l'interprétation de la *Chanson de Guillaume* », *R*, LXXVII, 1956, 361 *sqq*.

S   La *Chançun de Guillelme*, hsgg. von Hermann Suchier, Halle, 1911.

W   J. Wathelet-Willem, *Recherches sur la Chanson de Guillaume*, Liège, 2 vol., 1975.

INTRODUCTION

Contenu. Structure du texte

La *Chanson de Guillaume* présente, en 3554 décasyllabes assonancés, l'histoire d'un conflit prolongé et sanglant entre Guillaume de Barcelone ou d'Orange, qu'assistent plusieurs héros de son lignage, et les Sarrasins qui, sous la conduite de Deramé, ont envahi la France.

Sommaire

Les combats de Vivien (v. 1-928)

Prologue de la bataille

Deramé de Cordoue, remontant le cours de la Gironde, a envahi le pays, dévastant tout sur son passage, notamment à Larchamp ; un messager en porte la nouvelle au comte de Bourges, Tiébaut, qui délibère avec son neveu Estourmi et avec Vivien de la conduite à tenir (v. 1-45).

Vivien recommande d'appeler Guillaume au secours, mais Estourmi, jaloux de Guillaume, en dissuade Tiébaut, qui décide d'attaquer le lendemain avec ses propres forces (v. 46-96).

Le lendemain, Tiébaut le peureux est stupéfait à la vue de ses hommes qui se sont rassemblés ; on part vers

Larchamp ; la masse de l'armée païenne, qui se
découvre alors, est monstrueuse. Il n'est plus temps
maintenant, montre Vivien, de demander du secours,
mais il faut manifester sa vaillance ; au lieu de quoi,
Tiébaut et Estourmi s'enfuient (v. 97-278).

Abandonnés par leur seigneur, les Français désignent
Vivien comme leur chef et lui jurent fidélité, en raison
de la noblesse de son attitude et du lignage auquel il
appartient (v. 279-313).

Débuts de la bataille : Girard arrive à la rescousse

Tandis que Vivien, suivi par les Français, se jette glo-
rieusement dans la mêlée, Tiébaut s'enfuit sur la route
de Bourges ; il a une altercation avec Girard, cousin de
Vivien, qui s'empare de ses armes et désarçonne
Estourmi (v. 314-429).

Girard se lance à son tour dans la bataille contre les
Sarrasins ; Vivien le remarque et fait de lui son compagnon de combat (v. 430-472).

Déjà les rangs des Français se sont éclaircis : sept
cents d'entre eux sont morts, et Vivien encourage les
survivants à les venger (v. 474-552). Mais ils ne sont
bientôt plus que cent, puis vingt qui, sauf Girard, abandonnent Vivien un moment, mais lui reviennent bien
vite (v. 553-620).

L'appel au lignage

Vivien décide d'envoyer Girard auprès de Guillaume,
à qui seront rappelés tous les hauts faits guerriers que
le héros a accomplis pour lui, auprès de Guibourc qui a
tendrement élevé Vivien, auprès de Guiot enfin, le
jeune frère : que Guillaume envoie une armée de
secours et la commande en personne (v. 621-690) !

Les deux amis se séparent ; ils ne se reverront plus.
Girard réussit à franchir les rangs ennemis, en se débar-
rassant des pièces de son équipement, qui ne peuvent
lui servir pour aider son cousin (v. 691-741).

Mort de Vivien

Le héros reste bientôt seul ; grièvement blessé, il prie Dieu de lui ôter toute idée de fuite, et de lui envoyer Guillaume (v. 742-837).

Torturé par la soif, Vivien boit de l'eau salée, qu'il ne peut garder ; les païens donnent l'assaut final. Tandis qu'il prie Dieu à nouveau de ne pas le laisser rompre son vœu, le héros est blessé à mort par un païen, et son corps est emporté à l'écart afin qu'il ne puisse être trouvé par les chrétiens (v. 838-928).

La première bataille de Guillaume (v. 929-1228)

Le message de Girard

Girard arrive à Barcelone, où Guillaume vient de revenir après avoir livré, à Bordeaux, une bataille où il a perdu une grande partie de ses hommes ; il présente à Guillaume et Guibourc le message dont il est chargé (v. 929-1002).

Guibourc encourage Guillaume à répondre à l'appel de Vivien et lui confie son neveu Guichard, qui reniera Dieu (v. 1003-1041). Le lendemain soir, au moment où l'armée va partir, Girard est adoubé (v. 1042-1082).

Défaite des Français

La bataille dure trois jours entiers, et tous les Français sont tués, sauf Guillaume, Girard et Guichard (v. 1083-1133).

Tandis que Girard, assisté par Guillaume, meurt héroïquement (v. 1134-1175), Guichard, blessé grièvement, abjure la foi chrétienne ; il est tué par un Berbère, que Guillaume tue à son tour, avant d'emporter sur son cheval le corps du neveu de Guibourc (v. 1176-1228).

La deuxième bataille de Guillaume (v. 1229-2328)

L'arrivée de Guillaume auprès de Guibourc

Guibourc voit de loin approcher Guillaume, portant un corps sur son cheval ; elle songe à Vivien, mais les barons pensent qu'il s'agit d'un jongleur (v. 1229-1274).

Elle ouvre la porte à Guillaume, qui lui révèle le désastre ; malgré sa douleur, elle s'efforce de réconforter son époux et ment aux barons en disant que Deramé est mort, mais qu'il faut retourner à Larchamp, où se trouvent encore dix mille Sarrasins, afin de venger Vivien (v. 1275-1400).

Guibourc sert elle-même Guillaume au cours du repas, et Guiot, frère de Vivien, se déclare prêt à tenir la terre de son oncle si celui-ci meurt à Larchamp : séduit par la sagesse du jeune homme, Guillaume accepte (v. 1401-1483).

Préparatifs de bataille

Après avoir dormi jusqu'au lendemain soir, Guillaume s'arme et part avec trente mille combattants (v. 1484-1508). Guiot demande aussitôt à Guibourc de l'adouber ; la dame accepte et le jeune homme, muni d'armes trop grandes pour lui, se mêle à la troupe des écuyers (v. 1509-1563).

Au matin, tandis qu'on arrive en vue de Larchamp, Guillaume harangue les seigneurs puis les petits vassaux ; quand il arrive aux écuyers, il aperçoit Guiot qu'il réprimande tout d'abord, avant de se laisser convaincre par les belles réponses du jeune homme : il fait de lui son compagnon de combat ; grâce à Guiot, le comte pourra échapper à la mort (v. 1564-1679).

« Or out vencu sa bataille Willame » (v. 1980)

Les Français fondent sur les Sarrasins qui ne se tiennent pas sur leurs gardes, mais ceux-ci se ressaisissent très vite ; plusieurs membres du lignage sont faits prisonniers, et bientôt Guillaume et Guiot restent seuls (v. 1680-1729).

Torturé par la faim, Guiot se lance à la recherche de nourriture ; pendant ce temps, les païens attaquent Guillaume en force ; il serait mis à mort sans l'aide que lui apporte petit Gui : à lui seul, le jeune homme met en fuite vingt mille Sarrasins (v. 1730-1862).

Tandis qu'ils parcourent à deux le champ de bataille, ils rencontrent le païen Deramé ; Guillaume l'affronte et le blesse grièvement ; Guiot achève le blessé, pour empêcher l'irruption de nouveaux adversaires (v. 1863-1980).

Péripéties successives

Guillaume, accompagné de Guiot, rencontre Vivien agonisant ; il lui donne la communion et voudrait, lorsqu'il a expiré, emporter sa dépouille à Orange ; des Sarrasins l'en empêchent et font prisonnier Guiot (v. 1981-2090).

Désormais seul sur le champ de bataille, Guillaume rencontre le païen Alderufe ; après avoir cherché à éviter la lutte, il le combat ; le païen est grièvement blessé et Guillaume s'empare de son cheval, Florescèle, et coupe la tête de son propre cheval, Bauçant ; il tue enfin le Sarrasin (v. 2091-2209).

Poursuivi par les païens, il parvient devant les portes d'Orange et demande qu'on l'y accueille ; après le portier, Guibourc refuse de le laisser entrer ; Guillaume doit prouver son identité, tout d'abord en attaquant une troupe de païens qui maltraitent des captifs chrétiens, ensuite en montrant « la bosce sur le nes » (v. 2310) ; le héros est enfin introduit (v. 2210-2328).

Guillaume réunit des secours (v. 2329-2928)

Guillaume à Orange

Le héros annonce à son épouse le nouveau désastre et se lamente en voyant, à Orange, la salle vide de chevaliers (v. 2329-2407).

Il se prépare à se faire moine ou ermite, mais Guibourc lui conseille d'aller demander de l'aide au roi Louis ; avec sept cents dames, elle est prête à défendre Orange pendant l'absence de son époux (v. 2408-2453).

Guillaume à Laon

Accompagné d'un seul écuyer, un très jeune homme qu'il décharge souvent du poids de ses propres armes, Guillaume arrive à Laon ; les jeunes nobles, voyant sa détresse, l'ignorent, mais le roi le fait mander (v. 2454-2503).

Guillaume implore l'aide du roi, qui déclare d'abord ne pouvoir le secourir ; Guillaume veut rendre son fief, mais un chevalier du lignage l'en dissuade, tandis que ses parents lui promettent de l'aider. Baudouin de Flandre intercède auprès du roi, qui accepte de conduire trente mille hommes contre les païens (v. 2504-2589).

La reine, sœur de Guillaume, veut en dissuader son époux et accuse Guibourc d'être une empoisonneuse ; le héros l'accable de reproches cinglants et manque la tuer. Le roi limite la portée de ses promesses : il ne viendra pas en personne (v. 2590-2646).

Tandis que Guillaume est retourné à son camp, le jeune Renouart[1] se présente à lui et le comte accepte de l'emmener avec ses guerriers. Renouart prend tumul-

---

1. Nous transcrivons ainsi le nom du frère de Guibourc, que le ms. de Londres donne sous la forme *Reneward* ; la famille A des mss d'*Aliscans* donne *Renoart* ou *Renouart* (voir l'édition de Cl. Régnier, I, p. 13) et le roman en prose du xv° s. (mss 1497 et 796 de la BN) a la forme Renouart. La critique a jusqu'ici choisi en général la transcription Rainouart, que nous reproduirons en cas de citations.

tueusement congé de son maître et punit les valets de cuisine qui lui avaient volé son tinel (v. 2647-2717).

Guillaume à Orange

Lorsque l'armée se met en route vers Orange, Renouart, qui s'est enivré la veille, oublie son tinel ; il est obligé d'aller le rechercher lui-même à Laon, parce que personne ne peut le soulever (v. 2718-2789).

À Orange, Guibourc reconnaît en Renouart son frère ; elle n'en dit rien à personne mais remet une épée au jeune homme (v. 2790-2851). Elle lui prépare un lit, mais Renouart préfère dormir dans la cuisine où il se venge cruellement des valets qui lui ont brûlé les cheveux et la moustache (v. 2852-2895). Au matin, bien avant l'aube, il oblige l'armée à partir, de manière à ne pas manquer le rendez-vous avec les Sarrasins (v. 2896-2928).

La bataille de Guillaume et de Renouart (v. 2929-3342)

Préparatifs

Guillaume préfère se séparer des lâches avant que la bataille ne commence, mais Renouart ne l'entend pas de cette oreille : il force, avec son tinel, les poltrons à se montrer courageux, puisqu'il les commande en personne (v. 2929-2983).

La bataille s'engage. Au bout d'un jour et d'une nuit, Renouart commence à se lasser ; il regrette la cuisine dans laquelle il vivait à Laon et décide de s'attaquer à la flotte païenne (v. 2984-3015).

Exploits de Renouart

Dans le navire du roi Ailré, le héros tue sept cents païens et délivre Bertrand et les autres captifs français, auxquels il procure des armes prises aux ennemis qu'il massacre (v. 3016-3140).

Bertrand retrouve Guillaume, et Renouart poursuit ses vaillances en mettant à mal les personnages les plus redoutables : Gloriant de Palerme, le monstre Tabur de Canaloine qui cherche à dévorer ses adversaires, l'émir de Balan et son terrible fléau, enfin Aildré, oncle du jeune homme (v. 3141-3302).

Comme il a brisé son tinel dans ce dernier assaut, Renouart se sert de l'épée que Guibourc lui a remise : entre ses mains, l'arme ne peut que faire merveille. Les païens encore en vie prennent la fuite (v. 3303-3342).

Ingratitude à l'égard de Renouart et fin de la chanson (v. 3343-3354)

Les chevaliers français, abandonnant la garde du butin aux écuyers, retournent à Orange et se mettent à table, oubliant Renouart ; furieux de cette ingratitude, le héros décide de faire la guerre aux chrétiens et d'attaquer Orange : les écuyers sont chargés de porter cette nouvelle à Guillaume (v. 3343-3403).

Guillaume envoie une députation à Renouart afin de l'apaiser et de le faire revenir à Orange ; un chevalier brutal, Guinebald, veut user de contrainte ; il est tué et les Français sont malmenés (v. 3404-3448).

Guillaume, accompagné de Guibourc et des principaux membres du lignage, va lui-même trouver Renouart, que Guibourc parvient à apaiser ; elle se fait reconnaître par Renouart comme sa sœur, après que le jeune homme a reçu le baptême (v. 3449-3554).

La question de l'unité de la chanson

On a noté depuis longtemps[1] que le texte transmis par le manuscrit Additional 38663 du British Museum

---

1. Voir H. Suchier, « Vivien », *ZRPh*, XXIX, 1905, p. 641-682.

se compose de deux parties distinctes, aujourd'hui dési-
gnées par les sigles G1 et G2, la première se terminant
au v. 1980 :

Or out vencu sa bataille Willame.

Ce constat, qui fut aussi celui de J. Frappier[1] et
J. Wathelet-Willem[2], se fonde sur des arguments tenant
au contenu narratif des deux parties, à la versification
et au lexique.

Sur le plan narratif, des disparates majeures apparaissent, dont la plus importante tient à la succession de
deux récits de la mort de Vivien : une mort solitaire, à la
fin de la première bataille de Larchamp, où les Sarrasins
massacrent le héros et dissimulent son corps :

Tut le detrenchent contreval al graver [...]
Suz un arbre le poserent lez un senter,
Car il ne voldreient qu'il fust trové de crestiens.
(v. 925, 927-928) ;

et plus tard une mort accompagnée par Guillaume, qui
permet au jeune homme de communier avant d'expirer ;
la scène se déroule immédiatement après la victoire sur
Deramé (v. 1988-2055), et trouve un correspondant dans
Aliscans, v. 764-1083 (pour d'autres exemples, voir F,
p. 142-144).

En ce qui concerne la versification, la différence entre
les deux parties réside dans la forme et l'emploi du
refrain : emploi plus restreint à partir du v. 1981
(9 exemples au lieu de 32), limité à une formule unique
(lunsdi al vespre), alors que G1 emploie aussi *joesdi al
vespre* (7 exemples) et *lores fu mecresdi* (3 exemples).

Plus que des preuves décisives, l'étude du vocabulaire
apporte les indices d'une écriture différente selon les
parties : aux éléments relevés par DM[3] (II, p. 128-130)

---

1. Dans son t. 1 des *Chansons de geste du cycle de Guillaume
d'Orange*, que nous désignons aussi par F (voir Bibliographie).
— **2.** Dans ses *Recherches sur la Chanson de Guillaume*, que nous
désignons aussi par W (voir Bibliographie). — **3.** Il s'agit de l'édition
D. McMillan de la *Chanson de Guillaume* (voir Bibliographie).

– remplacement, après le v. 2021 de l'expression *bataille champel* par *estur champel* ; apparition tardive, v. 2274, du qualificatif *abrivez*, ou v. 2490 *sojornez*, pour les destriers, pourtant nombreux dès le début – ou à l'étude très précise de W (I, p. 396-442), on pourra ajouter, dans le domaine du vocabulaire guerrier, le fait que G1, pour désigner le fourreau de l'épée, emploie le terme *escalberc* (v. 734, 890) alors que G2 recourt à *feore* (v. 2623, 2625) ou *forere* (v. 3323) ; que le paradigme morphologique de *caple* (*caplent*, v. 3185 : *caple*, v. 3214) n'intervient que dans G2.

À ces arguments s'en ajoutent d'autres, d'ordre stylistique : construction narrative souple de la deuxième partie – succession linéaire des épisodes – opposée à la construction symétrique des trois épisodes de la première partie, et surtout esprit différent dû essentiellement à l'intervention du géant Renouart qui « substitue à une conception tragique de l'épopée (en dépit de traits apparemment plaisants) une association étroite du rire et de la prouesse » (F, p. 205).

À partir de ces éléments, la conclusion énoncée par Suchier, qui dans son édition de 1911 n'avait voulu imprimer que les 1980 premiers vers du manuscrit, a été adoptée par la critique : « Ce qui suit est une continuation composée plus tard par un autre auteur (je l'appelle *Chançun de Rainoart*) ; elle s'écarte du texte primitif par des modifications substantielles, comme le montrent des remarques sur la phonétique ou la métrique, ou l'étude des formules épiques » (p. IV).

J. Frappier devait préciser les relations entre G1 et G2 et la nature de la *Chanson de Renouart*. G2 est à ses yeux un remaniement « plus ou moins altéré » d'un poème plus tardif que la *Chanson de Guillaume*, qui racontait de manière différente de G1 la mort de Vivien, les combats et la défaite de Guillaume, le voyage à Laon et surtout les exploits de Renouart, qui en viennent à éclipser ceux de Guillaume. Afin de préparer la succession G1-G2, divers aménagements ont été pratiqués dans les textes « primitifs » : capture par les Sarrasins, à la fin de G1, de Français dont il n'avait pas été question jusque-là (Bertrand et ses compagnons, v. 1705-1726) et qui jouent un rôle important dans G2 (v. 3026 *sqq.*) ; capture de Guiot, au début de G2 (v. 2072-2077), puisque le jeune homme, qui a été d'un grand secours à Guillaume, doit céder la place à Renouart[1].

Le travail de J. Wathelet-Willem a consisté notamment à préciser la façon dont le prototype de G1 a évolué en *Chanson de Renouart*. Ce texte, *X, qui n'aurait pas comporté le récit de la lutte et de la mort de Vivien, racontait comment *Guillaume al corb nes* subit une défaite lors d'un combat contre Deramé, au cours duquel son neveu Bertrand est fait prisonnier ; l'évolution de *X aurait donné, d'un côté G1, par la fusion avec une ancienne chanson consacrée à Vivien et par divers remaniements qui ajoutent les exploits de Girard, de Guichard et de Gui ; de l'autre, un texte plus développé correspondant aux v. 1981-3554 du texte de Londres, avec l'expédition à Laon et la victoire sur les païens grâce à Renouart.

Quoi qu'il en soit du détail de ces hypothèses, il reste que la distinction entre G1 et G2 ne doit pas être remise en cause ; l'auteur du remaniement contenu dans le ms. de Londres s'est bien servi de deux modèles différents. Mais la *Chanson de Renouart* nous semble plus liée à un état ancien de la *Chanson de Guillaume* que J. Frappier, sinon J. Wathelet, ne le montrent, et, par voie de conséquence, le remaniement de Londres est beaucoup plus cohérent qu'il n'y paraît.

On doit constater d'abord que le projet affirmé dans la première laisse du texte n'implique nullement qu'une *chançun d'Willame* (v. 11) doive se terminer à la mort de Deramé, lorsque le poète proclame :

---

1. Cette nécessaire substitution explique que petit Gui ne figure pas au nombre des captifs libérés par Renouart ; voir note aux v. 2086-2087.

Ore out vencu sa bataille Willame (v. 1980).

D'une part, le prologue d'une chanson de geste ne s'astreint pas, on le sait, à l'exhaustivité. Si celui de la *Prise d'Orange* se montre précis (v. 19-30)[1], ceux de *La Chevalerie Ogier* ou de *Renaut de Montauban* ne donnent qu'une partie du programme de la chanson ; quant à celui du *Charroi de Nîmes*, à l'inverse, il retrace l'ensemble de l'histoire de Guillaume (v. 7-13).

D'autre part, un passage de G1 montre clairement que le fait d'avoir vaincu et tué Deramé ne rend nullement illogique la poursuite du combat. Lorsque Guibourc, après la première défaite de Guillaume, ment aux vassaux rassemblés afin de les convaincre d'aller à Larchamp, elle emploie des formules qui correspondent exactement à la fin de G1 :

Si ad vencu la bataille champel,
E ocis le paien Deramé (v. 1368-1369).

Mais ce n'est qu'un exorde pour introduire le thème de la vengeance à exercer pour punir la mort de Vivien et des autres combattants, puis une exhortation à la quête du butin. Si les guerriers de Guibourc ne sont pas surpris d'être invités à combattre alors que les objectifs définis par le prologue sont déclarés atteints, le lecteur n'a pas à s'étonner en constatant qu'après avoir « vencu sa bataille », Guillaume est encore en train de combattre :

Li quons Willame chevalche par le champ (v. 1981).

Autrement dit, la mort de Deramé ne clôt pas en elle-même la carrière du poème : Vivien, ou telle autre figure dans une version antérieure, reste à venger ou à libérer, et c'est plutôt une clôture définitive du texte au v. 1980 qui serait de nature à poser problème. Il est donc possible, à la limite, qu'il n'y ait jamais eu de *Chanson de Guillaume* sans *Chanson de Renouart*.

Par ailleurs, le personnage de Renouart est moins en contradiction avec les figures épiques traditionnelles

---

1. Voir l'édition Claude Régnier, Klincksieck, 1972.

qu'il n'y paraît, si on le replace dans une économie des personnages qui, dès le début du texte que nous possédons, se font, dans le schéma du couple épique, comme équilibre les uns aux autres.

L'opinion de J. Frappier est déjà relativement nuancée sur ce point. Tout en refusant « de rattacher Rainouart, de même que la seconde image de la mort de Vivien, à l'authentique *Chanson de Guillaume* » (p. 231), il attribue le procédé – relevant, selon lui, d'une phase ultérieure – au goût médiéval du contraste et des dissymétries et n'exclut même pas la possibilité, en songeant à l'attitude de Dante, qui place Rinoardo au Paradis (XVIII, v. 28-48), de reconnaître au personnage une signification morale et spirituelle.

Le portrait que trace du héros J. Wathelet est encore plus favorable à Renouart. À s'en tenir à G2, et sans prendre en compte les développements grotesques apportés par les textes ultérieurs, le critique reconnaît qu'« on découvre un héros fort attachant qui ne mérite guère l'opprobre qui entache son nom aux yeux de trop de critiques » (I, p. 560). À l'origine, le personnage, extérieur au cercle de Guillaume, n'était pas de type grotesque.

Ainsi, bien que le manuscrit de Londres procède au « raboutage » assez maladroit de deux modèles différents, il a le mérite de nous laisser discerner un projet narratif d'ensemble sur la bataille de Larchamp, qui allait au-delà de la mort de Deramé et a très tôt fait place au personnage de Renouart.

LE TEXTE ET L'HISTOIRE ;
DATATION DU TEXTE DE LONDRES

La Chanson de Guillaume et l'histoire

Deux événements, distincts à la fois par leur chronologie et leur localisation géographique, fournissent un substrat historique plausible au poème. Il s'agit, d'une part, de la bataille livrée, en 793, *super flumen Oliveio* (l'Orbieu ou l'Orbiel, affluent de l'Aude), contre les Sarrasins du calife Hescham. Ceux-ci, après avoir franchi les Pyrénées, brûlèrent les faubourgs de Narbonne et se dirigèrent vers Carcassonne. Guillaume de Toulouse, avec d'autres comtes francs, marcha contre eux et les combattit courageusement, bien que la plus grande partie de l'armée franque ait été exterminée et que Guillaume ait été abandonné par ses compagnons (« quia socii ejus dimiserant eum fugientes », *Chronique de Moissac*). Guillaume était donc vaincu, mais sa défaite fut à la fois glorieuse et efficace puisque les Sarrasins, emportant leur butin, ne poursuivirent pas leur raid et rentrèrent en Espagne.

Le second événement est la mort du comte Vivien, abbé laïque de Saint-Martin de Tours, qui périt en 851 au cours d'une des nombreuses luttes menées par Charles le Chauve contre les Bretons. Plusieurs textes historiques, dont le *Chronicon* de Réginon de Prüm (906), soulignent que Vivien fut abandonné lâchement par Charles le Chauve, qu'il combattit héroïquement l'ennemi et que son corps resta sans sépulture. Le comte Vivien est par ailleurs représenté sur un des monuments de l'art carolingien, la *Bible* dédiée à Charles le Chauve, où le héros, entouré des chanoines de Tours, offre l'ouvrage au roi.

Le premier événement associe le souvenir d'une bataille perdue contre les Sarrasins au nom de Guillaume de Toulouse, dans lequel il est loisible de reconnaître notre Guillaume *al corb nes*. Neveu de Charles Martel, le Guillaume historique eut pour mission de défendre la région située au pied des Pyrénées et fut le protecteur de Louis, fils de Charlemagne, roi d'Aquitaine ; il prit part à la conquête de Barcelone par ce dernier en 803 et se retira au monastère d'Aniane en 806. Or le fils de Guillaume, Bernard de Septimanie, était surnommé *Naso*, en raison d'un appendice nasal remarquable ; on peut supposer, comme l'écrit J. Frappier (p. 90) « qu'un nez ostentatoire était héréditaire dans la famille ». Par ailleurs, dans notre *Chanson de Guillaume*, du moins dans la première partie, la résidence du héros est Barcelone (v. 932, 933).

Quant au personnage de Vivien, mort un lundi 24 août,

> *Lunsdi al vespre,*

il correspond bien à la lutte et à la mort solitaires du neveu de Guillaume, ainsi qu'au lâche abandon de Tiébaut et Estourmi, qui tiennent dans la chanson la place de Charles le Chauve.

On notera du reste que le neveu de Tiébaut peut également avoir un prototype historique en la personne de *Sturbius* ou *Sturminus*, fait comte de Bourges par Charlemagne en 778, mais qui avait laissé une fâcheuse réputation, vraisemblablement parce qu'il était de naissance servile.

La constitution du poème

Reste à expliquer comment les éléments historiques mentionnés plus haut ont pu être associés dans un poème épique, et comment ils ont rencontré d'autres traditions, présentes dans la chanson. On trouve en effet dans le *Guillaume* le souvenir d'une *Prise d'Orange*, par deux fois mentionnée, mais de manière tout à fait allusive la seconde fois. Il s'agit d'abord de la laisse LIV, où Vivien rappelle la terrible bataille livrée :

> *Desuz Orenge, de Tedbalt l'esturman* (v. 668),

bataille dans laquelle Vivien aurait tué Tiébaut ; d'autre part, au v. 3454, Guibourc est appelée la *raïne converte* (la reine convertie), de même qu'au v. 1422 elle avait invoqué Dieu *qui convertir me fist* (voir aussi v. 947). Le combat contre Tiébaut, évoqué par la *Vita sancti Wilhelmi*, nous renvoie sans doute à une chanson perdue, d'où Vivien était absent, comme le montre

J. Wathelet (comment pourrait-il en même temps être le « nourri » de Guibourc et le compagnon d'armes de Guillaume au moment où il prend la ville ?), tandis que la conversion de Guibourc concorde avec la chanson conservée.

On notera aussi la différence de statut qui apparaît entre G1 et G2 en ce qui concerne les neveux de Guillaume. Dans G1, il s'agit essentiellement de Vivien, que remplace après sa mort son frère Gui, et de Girard ; dans G2, il s'agit de Bertrand, libéré par Renouart et qui sera, en même temps que Guillaume, parrain du bon géant.

Compte tenu de ces éléments, et en s'appuyant sur le fait majeur qu'est le double état du texte repérable dans la succession de G1 et G2, J. Wathelet a élaboré une théorie complexe et séduisante, où la part de l'hypothèse est inévitablement importante, en utilisant les travaux de ses devanciers et notamment ceux de R. Lejeune.

Se serait développée tout d'abord, dans l'entourage de Bernard de Septimanie, une chanson célébrant la glorieuse défaite d'un personnage nommé *Guillaume al corb nes*, dont le prototype était Guillaume de Toulouse : ce poème peut remonter à la première moitié du IXe siècle. Une seconde chanson célébrait Vivien, mort en combattant les Bretons ; cette seconde légende est à situer dans la seconde moitié du IXe siècle. La fusion entre les deux traditions a pu s'opérer dans le Poitou, au XIe siècle, si l'on retient l'indice du développement, à partir de 1070 dans cette région, des couples onomastiques Vivien-Guillaume dans les listes de personnages signataires d'un acte : cette mode peut être en effet l'écho du succès obtenu par une légende qui, à la manière des 928 premiers vers du *Guillaume*, associe la gloire du jeune Vivien et celle de *Guillaume al corb nes*. La substitution de Vivien à Bertrand comme neveu de Guillaume (v. 669-670) résulterait, entre autres conséquences, d'une telle fusion.

Ainsi se serait constitué un premier noyau épique, *X*, dans lequel Guillaume n'est pas encore Guillaume d'Orange (sa résidence, on le sait, est Barcelone) ; c'est à lui que se rattachent des textes comme *Aliscans* et son prologue, la *Chevalerie Vivien* et plus tard *Foucon de Candie*, de même que, suivant un processus distinct, le *Couronnement Louis*, dont le prototype historique peut être également Guillaume de Toulouse.

Un second noyau, d'origine rhodanienne, subsiste dans la *Prise d'Orange* conservée, remaniement d'un *Siège d'Orange* perdu, mentionné dans la *Vita sancti Wilhelmi*, et qui pourrait avoir pour prototype Guillaume, fils de Boson, comte d'Arles, surnommé le Libérateur à l'issue de la victoire qu'il remporta en 983 contre les Sarrasins qui avaient capturé Maïeul, abbé de Cluny. L'origine de l'association de Guillaume et de Renouart pourrait être également située dans la région rhodanienne, si, à nouveau, l'on accepte comme indice d'une activité poétique le couplage des noms de Guillaume et de Renouart, dans la région d'Arles, à partir de l'an mil.

Dans le premier quart du XIIe siècle, la fusion a pu s'opérer entre les deux noyaux épiques, favorisée par les moines de l'abbaye de Gellone qui va prendre, après la translation des restes de Guillaume de Toulouse (1139), le nom de Saint-Guilhem-le-Désert. De cette fusion résulte le prototype de G2 et d'*Aliscans, Y*, où subsiste le toponyme l'*Archant*, lieu des combats et de la mort de Vivien, mais où la grande nécropole d'Arles, *Aliscans*, devient le lieu de la grande bataille livrée par Guillaume.

Sans doute bien des points restent-ils fragiles dans une telle construction. Si l'identification de Guillaume, héros épique, avec Guillaume de Toulouse, devenu moine à Gellone et célébré par la *Vita sancti Wilhelmi*, ne soulève pas aujourd'hui d'objection, si l'identification de Vivien avec l'abbé laïque de Tours est, dans l'état actuel des choses, la meilleure hypothèse, les modalités

de la fusion entre une chanson de Guillaume et une
chanson de Vivien dans la région de Tours sont liées à
l'importance qu'on peut attacher aux couples onomastiques. Quant à l'élaboration du noyau *Y*, elle pose la
question de l'origine de Renouart, et du fait qu'un *Rai-
noardus*, parent de Maïeul, abbé de Cluny – bénéficiaire
de l'aide de Guillaume de Provence – ait pu devenir le
héros pittoresque que nous connaissons ; elle pose aussi
le problème de la parenté, affirmée par R. Lejeune,
mais non prouvée, entre Guillaume de Provence et
Guillaume de Toulouse.

Cependant le schéma général reste plausible et, en
l'absence de découverte nouvelle, paraît de nature à
expliquer la constitution de la *Chanson de Guillaume*
et celle des poèmes principaux du cycle de Guillaume
d'Orange.

Date du texte conservé

Comme tous les textes épiques, la *Chanson de Guillaume* est donc le résultat d'une lente élaboration, dont
certains indices (la bipartition G1-G2) sont mieux
conservés que dans d'autres poèmes.

La datation du résultat final de ce long travail, le
manuscrit de Londres, ne peut être établie avec une cer-
titude rigoureuse. Les critères linguistiques sont peu
applicables ici, dans la mesure où les interventions du
ou des remanieurs successifs ne permettent pas de situer
avec précision les faits de langue primitifs et leur date.
Seuls des critères externes, faits historiques ou rapports
avec d'autres textes, peuvent être ici utilisés.

Les premiers sont aléatoires : le rapprochement tenté
par J. Wathelet entre les violents reproches adressés par
Guillaume à sa sœur dans G2 et le scandale déclenché
par l'attitude de la reine de France, Aliénor, épouse de
Louis VII, lors de la deuxième croisade à Antioche en
1149, est indémontrable. Les seconds semblent plus

fructueux. D'une part, la *Chanson de Roland*, on le verra, est connue et certaines traces en sont repérables ; d'autre part, le troubadour catalan Guerau de Cabrera, dans son *Ensenhamen* (avant 1165), cite l'histoire de Renouart au tinel parmi tous les récits que le jongleur Cabra ignore :

> De Rainoall
> ab lo tinal
> non-n sabs ren ni del gran baston (v. 175-177)

(tu ne sais rien de Rainoall au tinel, ni de son grand bâton)[1].

Un autre troubadour, Arnaut Daniel, évoque la faim du neveu de Guillaume, donc du jeune Gui, entre 1180 et 1187. Enfin, la comparaison entre G2 et *Aliscans* montre l'antériorité de notre texte qui, comme l'écrit J. Frappier (p. 156), ne cède pas « à l'attrait des enjolivements romanesques » dont se rend coupable *Aliscans*, poème qui peut être daté, selon Cl. Régnier, de l'extrême fin du XIIe siècle[2].

Compte tenu de ces éléments, on situera la date de la *Chanson de Guillaume* vers le milieu du XIIe siècle.

LE TEXTE DE LONDRES,
PAUVRETÉ ET RICHESSES

Un texte irritant

Le manuscrit Additional 38663 se présente comme une copie profondément altérée, aussi bien pour la langue que pour la versification, par un ou plusieurs scribes anglo-normands ayant travaillé sur un texte français.

---

1. Voir le texte de l'*Ensenhamen* dans M. de Riquer, *Les Chansons de geste françaises*, Paris, Nizet, 1957, p. 342-351. — **2.** Voir l'édition de Claude Régnier, Champion, 1990, t. 1, p. 40.

En ce qui concerne la langue, nous renvoyons aux travaux de D. McMillan (II, p. 8-114) et de J. Wathelet (I, p. 189-276), cette dernière ayant fait une étude systématique des altérations apportées au texte[1].

Parmi les traits anglo-normands, on notera seulement :

La phonétique

— /ei/ issu de la diphtongaison de /e/ fermé tonique libre ou de /e/ fermé suivi de /y/ : *mei* (v. 356, 1189), *Franceis* (v. 191, 983, etc.), *guerreier* (v. 1854) ;

— /e/ correspondant à la diphtongue /ie/ du francien : *fert* (v. 397, 437, etc.), *chevaler* (v. 920, 922, etc.), *destrer* (v. 918, 1850, etc.) ;

— /o/ fermé latin – libre ou entravé – ou /o/ atone est généralement représenté par u : *hure* (v. 664, 986, etc.), *bunté* (v. 808, 901) ;

— /o/ ouvert tonique libre est fréquemment représenté par oe : *doel* (v. 345, 1174).

Pour les consonnes, on notera :

— le maintien du *d* intervocalique dans *fedeil* (v. 655, 661) et en finale : *ad* (v. 527, 648, etc.), *Aelred* (v. 2061), *honured* (v. 2180) ;

— le maintien habituel de la graphie *l* devant consonne : *haltement* (v. 2719, 2996), *halberc* (v. 26, 221, etc.) ;

— le maintien sporadique de k devant a : *cadele* (v. 2100, 3155, 3456).

---

1. Sur le dialecte anglo-normand, voir M. K. Pope, *From Latin to Modern French*, Manchester University Press, 1961, p. 420-485 ; L. E. Menger, *The Anglo-Norman Dialect*, New York, 1904 ; M. K. Pope and T. B. W. Reid, *The Romance of Horn*, Anglo-Norman Texts Society, vols XII-XIII, II, Oxford, 1964, p. 38-107. Sur la versification anglo-normande, voir M. D. Legge, « La versification anglonormande au XIIe siècle », in *Mélanges offerts à René Crozet*, Poitiers, 1966, p. 639-643).

La morphologie

Genre : des confusions apparaissent en ce qui concerne le déterminant (*le bocle*, v. 373 ; *cele tertre*, v. 160), l'attribut ou le participe passé.

Désinences verbales : présence de la forme *-um* en personne 4 : *alum* (v. 466, 2573) ; présence du subjonctif en *-ge : alge* (v. 2683), *algent* (v. 2959), *vienges* (v. 992), *vienge* (v. 63, 64).

Mais la caractéristique de notre texte n'est pas l'usage de traits anglo-normands, car cet usage n'est pas constant ; du point de vue de la langue, c'est essentiellement la corruption du système de déclinaison bicasuelle, le cas régime étant très fréquemment employé à la place du cas sujet.

La langue du manuscrit n'est pas le seul aspect attristant de l'œuvre ; bien des éléments, dans le domaine de la versification, nuisent à la qualité esthétique même du poème. Il s'agit, par ordre d'importance décroissante, de la mesure du vers et de la constitution des laisses.

Comme l'a noté D. McMillan, « sur les 3 500 vers [l'éditeur laisse de côté les refrains et les passages évidemment corrompus], plus de quinze cents sont faux, soit une proportion de 43 pour cent » (II, p. 44-45). Le constat de J. Wathelet est plus consternant encore, puisqu'elle aboutit à 1 694 vers faux sur 3 554, soit 47,6 %. Comment peut-on en arriver là, et quel mètre a voulu utiliser le scribe du manuscrit ?

Incontestablement, le décasyllabe épique : il constitue la majorité des vers du texte de Londres et il est souvent possible « au prix de retouches minimes », comme l'écrit J. Frappier (p. 141, n. 1), de lui redonner son équilibre.

D. McMillan donne la recette de ces retouches :
— suppression dans la scansion d'un ou de plusieurs e muets :
  El(e) s'abeissad, baisa lui le soller (v. 1028) ;
— pratique d'une élision qui n'a pas été observée :
  Car si j(o) eüsse Mahomet merciëz (v. 1199) ;

— recours à l'enclise :
Ja l(e) socurad Willame le prouz cunte (v. 3180).

Il s'agit là, comme le note D. McMillan, de détails de graphie, et « les vers en question étaient pour une oreille anglo-normande d'excellents décasyllabes » (II, p. 48-49).

Mais bien des exemples ne peuvent se laisser réduire ainsi au moule commun du décasyllabe. Par ailleurs, on peut compter dans l'œuvre une quarantaine d'alexandrins[1], dont on sait qu'ils voisinent facilement dans les œuvres anglo-normandes avec le décasyllabe. Enfin, la correction de bien des vers supposerait soit l'addition d'un mot, soit sa suppression ; ce dernier type de passage est particulièrement intéressant, dans la mesure où il montre l'intervention d'un « glossateur », scribe ou poète, qui traduit par un terme différent celui qu'il pouvait rencontrer dans son modèle : des listes de telles transformations ont été établies par D. McMillan (II, p. 51) et J. Wathelet (I, p. 259-263). On arrive ainsi à des vers inclassables, proches de la prose :
Si enverrai pur Willame, qui conbatera s'il ose (v. 199).
Dans de tels exemples, tout effort de restitution est arbitraire ; car, si la substitution de *manderai* à « enverrai pur » permet de rétablir, dans le cas cité, la mesure d'un alexandrin, elle ne respecte pas la volonté du dernier témoin dont nous pouvons trouver la trace (le copiste du ms.) et entre en concurrence avec d'autres hypothèses (Rechnitz, Tyler, Wathelet : « Mandum Guillelme » ; Suchier : « Jo mant Guillelme »).

Que le ms. de Londres soit le résultat de l'intervention de plusieurs scribes – hypothèse de J. Wathelet – ou d'un poète anglo-normand – hypothèse de Ph. Ben-

---

1. Voir par exemple v. 106, 539, 3323, et la note 1, p. 55 du t. II de l'édition McMillan.

nett[1] – sur un texte primitif français, le poème, dans sa métrique, reste fortement altéré.

Moins gênant que les divagations linguistiques ou les vers impossibles, mais constituant tout de même un écart remarquable par rapport à l'usage épique, est le recours à plusieurs assonances différentes dans une même laisse : on relève dans le texte de Londres 53 exemples de cette pratique sur un total de 189 laisses.

D. McMillan, qui a étudié avec soin le phénomène, montre que dans certains cas on peut proposer une explication de type linguistique : confusion par un remanieur anglo-normand entre -é et -ié, entre ié et -iẽ, entre -ẽ et -ié, -é.e et -è.e, -a.e et è.e (p. 21-22). La présence du refrain, tantôt en vers pénultième de laisse et suivi d'un vers à assonance -è.e, tantôt en début de laisse assonant également en -è.e a pu être à l'origine d'une autre série de confusions, qui consiste à rattacher à une laisse déterminée des vers qui font partie de la suivante (voir v. 1164 *sqq*, 1208 *sqq.*, etc.).

Le fait de rassembler dans une même laisse des vers primitivement rattachés à des laisses différentes peut également obéir à une volonté littéraire : associer « des passages intimement liés entre eux par le sens et par le rythme du poème » (p. 22-23). Ainsi la laisse V fait se succéder deux distiques en -ó puis en -ié construits sur le même modèle (une question suivie d'une réponse), puis neuf vers en -é reprenant la seconde réponse et la développant. De même la laisse LXVIII, qui juxtapose 10 vers en -i et 13 vers en -é peut s'expliquer par l'association de deux mouvements comparables dans la prière de Vivien. Après avoir en effet demandé la protection divine (v. 813-816), le héros se reprend en se souvenant

---

1. Voir son article « La *Chanson de Guillaume*, poème anglo-normand ? », dans *Au carrefour des chansons de geste*, Aix-en-Provence, 1987, I, p. 259-281.

que Dieu lui-même, dans son œuvre rédemptrice, n'a pas craint la mort :

Pur nus raïndre de noz mortelz enemis (v. 822).

Avec la seconde assonance, Vivien reprend cette idée :

Respit de mort, sire, ne te dei jo rover (v. 823),

et affirme son désir de poursuivre la lutte.

On pourra voir encore une volonté stylistique dans le changement d'assonance au moment où commence un passage au discours direct (p. 23-24). Mais plusieurs exemples résistent à une analyse de ce type, qu'on doive les considérer, comme le fait D. McMillan, comme des passages de transition (p. 25-26), des « paragraphes », comme les appelait P. Meyer (voir les laisses XXX, XXXIV), ou comme des moments essentiellement narratifs dans lesquels un remanieur a cru introduire un élément de variété en changeant d'assonance dans le cours de la laisse.

La laisse CVIII, par exemple, est purement descriptive, racontant l'adoubement de Gui par Guibourc. On trouve d'abord quatre vers en -ó.e (remise de la broigne, du heaume, de l'épée et du bouclier, v. 1541-1544), puis trois vers en -ã.e (v. 1545-1547, voir note au v. 1545), qui décrivent la lance et l'enseigne ; enfin cinq vers en -ié (v. 1548-1552), W corrigeant *estriu*, au v. 1551, en *estrieu*), qui montrent la posture de Gui à cheval. Rien, sinon précisément un souci de variété, n'impose une telle succession d'assonances.

Les laisses multirimes n'obèrent pas le jugement esthétique que nous pouvons porter sur la chanson ; elles montrent toutefois qu'un remanieur, ou des scribes, n'étaient plus conscients de l'homogénéité essentielle de la laisse en ce qui concerne l'assonance. « Si rien, comme l'écrit D. McMillan, ne prouve que les strophes du [ms.] correspondent aux intentions de celui qui le premier écrivit la *Chanson de Guillaume* dans sa forme actuelle » (p. 26), le texte traduit une sensibilité réelle aux phénomènes de reprises de séquences, de vers, de formules, et donc à la loi de l'assonance qui est une forme parmi d'autres d'écho sonore. À partir de là, plusieurs éventualités, on l'a vu, sont envisageables : des erreurs de type phonétique ou dues au refrain, le désir de rassembler des passages unis par le sens, ou encore un travail de création d'assonances nouvelles effectué par le remanieur peuvent également expliquer les regroupements que nous constatons. Si l'on accepte l'hypothèse d'un travail de création dû au remanieur, il ne faudra plus parler d'indifférence à l'assonance, mais plutôt d'un intérêt véritable porté à cet élément prosodique, doublé d'une méconnaissance de sa fonction dans le système de la laisse.

Richesses

Mais le texte de Londres n'est pas seulement un chantier où les règles linguistiques et prosodiques se sont trouvées bouleversées de façon inquiétante ou seulement surprenante. C'est aussi l'une des plus belles chansons de geste, où se perpétue et se renouvelle à la fois la tradition épique ; refrain, thématique et souffle héroïque en constituent les éléments les plus remarquables.

Le refrain

Phénomène rare dans la chanson de geste (l'AOI du *Roland* n'est pas intégré à la laisse, et le vers hexasyllabique de certains textes ou versions de la geste de Guillaume ne peut être soustrait au récit), le refrain de la *Chanson de Guillaume* ne peut guère se comparer qu'au quatrain qui termine plusieurs laisses du fragment de *Gormont et Isembart*. Comme lui, il atteste la liaison étroite qui existe, dans la grande tradition épique, entre chant et récit. Mais, alors que le refrain du *Gormont* est un élément de type narratif qui souligne la permanence d'une des données de la bataille, la terrible puissance du roi païen :

> *Quant il ot mort les bons vassaus,*
> *ariere enchaça les chevaus,*
> *puis mist avant sun estandart :*
> *n'en la li baille un tuenart* (v. 160-163)

(quand il eut tué les vassaux courageux, il chassa les chevaux en arrière ; il brandit son étendard, et on lui donne un bouclier),

le refrain du *Guillaume*, de mètre différent du reste de la laisse (quadrisyllabe), est une courte indication chronologique :

> *lunsdi al vespre* (31 oc.)
> *joesdi al vespre* (7 oc.)
> *lores fu mecresdi* (peut être corrigé en *dimercres*, 3 oc.)

On remarque des différences dans l'emploi du refrain entre G1 et G2, et des variations dans le rapport que le refrain entretient avec la laisse dans laquelle il figure.

La plupart des occurrences de refrain (32) se trouvent dans G1, et les trois étapes chronologiques y sont représentées ; G2 ne comporte que neuf exemples du seul *lunsdi al vespre*.

Dans G1, le dernier exemple de la première série des *lunsdi al vespre* se trouve au v. 1063, c'est-à-dire au moment où Girard, ayant conté son message à Guillaume, est allé prendre du repos ; cette formule, dont la première occurrence figure dans la laisse d'introduction, précédant immédiatement l'annonce du titre du poème

> *Oimas comence la chançun d'Willame* (v. 11)

scande la longue période des combats de Vivien et de l'expédition de Girard ; elle ne correspond donc pas à une durée chronologique déterminée, mais ramène à une unité symbolique la longue passion des héros abandonnés.

La formule *joesdi al vespre* apparaît dans la laisse LXXXIX, au v. 1127, et est tout d'abord reliée à une datation précise : la seconde bataille de Larchamp dure depuis le lundi

Jusqu'al joesdi devant prime un petit (v. 1123).

La dernière des sept occurrences se trouve au v. 1482 et conclut la promesse faite par Guillaume à petit Gui de lui donner sa terre après sa mort.

On peut noter, à ce moment encore, un certain rapport à la chronologie de l'action, car le retour de Guillaume auprès de son épouse peut se produire le même jour que celui de la fin des combats.

La troisième bataille fait se succéder trois reprises du refrain *lunsdi al vespre* (préparatifs et début des combats, v. 1585-1761) et trois occurrences de *lores fu mecresdi* (à partir du v. 1780). La durée de l'engagement, l'opposition douloureuse entre le début et la fin de l'expédition, ainsi que les moments décisifs de la bataille (notamment la conclusion de G1, v. 1979), se trouvent ici soulignés.

Les exemples de G1 montrent donc une fonction dramatique du refrain, qui pointe soit une durée mythique – celle d'une souffrance interminable –, soit le passage d'un temps quantitatif (la date du combat) à un temps affectif (les souffrances des trois survivants, puis la mort de deux d'entre eux, *joesdi al vespre*), enfin l'importance dramatique capitale de certains faits *(lores fu mecresdi)*.

Dans G2, le choix d'une formule unique, *lunsdi al vespre*, peu représentée (9 occurrences pour 1 464 vers contre 32 occurrences pour 1 980 vers) exclut d'abord toute relation précise avec la chronologie du récit. La formule vaut aussi bien en effet pour la fin du troisième engagement (v. 2091, 2159) que pour le départ de Laon (v. 2780) ou la fin de la chanson (v. 3551). Elle paraît devoir scander certaines articulations importantes du récit, comme l'entrée de Guillaume à Orange (v. 2326) ou les retrouvailles de Bertrand et de Guillaume (v. 3152), ainsi que des moments pathétiques : l'extermination des Français (v. 2091) ou la reconnaissance du frère et de la sœur (v. 3551). Mais la répartition de la

formule est très inégale : elle est absente de la scène qui
suit la triste rentrée de Guillaume à Orange (v. 2329-
2453) et de la plus grande partie de la dernière bataille
de Larchamp. L'impression prévaut qu'il s'agit là d'une
survivance : le poète est encore sensible à certaines
fonctions du refrain, mais n'en exploite plus toutes les
formes, toutes les possibilités. Il est possible que le
refrain n'ait pas figuré dans le modèle qu'il utilisait.

En ce qui concerne la place du refrain dans la laisse,
deux types peuvent être repérés : dans le type I, le
refrain se trouve en fin de laisse, n'étant suivi que d'un
seul vers assonant, comme lui, en -è.e ; dans le type II,
le refrain inaugure la laisse, bâtie sur l'assonance -è.e.
Comme l'écrit J. Wathelet, « dans le type I, le vers qui
suit immédiatement le refrain se rattache, par sa signification, à la laisse qui précède ; dans le type II, le vers
qui suit le [refrain] énonce un fait nouveau qui ouvre
une autre phase du récit » (I, p. 473).

Si l'on suit cette classification – où ne sont pas distin-
guées les laisses indiquées par le scribe et celles que
nous reconnaissons au changement d'assonance –, on
constate que le type I prédomine pour la première série
des *lunsdi al vespre* (dix-huit exemples sur dix-neuf) et
plus encore dans la seconde série (trois exemples sur
trois) ; on trouve quatre exemples de type I et trois
exemples de type II pour *joesdi al vespre*, un exemple
de type I et deux exemples de type II pour *lores fu
mecresdi*. En ce qui concerne G2 *(lunsdi al vespre)*, sept
exemples sur neuf appartiennent au type I.

La fonction de point d'orgue du refrain de type I, qui
souligne l'intérêt dramatique (v. 929-932) ou pathétique
(v. 780-783) d'un passage, est donc privilégiée dans le
récit ; l'appel à l'attention réalisé par le type II (refrain
en début de laisse) n'apparaît que dix fois sur quarante-
et-une. Le groupement de trente des trente-et-une
occurrences du type I sur G1 milite en faveur de l'antériorité de cette formule par rapport à la seconde.

Il convient de noter que, si des différences d'accent

sont repérables entre les types I et II, des glissements peuvent aussi se produire d'une formule à l'autre : J. Wathelet note que, dans le type I, les v. 929-932, 1039-1041 et 1062-1064 sont tournés vers des événements à venir. Par ailleurs, la place du refrain par rapport à la laisse est liée à l'incertitude dans laquelle nous nous trouvons au sujet des interventions qui ont pu être effectuées par des remanieurs sur la structure primitive des strophes : un vers refrain que nous trouvons au début d'une laisse (v. 218) figurait peut-être, dans un état plus ancien du texte, à la fin de la laisse précédente et était suivi par un vers accordé au contenu de cette laisse, que le remanieur a par la suite supprimé en déplaçant le refrain.

Mais il ne peut s'agit là que de conjectures : le ms. de Londres, notre seul bien, paraît être sensible à deux fonctions du refrain, parmi lesquelles il privilégie la fonction conclusive.

Thématiques

Imprégnée de l'idéal de la croisade, mais exaltant aussi, dans un style vigoureux et mêlé, la valeur d'un lignage où le jeune (Vivien, Girard, Guiot) et l'étranger (Renouart) trouvent leur place, la *Chanson de Guillaume* est une œuvre profondément originale. Elle peut se comparer aux plus grands textes, comme la *Chanson de Roland*, qu'elle connaît, mais dont elle se distingue de façon évidente.

Chanson de Guillaume et Chanson de Roland

Longtemps considérée comme le parangon de toute valeur épique, la *Chanson de Roland* a parfois joué le rôle de modèle exclusif, au détriment de l'originalité d'œuvres postérieures. Aussi est-il impossible de renoncer à mesurer à cette aune la *Chanson de Guillaume*, si l'on veut montrer la qualité de notre texte. Les plus

grands critiques (E. Hoepffner[1], J. Frappier, J. Wathelet) ont tour à tour abordé cette question ; nous le ferons
aussi, en privilégiant, comme l'a fait E. Hoepffner, les
grandes séquences plutôt que les détails : il s'agit essentiellement de la première partie de la chanson et de la
figure héroïque qui la domine, le personnage de Vivien.

Peut-on dire que Vivien est un autre Roland ? L'analyse nuancée de J. Frappier tend à montrer qu'il n'en
est rien. Au début de l'invasion sarrasine, Vivien, nous
dit le savant critique, a imité la sagesse d'Olivier en
recommandant d'appeler Guillaume à l'aide (p. 159),
mais « il ressemble davantage à Roland » (p. 185) quand
il refuse plus tard, à Larchamp, d'éviter la bataille ; toutefois J. Frappier limite aussitôt la portée de son propos,
en rappelant que Vivien s'appuie sur des faits objectifs :
les païens ont aperçu Tiébaut, et la temporisation ne
peut être dès lors que lâcheté. Vivien n'est donc pas
vraiment Roland, non plus qu'il n'était tout à l'heure
Olivier : faudrait-il qu'il le soit en effet pour manifester
de la sagesse ?

On peut aller plus loin, semble-t-il, dans la mise en
évidence des différences avec le personnage de Roland.
Les pages remarquables consacrées par J. Frappier à la
passion de Vivien montrent en lui une figure tout à fait
spécifique, qui suggère le désir de marquer « une imita-
tion partielle de la passion du Christ » (p. 192), avec le
souci de suivre, dans sa mort même, l'exemple du cruci-
fié, et de refuser un salut physique,

    Quant Dampnedeu meïmes nel fist,
    Que pur nus mort en sainte croiz soffri (v. 820-821).
Au contraire, la blessure de Roland – la cervelle qui
jaillit des tempes éclatées (v. 1764, 2260) – ne lui vient
pas de l'ennemi, mais de lui-même et de l'effort surhu-
main qu'il a fait pour sonner du cor ; lorsque les Sarra-

---

1. Dans son article, « Les rapports littéraires entre les premières chansons de geste », *Studi Medievali*, IV, 1931, p. 233-258 ; et VI, 1933, p. 45-81.

sins l'attaquent en foule, ils tuent sous lui son cheval Veillantif, mais ne parviendront jamais à l'atteindre en sa chair (v. 2159). Sa mort est une mort d'épuisement, sans souffrances particulières :

> *Ço sent Rollant que la mort le tresprent,*
> *Devers la teste sur le quer li descent*
> (v. 2355-2356),

alors que Vivien a été atrocement blessé (v. 886), avant d'être enfin mis en pièces par les païens :

> *Tut le detrenchent contreval al graver* (v. 925).

Il faut ajouter qu'il souffre de la faim et de la soif, et qu'il est réduit à boire l'eau immonde mêlée de saumure – alors que Roland, dans le texte d'Oxford, reste impassible : c'est une tradition ultérieure, avec le *Pseudo-Turpin*, qui évoque par exemple la soif de Roland[1]. Enfin, le vœu de Vivien, comme l'a montré J. Frappier, est un pacte tout intérieur, très différent de l'engagement de Roland qui cherche à aller plus loin que ses « humes e ses pers » en se détachant d'eux au moment de sa mort (v. 2865) : une comparaison précise ne fait guère qu'accumuler les différences entre les deux personnages. Les comparaisons portant sur des ensembles structurels que propose J. Wathelet à la suite d'E. Hoepffner renforcent encore le sentiment d'incompatibilité entre notre texte et l'hypothèse d'une influence déterminante.

Ainsi la comparaison qu'on peut effectuer à propos de la scène du guet – Olivier observant l'armée païenne sur les hauteurs de Roncevaux, Tiébaut découvrant les troupes de Deramé – est fascinante si l'on examine les vers ou les passages mis en regard : il n'est pratiquement aucun aspect déterminant le sens du texte, aucun détail précis, qui n'écarte les deux versions. D'un côté, l'un des preux les plus vaillants, Olivier ; de l'autre, un lâche déjà rendu ridicule, Tiébaut ; une région montagneuse, le rivage qu'on domine d'une colline ; une armée, une

---

1. Voir l'édition Meredith-Jones, p. 195.

flotte ; l'affirmation de l'imminence du combat, la nécessité d'y faire face :

> *El camp estez, que ne seium vencuz !* (*R*, v. 1046),

l'invitation à prendre la fuite :

> *Alum nus ent tost pur noz vies garir* (*CG*, v. 195).

Seuls trois vers peuvent effectivement être mis en
regard :

E lui meïsme en est mult esguaret.
>   *De la poür s'en est tut oblié ;*

Cum il einz pout, del pui est avalet,
>   *Aval devalad del tertre u il ert munté,*

Vint as Franceis, tut lur ad acunet
>   *Vint as Franceis, si lur ad tut cunté.*

(*Roland*, v. 1036-1038)
>   (*Guillaume*, v. 189-191)

Ce sont des vers de transition, qui montrent seulement
que le poète connaît le *Roland*, et qu'il peut se retrouver
dans un passage qui ne lui sert pas véritablement à
construire l'essentiel de la scène.

La séquence de la trahison met surtout en relief les
différences entre les deux textes, ne serait-ce que parce
qu'il n'y a pas, à proprement parler, de trahison dans le
Guillaume, mais seulement la fuite de deux lâches et de
leurs séides ; c'est du reste la conclusion que tire
J. Wathelet, p. 458, (« il n'y a pas de complot, mais une
terreur invincible qui s'empare des deux lâches à la vue
de l'ennemi »).

Les ressemblances relevées à propos de la bataille ne
sont pas décisives, comme le montre la comparaison,
déjà faite par Hoepffner, du portrait de Roland au
moment où il s'apprête à engager le combat (laisse XCI)
et celui de Vivien lorsqu'il prend le commandement des
troupes (v. 315-320). Ici encore, il faut d'abord relever
la différence absolue de contexte : depuis le début,
Roland est chef de l'arrière-garde ; il n'y a donc aucun
effet dramatique à ce qu'il fasse voir son enseigne :

> *Laciet en su un gunfanun tut blanc* (v. 1157)

et à ce que tous le reconnaissent pour chef :

> *E cil de France le cleiment a guarant* (v. 1161).

Dans *Guillaume* au contraire, l'enseigne est au cœur d'une scène essentielle où se succèdent le rejet par Tiébaut le lâche de l'insigne de sa responsabilité et de son pouvoir (il arrache l'oriflamme de la hampe et la foule à ses pieds, v. 273-274), et la mise au jour par Vivien d'une nouvelle flamme qu'il tire de ses chausses, marque symbolique de la substitution qui s'opère entre lui et Tiébaut.

Dans G2, la conduite de l'action, dans laquelle intervient Renouart, est très différente de celle du *Roland*. Seule la scène du *planctus* prononcé par Guillaume sur le corps de Vivien est susceptible de montrer des échos précis du *planctus* de Charlemagne sur le corps de Roland (W, I, p. 465-468).

Il paraît donc excessif de parler, comme E. Hoepffner, d'influence indubitable de la *Chanson de Roland*. L'auteur du *Guillaume* en connaît sans doute le texte, mais il a fait d'un bout à l'autre œuvre originale, et cela est d'importance pour la conception de la genèse de l'œuvre. Inutile, à notre sens, de rechercher dans le texte, comme *a priori* proches de l'état original du poème, les passages d'où seraient exclus les traits héroï-comiques : la scène de l'ivresse de Tiébaut et Estourmi, à coup sûr éloignée du *Roland*, n'est pas nécessairement l'œuvre d'un remanieur, contrairement à ce que suggère J. Wathelet (I, p. 695-696). L'auteur du *Guillaume* ne travaille pas avec la hantise du modèle rolandien ; imprégné de littérature épique, et connaissant bien l'histoire de Roncevaux, il propose une œuvre plus mêlée, plus incarnée, et possédant d'un bout à l'autre une cohérence réelle.

Abaissement et exaltation du héros

L'action de la chanson repose en bonne part sur l'alternance de l'abaissement et de l'exaltation des figures héroïques, que Guillaume résume à lui seul d'un bout à l'autre du poème : celui qui tuera Deramé (v. 5) est aussi destiné à perdre nombre de ses amis, et notamment son neveu Vivien,

   Pur qui il out tut tens al quor grant dolur (v. 9).

Absent longtemps du théâtre des combats, Guillaume y est représenté par le jeune homme, qui demande au comte Tiébaut de l'appeler à l'aide (v. 55, 72), espère sa venue au combat (v. 453), regrette son absence (v. 479-482) et envoie enfin Girard auprès de lui pour réclamer, au nom des services rendus, son intervention (v. 633 *sqq.*).

Dès les combats et le sacrifice de Vivien, Guillaume est donc un personnage essentiel du récit, celui auquel on se mesure, soit pour le jalouser (Tiébaut ou Estourmi), soit pour reconnaître sa supériorité due pour le moins à l'expérience :

   « *Mais de plus loinz ad sun pris aquité* » (v. 832).

Absent de l'action, il imprime comme une présence en creux dans tout ce qui se déroule sous nos yeux, et c'est lui, en même temps que Vivien, qui est écrasé, puis exalté par l'héroïsme de celui qui combat jusqu'à la limite de ses forces et demande à Dieu, dans sa prière, moins d'échapper à la mort que de rester fidèle à son vœu. C'est au moment où le héros, devenu misérable, horrible à voir (laisse LXXI), est massacré

   Tut le detrenchent contreval al graver (v. 925),

et comme soustrait à l'espace héroïque – puisque ses meurtriers le placent à l'écart, afin que ses amis ne puissent le retrouver et l'emporter (v. 928) –, qu'il brille de l'éclat le plus vif. On pourrait dire aussi que, tout au début de cette première partie de la chanson, la gloire héroïque est comme humiliée par la lâcheté des seigneurs de Bourges, avant d'être relevée par la valeur de Vivien.

Le premier engagement auquel Guillaume prend part voit l'anéantissement des troupes qu'il a menées au combat, et la mort de Girard et de Guichard. Le comte est donc vaincu, mais ne quitte pas le combat en fuyard :

N'en fuit mie Willame, ainz s'en vait (v. 1225).

Il s'acquitte, malgré le péril, de la promesse qu'il a faite à Guibourc de lui ramener, vivant ou mort, son neveu (v. 1037-1038). Cependant, une fois son engagement respecté, le comte se croit déshonoré, et la passion endurée par Vivien est remplacée, en ce qui concerne Guillaume, par la souffrance intérieure d'avoir perdu tout droit à l'honneur :

« *Ki qu'en peise, jo sui tut sul remés :*
Ja mais en terre n'avrai honur mortel ! »
(v. 1348-1349).

Grâce à Guibourc, cette destruction intérieure du personnage, qui correspond à la mort de Vivien, de Girard et de Guichard, se transforme en espoir de reconquérir ce qui a été perdu, grâce aux forces nouvelles dont Guibourc sait entourer son époux, mais aussi du fait de l'apparition paradoxale d'un nouveau venu, Gui. Nouvelle figure de Vivien, ce personnage, en dépit de sa jeunesse et de son inaptitude apparente à défendre Guibourc, se manifeste, à cause de sa sagesse, comme un recours, dans le motif du *puer senex* :

« *Cors a d'enfant e si as raisun de ber* » (v. 1479).

L'exaltation du héros, à la veille du second engagement, lui est donc procurée par deux personnages en principe extérieurs à l'action héroïque : une femme et un jeune homme.

Il en sera de même dans le troisième engagement, et cela par deux fois. D'une part, bien que petit Gui montre certains traits de faiblesse en accord avec sa jeunesse – le besoin irrépressible de manger –, il sauve son oncle d'une mort certaine, accomplissant ainsi l'avertissement du poète :

Si n'i alast Gui, ne revenist Willame (v. 1679),

alors que Guillaume, lui, ne pourra empêcher la capture de Gui (v. 2077-2078). D'autre part, Guibourc, en rappelant au héros, avant de le laisser entrer dans Orange, les exigences de l'identité épique, puis en l'invitant à partir pour Laon afin de chercher du secours, est de nouveau celle qui permet au héros accablé par ses échecs de repartir au combat.

Malgré les traits originaux de la dernière partie du poème, on peut encore y trouver l'alternance de l'abaissement et de l'exaltation du héros. À Laon d'abord, avec le mauvais accueil des courtisans, puis du roi Louis, qui conduit Guillaume à vouloir rendre sa terre (v. 2535) ; à ce moment, un neveu encore inconnu, Rainaud de Poitiers, le dissuade de se dépouiller et lui promet son aide : Guillaume retrouve sa fougue et inflige à sa sœur une violente leçon (laisse CLVIII) ; dans le combat, ensuite, où la lenteur avec laquelle l'issue se dessine (v. 2990-2999) est oubliée grâce à l'intervention de Renouart qui délivre les prisonniers et met à mal les adversaires les plus redoutables des chrétiens. Il n'est pas jusqu'à l'ingratitude manifestée à l'égard de Renouart qui ne puisse se situer dans un schéma de ce type. À l'exaltation du héros par la victoire peut succéder un abaissement au moins moral, et le vainqueur, comme Louis dans d'autres chansons, oublie celui qui a été l'artisan de son succès ; à nouveau, la part d'un personnage qui n'est pas un guerrier, Guibourc, se révèle décisive, car c'est elle qui réconcilie son frère et Guillaume.

L'institution féodale et la garantie de la valeur par le lignage

Le rôle conféré à un personnage par le rang qu'il occupe dans la société féodale ne garantit pas la valeur qui, seule, permet l'exercice des obligations liées à un tel rang.

Tiébaut peut bien être comte de Bourges et recevoir l'hommage des meilleurs guerriers, comme le lui rappelle Vivien :

« *Vus estes cunte e si estes mult honuré*

Des meillurs homes de rivage de mer »
(v. 51-52, voir aussi v. 169-170),
il n'en est pas moins ivrogne (v. 32, 89-95) et poltron,
puisque la vue seule de guerriers, qui relèvent pourtant
de lui, suffit à l'étonner (laisses IX et X) : aussi n'hésite-
t-il guère, afin de sauver sa vie, à abandonner les siens
au moment où le combat est inévitable, en accomplissant le geste symbolique d'arracher son enseigne et de
la fouler aux pieds :

« Mielz voil, enseigne, que flanbe te arde del ciel
Qu'en bataille me reconuissent paen » (v. 275-276).

Or cette fonction de *gunfanuner* (v. 278), qui consiste
à mener et donc à protéger dans le combat les hommes
qui dépendent d'un seigneur, va être confiée par les
guerriers de Tiébaut à un personnage qui n'a aucun titre
pour le faire, ce Vivien dont les hommes du comte de
Bourges n'ont pas besoin de rappeler tel ou tel exploit,
puisqu'il leur suffit de le situer comme membre d'un
lignage de héros (v. 297-299), promis comme tel à la
valeur qui justifie la fonction de chef :

« En grant bataille nus deis ben maintenir » (v. 300).

De Vivien le lecteur ne connaît, à ce moment de la
chanson, que la justesse des conseils donnés à Tiébaut
et Estourmi et l'affirmation de la volonté héroïque de
combattre seul afin de respecter le vœu de ne jamais
fuir devant l'ennemi (v. 291-293). La « reconnaissance »
opérée par les hommes de Tiébaut est donc un indice
nouveau, que confirmeront les prouesses du jeune
homme comme le rappel des services rendus à Guillaume (laisses LI-LIV) ; mais cet indice est capital, puisqu'il manifeste un rayonnement héroïque dont la preuve
tangible n'est pas encore donnée.

Il n'est donc pas, dans le *Guillaume*, de prouesse fondée sur un rang social ; toute valeur est garantie par un
tissu de relations plus profond, qui règle à la fois l'auto-
nomie des personnages et leur dépendance mutuelle.

L'espace et le temps dans la Chanson

L'espace est très concentré dans le poème ; il associe représentation géographique plausible et topographie imaginaire. Appartiennent à la représentation géographique « réaliste » le lieu d'origine de l'invasion (*Cordres*, Cordoue) et la voie choisie – la Gironde – pour envahir le *regne*, c'est-à-dire la terre chrétienne. Appartient encore à l'espace de l'histoire Laon, la ville où Guillaume va trouver le roi afin d'implorer son secours.

D'autres lieux relèvent aussi de la topographie exacte, tout en nous tournant déjà vers une localisation imaginaire des héros ou du théâtre de leurs vaillances : ainsi Orange, lieu où réside Guillaume dans G2, et qui perpétue le souvenir d'un exploit fondateur – la bataille contre Tiébaut (v. 668-678) –, l'Espagne, théâtre d'exploits de Guillaume, d'où provient l'or qu'il donnait autrefois aux bacheliers (v. 2470, 2476), avec, dans G1, le choix de Barcelone comme ville où réside le héros ; enfin, plus mythique encore, le comté de Bourges – il n'y a plus de comté de Bourges depuis 872, nous rappelle W, et surtout Bourges se trouve désormais situé non loin de la mer (v. 52), puisque les guerriers parviennent sur le rivage au bout de quelques heures de chevauchée (v. 149).

Mais le lieu central, situé lui aussi au bord de la mer, est Larchamp, mentionné dès le vers 5 comme le théâtre du meurtre de Deramé par Guillaume ; ce *Larchamp sur mer* ou *desur mer* est avant tout le lieu de l'affrontement quadruple entre chrétiens et Sarrasins, aussi proche de Bourges que de Barcelone ou d'Orange, lieu mythique par excellence, qu'aucune carte sans doute n'a jamais porté. L'explication de type à la fois descriptif et symbolique qu'en propose R. Lejeune[1] (*l'are champ sur*

---

1. « À propos du toponyme l'Archamp ou Larchamp dans la Geste de Guillaume d'Orange », dans BABLB, XXXI, 1965-1966, Barcelone, 1967, p. 143-151 ; voir aussi W, I, p. 605-609.

mer, la plaine aride sur la mer, W, I, p. 605-609) paraît plus vraisemblable que toute hypothèse topographique précise. Ce lieu, qui aimante tous les déplacements dans la chanson, est prédestiné aux affrontements si durs contre les païens qui, tout à la fin, conduiront à la victoire[1].

Le temps de l'action apparaît, lui aussi, concentré, organisé autour de séquences qu'unifient – même s'ils ne correspondent pas toujours à des périodes entièrement repérables –, les différents refrains (W, I, p. 472-480). Entre l'arrivée du messager à Bourges et la mort de Vivien, combien de temps ? L'armée comtale se met en route le lendemain de l'annonce de l'invasion (v. 98) ; aucune indication n'est donnée sur la durée de la marche, si ce n'est que le refrain, le même que celui de la première laisse, va dans le sens de l'immédiateté :

> *Malvais seignur les out a guier,*
> *Lunsdi al vespre.*
> *En Larchamp vindrent desur mer a destre*
> (v. 147-149).

Les Sarrasins passent à l'attaque le matin (v. 232), et la bataille se poursuit sans autre indication, jusqu'à ce qu'on nous dise – à propos de Girard, lorsque celui-ci a franchi les lignes ennemies, ou à propos de Vivien, qui est sur le point de mourir – qu'ils n'ont rien absorbé depuis trois jours (v. 709-711, v. 838-841). Est-ce depuis qu'ils ont quitté Bourges, ou depuis que la bataille a commencé ? Le poète ne s'en préoccupe guère, et semble jouer ici sur deux catégories temporelles correspondant au même projet esthétique : évoquer, d'un côté, une interminable lutte, aussi longue que les longs jours de la belle saison, pour laquelle nulle césure temporelle

---

1. Faut-il rappeler que, dans un univers littéraire tout à fait différent, celui du roman en prose au XIIIe siècle, le royaume de Bourges joue un rôle important au début du *Lancelot en prose* ? Claudas – personnage au rôle très négatif, puisqu'il est l'ennemi de Ban de Benoïc, père de Lancelot – est roi de Bourges. En revanche, une chanson de geste du XIVe siècle a pour héros Lion, seigneur de Bourges.

n'est imaginable, et, de l'autre, une durée considérable elle aussi, mais qui doit être inscrite dans un décompte précis pour avoir la valeur hyperbolique qu'on lui prête : trois jours sans manger et sans boire. Cette même durée peut, à l'inverse, être prise comme mesure de la brièveté absolue, lorsque Guillaume, devant Girard et Guibourc, déclare :

Uncore nen ad que sul treis jurz passez (v. 1016), qu'il est revenu d'un combat près de Bordeaux.

On notera aussi, à l'intérieur d'une durée présentée comme très concentrée – la brièveté oxymorique de l'interminable – le surgissement d'un passé qui dilate tout à coup les dimensions temporelles de l'épopée et, en même temps, exalte la stature de Vivien. Certes, il n'y a nulle contradiction entre le fait que les guerriers de Tiébaut accordent leur confiance à Vivien en raison du lignage auquel il appartient, et le fait que le jeune homme ait par ailleurs accompli de nombreux exploits en faveur de Guillaume : les vassaux de Tiébaut ne doivent pas nécessairement en être informés. Mais ce qui surprend, c'est le long compagnonnage qui est tout à coup révélé.

Or, c'est justement cette dilatation de la durée qui est ici essentielle, durée qui légitime le propos d'une séquence et n'implique pas nécessairement la référence à des textes existants. Contrairement à J. Wathelet, nous serions tenté de penser que le poète, en écrivant les quatre laisses émouvantes (LI-LIV) qui seront plus tard reprises par Girard, ne se réfère pas à des faits précis : particulièrement suspecte, on l'a dit, est notamment l'allusion à Tiébaut d'Orange, où Vivien se donne le premier rôle dans une affaire qui est ailleurs considérée comme fondant la gloire de Guillaume. Mais, quoi qu'il en soit, ces laisses sont de même nature que celles dans lesquelles Roland, voulant exalter la gloire de Durendal, relate les exploits qu'il a accomplis avec elle pour le compte de Charlemagne ; véridiques ou non – et il paraît tout à fait probable qu'elles reposent sur l'imagination de Turold – les conquêtes de Roland (v. 2322-2332) construisent une autre dimension temporelle qui magnifie le héros en le faisant échapper au présent déjà glorieux de l'action épique.

Systématique des personnages

Couples héroïques et figures hyperboliques

Le *topos* du couple épique est constant dans la chanson, au moment même où un personnage paraît se détacher de manière exceptionnelle. Ainsi, rien de moins partagé que l'héroïsme hyperbolique de Vivien dans la première partie de la chanson ; le serment que le jeune homme a prêté fait de lui un être exceptionnel : il se prépare à combattre seul, reste seul sur le champ de bataille et meurt seul. Dans le même temps, sa valeur, on l'a vu, lui suscite une troupe, celle des guerriers de Tiébaut qui, progressivement réduite, ne se résigne pas à l'abandonner. Les vingt compagnons qui l'avaient quitté un instant viennent en effet le rejoindre pour subir son sort :

> « *Si tu t'en turnes, e nus nus en turneruns,*
> *E se tu cunbatz, e nus nus combateruns* »
> (v. 617-618).

La valeur du héros lui procure cependant un émule en la personne de Girard, son cousin, qui, d'abord héros d'*enfances* – il s'empare par la force, au détriment de Tiébaut, des armes avec lesquelles il va combattre et châtie la couardise d'Estourmi – accomplit des exploits guerriers, au point d'être confondu avec Louis et Guillaume, dont il a crié l'enseigne (v. 447, 453) ; il devient le compagnon de Vivien, formant avec lui un couple de *reals cunpaignuns* (v. 469), ne le quittant que sur son ordre afin d'aller chercher du secours, et abandonnant sur le chemin de Barcelone toutes les pièces de son équipement désormais inutile à Vivien (laisses LX-LXIII). Vivien, comme Roland, reste donc seul sur le champ de bataille, et les blessures successives qu'il reçoit font de ses derniers combats une véritable Passion, dont l'élément le plus douloureux n'est pas la souffrance, mais le combat intérieur du guerrier, pris entre la crainte de la mort et le désir de ne pas trahir sa promesse. Il serait pourtant excessif de faire de Vivien le héros unique de la première partie ; protagoniste, le personnage se situe aussi à l'intérieur d'un ensemble plus vaste (les Français) et d'un couple dissocié vers la fin, mais qui se reforme autrement dans la seconde bataille.

Messager de Vivien, Girard est auprès de Guillaume la voix même du héros, dont il reprend les propos en une série de laisses parallèles :

Si te remembre del champ Turleis le rei (v. 979) ;

il manifeste son appartenance au lignage par un appétit extraordinaire – signe de sa vaillance au combat – et il est le premier à inciter à la bataille. Sa vaillance juvénile semble faire de lui l'héritier de Vivien, un Vivien qu'accompagnerait enfin Guillaume. Mais une variante est introduite ici dans le couple épique, puisque le neveu de Guibourc, Guichard, est associé à Guillaume et Girard. Le poète n'a pourtant pas imaginé ici un trio, mais plutôt une alternative au deuxième élément du système. Émule de Vivien jusqu'au bout, Girard demande à poursuivre la lutte

« Cher lur vendereie les plaies de mes costez » (v. 1161),

à l'instant même où il va expirer. Guichard au contraire renie sa foi au moment de mourir, ce qui n'empêche pas Guillaume d'accomplir sa promesse à l'égard de Guibourc – il ramène son corps – et de punir le meurtrier de Guichard.

À nouveau, par conséquent, le protagoniste – tout à l'heure Vivien, maintenant Guillaume – reste seul, après avoir, comme c'est sa fonction, supporté le faix majeur de la bataille. Mais il s'est longtemps situé dans un couple paradoxal – le deuxième élément du couple est double – et il en ramène (à Barcelone ?) le vestige émouvant, avec le corps de Guichard.

Pour la deuxième bataille à laquelle il prend part, Guillaume part seul à la tête des trente mille hommes que Guibourc a rassemblés ; mais il ne le reste pas longtemps. Petit Gui, le frère de Vivien, convainc Guibourc de le laisser partir au combat et Guillaume, après avoir un peu rechigné, l'accepte à ses côtés : désormais, ils affrontent ensemble l'ennemi et sont

En la bataille dous reals cunpaignuns (v. 1676) ;
la reprise textuelle du vers 469 montre bien que le couple Vivien-Girard est ici *redivivus*[1]. La jeunesse de Gui,

De hui a quinze anz, ne deüst ceindre espee (v. 680),
accroît la part des figures d'*enfances* – cheval trop grand pour lui, faim qu'il ne peut supporter – et le distingue de Girard ; mais sa valeur est identique à celle du compagnon de Vivien, et emprunte même à celle de son frère : image à la fois de Girard et de Vivien, il sauve la vie de Guillaume (laisses CXIX-CXXII), avant d'être fait prisonnier (v. 2070-2078).

Enfin, la revanche de Guillaume sur les Sarrasins fait apparaître un quatrième et très original type de couple épique. Un nouveau héros, Renouart, apparaît ici ; il est, comme ses prédécesseurs, mal intégré à la société guerrière et possède une valeur qui lui permettra d'aller plus loin qu'eux ; cependant, ces traits pertinents sont poussés à un degré hyperbolique. Renouart est étranger au lignage et à la foi chrétienne, puisqu'il s'agit d'un Sarrasin recueilli par le roi Louis ; il mène une existence des plus humbles, servant de valet de cuisine ; c'est de plus un *nice*, de l'évolution duquel on peut à bon droit désespérer :

« *Deus, dist Willame, tant le deüsse amer,*

---

1. Les païens, sur lesquels se précipite Gui lorsqu'il porte secours à son oncle Guillaume, disent eux-mêmes : « Revescuz est Vivien le guerreier » (v. 1854).

Se a nul saveir le veïsse aturner ! » (v. 3150-3151).
Sa valeur se confond avec sa force, prodigieuse, qui donnera la victoire aux chrétiens.

Le couple qu'il forme avec Guillaume est donc beaucoup plus lâche que les trois exemples précédents, et
l'on ne trouve pas, à son propos, de formule comparable
à celle des vers 469 et 1676. À plusieurs reprises cependant, Guillaume est aux côtés de Renouart et applaudit
à ses coups (v. 3162-3167, v. 3204-3207) ou l'appelle à
l'aide (v. 3239-3242), comme il avait réclamé le secours
de Gui (v. 1818-1819). Lorsque la négligence des Français et de Guillaume provoque la colère de Renouart,
Guillaume n'a de cesse que le héros revienne à Orange.
C'est qu'en vérité Renouart, étranger au lignage comme
on l'a vu, fait partie, par la naissance, d'un autre couple,
le couple fraternel qui l'unit à Guibourc et qui, par rapport au couple épique traditionnel, introduit une
variante supplémentaire.

On aperçoit donc comment, au-delà de la diversité
évidente dans la conception des personnages, un motif
caractéristique de l'écriture épique, – le couple
héroïque –, permet d'éviter de privilégier à l'excès des
figures sans doute essentielles, mais qui n'épuisent pas
l'œuvre, et de repérer une cohérence profonde du texte.
La *Chanson de Guillaume* ne se limite pas à la passion
de Vivien, et les personnages de Girard, de Guiot et de
Renouart n'interviennent pas indépendamment d'une
logique narrative perceptible.

Les héros d'enfances : Gui, Girard et Renouart

À l'exception de Guillaume, dont le poète a fait une
sorte d'ancêtre épique :
　　« *Treis cenz anz ad e cinquante passez*
　　Que jo fu primes de ma mere nez » (v. 1334-1335),
tous les héros chrétiens sont jeunes, à commencer par
Vivien, dont on sait qu'il a été adoubé par Guillaume,
qu'il a combattu à plusieurs reprises de manière glo-

rieuse, mais qu'il n'a encore ni terre ni vassaux, et qu'il peut être pleuré comme un jeune guerrier :

« *Viviën, sire, mar fu, juvente bele* » (v. 2001).

Cependant Vivien n'est pas un héros d'enfances, dans la mesure où sa prouesse ne recherche pas des voies extérieures au combat épique pour s'affirmer ; il en va autrement pour trois personnages qui se situent dans des relations diverses avec le statut épique.

1. Le personnage le plus caractéristique est à coup sûr *Guiot* ou *Guiotun*, petit Gui, le frère cadet de Vivien. Son âge (quinze ans) l'exclut normalement de la fonction guerrière ; seule une circonstance exceptionnelle, le péril dans lequel se trouve son frère, peut le provoquer et le jeter dans la mêlée :

« De hui a quinze anz, ne deüst ceindre espee,
Mais ore la ceindrat pur secure le fiz sa mere »
(v. 680-681).

Dès lors, le poète exploite, dans des perspectives à la fois émouvantes et comiques, les effets de contraste entre l'âge de l'enfant et la tâche qu'il doit accomplir : scène de l'adoubement du jeune homme, avec l'équipement qui convient mal à sa taille (laisses CVIII-CIX) sans nuire pourtant à sa maîtrise de chevalier :

Mielz portad armes que uns hom de trente anz
(v. 1556),

évocation du « petit armé » dissimulé parmi les écuyers (v. 1616), et surtout faim du héros, faim qu'il ne peut maîtriser après de longues heures de combat.

La vaillance, le courage et l'efficacité du jeune homme ne s'en affirment que mieux, avec le secours décisif qu'il porte à Guillaume :

Si n'i alast Gui, ne revenist Willame (v. 1679).

Mais la violence, sauf dans la scène où Guiot tue Deramé, n'est pas un élément caractéristique de l'attitude du héros : c'est bien plutôt la sagesse, associée à la ruse. Comme on l'a souvent noté, le poète recourt au *topos* du *puer senex* (F, p. 176) pour mettre en relief la sagesse du jeune homme lorsqu'il s'oppose à Guillaume avant de le convaincre. Du reste, le meurtre de Deramé lui-même est associé à la sagesse de Guiot, dont le raisonnement, pour simple qu'il soit – Deramé resté vivant aurait pu faire des enfants qui auraient à leur tour attaqué les chrétiens –, est salué du même *raisun as de ber* que les démonstrations précédentes.

En revanche, Guiot s'écarte du comportement chevaleresque habituel en recourant à plusieurs reprises au mensonge, qu'il déclare savoir pratiquer (*Jo sai mentir*, dit-il à Guibourc, v. 1534) ; il prétend avoir échappé de force à celle-ci (v. 1628-1629), puis, par inadvertance ou volontairement, révèle la vérité à Guillaume lorsqu'il lui prête Bauçant :

   « *Guiburc ma dame le me prestad de sun gré* »
   (v. 1869)

et, comme le comte lui reproche de s'être moqué de lui, il détourne la conversation en lui montrant l'urgence du combat (v. 1877-1878).

On peut dire en somme que Guiot est un héros d'enfances marqué par le lien fraternel avec Vivien : il subsiste en lui une certaine gravité, et grâce à sa vaillance son oncle a la vie sauve.

2. Cousin de Vivien (v. 459), membre du lignage de Guillaume (v. 1054), *Girard* représente une approche plus traditionnelle du héros d'enfances. Cet écuyer est révolté par la lâcheté de Tiébaut et d'Estourmi, qu'il doit au début accompagner dans leur fuite (v. 349). Il répond avec une brutale simplicité à l'offre de Tiébaut (une housse souillée, v. 354) et recourt à la fois à la ruse et à la violence pour obtenir des armes : il fait approcher Tiébaut en prétendant lui révéler la cachette d'un trésor (v. 362-364) et lui ravit ensuite tout son harnois. Un peu plus tard, ayant en vain prié Estourmi de cesser de fuir, il l'attaque et le désarçonne. C'est donc lui qui tire vengeance de la lâcheté des chefs faillis, avant de montrer avec éclat sa vaillance en affrontant avec succès l'en-

nemi, au point d'être pris par Vivien pour le secours tant espéré de Louis ou de Guillaume (v. 453).

Devenu le « roial cunpaignun » de Vivien, il ne cesse pas toutefois d'échapper aux normes classiques et devient ainsi l'égal des plus grands : il dépouille successivement toutes les pièces de l'armure qu'il avait conquise sur Tiébaut (laisses LX-LXIII) et donne par ce geste un sens émouvant à tout son comportement. Chacun de ses actes est destiné à venir en aide à Vivien ; il est donc prêt, dans ce but, à renoncer à « l'adoubement » qui faisait de lui un chevalier.

Peut-être faut-il également signaler, au titre des marques du récit d'enfances, l'appétit féroce de Girard qui présage la valeur du héros :

« *Ben dure guere deit rendre a sun veisin* » (v. 1057), puisqu'il s'agit encore ici, sans recourir aux formes ordinaires de la vaillance, de mettre en évidence le caractère exceptionnel d'un personnage. Mais il faudra admettre dans ce cas que Guillaume, revenu de Larchamp et affamé comme l'était Girard (laisse CIII) emprunte, malgré ses trois cent cinquante ans, au récit d'enfances.

3. Enfin *Renouart*, malgré ses origines complexes et le grossissement caricatural des discordances qu'il manifeste avec le héros épique traditionnel, est aussi, dans l'itinéraire qui le révèle progressivement comme sauveur des chrétiens, un héros d'enfances. Tout en insistant sur la différence de valeur qui sépare à ses yeux les deux personnages, J. Frappier a finement relevé le « parallélisme » qui existe « entre Guiot et Rainouart » (p. 231). L'un vient « de la quisine » (v. 2648) pour offrir ses services à Guillaume, mais l'autre, dans le même but, a surgi d'auprès du feu (v. 1436) : tous deux sont d'abord rejetés par le héros, et leur inaptitude supposée à endurer les fatigues du combat est soulignée (v. 1526-1529 ; 2658-2659 ; 2675-2679) ; tous deux souffrent de la faim au cours de la lutte.

En revanche, il est clair que le *topos* du *puer senex*

n'a pas été utilisé pour Renouart, qui emprunte au contraire au type du *nice*, dont Guillaume désespère de jamais le voir se dégager. Mais ce type, on le sait, a de prestigieux titres de gloire en littérature médiévale, puisqu'il a permis de créer le héros par excellence, Perceval, dans lequel les traits d'enfances soulignent le contraste entre valeur profonde et rusticité apparente, et la nécessité d'une *Bildung*, d'une formation.

Ce processus de formation reste à l'état d'ébauche en Renouart, car le poète épique s'est donné, avec le bon géant, une ressource comique qu'une éducation achevée aurait fait disparaître. Il faut souligner la parenté profonde de Renouart avec les autres *jeunes* de la chanson : son arme extraordinaire, le « tinel » qui lui sert à porter les seaux à la cuisine, procède elle-même de ces écarts du « bacheler » destiné à entrer avec éclat sur la scène épique ; la différence avec les autres figures est que Renouart, dans toute sa carrière littéraire, est destiné à rester un *jeune*.

Personnages féminins : la bonne et la mauvaise femme

Aux côtés de Guillaume se tient Guibourc, son épouse, la tendrement aimée :

Lui e Guiburc si se beisent e acolent (v. 3446),
mais aussi la « raïne converte » (v. 3454), l'épouse de Tiébaut d'Arabie qui, par amour pour Guillaume, a embrassé la foi chrétienne. Est-ce parce qu'elle vient d'« ailleurs » qu'elle peut être à la fois si proche du héros et comme à distance de lui ?

Rappelant à Guillaume ses missions essentielles, elle ne saurait en effet se confondre avec son époux ; elle peut ainsi lui remettre en mémoire la coutume du « riche parenté » (v. 1322), l'inviter à abandonner sa cité, Orange, au péril des Sarrasins (laisse CXLIX), et même user de menaces à son égard (v. 1030-1036).

Pour aider son époux, elle ment admirablement – avec l'accord de Guillaume – faisant croire aux vassaux que la victoire est acquise, et qu'il ne s'agit plus que de se venger des Sarrasins et de ramasser le butin (v. 1351-1397). Mais surtout – et c'est l'admirable scène des portes d'Orange – elle s'identifie si bien avec la conscience du héros épique qu'elle ne peut reconnaître son époux en celui qui prétend être Guillaume, mais dont l'équipage – la solitude d'un personnage sans importance – et le comportement – la fuite, alors que des chrétiens sont persécutés – ne correspondent pas aux attributs, au canon du personnage épique :

> « *Se vus fuissez Willame al curb niés,*
> *Ja fust escuse sainte crestïentez* » (v. 2268-2269).

À cette image féminine de la valeur épique – prête, du reste, à prendre les armes s'il le faut, v. 2445-2448 – s'oppose, avec l'épouse de Louis, sœur de Guillaume, l'image de l'oubli de toute vaillance au sein de l'intégration institutionnelle. Membre du lignage, parvenue à la plus haute dignité, la fille d'Aimeri veut détourner le roi de sa mission, calomnie l'étrangère dans laquelle elle ne veut voir qu'une rivale :

> « *Willame ert dunc reis e Guiburc reïne* » (v. 2595),

et se livre, si l'on en croit Guillaume, à la débauche (v. 2603-2624). On peut donc faire un parallèle entre les personnages de Tiébaut et Estourmi – d'ailleurs rappelés dans la diatribe de Guillaume, v. 2604-2607 – et celui de la reine : comme le comte de Bourges et son neveu, la reine manque au devoir que symbolise sa place dans la hiérarchie féodale. À nouveau, la leçon est claire : l'institution ne saurait être gage de valeur. Mais la critique est ici plus acérée encore, car tout à l'heure le lignage constituait pour Vivien une garantie absolue ; on voit ici qu'il n'en est rien, puisque la sœur de Guillaume se conduit comme une prostituée. La valeur apparaît donc comme imprévisible, naissant à l'épreuve des faits, se manifestant là où on ne l'attendait pas, et d'abord dans l'étranger.

La « Chanson de Guillaume » et le cycle de Guillaume d'Orange ; valeur du texte

Contrairement à ce qu'ont pu penser certains des premiers lecteurs du poème, qui attribuaient au caractère archaïque de l'œuvre la profonde émotion provoquée en eux, la *Chanson de Guillaume* n'est pas un *Urlied*, un texte situé aux origines de l'art épique et tout particulièrement du cycle de Guillaume.

Héritier d'une longue tradition historique et sans doute textuelle, attestant dans sa structure même l'emprunt à deux sources principales, le texte de Londres apparaît vers 1150, à peu près à la même époque que les plus anciens poèmes du cycle, le *Couronnement Louis*, le *Charroi de Nîmes* et la *Prise d'Orange*, avec lesquels il partage le souvenir de certains épisodes essentiels, comme la conquête d'Orange, la conversion de Guibourc et la lutte contre le sarrasin Tiébaut, ou certains thèmes, comme l'opposition entre seigneur et vassal. La *Chanson de Guillaume* n'est donc pas à l'origine du cycle, mais parallèle à lui ; conservant des éléments anciens que l'organisation cyclique et le savoir-écrire des ateliers de copistes ont petit à petit laminés, notre poème apparaît comme une méditation sur l'art épique qui lui confère une valeur exceptionnelle.

Loin de vouloir engranger, dans une longue collection de récits, les exploits héroïques de Guillaume ou de tel autre héros du cycle, la chanson résume, dans une crise majeure fondée sur un schéma narratif unique plusieurs fois répété, les thèmes et les pratiques d'écriture épiques essentiels. Présent ou absent, Guillaume, qu'un âge « biblique » situe au-delà de toute prise temporelle, est le pivot de l'action ; sa valeur se mesure à celle de jeunes guerriers – Vivien, Girard, Guiot, Renouart – dont les personnages variés montrent l'intégration du récit d'enfances dans le système littéraire du poème.

Le lignage est également devenu enjeu narratif ; il n'accompagne pas seulement, comme dans le *Couronnement Louis* devant Corsolt[1], ou dans le *Charroi de Nîmes*[2] devant Harpin, la manifestation de la vaillance : il s'oppose, lors du conflit entre Vivien et Tiébaut de Bourges, aux valeurs purement institutionnelles, à un pouvoir inévitablement usurpé, dès lors qu'il ne repose que sur le rang social.

Le couple enfin concourt à l'expression de la valeur héroïque ; sans renoncer à la tendresse, il ne proclame plus la puissance du désir, mais l'excellence de la part féminine dans l'affirmation du devoir épique. Comme Aude rappelant à Charlemagne le caractère tout autre de l'amour, Guibourc, symboliquement séparée de son époux aux portes d'Orange, proclame devant celui-ci l'excès du devoir et, pour le lecteur, de la parole épique.

Si la thématique du *Guillaume* porte la marque d'une longue maturation et d'une grande maîtrise, l'écriture poétique, pour peu qu'on accepte d'oublier les injures des remanieurs, témoigne elle aussi de la connaissance profonde de l'art épique.

Aucun autre texte consacré à Guillaume et, d'une façon plus générale, aucune chanson postérieure au *Roland* n'ont associé de manière aussi féconde lyrisme et narration. Outre l'utilisation des laisses parallèles, qui donne une intensité poignante aux recommandations de Vivien à Girard (laisses LIII-LVI), donc au message transmis par Girard à Guillaume (laisses LXXIX-LXXXII) et, dans G2, aux questions que pose Guibourc après la seconde défaite de Guillaume (laisses CXLIII-CXLV), il faut compter avec l'utilisation du refrain, qui scande l'action et l'inscrit dans un registre lyrique, et aussi avec la réitération de séquences narratives simples, fondées sur la complémentarité entre un héros déjà affirmé et un personnage en formation, qui célèbrent la

---

1. Voir l'édition E. Langlois, CFMA, v. 816-830. — **2.** Voir l'édition D. McMillan, v. 1335-1340.

disponibilité constante au sacrifice de la phalange héroïque.

Aucune autre chanson non plus, avant que ne se constitue le cycle de Renouart, qui systématisera le procédé, n'opère une si profonde relation entre les domaines héroïque et héroï-comique. Loin d'être le résultat d'un abâtardissement, une telle relation est au service de la grandeur épique, qui ne saurait se satisfaire d'aucune limite. Elle concourt à la puissance de certains passages – ainsi, l'ironie destructrice avec laquelle Vivien salue la fuite de Tiébaut et d'Estourmi :

« *En chanp nus faillent nostre gunfanuner* » (v. 278), la métaphore diarrhéique de la lâcheté lors des mésaventures du même Tiébaut (v. 345-354), ou la transposition érotique de la honte, avec les insultes infligées par Guillaume à la reine, mauvaise conseillère (v. 2603-2624). Ailleurs, on assiste à la destruction, grâce à l'intervention d'un grossissement qui fait fi de toute vraisemblance, des repères habituels de l'univers épique, et l'intervention de Renouart est à l'origine d'un monde délirant que le roman chevaleresque des XVe et XVIe siècles concevra comme l'écrin le plus digne de l'action héroïque.

La sauvage grandeur du *Guillaume* apparaît enfin d'autant mieux que l'on compare notre texte au poème d'*Aliscans*, de cinquante ans environ son cadet. Bien que cette œuvre soit nettement plus cohérente, elle paraît avoir gommé, en même temps que les imperfections, bien des vertus présentes dans le texte de Londres : la concentration épique semble avoir, en même temps que l'assonance et le refrain, disparu ; la chanson est conçue comme le maillon développé d'une longue chaîne narrative ; elle fait suite au vœu et aux premiers exploits de Vivien, contés dans la *Chevalerie Vivien*, et annonce un cycle de Renouart, dont la première œuvre sera la *Bataille Loquifer* ; par ailleurs, bien des épisodes sont considérablement délayés, comme la bataille d'extermination menée contre les Sarrasins, où Renouart n'en finit pas d'accumuler les exploits.

La *Chanson de Guillaume*, en dépit de ses taches, mérite donc toute notre attention, qu'elle retient sans la moindre difficulté dès qu'on en a commencé la lecture : c'est à permettre un tel contact que s'attache le présent travail.

PRINCIPES D'ÉDITION
ET DE TRADUCTION

Les éditions d'H. Suchier et de J. Wathelet-Willem ont, en suivant des méthodes légèrement différentes, proposé un texte reconstitué, après avoir débarrassé la version du ms. de Londres de ses erreurs de langue et de versification.

Le premier éditeur est allé très loin sur cette voie, puisqu'il a voulu écarter du texte conservé les passages qui lui semblaient être des interpolations ou des continuations : ainsi il n'imprime que la partie G1, avec des suppressions ou des additions de vers. Plus mesurée, J. Wathelet s'est défiée de l'« hypercorrectisme » de Suchier et a proposé, en se laissant guider « uniquement par notre seul témoin, le manuscrit de Londres », une solution intermédiaire « qui paraît avoir plus de chances de se rapprocher de la vérité » (I, p. 78).

Ce travail est fait et bien fait ; comme l'a écrit E. Baumgartner, il comble « les écarts de tous ordres, graphique, phonétique, morphologique, etc. [que l'éditeur] croit déceler entre les pratiques désastreuses du copiste et le texte original », écarts qu'il permet de « cerner au plus juste »[1]. On aboutit de la sorte à un texte hypothétique mais plausible.

Il n'était pas question d'envisager de suivre une telle voie et de reprendre une tâche désormais achevée. Notre propos, plus modeste, a consisté à mettre à portée du lecteur le seul témoin qui subsiste de l'élaboration lente et complexe de la *Chanson de Guillaume*, c'est-à-dire le ms. de Londres. Notre point de départ ne pouvait donc être que le texte établi avec le plus grand soin par D. McMillan ; mais nous souhaitions procurer un texte intelligible,

---

1. Voir son compte rendu de l'édition Wathelet dans *R*, XCVIII, 1977, p. 123.

considérant que le *Guillaume*, comme n'importe quelle
autre œuvre, n'a d'intérêt que si le poème peut être
compris. Tout en recherchant, comme l'a fait D. McMillan,
« le minimum d'interventions de la part de l'éditeur [1] »,
nous n'avons pas hésité à corriger le texte du ms. chaque
fois qu'une leçon n'offrait aucun sens, en recourant aux
suggestions de nos devanciers ou, parfois, en proposant de
nouvelles hypothèses. À deux reprises, aucune correction
ne semblant opératoire, nous avons renoncé à éditer un
vers dénué de sens (v. 103 et 409) ; nous avons également
dû, avec d'autres éditeurs, ajouter un vers (v. 981a).

Nos autres interventions sont modestes. Nous avons
respecté, sauf exception, la diversité des graphies : nous
n'avons uniformisé que l'orthographe du nom des prota-
gonistes (Guillaume, Guibourc), sauf lorsque la mesure
du vers y trouve son compte. Dans le domaine de la
métrique pourtant – l'un des plus sensibles aux yeux et
aux oreilles du lecteur – nous avons le plus souvent
laissé le ms. de Londres à ses errements, sauf lorsqu'un
autre passage du texte, en quelques occasions, pouvait
nous être utile. Nous avons donc renoncé aux émenda-
tions modestes dont D. McMillan donne la liste (II,
p. 46-49) et que J. Frappier ne récusait pas : le lecteur,
pour peu qu'il soit attentif au rythme du décasyllabe,
dont le premier hémistiche est le plus nettement
marqué, ou, dans quelques cas, de l'alexandrin, saura
rétablir de lui-même le rythme adéquat. Chaque fois
que le compte des syllabes le permettait, nous avons cru
faciliter la tâche du lecteur en marquant le tréma.

En ce qui concerne les laisses multirimes, nous avons
respecté le choix du ms. qui consiste, on le sait, à regrou-
per dans une même strophe des assonances différentes ;
nous indiquons par des lettres (a), (b), etc. le début des
assonances successives.

La traduction que nous proposons ne cherche pas, contrairement à celle de J. Wathelet, à suivre le mouvement du

---

1. I, XXIX.

décasyllabe, car une telle démarche impose, comme l'a noté
E. Baumgartner, « des archaïsmes de lexique, mais surtout
de syntaxe [1] ». Nous avons constamment recherché des équi-
valents, pour le lexique, la syntaxe, le rythme de la phrase ou
le registre de la langue, à ce que nous offre le texte épique.
Cela a souvent conduit à introduire une stabilité que le texte
de Londres ne possède pas, notamment en ce qui concerne
l'emploi des temps et celui de la personne pour désigner l'in-
terlocuteur dans le discours direct. D. McMillan a relevé
« l'indifférence du scribe pour l'homogénéité des temps des
verbes » (II, p. 52). Même si l'on arrive, dans certains cas, à
saisir la raison du passage du passé composé au présent, au
futur ou au parfait, cette virtuosité n'a plus rien à voir avec la
syntaxe moderne, dont nous sommes tributaires. Il en est de
même pour le jeu du *tu* et du *vous :* même si le recours à la
personne 2 va dans le sens d'une plus grande émotion, la
nuance est le plus souvent insaisissable et intraduisible.

Les leçons rejetées du ms. de Londres figurent au bas
des pages du texte, au premier niveau. Dans le texte anglo-
normand, les mots ou les vers suivis d'un astérisque font
l'objet d'une note en bas de page (texte et traduction). Ces
notes et commentaires expliquent les corrections retenues
et relèvent quelques aspects de l'histoire ou quelques problèmes d'interprétation du texte de Londres ; ils visent, en
complétant les remarques de l'Introduction, à permettre
de saisir l'originalité littéraire de la chanson.

Le Glossaire n'est pas exhaustif ; faisant son profit des
travaux de D. McMillan et de J. Wathelet, et des
remarques de L. F. Flutre, il cherche à faciliter la
compréhension du détail du texte et le repérage des graphies. L'Index des noms propres est complet, mais, pour
les noms à fréquence particulièrement élevée (Guillaume, Guibourc), il ne signale pas toutes les occurrences. Pour une étude systématique du lexique et de
l'onomastique, il convient de se reporter aux études que
nous avons utilisées.

---

1. *C. r. cit.*, p. 127.

BIBLIOGRAPHIE SÉLECTIVE

Sont proposés ici quelques guides précieux pour l'étude de la *Chanson de Guillaume* ; pour une vue complète de la bibliographie du sujet, on se reportera au *Manuel bibliographique de la littérature française du Moyen Âge* de R. Bossuat (Paris, 1950) et à ses *Suppléments* (Paris, 1955, 1961, 1980), ainsi qu'au *Bulletin bibliographique de la Société Rencesvals*. Mais on consultera d'abord la bibliographie, complète jusqu'en 1973, qui figure dans l'ouvrage de J. Wathelet-Willem et la bibliographie du cycle de Guillaume d'Orange publiée en 2004 par Ph. Bennett (voir *infra*).

ÉDITIONS

La Chanson de Guillelme, Französisches Volksepos des XI. Jahrhunderts, kritisch hrsgg. von Hermann SUCHIER, Halle, Niemeyer, 1911 (Bibliotheca Normannica, VIII). Édition des 1980 premiers vers du poème (= G1), accompagnée d'une introduction, de notes et d'un glossaire. Elle propose un texte reconstitué aussi bien pour la langue que pour la cohérence du texte et la versification. Le texte du ms. de Londres est également donné en édition semi-diplomatique.

La Chanson de Guillaume, publiée par Duncan MCMILLAN, Paris, Picard, 2 vol., 1949 et 1950 (SATF).

Édition critique du manuscrit de Londres, établie dans un grand souci de fidélité à la copie conservée. Le second volume propose une étude des problèmes de langue et de versification, sur la date du poème, des notes critiques précieuses et un glossaire.
(C.r. de E.-R. Curtius dans *ZRP*, LXVIII, 1952, p. 454-456 ; O. Jodogne, *Lettres Romanes*, VI, 1952, p. 70-72 ; J. Wathelet-Willem, *MA*, LVIII, 1952, p. 172-176 ; voir aussi l'article de L. F. Flutre cité *infra*.)

La Chançun de Willame edited by Nancy V. Iseley with an etymological Glossary by Guérard Piffard, University of North Carolina Studies, in « The Romance Languages and Literatures », 1961.
Refonte d'une précédente édition, parue en 1951 et qui propose l'ensemble du texte dans une perspective inégalement critique. L'édition et le glossaire, au moins dans ses étymologies, ont fait l'objet de recensions sans indulgence (D. McMillan, *Romance Philology*, 19, 1965-1966, p. 629-637 ; Cl. Régnier, *R*, LXXXIII, 1962, p. 411-412).

Jeanne Wathelet-Willem, *Recherches sur la Chanson de Guillaume. Études accompagnées d'une édition*, Paris, 2 vol., 1975 (Bibliothèque de la Faculté de Philosophie et Lettres de l'Université de Liège, fasc. CCX).
L'édition, proposée dans le t. II, s'inspire des principes de Suchier, mais adopte une démarche plus prudente qui recherche, dans le domaine de la langue et de la versification, les solutions intermédiaires. Elle est accompagnée d'une traduction et d'un glossaire complet.
(C.r. de E. Baumgartner, *R*, XCVIII, 1977, p. 121-128 ; G. Roques, *ZRP*, 95, 1979, p. 165-168 ; Ph. E. Bennett, *RBPH*, 60, 1982, p. 641-646.)

Chanson de Guillaume, übersetzt, eingeleitet und mit Anmerkungen versehen von Beate SCHMOLKE-HAS-SELMANN, Munich, W. Fink Verlag, 1983.
Cette édition-traduction utilise le texte corrigé de J. Wathelet-Willem. (C.r. G. Pinkernell, *Archiv für das Studium der neueren Sprachen*, t. 224, 1987, p. 446-447 ; F. Olef-Krafft, *ZRP*, 104, 1987, p. 147-148).

La Canzone di Guglielmo, a cura di A. FASSO, Pratiche editrice, Parma, 1995.
L'édition, qui utilise le texte établi par D. McMillan, est accompagnée d'une traduction en italien. L'introduction recourt aux théories de Dumézil et de J. Grisward, ainsi qu'aux analyses de D. Boutet.

La Chanson de Guillaume, edited and translated by Philip E. BENNETT, Grant & Cutler ltd., London, 2000.
Édition d'un grand spécialiste de l'anglo-normand, fidèle au ms. de Londres et proposant d'intéressantes hypothèses de lecture.

COMPTES RENDUS

Pour l'édition de 1991 :
Gilles ROQUES, *Revue de Linguistique Romane*, LVI, 1992, p. 621.
Philippe VERELST, *Moyen Âge*, XCIX, 1993, p. 361-363.
Philip BENNETT, *Cahiers de civilisation médiévale*, XXXVI, 1993, p. 328-330.

AUTRES CHANSONS DU CYCLE DE GUILLAUME

On citera ici l'édition du texte le plus proche de la *Chanson de Guillaume*, dont la connaissance est utile pour la comparaison avec G2 :

Aliscans, publié par Claude RÉGNIER, Paris, Champion, 2 vol., 1990 (CFMA, 110 et 111).
Excellente édition de la rédaction A, établie d'après le ms. A², Paris, BN fr. 1449.

Le Cycle de Guillaume d'Orange. Anthologie. Choix, traduction, présentation et notes de Dominique BOUTET, Le Livre de Poche, collection « Lettres gothiques », 1996.
Extraits judicieusement choisis et présentés, qui permettent une vue d'ensemble sur le cycle et l'histoire poétique de Guillaume.

ÉTUDES CRITIQUES

Chanson de Guillaume, cycle de Guillaume d'Orange

J. BÉDIER, *Les Légendes épiques*, t. 1, Paris, Champion, 1908, notamment chap. IX (« Les formes primitives des poèmes du cycle », p. 312-343) et X (« Sur la formation du cycle », p. 344-363).

M. de RIQUER, *Les Chansons de geste françaises*, Paris, Nizet, 1957, p. 139-147, 149, 165 (voir aussi, p. 342-351, l'édition, précédée d'une introduction, de l'*Ensenhamen* de Guiraut de Cabrera, texte utile pour la datation du *Guillaume*).

J. FRAPPIER, *Les Chansons de geste du cycle de Guillaume d'Orange*, I, Paris, SEDES, 1955.
Synthèse riche et demeurée féconde sur les origines du personnage de Guillaume (p. 64-100), sur le texte du ms. de Londres (p. 113-233) et sur la version plus tardive, mais indispensable pour comprendre le *Guillaume*, d'*Aliscans* (p. 235-278).

Jeanne WATHELET-WILLEM, *Recherches...*, t. I.
Véritable somme sur la *Chanson de Guillaume*, les 717 pages de l'étude traitent dans le détail les ques-

tions historiques, philologiques, prosodiques et herméneutiques posées par le texte de la chanson. Sont particulièrement utiles les parties relatives à la lecture continue du poème, qui élucident le sens de nombreux passages (p. 279-390), les indications sur les noms propres (p. 507-625) et les hypothèses sur l'origine de la geste (p. 657-717).

Philip E. BENNETT, *Carnaval héroïque et écriture cyclique dans la geste de Guillaume d'Orange*, Paris, Champion, 2006.

Le rire comme célébration euphorique de la communauté héroïque de l'épopée.

Chanson de Guillaume, problèmes particuliers

Établissement du texte

Y. LEFÈVRE, « Les vers 2802-2808 de la *Chanson de Guillaume*, le sens du mot *vers* et *Ai ore* dans la *Chanson de Guillaume* », *R*, LXXVI, 1955, p. 499-505.

L. F. FLUTRE et D. MCMILLAN, « Sur l'interprétation du texte de la *Chanson de Guillaume* », *R*, LXXVII, 1956, p. 361-382.

Observations lexicales de L. F. Flutre à propos du glossaire de l'éd. McMillan et réponse de l'éditeur.

A. CASTELLANI, « Osservazioni su alcuni passi della *Canzone di Guglielmo* », *CN*, 25, 1965, p. 167-176.

Unité du poème, structure du récit

J. RYCHNER, *La Chanson de geste. Essai sur l'art épique du jongleur*, Genève-Lille, 1955, p. 159-171.

J. RYCHNER, « Sur *la Chanson de Guillaume* », *R*, LXXVI, 1955, p. 28-38.

A. BURGER, « La mort de Vivien et l'épisode de Gui », *Tra-Lili*, 16, 1, 1978, p. 49-54.

Hypothèse d'un texte premier dans lequel le remanieur aurait conservé le début et la fin.

J. WATHELET-WILLEM, « Sur la *Chanson de Guillaume* », *Mélanges R. Louis*, t. II, Saint-Père-sous-Vézelay, 1982, p. 607-621.

G. ASHBY-BEACH, « La structure narrative de la *Chanson de Guillaume* et de quelques poèmes apparentés du Cycle de Guillaume », dans *Essor et fortune de la chanson de geste dans l'Europe et l'Orient latin*, Modena, Mucchi Editore, 1984, II, p. 811-828.

La Chanson de Guillaume et l'histoire

R. LEJEUNE, « Le troubadour Arnaut Daniel et la *Chanson de Guillaume* », *MA*, 69, 1963, p. 347-357.

R. LEJEUNE, « La naissance du couple littéraire Guillaume d'Orange et Rainouart au tinel », *Marche Romane*, 20, 1970 p. 39-60.

A. MOISAN, *La Légende épique de Vivien et la légende hagiographique de saint Vidian à Martres-Tolosane*, Lille, Atelier de reproduction des thèses, 1973.

R. LAFONT, « Le mystère de Larchamp », *Medioevo Romanzo*, 13, 1988, p. 161-180.
Se prononce pour une première forme occitane du texte.

La Chanson de Guillaume et les autres chansons de geste

E. HOEPFFNER, « Les rapports littéraires entre les premières chansons de geste », *Studi Medievali*, IV, 1931, p. 233-258, et VI, 1933, p. 45-81.

A. ADLER, *Epische Spekulanten*, Munich, Fink Verlag, 1975.

G. J. BRAULT, « *La Chanson de Roland* et la *Chanson de Guillaume*, à propos de l'aspect littéraire de deux chansons de geste », dans *VIII Congreso de la Société Rencesvals*, Pamplona, 1981, p. 57-62.

J. WATHELET-WILLEM, « Rainouart et son cycle », *Mittelalterstudien. Erich Köhler zum Gedenken*, Heidelberg, 1984, p. 288-300.

La chanson de geste e il ciclo di Guglielmo d'Orange, Atti del Convegno di Bologna, 7-9 ottobre 1996, *Medioveo Romanzo*, Roma, 1997.

Une moisson d'articles sur les cycles d'Aimeri et de Guillaume.

Philip E. BENNETT, *La Chanson de Guillaume et La Prise d'Orange*, London, Grant & Cutler ltd, 2000.

Étude éclairante des deux textes épiques et des évolutions qui conduisent du premier au second.

Philip E. BENNETT, *The Cycle of Guillaume d'Orange or Garin de Monglane. A critical bibliography*, Woodbridge, Tamesis, 2004.

Bibliographie complète du cycle, et notamment de *La Chanson de Guillaume* jusqu'en 2000.

Problèmes de versification

D. P. SCHENCK, « The Refrains of the *Chanson de Guillaume* : A spatial parameter », *Romance Notes*, 1977-1978, p. 135-140.

Ph. BENNETT, « La *Chanson de Guillaume*, poème anglo-normand ? », dans *Au carrefour des routes d'Europe : la chanson de geste*, Aix-en-Provence, 1987, I, p. 259-281.

Personnages

Guillaume

J. WATHELET-WILLEM, « Le héros au "courbe nez" dans la *Chanson de Guillaume* », dans *Guillaume et Willehalm. Les épopées françaises et l'œuvre de Wolfram von Eschenbach*, Göppingen, Kümmerle Verlag, 1985, p. 145-157.

Guibourc

N. BRACH-PIROTTON, « Guibourc, sœur de Rainouart », *Mélanges J. Lods*, I, 1978, p. 88-94.

J. WATHELET-WILLEM, « Guibourc, femme de Guillaume », dans *Les Chansons de geste du cycle de Guillaume d'Orange*, III, Paris, SEDES, 1983, p. 335-355.

Rainouart

J. B. WILLIAMSON, « Le personnage de Rainouart dans la *Chanson de Guillaume* », dans *Guillaume et Willehalm...*, p. 159-171.

Vivien

A. MOISAN, « Réflexions sur la genèse de la légende de Vivien », *VIIIe Congrès de la Société Rencesvals*, Pamplona, 1981, p. 345-352.

H. LEGROS, « De Vivien à Aiol. De la sainteté du martyre à la sainteté commune », dans *Essor et fortune de la chanson de geste...*, II, p. 931-948.

LA CHANSON DE GUILLAUME

I

Plaist vus oïr de granz batailles e de forz esturs,   /1a/
De Deramed, uns reis sarazinurs,
Cun il prist guere vers Lowis, nostre empereür ?
Mais dan Willame la prist vers lui forçur,
5 Tant qu'il ocist el Larchamp* par grant onur.
Mais sovent se cunbati a la gent paienur,
Si perdi de ses homes les meillurs,
E sun nevou, dan Viviën le preuz,
Pur qui il out tut tens al quor grant dolur.
10 Lunesdi al vespre*.
Oimas comence la chançun d'Willame.

II

Reis Deramed, il est issu de Cordres*,   (a)
En halte mer en ad mise la flote ;
Amund Girunde en est venu par force*,
15 En tere entred que si mal descunorted* :
Les marchez* gaste, les alués* comence a prendre,   (b)
Les veirs cor seinz porte par force del regne,

---

15. Entred que si m. descunorted

---

5. *Larchamp* : Nous suivons, pour le nom du théâtre des combats dans la
chanson, la graphie retenue par W (I, p. 603) et garantie ici par le ms., les autres
occurrences permettant d'hésiter entre *Larchamp* et *l'Archamp*. — **10.** *Lunesdi
al vespre :* Première occurrence de la première forme de refrain. — **12.** Première
occurrence de laisse multirime. Les éléments (a) et (b) ont des contenus voisins
(arrivée de Deramé ; ravages causés par ses troupes), tandis que (c) amorce un

I

Voulez-vous entendre le récit de batailles puissantes et de dures mêlées, l'histoire de Deramé, un roi sarrasin, et celle de la guerre qu'il commença contre Louis, notre empereur ? Mais sire Guillaume lui répondit avec plus de puissance, jusqu'au moment où il le tua en Larchamp, y trouvant grand honneur.

Ses luttes contre les païens furent innombrables, et il y perdit les meilleurs de ses hommes, jusqu'à son neveu, sire Vivien le preux, dont la mort lui causa pour jamais une douleur profonde.

Lundi au soir.

Maintenant commence la chanson de Guillaume.

II

Le roi Deramé est sorti de Cordoue ; il a conduit sa flotte en haute mer puis, forçant le passage, a remonté la Gironde ; il touche terre, et tout est dévasté : il ravage marches et terres libres, fond sur les reliques sacrées et les emporte

---

développement différent (le voyage du messager à Bourges). — **14.** W et Bn transcrivent *a Munt Girunde*, reconnaissant ainsi le toponyme de Gérone. Bn traduit en conséquence *he has launched an attack on Gerona*, « il a lancé une attaque sur Gérone » tandis que W traduit comme nous « a remonté vivement la Gironde ». Voir de même au v. 40. — **15.** Nous corrigeons selon la suggestion de DM (II, p. 132), la plus proche du texte puisqu'elle n'invoque qu'un phénomène d'haplographie. — **16.** La chanson distingue ici, selon DM, les *marchez*, territoires frontières du domaine royal, et les *alleux*, que ne défend aucun grand seigneur (II, p. 133-134). R. Lejeune voyait dans le premier terme les *marchés* d'une ville (W, I, p. 283, n. 17), hypothèse retenue par W (« Pille marchés et s'empare des fermes »).

Les bons chevalers en meine en chaënes,
E en Larchamp est hui fait cest damages.
20 Un chevaler est estoers de ces paens homes ;   (c)
Cil le nuncië a Tedbalt de Burges ;
Iloeques ert Tedbald a iceles hures,
Li messagers le trovad veirement a Burges,
E Esturmi, sis niés, e dan Vivien le cunte,
25 Od els set cent chevalers de joefnes homes ;
N'i out cil qui n'out halberc e broine.
Es vus le mes qui les noveles cunte.

III

Tedbald le cunte reperout de vespres,
E sun nevou Esturmi qui l'adestre,
30 E Vivien i fu, li bons niés Willame,
E od lui set cenz chevalers de sa tere.
Tedbald i ert si ivre que plus n'i poet estre,
E Esturmi sun nevou, que par le poig l'adestre.
Es vus le mes qui cunte les noveles :
35 « Deu salt Tedbalt al repeirer de vespres !
De Deramed vus di dures noveles ;
En Larchanp est un mult dolente guere.

IV

« Reis Deramed est issu de Cordres,   (a)
En halte mer en ad mise sa flote ;   /1b/
40 Amund Girunde en est venu par force,
En vostre tere est, que si mal desonorted :
Les marchez guaste e les aluez vait prendre,   (b)
Les veirs cors seinz trait par force del regne,
Tes chevalers en meine en chaënes.
45 Pense, Tebalt, que paens nes ameinent ! »

hors du royaume, charge de chaînes les vaillants chevaliers et les entraîne : tel est le désastre qui s'accomplit aujourd'hui en Larchamp.

Un chevalier s'est échappé des mains païennes et porte la nouvelle à Tiébaut de Bourges. C'est là qu'était Tiébaut à ce moment, et le messager le trouve en effet à Bourges, avec Estourmi, son neveu, et sire Vivien, le comte : autour d'eux l'on voit sept cents chevaliers, tous de jeunes hommes, portant chacun le haubert ou la broigne.

Voici le messager ; il apporte la nouvelle.

III

Le comte Tiébaut revient de vêpres, et son neveu Estourmi marche à sa droite ; Vivien, le neveu de Guillaume, est là aussi, et avec lui sept cents chevaliers de la terre de Tiébaut. Celui-ci est ivre autant qu'il peut l'être, tout comme son neveu Estourmi qui est à sa droite, lui tenant le poing.

Voici le messager ; il apporte la nouvelle :

« Dieu sauve Tiébaut, qui s'en revient de vêpres ! J'ai une terrible nouvelle à vous dire au sujet de Deramé : une guerre tragique se déroule en Larchamp.

IV

« Le roi Deramé est sorti de Cordoue ; il a conduit sa flotte en haute mer, puis a remonté la Gironde, dont il a forcé le passage ; le voici sur tes terres, qu'il ravage de façon pitoyable. Il détruit les marches et s'empare des terres libres, fond sur les reliques sacrées et les emporte, charge de chaînes tes chevaliers et les emmène.

« Songe, Tiébaut, à empêcher les païens de te les ravir ! »

V

« Franche meisné, dist Tebald, que feruns ? »   (a)
Dist li messages : « Ja* nus i combatuns ! »
Tedbalt demande : « Que feruns, sire Vivien ? »   (b)
Dist li bers : « Nus ne frum el que ben.
50 Sire Tedbald, dist Viviën li ber,   (c)
Vus estes cunte e si estes mult honuré
Des meillurs homes de rivage de mer.
Si m'en creez, ne serras ja blamé.
Pren tes messages, fai tes amis mander ;
55 N'obliez mie Willame al cur niés* :
Sages hom est mult en bataille chanpel,
Il la set ben maintenir e garder ;
S'il vient, nus veintrums Deramed. »

VI

« Nel te penser, Tedbald, ço dist Esturmi ;
60 En ceste terre al regne, u que arivent paen u Arabit*,
Si mandent Willame le marchis ;
Si de tes homes i meines* vint mil,
Vienge Willame e des suens n'i ait que cinc,
Treis u quatre, que vienge a eschari,
65 Tu te combates e venques Arabiz,
Si dist hom ço que dan Willame le fist.
Qui ques prenge, suens est tote voie le pris.
Cumbatun, sire, sis veintrun, jo te plevis ;

---

47. Dist li m. jas nus i c. — **62.** Si de tes h. i meinent v. m.

---

47. *Ja* : Correction d'après SW. — **55.** *Willame al cur niés* : Dans cette première occurrence du surnom de Guillaume, le ms. ne choisit pas entre le *curt
niés* (v. 85) ou le *curb niés* (v. 116). Dans la mesure toutefois où la seconde
épithète l'emporte massivement sur la première (trente-huit contre un), nous

V

« Nobles compagnons, s'écrie Tiébaut, qu'allons-nous faire ?

— Allons à l'instant les combattre ! » répond le messager.

Tiébaut reprend :

« Qu'allons-nous faire, seigneur Vivien ? »

Et le preux déclare :

« Nous ne ferons que notre devoir. Seigneur Tiébaut, dit Vivien le preux, tu es comte, et les meilleurs chevaliers qui vivent dans les terres proches de la mer te font hommage. Si tu crois mon conseil, jamais de blâme sur toi !

« Rassemble tes messagers, convoque tes amis, sans oublier Guillaume au nez courbe : c'est un homme de grande ressource lorsqu'il y a bataille rangée ; il sait parfaitement la conduire et la maîtriser ; s'il vient, nous vaincrons Deramé. »

VI

« Écarte cette idée, Tiébaut, réplique Estourmi. En cette terre, dans le royaume, lorsque païens ou Arabes débarquent, on fait appel à Guillaume le marquis. Toi, tu peux bien mener au combat vingt mille hommes, et lui, venir avec une maigre escorte, cinq guerriers, ou bien trois ou quatre : si tu livres bataille et triomphes des Arabes, on attribue la victoire à Guillaume. Quel que soit le vainqueur, c'est lui qui emporte l'honneur. Combattons, seigneur, et nous les vaincrons, je te le promets : ton renom ne le cède en rien à celui de Guillaume.

---

traduisons selon la formule la plus fréquente. Pour les surnoms de Guillaume, voir F, p. 89-94. — **60.** SW rétablissent la mesure du vers en considérant que la seconde partie représente un vers différent : *En ceste terre, el regne Loois / U que arivent paien u Arabit* (W). — **62.** Le ms. offre la forme *meinent*, alors qu'il s'agit de toute évidence des hommes de Tiébaut. SW proposent *Si de tes homes i veneient vint mil* ; nous préférons garder le verbe *mener*, à la personne 2.

Al pris Willame te poez faire tenir.
70 — Franche meisné, dist Viviën, merci !
Od poi compaignie ne veintrun pas Arabiz.
Mandum, seignurs, Willame le marchis* !
Sages hon est pur bataille tenir :
S'il i vient, nus veintrum Arabiz. »
75 E dist Esturmi : « Malveis conseil ad ici.
Estrange gent* tant le loent tut dis,
E noz homes fait tuz tenir a vils. »
Respunt Tedbald : « Unques pur el nel dist,
Mais a la bataille n'ose il pas venir. »

VII

80 Dist Viviën : « Ore avez vus mesdit,
Car il nen est nez ne de sa mere vis,   /1c/
Deça la mer, ne dela la Rin*,
N'en la crestiënté, n'entre Arabiz,
Mielz de mei ose grant bataille tenir,
85 Fors sul Willame al curt niés le marchis.
Il est mis uncles, vers li ne m'en atis,
Lunsdi al vespre,
Jo nem met mie al pris Willame*. »

VIII

Dunc dist Tedbald : « Aportez mei le vin,
90 Si me donez, si beverai a Esturmi ;
Ainz demain prime requerrun Arrabiz,
De set liwes en orrat l'em les criz,
Hanstes freïndre e forz escuz croissir. »

---

72. Mandum nus s. pur W. le marchis — **88.** Jo ne met mie a pris W.

---

72. *Mandum, seignurs, Willame* : Correction d'après SW. — **76.** *Estrange gent :* Il semble difficile de comprendre, comme W, les « mécréants ». Comment les païens, du reste, pourraient-ils faire l'éloge de Guillaume, qui les combat ? Sans doute *estrange* peut-il signifier *hostile, ennemi,* comme dans *e. cuntree* (v. 682, 1002) ; mais le sens premier est *étranger,* qu'on retrouve d'ailleurs dans

— Nobles guerriers, reprend Vivien, je vous en prie ! Ce n'est pas avec des forces réduites que nous viendrons à bout des Arabes. Faisons appel, seigneurs, à Guillaume le marquis ! C'est un homme de grande ressource pour conduire une bataille : s'il vient ici, nous vaincrons les Arabes. »

Mais Estourmi proteste :

« C'est un conseil fallacieux ; les gens d'ailleurs ne cessent de le louer, et nos guerriers se trouvent accablés de mépris.

— C'est bien l'intention de Vivien, répond Tiébaut ; en fait, il n'ose pas marcher au combat. »

VII

Vivien déclare :

« C'est un mensonge, car il n'est pas encore né, pas sorti du ventre de sa mère, ni de ce côté de la mer, ni par-delà le Rhin, parmi les chrétiens ni parmi les Arabes, celui qui, mieux que moi, saurait se comporter dans une grande bataille ; je n'excepte que Guillaume au court nez, le marquis ; il est mon oncle, et je ne puis rivaliser avec lui,

« Lundi au soir,

« Je ne compare pas ma valeur à celle de Guillaume. »

VIII

Alors Tiébaut dit :

« Qu'on m'apporte le vin, et qu'on m'en donne, car je veux boire avec Estourmi. Demain, avant la première heure, nous irons attaquer les Arabes. À sept lieues à la ronde, on entendra les clameurs, le bruit des lances qui éclatent et des robustes boucliers qu'on brise. »

---

e. regné (v. 2414). Ce sont les étrangers au comté de Bourges, et parmi eux Vivien, qui sont censés dénigrer au profit de Guillaume la valeur de Tiébaut. — **82.** *Rin* (voir aussi v. 1599) est considéré par DM comme un nom commun (rivière) ; le souci affiché par le poète de délimiter l'espace selon des repères précis (la mer, les chrétiens, les Arabes) rend plus plausible l'hypothèse de W, qui comprend *le Rhin* (voir I, p. 616). — **88.** S (p. 90) : *Jo nem faz mie tenir al pris Guillelme* ; W : *Jo ne met mie mun pris al pris Guillelme.*

E li botillers lur aporta le vin,
95   But ent Tedbald, sin donad a Esturmi ;
E Vivien s'en alad a sun ostel dormir.

IX

Dunc s'asemblerent les homes de lur terre ;
Quant vint a l'albe, dis mil sunt od helmes.
Par mein levad Tedbald a unes estres,
100 De devers le vent ovrit une fenestre,
Mirat le ciel, ne pot mirer la terre ;
Vit la coverte de broines e de helmes.
. . . . *
« Deus, dist Tedbald, iço que pot estre ?

X

105 « Seignurs, frans homes, merci, pur amur Dé !
Dis et uit anz ad ja, e si sunt tuz passez,
Que primes oi a bailler ceste cunté ;
Unc puis ne vi tanz chevalers armez
Que ne seüssent quele part turner.
110 Assaldrez vus ne chastel ne cité,
Dolent poent estre que vus avez defié,
E dolentes lé marchez que vuz devez gaster. »
Dist Viviën : « Cest plaid soi jo assez.
Tedbald fu ivre erseir de sun vin cler ;
115 Or est tut sage quant ad dormi assez.
Ore atendrun nus Willame al curb niés. »
Dunc out cil hunte qui al seir en out parlez,
E cil greignur qui se furent vanté.

---

103. E de Sarazins la pute gent adverse

---

103. *E de Sarazins la pute gent adverse* : Ce vers, comme l'a bien vu W (I, p. 287,
n. 34) n'a pas sa place ici, et il est inutile de chercher à l'insérer dans le contexte, comme

Le bouteiller leur apporta le vin, et Tiébaut en but, puis en donna à Estourmi ; alors Vivien s'en alla dormir en son logis.

IX

Voici que se rassemblent les guerriers de leur terre ; lorsque le jour point, ils sont dix mille, le casque en tête. Au matin, Tiébaut se lève et se dirige vers une embrasure ; du côté du vent il ouvre une fenêtre et peut voir le ciel, mais non la terre, qui est couverte de broignes et de heaumes [...].

« Dieu ! dit Tiébaut, qu'est-ce que cela ? »

X

« Seigneurs, nobles guerriers, pitié, pour l'amour de Dieu ! il y a bien dix-huit ans achevés que j'ai reçu la charge de ce comté, et je n'ai jamais vu autant de chevaliers en armes, si nombreux qu'ils ne peuvent bouger. Si vous vous lancez à l'assaut d'une place forte ou d'une cité, ceux que vous avez défiés peuvent s'apprêter à souffrir, tout comme les terres frontalières que vous allez détruire. »

Alors Vivien dit :

« Je connais l'histoire : hier soir, Tiébaut avait bu trop de vin pétillant et il était ivre ; le voilà devenu très sage, une fois qu'il a bien dormi. Maintenant, nous attendrons Guillaume au nez courbe. »

Alors, celui qui le soir avait parlé éprouva de la honte, et plus encore ceux qui s'étaient laissés aller à la vantardise.

---

l'a fait S, par un vers additionnel *(De la poïr quidat que ço fust presse / De Sarazins...).* Tiébaut, dégrisé, est stupéfait de voir la troupe de ses guerriers rassemblés. S'agit-il d'un « ébahissement admiratif », comme le pense W ? Nous considérons plutôt que Tiébaut ne comprend pas ce que font tous ces gens, puisqu'il a perdu le souvenir des événements de la veille : c'est ce que suggère la question d'Estourmi au v. 125.

XI

Ço dist Vivien, le chevaler oneste :
120 « Cest plaid soi jo ; erseir, par ma teste,
Tedbald ert ivre al repeirer de vespres ;
Ore ad assez dormi ; nus atendrun Willames. »   */1d/*
Este vus errant Esturmi par la presse ;
Vint a Tebald, sil prist par la main destre :
125 « Ber, ne te menbre del repeirer de vespres,
De Deramed e de la dure novele ? »
Respunt Tedbald : « Ai jo mandé Willame ?
— Nenil, bels sire, car il ne puet a tens estre.

XII

« Par mi le col t'en oras herseir dehé,   (a)
130 Si tu mandoues Willame al curb niés. »
Respunt Tedbald : « Ore leissun dunc ester. »
Armes demande, l'em li vait aporter.
Dunc li vestent une broine mult bele*,   (b)
E un vert healme* li lacent en la teste ;
135 Dunc ceint s'espee, le brant burni vers terre,
E une grant targe tint par manvele ;
Espé trenchant out en sa main destre,
E blanche enseigne li lacent tresque a tere.
Dunc li ameinent un cheval de Chastele ;
140 Dunc munte Tidbald par sun estriu senestre,
Si en est issu par une des posternes.
Al dos le siwent dis mil homes od helmes ;
En Larchamp vont rei Deramed requere.
Dunc s'en issid Tedbald de sa bone cité ;   (c)
145 Al dos le siwent dis mil homes armez,
En Larchamp requistrent le paien Deramed.
Malveis seignur les out a guier,
Lunsdi al vespre.
En Larchamp vindrent desur mer a destre.

---

133. Dunc li v. une br. m. bele e cler

---

133. Conformément à une suggestion de DM (II, p. 134), nous considérons *e cler* comme une addition de remanieur. — **134.** *Un vert healme :* Voir l'étude

XI

Vivien parle, le chevalier plein d'honneur :
« Je connais l'histoire ; hier soir, j'en jure par ma tête,
Tiébaut était ivre en revenant de vêpres ; il a maintenant
bien dormi, et nous attendrons Guillaume. »

Mais voici qu'arrive Estourmi, fendant la presse des cheva-
liers ; il va trouver Tiébaut et le prend par la main droite :
« Seigneur, ne te souviens-tu pas du retour de vêpres, de
Deramé et de la terrible nouvelle ? »

Tiébaut répond : « Ai-je appelé Guillaume ? »
— Non, cher seigneur, car il ne saurait arriver à temps.

XII

« Hier soir, tu as appelé la malédiction sur toi, au cas où
tu ferais appel à Guillaume au nez courbe. »

Alors Tiébaut de répondre : « Eh bien, n'en parlons
plus ! »

Il demande ses armes, et on les lui apporte ; on lui fait
endosser une très belle broigne, et on lui lace sur la tête
un heaume de couleur verte, puis il ceint son épée, dont la
lame brillante est dirigée vers la terre ; il tient par la poignée un large bouclier et porte dans sa main droite un
épieu tranchant, sur lequel on fixe une enseigne blanche
qui pend jusqu'à terre.

On lui amène un cheval de Castille, sur lequel Tiébaut
monte par l'étrier gauche ; puis il quitte la ville par une
porte dérobée. Dix mille chevaliers le suivent, le casque en
tête ; ils vont à Larchamp attaquer le roi Deramé.

Alors Tiébaut sort de sa bonne cité : dix mille chevaliers
en armes le suivent, qui se préparent à attaquer le
roi Deramé à Larchamp. Mais c'est un mauvais seigneur
qu'ils avaient pour guide, lundi au soir. Et voici qu'ils arri-
vent à Larchamp, au bord de la mer, sur la droite.

très complète de M. Plouzeau, « *Vert heaume*, approche d'un syntagme », dans
Les Couleurs au Moyen Âge, Senefiance n° 24, Aix-en-Provence, CUERMA,
1988, p. 591-650.

XIII

150 Tedbald garde es haltes eigues ;
De vint mil niefs i ad veü les vernes.
Ço dist Tedbald : « Ore vei jo lur herberges ! »
Dist Viviën : « No sunt, car ne poent estre.
Naviries est qui aprisme vers terre ;
155 Se cil sunt fors, il purprendrunt herberge. »
Dunc vint avant, si choisid les festes
De cinc cent triefs, les pignuns* e les herberges.
Dist Viviën : « Ço poënt il ben estre. »
Dist Tedbald, de Berri li maistres :
160 « Viviën, ber, car muntez en cele tertre,
Si surveez iceste gent adverse,
Cumben il unt homes en mer e en terre. »
Dist Viviën : « Nel me devez ja requere :   /2a/
Encuntre val dei bas porter mun healme
165 Desi qu'al champ u fiere od le poig destre,
Car si m'aprist li miens seignurs Willame.
Ja si Deu plaist ne surverrai herberge ! »

XIV

« Sire Tedbald, dist Viviën le ber,
Tu es cunte, e ço mult honuré
170 Des meillurs homes de rivage de mer.
Munte le tertre, tu deis ben esgarder
Cum il unt homes en terre e en mer.
Se tant as homes que tu i puisses fiër,
Chevalche encuntre, si va od els juster :
175 Ben les veintrun solunc la merci Deu !
E si poi as homes pur bataille champel,
Veez ci un val, fai les tuens assembler,
E pren tes messages, fai tes amis mander ;
N'i oblit mie Willame al curb niés !
180 Sages hon est mult en bataille chanpel,
Si la seet ben maintenir e garder ;
S'il vient, nus veintrun Deramed. »

XIII

Tiébaut regarde vers la haute mer, et les proues de vingt mille navires lui sont apparues. Tiébaut dit :

« J'aperçois leur campement. »

Mais Vivien répond :

« C'est impossible, car ils ne sont pas encore là. C'est leur flotte qui approche de la côte ; s'ils débarquent, ils installeront leur camp. »

Il continue d'avancer, et voici qu'il aperçoit le sommet de cinq cents tentes, les oriflammes et les abris. Alors Vivien dit :

« Maintenant, c'est bien eux. »

Et Tiébaut, le maître du Berry, d'ordonner :

« Vivien, noble chevalier, montez sur cette éminence, et guettez nos ennemis : combien ont-ils d'hommes sur la mer et sur le rivage ? »

Mais Vivien répond :

« Vous n'avez pas à me donner un tel ordre, car mon devoir est d'aller, tête baissée et heaume incliné, jusqu'au champ de bataille où je frapperai avec le poing droit : tel est l'enseignement que m'a donné mon seigneur Guillaume. À Dieu ne plaise que je sois guetteur d'un campement ! »

XIV

« Sire Tiébaut, reprend Vivien le vaillant, tu es comte, et les meilleurs chevaliers qui vivent dans les terres proches de la mer te font hommage. Gravis l'éminence, et observe combien ils ont d'hommes sur la mer et sur le rivage. Si tu as suffisamment de guerriers pour être sûr de toi, lance la charge contre eux et engage le combat : Dieu, par sa grâce, nous donnera la victoire. Mais si tu as trop peu de gens pour livrer bataille, rassemble tes hommes dans cette vallée, appelle tes messagers et fais venir tes amis : n'oublie surtout pas Guillaume au nez courbe ! C'est un homme de grande ressource lorsqu'il y a bataille rangée ; il sait parfaitement la conduire et la maîtriser : s'il vient, nous vaincrons Deramé. »

---

157. Nous adoptons pour *pignuns* l'interprétation de LF et de W (flammes qui flottent au-dessus des tentes), non celle de DM (sommet des tentes). Voir la discussion dans W, I, p. 289, n. 44.

Respunt Tedbald : « Gent conseil m'as doné. »
Le cheval broche, si ad le tertre munté ;
185 Garde Tedbald vers la lasse de mer,
Vit la coverte de barges e de nefs,
E de salandres e granz eschiez ferrez ;
Mire le ciel, ne pot terre esgarder.
De la poür s'en est tut oblié ;
190 Aval devalad del tertre u il ert munté,
Vint as Franceis, si lur ad tut cunté.

XV

« Franche meisné, que purrun nus devenir ?
Cuntre un des noz ad ben des lur mil.
Ki ore ne s'en fuit, tost i purrad mort gisir ;
195 Alum nus ent tost pur noz vies garir.

XVI

« Viviën, ber, ten tei lunc ceste roche ;
Par mi cest val nus cundui nostre force,
Que ne te veit li sarazine flote.
Si enverrai pur Willame, qui conbatera s'il ose,
200 Lunsdi al vespre ;
Ja ne combaterai sanz Willame. »

XVII

Dist Viviën : « Malveis conseil ad ci* ;
Tu les as veuz, e il tei altresi ;
Si tu t'en vas, ço ert tut del fuïr.   /2b/
205 Crestiënté en ert tut dis plus vils,
E paenisme en ert le plus esbaldi.

---

202. La contradiction entre l'incitation au combat que contient cette laisse
(cf. v. 207) et les propos de la laisse XIV, v. 176-182, où l'hypothèse de l'appel
adressé à Guillaume est envisagée, n'est qu'apparente. Tiébaut est ici prêt à
prendre la fuite (laisse XV), et la responsabilité qu'il veut confier à Vivien

Tiébaut répond :
« Tu m'as donné un précieux conseil. »

Il pique son cheval des éperons, gravit l'éminence et regarde vers le rivage de la mer ; il la voit couverte d'embarcations et de vaisseaux, de bateaux plats et de grands navires bordés de fer. Il peut contempler le ciel, mais il lui est impossible d'apercevoir la terre. Alors la peur lui fait perdre contenance ; il redescend de l'éminence qu'il avait gravie, va trouver les Français et ne leur cache rien :

XV

« Nobles vassaux, qu'allons-nous devenir ? Pour un des nôtres, il y en a bien mille de leur côté, et qui ne prend la fuite trouvera bientôt la mort : partons à l'instant, et sauvons nos vies !

XVI

« Vivien, noble chevalier, reste à l'abri de ce rocher, et conduis nos guerriers à travers ce vallon, afin que les Sarrasins et leur flotte ne t'aperçoivent pas. Pour moi, j'enverrai prévenir Guillaume, qui combattra s'il l'ose,

« Lundi au soir,

« Jamais je ne combattrai sans Guillaume. »

XVII

Vivien répond :
« Mauvais calcul que celui-ci ; tu les as vus, et ils t'ont vu de même ; si tu t'en vas, cela équivaut à prendre la fuite. Chrétienté perdra à jamais son honneur, et païennie sera

---

(laisse XVI) n'est qu'un subterfuge, comme l'a bien vu W (I, p. 291). C'est donc cette volonté de fuite que combat ici Vivien, non l'envoi d'un messager à Guillaume. Les v. 208-211 nous paraissent empreints d'ironie : en rappelant les vantardises de Tiébaut, Vivien n'espère pas fouetter l'orgueil du comte, dont il n'y a rien à tirer, comme la suite le montrera, mais stigmatiser sa lâcheté.

Conbat t'en, ber, sis veinteruns, jol te plevis.
Al pris Willame te deis faire tenir ;
Des herseir vespre le cunte en aatis,
210 Lunsdi al vespre ;
Ben te deis faire tenir al pris Willame. »

XVIII

Cent mille furent de la gent Deramed,
As esneckes e as dromunz de mer,
E virent Tedbald* sus el tertre ester.
215 Il le conurent al grant escu bocler ;
Dunc sorent ben* que el val en out remis
De ses homes mulz e de ses amis.

XIX

Lunsdi al vespre.
Les Sarazins de Saraguce terre,
220 Cent mile furent de la pute geste ;
Il n'i out celui de blanc halberc ne se veste,
E de Saraguce verz healmes en lur testes,
D'or les fruntels e les flurs e les esses,
Espees ceintes, les branz burniz vers terre ;
225 Les bons escuz tindrent as manveles,
Espeés trenchanz e darz as poinz destres,
Chevals coranz d'Arabe suz lur seles.
Cil issirent fors al sablun e en la gravele,
Si purpristrent defors la certeine terre.
230 Cil moürent al cunte Tedbald grant guere,
Pur ço orrez* doleruse novele.

---

214. E virent s. el tertre e. — **216.** D. sorent be que el v. en out r. — **231.** Pur ço oirent d. n.

---

214. Nous rétablissons dans ce vers, comme SW, le nom de Tedbald. —

gonflée de joie. Engage la lutte, guerrier, et je te jure que nous en viendrons à bout ; montre que ton renom ne le cède en rien à celui de Guillaume, puisque hier au soir tu as voulu rivaliser avec le comte,

« Lundi au soir,

« Montre que ton renom ne le cède à rien à celui de Guillaume. »

XVIII

Ils sont cent milliers, les guerriers de Deramé, à bord de brigantins ou de dromonts de haute mer. Sur le tertre, ils aperçoivent Tiébaut, immobile, et ils le reconnaissent à son grand écu à boucle. Ils comprennent alors que dans la vallée sont restés bon nombre de ses gens et de ses amis.

XIX

Lundi au soir.

Les Sarrasins du pays de Saragosse, cette engeance détestable, sont au nombre de cent mille. Tous ont vêtu le blanc haubert et portent sur leur tête des heaumes verts dont le frontal, les fleurs et les ornements sont en or. Ils ont ceint l'épée, dont la lame brillante est tournée vers la terre ; par la poignée ils tiennent les solides boucliers et serrent dans leur poing droit des épieux aiguisés ou des javelots : leurs selles sont placées sur de rapides chevaux arabes.

Alors ils débarquent sur le sable de la grève et gagnent la terre ferme. Ils vont entreprendre contre le comte Tiébaut une guerre terrible, dont vous entendrez pitoyable nouvelle.

---

216. *Ben :* Correction d'après la forme habituelle de l'adverbe. — **231.** La leçon du ms., *oïrent*, n'offre pas de sens satisfaisant ; nous supposons, avec SW, un appel au lecteur *(orrez).*

XX

Clers fu li jurz e bels li matins,
Li soleil raed, si est li jurz esclariz.
Paen devalent par mi un broilled antif ;
235 Par unt qu'il passent tote la terre fremist ;
Des dur healmes qu'il unt a or sartid,
Tres lur espalles tut li bois en reflanbist.
Qui dunc les veist esleisser e saillir,
De durs vassals li peüst sovenir.
240 Idunc les mustrat Vivien a Esturmi.

XXI

« Esturmi, frere, jo vei paens venant ;
Lé lur chevals par sunt si coranz,
Pur quinze liwes tuz jurz aler brochanz,
Pur plus cure ja ne lur batera flanc.
245 Aincui morrunt li cuart en Larchamp.   /2c/
Or apresment li fueür* de devant ;
Ja ne garrat li petit pur le grant,
Ne n'i pot garir le pere sun enfant.
Fium nus en Deu, le tut poant,
250 Car il est mieldre que tut li mescreant.
Cumbatun nus, si veintrun ben le champ. »

XXII

Dunc dist Tedbald : « Qu'en loez, sire Vivien ?   (a)
— De la bataille, car ore ja vienge ben* ! »
Aprof demande : « Qu'en loez, Esturmi ?   (b)

---

253. De la b. car ore ja vien b.

246. *Fueür* : Le sens de fourrageurs, soldats d'avant-garde, suggéré par LF
paraît satisfaisant et rend superflue la correction en *fereür* proposée par A. Castellani et reprise par W (I, p. 292, n. 58). — **253.** DM, qui ne corrige pas le vers,
le place dans la bouche de Tiébaut ; Vivien, interrogé, ne répond donc pas et

XX

Le jour est clair et le matin splendide ; le soleil épand ses rayons et la lumière du jour apparaît. Les païens dévalent à travers un bosquet ancien et font trembler le sol sur leur passage ; leurs heaumes robustes sertis d'or font resplendir le bois derrière eux. En les voyant s'élancer et bondir, on ne pourrait qu'imaginer d'impétueux guerriers.

Et Vivien de les montrer à Estourmi.

XXI

« Estourmi, mon frère, je vois les païens qui accourent ; ils ont des chevaux si rapides qu'ils peuvent parcourir au galop quinze lieues, et ils ne seront pas épuisés par une distance plus longue.

« Aujourd'hui, les couards périront à Larchamp ; voici qu'approchent en éclaireurs les fourrageurs. Désormais, le grand ne protégera plus le petit, et le père ne pourra rien pour son enfant. Ayons confiance en Dieu, le Tout-Puissant, car il est supérieur à tous les infidèles. Engageons le combat, et nous réussirons à vaincre. »

XXII

Alors Tiébaut demande :
« Quel conseil donnez-vous, seigneur Vivien ?
— Se battre, pour que de là vienne le bien ! »
Tiébaut reprend :
« Quel est votre conseil, Estourmi ?

Tiébaut interroge aussitôt Estourmi. S attribue le premier hémistiche à Tiébaut, le second représentant la réponse de Vivien (... *Qu'en loez, Viviëns, / De la bataille ? Ai or, ja l'avrum bien !*). Nous suivons la correction et l'interprétation de W : la réponse de Vivien est attendue, et en deux autres occasions (v. 572, 749), les mots *de la bataille* introduisent une réponse de Vivien.

255   — Que chascuns penst* de sa vie garir :
      Qui ore ne s'en fuit, tost i puet mort gisir* ;
      Alum nus ent pur noz vies garir. »
      Dist Viviën : « Ore oi parler mastin ! »
      Respunt Tedbald : « Ainz est* pres de mun lin ;
260   Ne volt enquere dunt mun cors seit honi,
      Ne enginné, ne malement bailli.

XXIII

      « Esturmi, niés, derump cest gunfanun,   (a)
      Ke en fuiant ne nus conuisse l'um,
      Car a l'enseigne trarrunt paen felun. »
265   E dist Esturmi : « A la Deu beneiçun ! »
      Encuntremunt li gluz presenta sa hanste,   (b)
      Sur sun arçun devant mist la lance,
      A ses dous poinz derunp l'enseigne blanche,
      Puis la folad enz el fanc a ses pez*.

XXIV

270   Tedbald le cunte teneit un grant espé,
      Le resteot turnad cuntremunt vers le ciel
      E mist en le fer sur l'arçun detrés ;
      Runt l'enseigne de l'hanste de pomer,
      Puis la fulat enz al fanc a ses pez.
275   « Mielz voil, enseigne, que flanbe te arde del ciel
      Qu'en bataille me reconuissent paen.
      — Graimes noveles, en dist li quons Vivien,
      En chanp nus faillent nostre gunfanuner.

---

259. Respunt T. ainz pres de m. lin

---

255. Avec SW, nous lisons *penst* et non *peüst* (DM). — **256.** Comme W, nous attribuons les v. 256-257 à Estourmi, qui répond à son tour à la question de Tiébaut. — **259.** *Ainz est* : Correction d'après W ; S : *Ainz hui pers de mun lign / Ne volt enquerre...* — **269.** SW : *Puis la f. a ses piez en la fange.*

— Que chacun pense à sauver sa vie, car celui qui ne prend pas immédiatement la fuite peut être sûr de mourir rapidement. Allons-nous-en pour protéger nos vies. »

Vivien réplique :

« C'est un chien qui vient de parler. »

Mais Tiébaut riposte :

« Non, c'est mon parent, et il n'a pas voulu suggérer un plan qui mette ma vie ou mon honneur en danger.

XXIII

« Estourmi, mon neveu, arrache ce gonfanon, de peur qu'on ne nous reconnaisse au cours de notre fuite : les cruels païens se dirigeront en effet vers l'enseigne. »

Et Estourmi implore la grâce divine. Il tourne, l'infâme, la poignée de l'épieu vers le haut et appuie la lance devant lui sur l'arçon ; de ses deux mains, il arrache l'enseigne blanche, et la foule ensuite à ses pieds dans la boue.

XXIV

Le comte Tiébaut a saisi son grand épieu, dont il a tourné vers le ciel la poignée, tandis qu'il appuie le fer sur l'arçon derrière lui ; il arrache l'enseigne de la hampe de bois de pommier, puis la foule à ses pieds dans la boue :

« Je préfère, enseigne, que le feu du ciel te consume, plutôt que les païens ne me reconnaissent sur le champ de bataille.

— Dures nouvelles, dit le comte Vivien, nos porte-enseignes nous font défaut en plein champ de bataille.

XXV

« Franche meisné, que purrums devenir ?
280 En champ nus sunt nostre gunfanun* failli,
    Laissé nus unt Tedbald e Esturmi.
    Veez paens, qui mult sunt pres d'ici :
    Quant li nostre home i sunt u cinc u dis,
    E li paen i sunt u cent u mil,
285 Dunc n'avrun nus qui nus puisse tenir,
    Ne tel enseigne u puissum revertir.   /2d/
    Genz sanz seignur sunt malement bailli !
    Alez vus ent, francs chevalers gentilz,
    Car jo ne puis endurer ne suffrir
290 Tant gentil home seient a tort bailli.
    Jo me rendrai al dolerus peril,
    N'en turnerai, car a Deu l'ai pramis
    Que ja ne fuierai pur poür de morir. »
    Franceis respundent ; or oez qu'il li unt dit.

XXVI

295 « Viviën, sire, ja es tu de icel lin,
    En grant bataille nus deis ben maintenir.
    Ja fustes fiz Boeve Cornebut al marchis*,
    Nez de la fille al bon cunte Aimeris,
    Nefs Willame al curb niés le marchis :
300 En grant bataille nus deis ben maintenir.
    — Veire, seignurs, de Deu cinc cenz merciz !
    Mais d'une chose i ad grant cuntredit :
    Vuz n'estes mens, ne jo vostre sire ne devinc ;
    Sanz tuz parjures me purrez guerpir. »
305 E cil respunent tuz a un cri :
    « Tais, ber, nel dire ; ja t'averun plevi,
    En cele lei que Deus en terre mist
    A ses apostles quant entr'els descendit,
    Ne te faudrun tant cun tu serras vifs. »

---

280. SW : *En champ nus sunt gunfanunier failli.* Bn, sans corriger, interprète *gunfanun* comme porte-enseigne. — **297.** Comme dans *Aliscans* et *Foucon de Candie*, Vivien est présenté comme le fils d'une fille d'Aymeri ; dans la

XXV

« Nobles compagnons, qu'allons-nous devenir ? Nos enseignes nous font défaut sur le champ de bataille, où Tiébaut et Estourmi nous ont abandonnés. Voyez les païens, si proches de nous : pour cinq ou dix des nôtres, l'ennemi peut se compter par centaines et par milliers, et il n'y aura personne pour nous commander, aucune enseigne autour de laquelle nous puissions nous rallier. Une troupe privée de chef est vouée au désastre !

« Partez donc, chevaliers nobles et vaillants, car je ne puis supporter en aucune façon de voir tant de nobles hommes condamnés au malheur. Pour moi, j'affronterai le péril et la souffrance, je ne tournerai pas les talons, car j'ai promis à Dieu que la peur de la mort ne me ferait jamais prendre la fuite. »

Les Français lui répondent ; écoutez ce qu'ils lui ont dit.

XXVI

« Seigneur Vivien, toi qui appartiens au lignage illustre, tu dois être notre chef dans une bataille périlleuse. Tu es le fils de Beuve Cornebut le marquis ; la fille du valeureux comte Aimeri est ta mère, et tu es le neveu de Guillaume au nez courbe, le marquis : tu dois être notre chef dans une bataille périlleuse.

— En vérité, seigneurs, soyez mille fois remerciés, mais je vois à cela un grave inconvénient : vous n'êtes pas mes hommes, et je n'ai jamais été votre seigneur : vous pourrez me quitter sans commettre le moindre parjure. »

Mais ils répondent tous d'une seule voix :

« N'en parle plus, seigneur, car voici notre promesse : par la loi que Dieu a établie sur terre auprès de ses apôtres quand il descendit parmi eux, nous ne t'abandonnerons pas tant que tu seras en vie. »

Chevalerie Vivien, les *Enfances Vivien* et *Aymeri de Narbonne*, le héros est fils de Garin d'Anséune, frère de Guillaume ; Beuve Cornebut est par ailleurs inconnu. Cette généalogie est rappelée à propos de Gui, frère de Vivien (v. 1437-1439).

XXVII

310 « Et jo rafi vus de Deu, le rei fort,   (a)
  E en cel esperit qu'il out en sun cors,
  Pur peccheürs* quant il suffri la mort,
  Ne vus faldrai pur destresce de mun cors. »
  A icest mot dunc mist s'enseigne fors.
315 Dunc met sa main en sa chalce vermeille,   (b)
  Si traist fors un enseigne de paille ;
  A treis clous d'or la fermat en sa lance,
  Od le braz destre en ad brandie la hanste,
  Desi qu'as poinz l'en batirent les langes.
320 Point le cheval, il ne pot muer ne saille,
  E fiert un paen sur sa doble targe,
  Tute li fent de l'un ur desqu'a l'altre,
  E trenchat le braz qui li sist en l'enarme,
  Colpe le piz e trenchad lui la coraille,
325 Parmi l'eschine sun grant espeé li passe,
  Tut estendu l'abat mort en la place.
  Crie : « Munjoie ! », ço fu l'enseigne Charle.   /3a/

XXVIII

  Si cum li ors s'esmere fors de l'argent*,   (a)
  Si s'en eslistrent tote la bone gent :
330 Li couart s'en vont od Tedbald fuiant,   (b)
  Od Vivien remistrent tut li chevaler vaillant :
  Al chef devant fierent cunmunalment.
  Si cun li ors fors de l'argent s'en turne,   (c)
  Si s'en eslistrent tut li gentil home.
335 Premerement si ferirent en la pointe
  Cunmunalment ensemble li prodome :
  Le plus hardi n'i solt l'em conuistre.
  As premerains colps li quons Tedbald s'en turne ;
  Vait s'en fuiant a Burges tote la rute*,
340 Un grant chemin u quatre veies furchent.

312. Pur pecchurs quant il s. la mort

312. *Peccheürs* : Correction d'après v. 803. — **328-334.** Le motif de la séparation des lâches d'avec les preux, traité ici sur le mode poétique, est repris de

XXVII

« De mon côté, je vous promets au nom de Dieu, le roi puissant, et par l'Esprit qu'il portait en lui lorsqu'il endura la mort pour les pécheurs, que je ne vous abandonnerai pas, même si je suis en grand péril. »

À ces mots, il fait paraître son enseigne.

Il plonge la main dans ses chausses vermeilles et en tire une enseigne de soie, qu'il fixe sur le bois de la lance avec trois clous d'or ; de son bras droit, il brandit la hampe, et les franges descendent jusqu'à son poignet. Il éperonne son cheval, qui bondit à l'instant, et va frapper un païen sur le bouclier à double épaisseur, qu'il fend d'un bord jusqu'à l'autre ; le fer tranche le bras qui était passé dans la poignée, ouvre la poitrine, traverse les viscères, et Vivien fait ressortir le grand épieu derrière le dos du païen et l'abat, mort, de tout son long ; puis il s'écrie : « Montjoie ! », c'était l'enseigne de Charles.

XXVIII

Comme l'or pur se sépare de l'argent, ainsi tous les preux se séparent de la masse ; les couards s'en vont, prenant la fuite avec Tiébaut, et tous les chevaliers de valeur restent avec Vivien : ensemble, ils combattent au premier rang. Comme l'or s'écarte de l'argent, tous les héros se détachent de la masse : dès l'abord et tous ensemble, les preux combattent en première ligne, et l'on ne saurait distinguer le plus vaillant.

Dès les premiers coups, le comte Tiébaut tourne bride, et toute la troupe s'enfuit vers Bourges, par un grand chemin où quatre voies se croisent.

---

façon toute différente dans G2, laisse CLXVIII. — **339.** *Rute :* Nous suivons pour ce terme l'interprétation de W (I, p. 297, n. 81).

Quatre larruns i pendirent bouche a boche ;
Bas ert le fest, curtes erent les furches* .
Li chevals tired, par de desuz l'enporte ultre ;
Li uns des penduz li hurte lunc la boche.
345 Vit le Tedbald, sin out doel e vergoigne ;
De la poür en ordead sa hulce,
E cum il senti que cunchie fu tote,
Dunc leve la quisse, si la parbute ultre.
Girard apele, quil siwi en la rute* :
350 « Ami Girard, car pernez cele hulce* ;
Or i ad bon e peres precioses,
Cent livres en purrez prendre a Burges. »
E Girard li respundi encontre :
« E jo que fereie quant cunchie est tote ? »

XXIX

355 Ço dist Girard, le vaillant meschin :
« Sire Tedbald, atendez mei un petit,
Si dirrez tant al regne de Berri
Qui jo sui remis* e tu t'en es fui ;
Nen di que ja m'en veies vif* ,
360 E jo voil socure Vivien le hardi ;
Mis parenz est, si m'en est pitet* pris !
E jo ai tresor parfunt en terre mis,
Si vus dirrai u l'aveir serra pris,
Que après ma mort n'en creisse nul estrif. »

---

361. Mis p. est si m'en e. petit pris

342. Le gibet est constitué par une poutre supportée par des fourches de bois
ou par des piliers. *Fest* renvoie à la poutre et *furches* aux montants, qu'ils soient
en bois ou en pierre. — **349.** On pourrait s'étonner de voir Girard, le valeureux
cousin de Vivien (v. 459), mêlé à la troupe des couards, alors que les vaillants
chevaliers sont en train de combattre. Mais le jeune homme n'est qu'un écuyer ;
il ne possède pas d'armes, est soumis à un maître. L'enjeu du passage est de
montrer qu'il se révolte bientôt cette situation de dépendance et rejoint
la phalange héroïque. — **350-354.** Le réalisme trivial de cet échange entre Tiébaut et Girard n'impose pas l'hypothèse d'un texte remanié. Il s'agit de montrer
l'abjection à laquelle conduit la lâcheté de Tiébaut (voir aussi F, p. 199-200). —

Il y avait là quatre brigands pendus, bouche contre bouche ; la poutre était basse, et les montants courts ; le cheval
tire sur la bride et emporte Tiébaut sous le gibet, de sorte
qu'un des pendus le heurte à côté de la bouche. À cette
vue, le comte est saisi de dégoût et d'horreur ; dans son
épouvante, il souille la housse du cheval, et lorsqu'il s'aperçoit qu'elle est toute embrenée, il lève la cuisse et s'en
débarrasse, puis il appelle Girard, qui le suit avec les
autres :

« Ami Girard, prenez donc cette housse ; elle est pleine
de bon or et de pierres précieuses ; à Bourges, on vous en
donnera bien cent livres. »

Mais Girard lui rétorque :

« Vraiment, qu'en ferais-je, puisqu'elle est pleine de
bran ? »

XXIX

Girard, le vaillant jeune homme, poursuit :

« Sire Tiébaut, attends un peu ! Au royaume de Berry,
tu pourras dire que je suis resté alors que tu t'es enfui ; je
ne prétends pas que tu me reverras vivant, car je veux porter secours à Vivien le hardi : il est mon parent, et je me
suis pris de compassion pour lui.

« J'ai aussi dissimulé en terre, très profondément, un trésor ; je vais te dire où on pourra le retrouver, afin qu'après
ma mort aucune querelle ne s'élève. »

358. *Qui jo sui remis* : Un des nombreux exemples de confusion entre *qui* et
que ; voir DM, II, p. 105. — **359.** Nous suivons ici W, dont l'interprétation permet de ne pas corriger le vers (I, p. 299, n. 89) ; dans les mêmes conditions, LF
comprend : « Ne dis surtout pas (à Bourges) que je me sauve de la bataille
tandis que je suis encore vivant. » — **361.** *Pitet* : La correction proposée par
Ph. A. Becker et adoptée par LF offre un sens satisfaisant ; une confusion entre
pitet et *petit* est très plausible.

XXX

365 La fist Tedbald une folie pesme,   (a)
Quant pur Girard retirad andous ses resnes.
Quant cil l'ateint, del poig al col le dresce,
De l'altre part le botat de sa sele,   /3b/
Desi qu'as laz l'en ferid le healme en terre.
370 Puis tendit sa main juste la Tedbald gule*,   (b)
Si li toli sa grant targe duble ;
D'or fu urlé envirun a desmesure,
De l'or de Arabe out en mi le bocle.
Cil Viviën la toli a un Hungre
375 En la bataille as prez de Girunde*,
Quant il ocist le paen Alderufe
E decolad les fiz Burel tuz duze ;
Al rei tolid cele grant targe duble,
Si la donad a dan Willame sun uncle,
380 E il la donad a Tedbald le cuard cunte.
Uncore hui l'averad mult prozdome a la gule !
Le halberc li tolit, qui ert fort e duble,
E la bone espee trenchante jusqu'a la mure.

XXXI

Gerard s'adube des armes al chemin ;
385 Le runcin laisset, al bon cheval s'asist.
E Tedbald se redresce cun home esturdi,
Devant li garde, si choisist le runcin,
Prent sei al estriu, entre les arçuns s'asist ;
Quant fu munté, menbré fut del fuïr.

---

370. Le bouclier de Tiébaut, qu'il veut prendre, est en effet suspendu au cou de celui-ci. — **375.** On peut hésiter ici entre le nom du fleuve (Gironde) et celui de la ville (Gérone). Même si, comme le pense W avec l'ensemble de la critique, *Girunde* a été substitué à *Gerone* (I, p. 610-611), l'emploi du v. 14 et surtout celui du v. 935 nous suggèrent le sens de *Gironde*. Le récit de la conquête du bouclier par Vivien est repris plus loin (v. 642-647). S'y trouvent associés la mort du païen Alderufe (Guillaume combattra dans G2 un autre Alderufe, laisses CXXXIV-CXL), qui est peut-être ce roi hongrois auquel Vivien enlève le bouclier, le meurtre des douze fils de Borel et le don du bouclier à Guillaume, puis

XXX

Alors Tiébaut commet une imprudence insensée, lorsqu'en entendant Girard il tire sur ses deux rênes. Car dès que le jeune homme l'atteint, il attrape Tiébaut par le cou et le soulève d'une main, puis le fait basculer de sa selle, et le heaume va se ficher en terre jusqu'aux lacets. Il tend ensuite la main le long du visage de Tiébaut et lui enlève son grand bouclier à double épaisseur. L'écu était bordé d'or à profusion, et il y avait sur la boucle de l'or d'Arabie.

C'est Vivien qui avait conquis ce bouclier sur un Hongrois, dans la bataille aux prés de Gironde, lorsqu'il tua le païen Alderufe et coupa le cou aux douze fils de Borel. Il ravit au roi ce grand bouclier à double épaisseur et le donna à sire Guillaume son oncle, qui le remit plus tard à Tiébaut, le comte couard. Aujourd'hui, c'est de nouveau un homme courageux qui le portera, accroché à son cou !

Girard enlève encore le haubert résistant, à double rangée de mailles, et la solide épée dont la lame, jusqu'à la pointe, est tranchante.

XXXI

Girard revêt ses armes sur le chemin ; abandonnant son cheval de bât, il se met en selle sur le destrier valeureux. Quant à Tiébaut, il se relève tout étourdi, il regarde devant lui et aperçoit la rosse : il s'agrippe à l'étrier et s'assied entre les arçons ; une fois en selle, il ne pense plus qu'à fuir.

à Tiébaut. – L'histoire des fils de Borel est un élément ancien de la geste de Guillaume ; le *Fragment de La Haye* (fin x^e-début xie siècle) y fait allusion et les indications qui figurent dans la chanson d'*Aymeri de Narbonne* à propos d'un siège soutenu par Hernaut dans Gérone contre les fils de Borel peut renvoyer, selon M. de Riquer (*Les Chansons de geste françaises*, p. 134-138) à un *Siège de Gironde* (Gérone) perdu. – Enfin, le don du bouclier par Guillaume à Tiébaut suggère, comme le note W (I, p. 582, n. 326), une certaine familiarité entre les deux personnages ; les accusations ultérieures portées par Guillaume contre sa propre sœur (v. 2604-2605) vont dans le même sens.

390 Devant li garde*, si vit un grant paleiz ;
     Fort fu a reille, qu'il ne pot pel tolir*,
     E tant fu halt qu'il nel pout tressaillir.
     Desuz al val n'osad Tedbald venchir
     Pur Sarazins dunt il ad oï les criz.
395 Desus al tertre vit un fuc de brebiz ;
     Par mi la herde l'en avint a fuïr,
     En sun estriu se fert un motun gris.

XXXII

     En sun estriu se fiert un gris motun.
     Tant le turnad e les vals e les munz,
400 Quant Tedbald vint a Burges al punt,
     N'out al estriu quel chef del motun ;
     Une tel preie ne portad mes gentilz hom,
     Lunsdi al vespre,
     Li povres hom* n'i eüst tant a perdre.

XXXIII

405 Ore vus dirrai de Girard le meschin.   (a)
     Cum il returnad dreitement sun chemin,
     Devant li garde, si choisist Esturmi.
     Sun bon cheval aveit si mesbailli,
     . . . .*   /3c/
410 Grant ignelesce en volt traire Esturmi.
     Veit le Girard, si l'ad a raisun mis :
     « Ço que pot estre, chevaler Esturmi ? »
     Icil respunt : « Menbre tei del fuïr* !
     — Turnez arere, pensez del renvaïr ;
415 Si ores ne returnes, tost i purras mort gisir !
     — Nu frai ja ! », ço li dist Esturmi.

---

390. De devant se g. si v. un gr. paleiz — **404.** Li povres n'i e. tant a p.
— **409.** Ço ne volt gent que u. home n'i m. — **413.** Icil r. menbre del fuir

---

390. *Devant li garde* : Correction d'après les v. 387 et 407. — **391.** Les pieux
de la palissade sont reliés les uns aux autres par un lattis qui empêche de les
arracher. — **404.** *Li povres hom* : Correction d'après le v. 402 *(gentilz hom)* ;

Devant lui, il voit une grande palissade ; les lattes sont trop solides pour qu'il arrache le moindre pieu, et l'obstacle est si haut qu'il ne peut sauter par-dessus. Impossible non plus d'esquiver par le vallon, car Tiébaut a entendu les cris des Sarrasins. Sur la colline il aperçoit un troupeau de moutons et il lui faut s'enfuir au beau milieu ; mais un mouton gris vient se prendre dans son étrier.

XXXII

Un mouton gris se prend dans son étrier, et Tiébaut le traîne si longtemps, par monts et par vaux, que lorsqu'il arrive près du pont de Bourges il ne reste plus à l'étrier que la tête du mouton : jamais noble guerrier ne porta si piètre trophée,

Lundi au soir,

Le pauvre, lui, n'y eût point tant à perdre.

XXXIII

Je vous parlerai maintenant de Girard le jeune homme. Tandis que, rebroussant chemin, il chevauche au plus court, il aperçoit devant lui Estourmi qui a mis son cheval en un triste état [...] : il exige de lui la plus grande vitesse possible.

Dès qu'il le voit, Girard l'interpelle :

« Que faites-vous, chevalier Estourmi ? »

L'autre répond : « Songe à prendre la fuite ! »

— Faites volte-face, et repartez à l'attaque ! Si vous refusez, vous serez bientôt étendu mort, à terre !

— Je n'en ferai rien », répond Estourmi.

SW : *Li povres tant nen i eüst a perdre.* — **409.** Sauf reconstitution (S : *Ço ne volt giens qu'unkes hom l'i siwist* : il ne veut être suivi de personne), le vers, même après la substitution de *giens* à *gent*, reste énigmatique (*Ço ne volt giens que unques home n'i mist*) et W semble traduire la correction de S, qu'elle n'a pas suivie (point ne voulait que quelqu'un pût l'atteindre). Nous nous résignons au *locus desperatus*. — **413.** Correction d'après W ; S : *Icil respunt, membrez fut del fuïr : / Alum nus ent pur noz vies guarir ! / ;* il ajoute donc un vers pour bâtir la première réplique d'Estourmi.

Ço dist Girard : « Vus n'en irrez issi ! »
Le cheval broche, vassalment le requist ;
L'escu li fruisse e le halberc li rumpi,
420 E treis des costes en sun cors li malmist ;
Pleine sa hanste del cheval l'abati ;
Quant l'out a terre, un curteis mot li ad dit :
« Ultre, lechere, pris as mortel hunte ;   (b)
Ne t'avanteras ja a Tedbald, tun uncle,
425 Si tu t'en fuies, n'i remeint prodome.
N'aatiras* ja Willame le cunte,
Ne Vivien, sun neveu, ne nul altre prodome,
Lunsdi al vespre,
N'aatiras* Viviën ne Willame. »

XXXIV

430 Girard s'en vait cun plus tost pout.   (a)
Gent out la targe e dedenz e defors ;
Tute la guige en fu batue a or,
E les enarmes e tut li pan defors :
Unc plus gent home ne mist Jhesu en l'ost
435 Que fu Girard quant parti de Tidbald.
Vint a la bataille cum il plus tost pout,
Fert un paen sur la broine de sun dos,
Par mi l'eschine li mist l'espeé tut fors,
Enpeint le ben, si l'ad tribuché mort,
440 Crie : « Munjoie ! », ço est l'enseigne des noz.
Puis refert altre sur la duble targe,   (b)
Tote li freint de l'un ur desqu'a l'altre,
Trenchad le braz que li sist en l'enarme,
Colpe le piz e trenchad la curaille,
445 Par mi l'eschine sun grant espeé li passe,
Tut estendu l'abat mort en la place,
Crie : « Munjoie ! », l'enseigne Ferebrace,
Lunsdi al vespre,
Cil le choisirent en la dolente presse*.

---

426. N'avras ja W. le c. — 429. N'avras V. ne W. — 449. Cil le ch. en la d. prise

Alors Girard lui dit :

« Vous ne vous en irez pas aussi facilement ! »

Il éperonne son cheval et l'attaque hardiment ; il lui fracasse l'écu, lui perce le haubert et lui brise trois côtes ; de toute la longueur de sa lance il l'abat du cheval, et lorsqu'il est à terre, il lui parle comme on doit le faire :

« Va-t'en, gredin, tu es déshonoré à jamais ; tu ne pourras maintenant te vanter auprès de Tiébaut, ton oncle, que lorsque tu prends la fuite, il ne reste derrière toi aucun homme de valeur. Jamais tu ne rivaliseras avec le comte Guillaume, ni avec Vivien, son neveu, ni avec quelque preux que ce soit,

« Lundi au soir,

« Tu ne rivaliseras ni avec Vivien, ni avec Guillaume. »

XXXIV

Girard s'en va le plus vite qu'il peut ; il porte un bouclier magnifique à l'intérieur comme à l'extérieur ; la courroie tout entière est couverte d'or battu, ainsi que les poignées et toute la surface externe. Jamais Jésus ne mit sur les rangs un guerrier plus beau que Girard lorsqu'il quitta Tiébaut.

Il rejoint, dès qu'il le peut, le lieu du combat, frappe un païen sur la broigne qui recouvre son dos, fait ressortir son épieu derrière l'échine, appuie bien son coup et abat mort l'adversaire. Alors Girard s'écrie : « Montjoie ! », le cri de ralliement des nôtres.

Puis il en frappe un autre sur le bouclier à double épaisseur ; il le fend d'un bord à l'autre, coupe le bras qui est passé dans la poignée, ouvre la poitrine, traverse les viscères, fait ressortir son épieu derrière l'échine, et jette mort son ennemi à terre, de tout son long ; il crie : « Montjoie ! », le cri de ralliement de Guillaume aux bras robustes,

Lundi au soir,

Et les autres l'aperçoivent dans la douloureuse mêlée.

---

426 et 429. *N'aatiras* : Correction proposée par Rechnitz et adoptée par SW. — **449.** *Presse* : Correction d'après les vers 452 et 456 (SW).

XXXV

450 Li pruz Vivien ses baruns en apele :   /3d/
     « Ferez, seignurs, od voz espees beles !
     Ferez, Franceis, desrumpez ceste presse !
     Jo ai oï Lowis* u Willames ;
     S'il sunt venuz, l'estur ne durra gueres. »
455 Franceis i ferent de lur espees beles.
     Tant unt erré par la dolente presse
     Que Girard conurent ; volenters l'en apelent.

XXXVI

     Dunc li demande Vivïen le ber :   (a)
     « Cosin Girard, des quant iés chevaler ?
460 — Sire, dist il, de novel, nient de vielz.
     — Sez tu, Girard, que danz Tedbald devint ? »   (b)
     E cil li cunte cum il l'aveit bailli.
     Respunt li quons : « Tais, Girard, bels amis !
     Par vostre lange ne seit prodome honiz.

XXXVII

465 « Trai ça*, Girard, devers mun destre poig.
     Alum ensemble, si met tun gunfanun ;
     Si jo t'a*, ne crem malveis engrun. »
     Il s'asemblerent, le jur furent barun,
     En la bataille dous reals cunpaignuns ;

---

453. Jo ai oi Liwés u W. — **465.** Trai vus ça G. devers m. d. poig

---

453. *Lowis* : Correction d'après l'usage constant du texte. Vivien croit-il vraiment que le roi ou son oncle sont arrivés ? Il se montre pour le moins prudent (*S'il sunt venuz*), mais, puisque le cri de ralliement qui vient d'être poussé est celui de Fierebrace (v. 447 ; le v. 327 attribue l'enseigne à Charles), l'espoir est permis. — **465.** *Trai ça* : Correction d'après W. — **467.** *Si jo t'a* : La réduction de *ai* à

XXXV

Le preux Vivien s'adresse à ses compagnons :
« Frappez, seigneurs, de vos épées splendides ! Frappez, Français, et brisez l'étreinte ennemie ! J'ai entendu Louis ou Guillaume ; s'ils sont bien là, le combat sera tôt fini. »

Les Français frappent de leurs épées splendides ; à force d'avancer dans la douloureuse mêlée, ils reconnaissent Girard et lui adressent la parole avec joie.

XXXVI

Le preux Vivien lui demande alors.
« Girard, mon cousin, depuis quand es-tu chevalier ?
— Seigneur, répond-il, la chose est nouvelle, et non ancienne.
— Sais-tu, Girard, ce qu'est devenu Tiébaut ? »
Alors Girard lui raconte le traitement qu'il lui a infligé ; mais le comte lui dit :
« Tais-toi, Girard, mon ami ! Ta langue ne doit pas déshonorer un homme noble.

XXXVII

« Viens te placer, Girard, à ma droite ; chevauchons ensemble, et déploie ton gonfanon. Si tu es à mes côtés, je ne redoute aucun mauvais coup. »
Ils se rapprochèrent, et montrèrent ce jour-là leur prouesse ; en la bataille, ce furent deux compagnons aussi

---

a, comme aux vers 717, 721, 1435, n'est pas exceptionnelle et ne nécessite pas de correction (voir *Horn*, II, p. 66, et *Renart*, éd. M. Roques, Br. X-XI, p. X-XI).

470 Paene gent les* mistrent en grant errur,
   Lunsdi al vespre,
   Dolent est le champ senz le cunte Willame.

XXXVIII

   Viviën garde par mi une champaigne.
   Devant ses oilz vit la fere cunpaigne,
475 Del mielz de France pur grant bataille faire.
   Mult en vit de els gisir a tere ;
   Dunc tort ses mains, tire sun chef* e sa barbe,
   Plure de ses oilz, si li moille sa face.
   Forment regrette Willame Ferebrace :
480 « E, ber marchiz, qui n'est en bataille !
   De tun gent cors avun huï suffraite ;
   Ces gentilz homes en unt grant damage.

XXXIX

   « Franche meisné, pur la vertu Nostre Seignur,
   Ne vus esmaez, seignurs freres baruns.
485 Ci atendruns Willame mun seignur,
   Car s'il vient, nus veintrun l'estur. »
   Lunsdi al vespre.
   Mar fud le champ comencé sanz Willame !

---

470. P. gent mistrent en gr. er.

---

470. *Paene gent les mistrent :* Le texte du ms. *(p. gent mistrent)*, retenu par
DM et SW n'offre pas en lui-même de difficulté (« Race païenne mirent en
grand émoi », traduit W) et se trouve en accord avec les v. 468-469. Il est toutefois en contradiction avec le v. 472 ; or le vers qui suit le refrain prolonge en
général le sens du vers qui le précède, quand il ne le répète pas (voir v. 487-489,
603-605, 693-695, 757-759, 781-783). Nous pensons donc que le v. 470 annonce
déjà la défaite des chrétiens, victimes et non agents de l'*errur*, comme dans le
v. 568, qui en est la réplique *(Paien le mistrent a merveillus irrur)* ; la même

valeureux qu'un roi. Les païens les mirent dans une grande détresse,

Lundi au soir ;

Douloureuse est la bataille où le comte Guillaume n'est pas.

XXXVIII

Vivien regarde à travers la plaine, il voit devant lui les compagnons farouches, élite des Français lorsqu'il faut se battre durement.

Beaucoup sont déjà étendus à terre devant ses yeux ; alors il se tord les mains, se tire les cheveux et la barbe ; ses yeux versent des larmes qui lui mouillent le visage. Il désire ardemment que vienne Guillaume Fierebrace : « Hélas ! vaillant marquis, absent de ce combat ! Ta personne valeureuse nous fait aujourd'hui cruellement défaut, et ces nobles combattants paient un lourd tribut.

XXXIX

« Nobles compagnons, par Dieu et sa vertu, ne vous troublez pas, frères, barons valeureux ! Nous allons attendre ici mon seigneur Guillaume, car, s'il vient, nous remporterons la victoire. »

Lundi au soir.

Fatalité que d'avoir commencé la bataille sans Guillaume !

---

correction doit être envisagée au v. 1677. — **477.** *Tire sun chef :* Métonymie pour « tire ses cheveux ».

XL

Trente corns cornerent al piu une menee ;   (a)
490 Set cenz homes unt la garde muntee.
N'i ad icelui ne porte sanglante espee   /4a/
Dunt al champ unt feru granz colees,
E ainz qu'il en turnent i ferunt d'altreteles.
Viviën eire par mi le sum d'un tertre ;   (b)
495 Tels treis cenz homes vit de sa tere,
N'i ad icil n'ait sanglante* sa resne,
E d'entre ses quisses n'ait vermeille sele ;
Devant as braz sustenent lur bouele,
Que lur chevals nes desrunpent par tere.
500 Quant il les vit, plurantment* les apele :
« Freres, baruns, que purrai de vus fere ?
N'avrez mes mirie pur nul home de terre ! »

XLI

« Seignurs baruns, pur amur Deu, merci !
Enz en voz liz pur quei irrez murir ?
505 A qui prendrunt venjance vostre ami ?
Si nen ad home al regne Lowis,
S'il vus aveit si malement baillid,
Qui peis ne triwe preïssent ja voz fiz,
Ne ja ne garreit roche ne plesseïz,
510 Chastel ne tur, ne veil fossé antif,
Que a lur espees nes estust morir.
Vengum nus ent tant cun nus sumes vif ! »
E cil responent : « A vostre plaisir*, sire ber marchis ! »
Lur armes pristrent, as chevals sunt sailliz,
515 Vienent aval, sis unt acoilliz :
Par grant force recomencent a ferir.

---

496. N'i ad ic. n'ait saglante sa r. — **500.** Quant il l. vit pluralment les a.

---

496. *Sanglante* : Correction d'après W. — **500.** *Plurantment* : Malgré les objections de W (I, p. 305, n. 118), nous adoptons la correction de S ; les larmes de Vivien sont justifiées, étant donné le spectacle pathétique qu'il contemple,

XL

Trente cors sur la colline ont sonné le rassemblement, et sept cents hommes ont gravi le tertre. Tous ont leur épée ensanglantée, car ils ont frappé de grands coups dans la bataille : avant qu'ils ne s'en aillent, il leur faudra porter encore autant de coups.

Vivien parcourt le sommet d'un tertre ; il aperçoit trois cents hommes de sa terre : tous ont leurs rênes ensanglantées, ainsi que la selle qui est entre leurs cuisses. Pardevant, ils soutiennent leurs entrailles avec leurs mains, de peur que leurs chevaux ne les foulent aux pieds et ne les déchirent. À cette vue, il leur adresse la parole en pleurant :

« Frères, chevaliers valeureux, que vais-je pouvoir faire pour vous ? Personne, sur cette terre, ne pourrait vous procurer un médecin.

XLI

« Seigneurs chevaliers, pour l'amour de Dieu, écoutez-moi. À quoi servirait d'aller mourir dans votre lit ? Comment vos amis pourraient-ils vous venger ? Or si quelqu'un du royaume de Louis vous avait maltraité de la sorte, il ne pourrait compter faire la paix avec vos fils ou conclure une trêve avec eux. Roche, palissade ou forteresse, donjon ou fossé de haute ancienneté ne l'empêcherait pas de mourir, frappé par leurs épées.

« Vengeons-nous donc, tant que nous sommes en vie ! »

Et eux de répondre :

« Qu'il soit fait selon votre plaisir, vaillant marquis ! »

Ils saisissent leurs armes et bondissent en selle, puis ils descendent de la colline et se ruent sur leurs ennemis, qu'ils frappent de nouveau avec une grande vigueur.

---

alors que *pluralment* (tous ensemble) apporte peu au sens. — **513.** *A vostre plaisir* : W (I, p. 306, n. 120) propose de reconnaître ici l'expression *ai or(e)* étudiée par Y. Lefèvre (*R*, LXXVII, 1956, p. 502-505). Cette exclamation (« allons ! ») a en effet un sens voisin de la leçon du ms.

XLII

Del munt u furent sunt aval avalé ;
Franceis descendent sur le herbe al pré,
Virent des lur les morz e les nafrez.
520 Qui donc veïst les danceals enseignez
Lier lur plaies e estreindre lur lez !
Dunc colpat sa hanste qui al braz fu nafrez,
Si la liad, qu'il la pout porter ;
Dunc but del vin qui l'ad el chanp trové,
525 Qui n'out de tel, si but del duit troblé,
E saïns homes en donent as nafrez ;
Qui n'ad seignur si done a sun per.
Dunc laissent les vifs, si vont les morz visiter.

XLIII

Tels set cenz homes trovent de lur terre,
530 Entre lur pez traïnant lur bowele ;
Par mi lur buches issent fors lur cerveles,
E de lur escuz se courent* sur l'erbe ;   /4b/
Trubles unt les vis e palles les meisseles,
Turnez les oilz qui lur sistrent as testes ;
535 Gement e crient cels qui les almes i perdent.
Quant il les veient*, volenters les apelent :
« Seignurs baruns, que purrad de vus estre ?
N'avrez mes mirie pur nule home de terre.

XLIV

« Ahi ore, seignurs, pur amur Deu, merciz !
540 Ja veez vus les feluns Arrabiz
Qui vos unt mort voz freres e voz fiz,

---

532. *Se courent* : Bien qu'on puisse lire *se covrent* (LF), le texte paraît vouloir décrire d'épouvantables blessures : la cervelle des Français blessés à mort coule, litt. court jusqu'à terre (cf. v. 2040). Pourraient-ils, et dans quel but, se couvrir de leur bouclier ? — **536.** *Quant il les veient* : C'est l'ensemble des survivants

XLII

Les Français ont quitté l'éminence sur laquelle ils se trouvaient et sont descendus sur le pré herbu : alors ils peuvent contempler ceux des leurs qui sont morts ou blessés. Quel spectacle que celui de ces jeunes guerriers éprouvés, qui s'occupent de bander leurs plaies et de serrer leurs flancs !

Tel, blessé au bras, retaille la hampe de sa lance et la lie à son corps de manière à pouvoir la porter ; tel autre boit du vin qu'il a trouvé sur le champ de bataille ; tel autre, qui n'en a pas, boit de l'eau croupie.

Ceux qui sont sains et saufs en donnent aux blessés, et ceux qui n'ont pas de seigneur en offrent à leur compagnon. Ensuite, ils quittent les vivants et s'en vont regarder les morts.

XLIII

Ils trouvent au moins sept cents hommes de leur pays dont les entrailles traînent entre leurs pieds ; la cervelle leur jaillit par la bouche et coule de leur écu jusque sur l'herbe. Leur visage est livide, leurs joues ont pâli et leurs yeux se sont révulsés dans leurs orbites. On entend les gémissements de ceux qui sont en train de perdre la vie.

Lorsqu'ils les voient, leurs compagnons leur crient à qui mieux mieux :

« Chevaliers, qu'allez-vous devenir ? Personne, sur cette terre, ne pourrait vous procurer un médecin.

XLIV

« Allons, amis, pour l'amour de Dieu, écoutez ! Vous voyez ces Arabes cruels qui ont tué vos frères et vos fils,

(voir v. 528, 529) qui adresse la parole aux mourants. Plus haut (v. 500-512) et immédiatement après (v. 539-547), c'est Vivien qui parle. L'alternance entre la voix du chœur et celle du héros donne aux laisses XLIII-XLIV un rôle prédominant à ce dernier : c'est Vivien qui invite à poursuivre le combat. On notera que W, tout en gardant le pluriel au v. 536, traduit : « Vivien les voit ».

E voz nevous e voz charnels amis.
Pes ne demandent ne triwes nen unt pris.
Vengum les morz tant cun nus sumes vifs,
545 Car saint Estephne ne les altres martirs
Ne furent mieldres que serrunt tut icil
Qui en Larchamp serrunt pur Deu ocis ! »
E cil respunent : « Ei ore, ber marchis ! »
Lur chevals pristrent e sur els sunt sailliz ;
550 Venent al cham, sis unt rasailliz ;
Par vive force comencent a ferir,
Des Sarazins lur unt mort quinze mil.

XLV

Paens les pristrent a merveilus turment ;   (a)
De dis mil homes ne li leissent que cent.
555 Dolent poet estre le vaillant chevaler,   (b)
Qui od dis mil homes se combati,
Et de dis mile n'out ore que cent chevalers,
E de cels sunt nafré tote l'une meité !
Car si poet estre Viviën le guerrer !

XLVI

560 « Viviën, sire, pur Deu, que fruns ? »
E il respunt : « Tres ben les veintrums ! »
Apelum Deu, qu'il nus enveit socurs,
Qu'il me tramet Willame mun seignur,
U que Lowis i vienge, l'empereür. »
565 E cil responent : « A la Deu beneiçun ! »
Viviën fert al chef devant dé lur,
Mil Sarazins en jette mort en l'estur.
Paien le mistrent a merveillus irrur ;
Des cent n'i leissent que vint baruns,
570 E cil s'en vont lez le coin d'un munt.

vos neveux et vos proches parents : ils ne cherchent pas la paix et n'ont pas conclu de trêve. Vengeons ceux qui sont morts tant que nous sommes en vie, car saint Étienne et tous les martyrs n'ont pas acquis plus de mérites que ne le feront tous ceux qui, au nom de Dieu, trouveront la mort en Larchamp. »

Et tous de répondre :

« Allons, vaillant marquis ! »

Ils reprennent leurs chevaux et les voilà en selle ; ils regagnent le champ de bataille et recommencent l'assaut. De toutes leurs forces ils se sont mis à frapper et ont bientôt fait périr quinze mille Sarrasins.

XLV

Les païens leur infligèrent de terribles pertes ; sur dix mille hommes, ils n'en laissèrent que cent à Vivien.

Il peut être accablé de douleur, le vaillant chevalier qui a engagé la lutte avec dix mille guerriers, et n'a plus maintenant que cent chevaliers : encore la moitié de ceux qui restent sont-ils blessés ! Oui, en vérité, Vivien le combattant peut être accablé !

XLVI

« Seigneur Vivien, au nom de Dieu, qu'allons-nous faire ? »

Et lui de répondre :

« Nous les vaincrons complètement. Implorons Dieu pour qu'il nous secoure, pour qu'il m'envoie Guillaume, mon seigneur, ou même pour que Louis, l'empereur, vienne en personne ici. »

Ils répondent :

« À la garde de Dieu ! »

Vivien combat au premier rang, devant tous, et abat morts mille Sarrasins dans la mêlée.

Les païens le mirent dans une terrible détresse : sur cent barons, ils ne lui en laissèrent que vingt, qui se retirèrent à l'angle d'une colline.

XLVII

« Viviën sire, que feruns, pur Deu ?
— De bataille ja ne vus aprendrai el,
Car ben les veintruns solunc la merci Deu. »   /4c/
E cil responent : « Il nus ad tut oblié. »
575 E li plusur dient qu'il ad le sen desvé,
Quant od vint homes volt en bataille entrer
A cinc cenz mille de paiens tuz armez :
« S'il erent pors u vers u sengler,
De hui a un meis nes avriüm tuez. »
580 Dist Viviën : « Cest plaid soi jo assez.
Ore vus remenbre des vignes e des prez,
E des chastels e des larges citez,
E des moillers que a voz maisuns avez.
Que de ço menbre ne frad ja barné :
585 Alez vus ent, seignurs, e tut par mun gré !
Jo remaindrai ici al champ aduré,
Ja n'en turnerai, car pramis l'ai a Dé*
Que ja ne fuierai de bataille champel.
Jo les veinterai ben solunc la merci Dé. »

XLVIII

590 « A, seignurs, pur amur Deu, merci !
A quei irrez en voz liz morir ?
Ja veez vus les francs chevalers malmis ;
Tant cum il furent sains et salfs e vifs,
Ensemble od nus furent al champ tenir.
595 Asez savez que vus lur aviez pramis :
A home mort ne devez pas mentir.
Alez vus ent, e jo remaindrai ici ;
Ja n'en irrai, car a Deu l'ai pramis
Que ne fuierai pur creme de morir. »

---

587. *Car pramis l'ai a Dé :* Il s'agit du vœu de Vivien, sorte de pacte intime conclu entre le héros et Dieu, très différent de l'engagement public pris par Vivien lors de son adoubement dans la *Chevalerie Vivien* (voir notre Introduction).

XLVII

« Seigneur Vivien, pour Dieu, qu'allons-nous faire ?

— Nous battre, je n'ai rien d'autre à vous dire, car nous en viendrons à bout, si Dieu a pitié de nous. »

Mais eux répondent :

« Il nous a tout à fait oubliés. »

Et la plupart ajoutent que Vivien est devenu fou, lui qui veut entrer en lice avec vingt hommes contre cinq cent mille païens en armes :

« Seraient-ils porcs, verrats ou sangliers, qu'au bout d'un mois nous n'aurions pas fini de les tuer. »

Alors Vivien dit :

« Je connais l'histoire. Voici qu'il vous souvient des vignes et des prés, des places fortes, des villes opulentes et des épouses qui vous attendent à la maison.

« Celui qu'habitent de tels souvenirs ne se conduira pas comme un preux : partez donc, seigneurs, j'y consens tout à fait. Pour moi, je resterai ici, dans ce combat acharné ; je ne partirai pas, car j'ai promis à Dieu de ne jamais m'enfuir d'une bataille rangée. Si Dieu l'accorde, je les battrai complètement.

XLVIII

« Ah, mes amis, écoutez-moi, pour l'amour de Dieu ! Pourquoi voudriez-vous trouver la mort dans votre lit ? Vous voyez ces nobles chevaliers massacrés : tant qu'ils furent sains, saufs et vivants, ils furent à nos côtés pour combattre l'ennemi. Vous savez bien ce que vous leur avez promis : il ne faut pas mentir à un mort.

« Eh bien, fuyez ! Moi, je resterai ici ; je ne partirai pas, car j'ai promis à Dieu que la peur de la mort ne me contraindrait pas à fuir. »

600 A icel mot l'unt Franceis* tuit guerpi,
Fors sul Girard que od lui est remis.
Cil remistrent al dolerus peril,
Od dous escuz la bataille tenir,
Lunsdi al vespre,
605 Od dous escuz suls est as prez remis.

XLIX

Franceis s'en turnent par mi le coin d'un tertre ;   (a)
Devant els gardent as pleines qui sunt beles ;
En icel liu ne poënt choisir terre
Ne seit coverte de pute gent adverse ;
610 Par tut burnient espees e healmes.
Quant il ço veient que altre ne purrad estre,
Ne ja n'en isterunt de la doleruse presse,
Vers Viviën returnent tost lur reisnes,
Venent al cunte, volenters l'en apelent :   /4d/
615 « Viviën, sire, sez que te feruns ? »   (b)
Respunt li quons : « Jo orrai voz raisuns.
— Si tu t'en turnes, e nus nus en turneruns,
E se tu cunbatz, e nus nus combateruns ;
E que que tu faces, ensemble od tei le feruns. »
620 Respunt Vivien : « Multes merciz, baruns ! »
Puis en regarde Girard, sun cunpaignun,
En sun romanz* l'en ad mis a raisun.

L

« Amis Girard, es tu seïn del cors ?   (a)
— Oïl, dist il, e dedenz e defors.
625 — Di dunc, Girard, coment se cuntenent tes armes ?   (b)

---

600. A i. m. l'unt Franceit t. guerpi

---

600. *Franceis* : Correction d'après la graphie habituelle. — **622.** *En sun*

À ces mots, tous les Français l'ont abandonné, tous sauf Girard qui est demeuré avec lui. Ces deux-là restent, affrontant danger et souffrance : ils ne sont plus que deux combattants pour soutenir le faix de la bataille,

Lundi au soir,

Vivien est resté sur le champ de bataille avec un seul compagnon d'armes.

XLIX

Les Français s'en vont, longeant l'angle d'une colline ; ils regardent les belles plaines qui s'étendent devant eux ; mais la terre reste invisible, car elle est couverte de la race odieuse des ennemis : de tous côtés brille l'éclat des épées et des heaumes.

Lorsqu'ils comprennent qu'il n'y a pas de salut et qu'ils ne sortiront jamais de la mêlée douloureuse, ils font demi-tour et dirigent bien vite leurs rênes vers Vivien. Ils vont trouver le comte et lui crient d'une seule voix :

« Sire Vivien, sais-tu comment nous allons agir à ton égard ? »

Le comte répond :

« J'écouterai vos propos. »

« Si tu quittes la bataille, nous la quitterons ; si tu combats, nous combattrons, et quoi que tu fasses, nous le ferons avec toi. »

Alors Vivien remercie chaleureusement les barons, puis il regarde Girard, son compagnon, et lui adresse la parole à sa façon.

L

« Girard, mon ami, es-tu sain et sauf ?

— Oui : pas de blessures profondes, ni de superficielles.

— Dis-moi, Girard, qu'en est-il de tes armes ?

---

romanz : La formule paraît destinée à attirer l'attention sur le propos qui suit (voir v. 1331, 1421, 1568, 1591) ; elle ne figure pas dans G2, qui ne connaît que le terme *latin* (v. 2169, 3248).

— Par fei, sire, bones sunt et aates,
Cum a tel home quin ad fait granz batailles,
E si bosoinz est, qui referat altres. »

LI

« Di dunc, Girard, sentes tu alques ta vertu ? »   (a)
630 E cil respunt que unques plus fort ne fu.
« Di dunc, Girard, cun se content tun cheval ?   (b)
— Tost s'eslaissed*, e ben se tient e dreit.
— Ami Girard, si jo te ossasse quere   (c)
Que par la lune me alasses a Willame ?
635 Va, si me di a Willame mun uncle,   (d)
Si li remenbre del champ de Saraguce*,
Quant il se combati al paen Alderufe ;
Ja set il ben, descunfit l'aveient Hungre.
Jo vinc en la terre od treis cent de mes homes,
640 Criai : « Munjoie ! » pur la presse derumpre :
Cele bataille fis jo veintre a mun uncle.
Jo li ocis* le paien Alderufe,
E decolai les fiz Burel* tuz duze.
Al rei toli cele grant targe duble ;
645 Jo la toli le jur a un Hungre,
Si la donai a Willame mun uncle,
E il la donad a Tedbald le cuart cunte.
Mais ore l'ad un mult prodome a la gule.
A sez enseignes, qu'il me vienge socure ! »

LII

650 « Cosin Girard, di li, ne li celer,
E li remenbre de Limenes la cité,
Ne del grant port al rivage de mer,

---

632. Tost se laissed e b. se t. e dreit — **636.** Si li r. del ch. del Saraguce — **642.** Jo ocis le p. A. — **643.** E d. les fiz Bereal t. duze

---

632. *S'eslaissed* : Correction d'après SW. Pour éviter l'incohérence dans l'assonance des v. 631-632, W laisse 632 inachevé *(Molt tost s'eslaissed, bien se tient...)* ; S propose pour les deux vers la lecture suivante : *Di dunc, Girarz, cum*

— Par ma foi, seigneur, elles sont bonnes et prêtes à
servir, comme celles d'un guerrier qui a livré maint assaut
et qui, s'il le faut, en livrera d'autres. »

LI

« Dis-moi, Girard, es-tu sûr de ta force ? »
Et lui répond qu'il ne s'est jamais senti plus fort.
« Dis-moi, Girard, en quel état est ton cheval ? »
— Il est rapide et se tient bien droit.
— Ami Girard, et si je te demandais d'aller, à la clarté
de la lune, trouver Guillaume ?
« Va, et dis à Guillaume mon oncle qu'il se rappelle la
bataille de Saragosse, lorsqu'il combattit le païen Alderufe.
Il le sait bien, les Hongrois l'avaient défait, lorsque j'arrivai
sur le terrain avec trois cents de mes hommes ; je criai :
"Montjoie !" afin de disperser la mêlée, et donnai la victoire à mon oncle. Je tuai le païen Alderufe et coupai la
tête aux douze fils de Borel. Je ravis au roi ce grand bouclier à double épaisseur : je l'enlevai ce jour-là à un Hongrois et le remis à Guillaume mon oncle, qui le donna plus
tard à Tiébaut, le comte couard. Aujourd'hui, c'est un
homme très courageux qui le porte accroché à son cou.
Qu'à ce rappel il vienne à mon secours !

LII

« Girard, mon cousin, dis-lui bien, sans rien oublier,
qu'il doit aussi se rappeler la cité de Limenes, et le grand
port situé sur le rivage de la mer, et Fluri dont je

---

tis chevals se tient. / Mult tost s'eslaisset, e dreit se tient e bien. — **636.** *De Saraguce :* Correction d'après le vers 222. SW corrigent d'après le vers 375 : *Si lui
remembret del champ desuz Girunde* (S) ; *Si li remenbre del champ de Munt
Girunde* (W), *Girunde* étant identifié comme la ville de Gérone. — **642.** *Jo li
ocis :* Correction d'après le vers 657 *(jo li fis).* — **643.** *Burel :* Correction d'après
le vers 377.

Ne de Fluri que jo pris par poesté :
Aider me vienge en bataille champel !

LIII

655 « Sez que dirras a Willame le fedeil ?   /5a/
Se lui remenbre del chanp Turlen* le rei,
U jo li fis batailles trente treis ;
Cent cinquante e plus li fis aveir
Des plus poanz de la sarazine lei.
660 En une fuie u Lowis s'enfueit,
Jo vinc al tertre od dous cent de mes fedeilz,
Criai : « Munjoie ! », le champ li fis aveir.
Cel jur perdi Raher, un mien fedeil ;
Le jur que m'en menbre n'ert hure ne m'en peist :
665 Aider me vienge al dolerus destreit.

LIV

« Sez que dirras a Willame le bon franc* ?
Se lui remenbre de la bataille grant,
Desuz Orenge, de Tedbalt l'esturman.
En bataille u venquirent Franc,
670 Jo vinc al tertre od Bernard de Bruban :
Cil est mis uncles e barun mult vaillant ;
A cunpaignun oi le cunte Bertram,
Qui est uns des meillurs de nostre parenté grant ;
Od « Deu aïe ! » e l'enseigne as Normanz*,
675 Cele bataille li fis jo veintre al champ ;
Iloec li ocis Tedbalt l'esturman.

---

656. *Turlen* : On rencontre un *Torleu*, roi de Perse, dans le *Roland* (W, I,
p. 584-585), et un *Turlin* ou *Turleu* dans *Horn* ; c'est encore un païen, roi de
Tabarine (sans doute Tibériade). — **666-676.** Passage important pour l'histoire
de la geste de Guillaume. Il semble bien qu'on puisse trouver ici une allusion à
un *Siège d'Orange* perdu (voir W, I, p. 612-616 et notre Introduction). Rien
n'oblige toutefois à croire que Vivien a participé à l'action (comment, ainsi que
le signale W, aurait-il pu être en même temps le *nourri* de Guibourc ?). Le nom
de Bertrand, mentionné ici pour la première fois, est également intéressant pour

m'emparai de vive force. Qu'il me porte secours dans cette
bataille rangée !

LIII

« Sais-tu ce que tu diras à Guillaume le fidèle ? Qu'il se
rappelle la bataille contre le roi Turlen, où je fournis trente-
trois assauts et lui permis de capturer au moins cent cinquante
guerriers, parmi les plus puissants de tous les Sarrasins. En
pleine déroute, alors que Louis s'enfuyait, j'arrivai sur la colline avec deux cents de mes fidèles compagnons ; je criai :
"Montjoie !" et lui fis remporter la victoire.

« Ce jour-là, je perdis Raher, un de mes fidèles amis ;
lorsque je m'en souviens, je ne cesse d'être en peine. Que
Guillaume me vienne en aide au moment de la détresse et
de la douleur !

LIV

« Sais-tu ce que tu diras à Guillaume, le noble et le vaillant ? Qu'il se rappelle la bataille terrible livrée sous les
murs d'Orange contre Tiébaut le timonier ! Dans ce
combat où les Francs furent vainqueurs, j'arrivai sur la colline avec Bernard de Bruban : c'est mon oncle, un guerrier
très valeureux ; le comte Bertrand, un des meilleurs de
notre grande parentèle, était à mes côtés, lui aussi. Avec le
cri : "Dieu à notre aide !" et celui des Normands, je lui fis
remporter la victoire sur le champ de bataille et tuai Tiébaut le timonier.

---

affirmer le caractère ancien de la présence de ce personnage auprès de Guillaume. Quant au surnom de Tiébaut, *l'esturman*, il reste peu explicable (W, I,
p. 591). C'est à ce personnage, nommé l'*Escler* (v. 2312) ou l'*Eclavun* (v. 2362),
que G2 attribue, par la voix de Guibourc, la blessure infligée à Guillaume, cause
de *la bosce sur le nes* (v. 2310). On sait que, dans le *Couronnement Louis*, Corsolt coupe l'extrémité du nez de Guillaume et lui fournit ainsi le surnom de *al
cort nés* (v. 1158-1165). — **674.** Le texte du ms. indique deux cris de guerre
différents ; SW proposent de supprimer la copule *e*, de façon à voir dans *Deu
aïe !* le cri de ralliement des Normands. Bn interprète de même, mais conserve
la copule et la traduit.

Aider me vienge as alués* de Larchamp,
Si me socure al dolerus haan !

LV

« Sez que dirras a Guiot mun petit frere ?
680 De hui a quinze anz, ne deüst ceindre espee,
Mais ore la ceindrat pur secure le fiz sa mere.
Aider me vienge en estrange cuntree !

LVI

« Sez que dirras dame Guiburc ma drue ?
Si li remembre de la grant nurreture,
685 Plus de quinze anz qu'ele ad vers mei eüe.
Ore gardez*, pur Deu, qu'ele ne seit perdue !
Qu'ele m'enveit sun seignur en aïe ;
S'ele ne m'enveit le cunte, d'altre n'ai jo cure. »

LVII

« Allas, dist Girard, cum te larrai enviz !
690 — Tais, ber, nel dire, ja est ço pur me garir. »
La deseverrerent les dous charnels amis.
Il unt grant duel, ne unt giu ne ris,
Tendrement plurent andui des oilz de lur vis,
Lunsdi al vespre.
695 Deus, pur quei sevrerent en dolente presse !

_____

677. Aider me v. al saluz de L.

_____

677. *As alués* : Le texte du ms. *(al saluz)* n'offre pas de sens satisfaisant ; force
est donc d'adopter, malgré les réserves de DM (II, p. 140) la correction *alués*
proposée par S et reprise par W. Bn garde *saluz* et traduit « on the martyr's
ground », « l'endroit du martyre » (qui procure le salut). — **686.** *Gardez :* SW
gart. Sans doute s'attend-on à ce que Guibourc soit sujet du verbe, mais la correction n'est pas indispensable. *Gardez* peut s'adresser à Girard, avec passage
du « tu » *(sez,* v. 683) au « vous », ou à un destinataire pluriel indéterminé.

« Que Guillaume vienne à mon aide aux domaines de Larchamp, et qu'il me secoure au moment de l'effort et de la douleur !

LV

« Sais-tu ce que tu diras à Guiot, mon jeune frère ? Il est pour l'heure âgé de quinze ans, et ne devrait pas ceindre l'épée : il la ceindra pourtant, afin de secourir le fils de sa mère. Qu'il vienne à mon aide en un pays hostile !

LVI

« Sais-tu ce que tu diras à Guibourc, mon amie ? Qu'elle se rappelle les soins attentifs qu'elle m'a donnés pendant plus de quinze ans. Au nom de Dieu, faites que tout cela ne soit pas vain ! Qu'elle envoie son époux à mon secours ! Mais si elle me refuse le comte, je ne veux personne d'autre. »

LVII

« Hélas, dit Girard, qu'il m'est dur de t'abandonner !
— Tais-toi, vaillant chevalier, ne parle pas ainsi, car il le faut pour me sauver. »
Alors les deux amis que le sang unit se séparent ; le chagrin les accable : ce n'est le moment ni des jeux ni des rires. L'un et l'autre laissent couler de tendres larmes sur leur visage,
Lundi au soir.
Dieu ! pourquoi se séparèrent-ils dans la mêlée douloureuse ?

LVIII

Girard s'en turne par mi le coin d'un tertre ;   /5b/
Cinq liwes trove tant encunbree presse,
Que unc n'alad un sul arpent de terre
Qu'il n'abatist Sarazin de sa sele,
700 E qu'il ne trenchad pé u poig u teste.
E quant il issi de la dolente presse,
Sun bon cheval li creve suz sa sele.

LIX

Del dolent champ quant Girard fu turné,
Desuz ses alves est sun cheval crevé.
705 Granz quinze liwes fu li regnes esfreé* ;
Ne trovad home a qui il sache parler,
Ne cel cheval u il puisse munter.
A pé s'en est del dolerus champ turné.
Grant fu li chaud cum en mai en esté,
710 E lungs les jurz, si out treis jurz juné,
E out tel seif qu'il ne la pout durer ;
De quinze liwes n'i out ne dut ne gué,
Fors l'eve salee que ert tres lui a la mer.
Dunc li comencerent ses armes a peser,
715 E Girard les prist durement a blamer.

LX

« Ohi, grosse hanste, cume peises al braz* !
N'en aidera a Vivien en Larchamp,
Qui se combat a dolerus ahan. »
Dunc la lance Girard en mi le champ.

---

705. Granz qu. l. fu li r. esfrei

---

705. *Esfreé :* Correction d'après S. — **716.** Dans cette scène antithétique

LVIII

Girard s'en va, longeant l'angle d'une colline. Sur la distance de cinq lieues, la presse est si grande qu'il ne peut franchir un seul arpent sans jeter à terre un cavalier sarrasin, sans trancher pied, poing ou tête.

Et lorsqu'il est enfin sorti de la mêlée, son valeureux cheval s'abat sous sa selle.

LIX

Lorsque Girard fut sorti du champ du combat et de la douleur, son cheval s'abattit mort sous sa selle. Sur quinze lieues, tout le pays était ravagé ; il ne put trouver personne à qui parler, ni cheval qui lui serve de monture : c'est à pied qu'il s'éloigna du douloureux champ de bataille.

La chaleur était grande, comme au mois de mai, à la belle saison, et les jours étaient longs. Depuis trois jours il n'avait pas mangé, et sa soif était telle qu'il ne pouvait plus la supporter. Mais, à quinze lieues à la ronde, il n'y avait ni ru, ni gué : seulement, derrière lui, l'eau salée de la mer.

Alors ses armes commencèrent à devenir trop lourdes pour lui, et Girard se mit à leur adresser de vifs reproches :

LX

« Hélas, lance au bois épais, que tu es lourde à mon bras ! Avec toi je ne pourrai secourir Vivien qui, à Larchamp, combat dans l'effort douloureux. »

Alors Girard la jette à terre.

---

du motif de l'adoubement, Girard dépouille ses armes ; loin de traduire la lâcheté, comme au moment où Tiébaut jette à terre son enseigne (laisses XXIII-XXIV), ce passage est un véritable *planctus* qui, par la figure métonymique des armes, signifie la rupture douloureuse du compagnonnage de Vivien et de Girard.

LXI

720 « Ohi, grant targe, cume peises al col !
    N'en aidera a Vivien* a la mort. »
    El champ la getad, si la tolid de sun dos.

LXII

« Ohi, bone healme, cum m'estunes la teste !
N'en aiderai a Vivien en la presse,
725 Ki se cumbat el Archamp sur l'erbe. »
    Il le lançad e jetad cuntre terre.

LXIII

« Ohi, grant broine, cum me vas apesant !
N'en aiderai a Vivien en Larchamp,
Qui se combat a dolerus ahan. »
730 Trait l'ad de sun dos, sil getad el champ.
    Totes ses armes out guerpi li frans*,
    Fors sul s'espee, dunt d'ascer fu li brant,
    Tote vermeille des le helt en avant,
    L'escalberc plein e de foie e de sanc ;
735 Nue la porte, si s'en vait suz puiant,
    E la mure vers terre reposant.   /5c/
    La plaine veie vait tote jur errant,
    E les granz vals mult durement corant,
    E les haltes tertres belement muntant,
740 Sa nue espee al destre poig portant ;
    Devers la mure si s'en vait apoiant.
    Cil nunciad a Willame de Larchamp,
    U Vivien se combat a dolerus ahan ;
    Od sul vint homes fu remis en Larchamp.
745 Vivien lur fiert al chef devant,
    Mil Sarazins lur ad ocis el champ.

---

721. Nen a. a Vivie a la mort

---

721. *Vivien* : Correction d'après la graphie constante. — **731.** L'image de

LXI

« Hélas, vaste bouclier, comme tu es lourd à mon cou !
Avec toi je ne pourrai secourir Vivien que menace la mort. »
Alors il l'enlève de son dos et le jette à terre.

LXII

« Hélas, casque robuste, comme j'ai la tête accablée à
cause de toi ! Avec toi je ne pourrai secourir Vivien dans
la mêlée, lui qui combat aux prés de Larchamp. »
Alors il le précipite à terre.

LXIII

« Hélas, grande broigne, comme tu me deviens pesante !
Avec toi je ne pourrai secourir Vivien qui, à Larchamp,
combat dans l'effort douloureux. »
Alors il la retire de son dos, et la jette à terre.
Maintenant, le noble guerrier a abandonné toutes ses
armes, sauf son épée dont la lame est d'acier ; elle est toute
vermeille depuis la poignée, et le fourreau lui-même est
couvert de foie et de sang. Girard porte l'épée nue et s'appuie dessus, en posant la pointe à terre.
Tout le jour il va, qu'il suive un chemin uni, dévale à
toute allure de larges pentes, ou gravisse en hâte des collines élevées. Il tient son épée nue de sa main droite et
s'appuie sur elle, en posant la pointe à terre.
C'est lui qui annonce à Guillaume les nouvelles de Larchamp, où Vivien combat douloureusement, à en perdre le
souffle. À Larchamp, il n'a plus que vingt compagnons, et
combat au premier rang, abattant mille Sarrasins.

Girard épuisé, cheminant appuyé sur son épée, est reprise plus loin à propos de
Vivien (v. 888-891) ; c'est un nouvel exemple des parentés établies par le texte
entre les deux héros.

LXIV

Li quons Vivien de ses vint perdi dis ;
Les altres li dient : « Que ferum la, amis ?
— De la bataille, seignurs, pur Deu mercis,
750 Ja veez vus que jo en ai Girard tramis ;
Aincui vendrat Willame u Lowis ;
Li quels que i venge, nus veintrun Arrabiz. »
E cil responent : « Ai ore*, ber marchis ! »
Od ses dis homes les revait envaïr.
755 Paien le pristrent en merveillus peril,
De ses dis homes ne li leissent nul vif.
Od sun escu demeine remist le champ tenir,
Lunsdi al vespre,
Od sun escu remist sul en la presse.

LXV

760 Puis qu'il fu remis od un sul escu,   (a)
Si lur curt sovent sure as turs menuz ;
Od sul sa lance en ad cent abatuz.
Diënt paien : « Ja nel verrun vencu,
Tant cum le cheval laissun vif suz lui.
765 Ja ne veintrum le nobile* vassal,   (b)
Quant desuz lui lessun vif sun cheval. »
Idunc le quistrent as puiz e as vals,
Cum altre beste salvage de cel aguait.
Une cunpaignie li vint par mi un champ ;
770 Tant li lancerent guivres e trenchanz darz,
Tant en abatent al cors de sun cheval,
De sul les hanstes fust chargé un char.
Un Barbarin vint par mi un val,
Entre ses quisses out un ignel cheval,
775 En sun poig destre portad un trenchant dart ;
Treis feiz l'escust, a la quarte le lançad,   /5d/
E fiert li en la broine de la senestre part,

---

753. E cil r. a joie b. marchis — **765.** Ja ne v. le noble v.

LXIV

Le comte Vivien a perdu dix de ses vingt compagnons, et les survivants lui demandent :

« Qu'allons-nous faire, ami ?

— Nous battre, seigneurs, au nom de Dieu ; vous voyez bien que j'ai envoyé Girard en porter la nouvelle, et dès aujourd'hui Guillaume ou Louis vont arriver. Que l'un ou l'autre vienne, et nous vaincrons les Arabes. »

Et les autres de répondre :

« Allons, seigneur marquis ! »

Alors, avec ses dix hommes, il repartit à l'attaque, mais les païens le mirent au comble du péril, car sur ses dix hommes ils n'en laissèrent aucun vivant. Il était seul maintenant pour poursuivre la lutte,

Lundi au soir,

Il était seul guerrier survivant dans la mêlée.

LXV

Une fois qu'il est demeuré seul pour combattre, il leur livre sans arrêt de brefs assauts ; avec sa seule lance, il en a jeté cent à terre.

Et les païens disent :

« Jamais nous ne le verrons vaincu, tant que nous laisserons son cheval vivant sous lui. Jamais nous ne viendrons à bout du noble combattant, si nous laissons son cheval vivant sous lui. »

Alors, par collines et par vallées ils le pourchassèrent, comme une bête sauvage que l'on prend à l'affût. Une troupe l'attaqua au milieu d'un champ, et à force de lui jeter javelines et javelots tranchants, ils criblèrent tellement le corps de son cheval que le poids des hampes eût suffi à la charge d'un char.

Mais voici qu'arrive un Berbère, galopant à travers une vallée ; il a sous ses cuisses un cheval rapide, et brandit dans son poing droit un javelot tranchant. Il le balance trois fois avant de le lâcher et atteint Vivien du côté gauche de

---

753. *Ai ore :* Correction suggérée par l'article cité de Y. Lefèvre (voir note au v. 513). — **765.** *Nobile :* Correction d'après le vers 1019.

Que trente des mailles l'en abat contreval.
Une grant plaie li fist el cors del dart,
780 La blanche enseigne li chaï del destre braz ;
Ne vint le jur que unc puis le relevast,
Lunsdi al vespre,
Ne vint le jur que puis le relevast de terre.

LXVI

Il mist sa main derere sun dos,   (a)
785 Trovad la hanste, trait le dart de sun cors.
Fert le paien sur la broine de sun dos,
Par mi l'eschine li mist le fer tut fors ;
Od icel colp l'ad trebuché mort.
« Ultre, lecchere, malveis Barbarin !   (b)
790 Ço li ad dit Viviën le meschin,
Ne repeireras al regne dunt tu venis,
Ne ne t'en vanteras ja mais a nul dis
Que mort aiez le barun Lowis ! »
Puis traist s'espee e comence a ferir.
795 Qui qu'il fert sur halberc u sur healme,   (c)
Sun* colp n'arestet desque jusqu'en terre.
« Sainte Marie, virgine pucele,
Tramettez mei, dame, Lowis u Willame ! »
Ceste oreisun dist Vivien en la presse.

LXVII

800 « Deus, rei de glorie, qui me fesis né*,
E de la sainte virgne, sire, fustes né,
En treis persones fud tun cors comandé,
E en sainte croiz pur peccheürs pené,
Cel e terre fesis, e cele mer*,

---

796. Sunt c. n'arestet d. j. en terre — 804. Cele e terre f. e tere e mer

---

796. *Sun* : Correction d'après la graphie habituelle du possessif. — 800. La prière de Vivien, dès la laisse LXVII, le distingue des héros épiques implorant l'aide divine. Sans doute, comme dans la prière du plus grand péril, rappelle-t-il la geste de Dieu avant de formuler une demande, mais cette dernière concerne l'accomplissement de sa promesse (v. 808-810). Si l'invocation du début de la

la broigne ; le coup abat trente mailles et laisse dans le corps une grande plaie. L'enseigne blanche tombe du bras droit du héros ; jamais plus il ne la relèvera,

Lundi au soir,

Jamais plus il ne la relèvera de terre.

LXVI

Alors il cherche de la main, derrière son dos, la hampe du javelot, arrache le dard de son corps, en frappe le païen sur la broigne qui lui couvre le dos, lui fait ressortir le fer derrière l'échine, et le jette à terre, mort sur le coup.

« Disparais, gredin, Berbère infâme ! » crie Vivien, le jeune chevalier, « tu ne retourneras pas au pays d'où tu viens, et jamais tu ne pourras te glorifier d'avoir tué le guerrier de Louis ! »

Puis il tire son épée et se met à distribuer des coups. Lorsqu'il atteint quelqu'un sur le haubert ou sur le heaume, son épée ne s'arrête point avant d'avoir frappé jusqu'à terre.

« Sainte Marie, Vierge pure, noble Dame, envoyez-moi Louis ou Guillaume ! »

Telle est la prière de Vivien au milieu de la presse.

LXVII

« Dieu, roi de gloire, qui m'avez donné la vie ; vous qui êtes né de la Sainte Vierge, Dieu en trois personnes ; vous qui avez été tourmenté sur la sainte Croix pour les pécheurs, qui avez créé le ciel, la terre et la mer, dont le

---

laisse LXVIII le replace dans le lot commun, puisqu'il implore le salut (v. 815-816), la prière qui commence au v. 818 l'en écarte à nouveau et permet de parler à son propos, comme avec le Christ, de Passion : il ne veut plus demander que la mort lui soit épargnée, puisque Jésus n'a pas daigné s'y soustraire (voir F, p. 193-196). — **804.** *Cel e terre fesis e cele mer* : Le texte du ms. répète le mot *tere* (*Cele e terre fesis e tere e mer*). SW modifient le premier hémistiche en *ciel esteillé*.

805 Soleil e lune, tut ço as comandé,
E Eva e Adam pur le secle restorer.
Si verreiement, sire, cum tu es veirs Deus,
Tu me defent, sire, par ta sainte bunté,
Que al quor ne me puisse unques entrer
810 Que plein pé fuie pur la teste colper ;
Tresqu'a la mort me lais ma fei garder,
Deus, que ne la mente, pur tes saintes buntez !

LXVIII

« Sainte Marie, mere genitriz,   (a)
Si verreiement cum Deus portas a fiz,
815 Garisez mei, pur ta sainte merci,
Que ne m'ocient cist felon Sarazin. »
Quant l'out dit, li bers se repentit :   /6a/
« Mult pensai ore que fols e que brixs,
Que mun cors quidai de la mort garir,
820 Quant Dampnedeu meïmes nel fist,
Que pur nus mort en sainte croiz soffri,
Pur nus raïndre de noz mortels enemis.
Respit de mort, sire, ne te dei jo rover,   (b)
Car a tei meïsme ne la voilsis pardoner.
825 Tramettez mei, sire, Willame al curb nes,
U Lowis qui France ad a garder !
Par lui veintrun la bataille champel.
Deus ! de tant moldes pot hom altre resenbler !
Jo ne di mie pur Willame al curb niés :
830 Forz sui jo mult, e hardi sui assez,
De vasselage puis ben estre sun per ;
Mais de plus loinz ad sun pris aquité ;
Car s'il fust en Larchamp sur mer,
Vencu eüst la bataille champel —
835 Allas, peccable, n'en puis unc giens* —
Lunsdi al vespre,
Que me demande ceste gent adverse. »

---

835. Allas p. n'en puis home gent

835. Compte tenu de la correction de *gent* en *giens* (voir note au v. 409), et
si l'on accepte, comme W, de lire *unc* à la place de *home*, on parvient à un sens
acceptable : le vers devient une exclamation désespérée de Vivien, sorte de

soleil et la lune sont l'œuvre, et qui avez créé Ève et Adam
pour peupler l'univers : aussi vrai, Seigneur, que vous êtes
le vrai Dieu, protégez-moi par votre grâce sainte ; que
jamais mon cœur ne songe à me faire reculer l'espace d'un
seul pied, même si l'on devait me couper la tête ! Puissé-je
rester, jusqu'à ma mort, fidèle à ma promesse : mon Dieu,
que votre grâce sainte m'épargne de la trahir !

LXVIII

« Sainte Marie, mère de Dieu, aussi vrai que tu as porté
comme ton fils Dieu lui-même, aie pitié de moi par ta grâce
sainte : que les Sarrasins cruels ne me fassent pas périr ! »

Mais à peine eut-il parlé ainsi que le preux se repent :
« J'ai parlé comme un fou et comme un gredin, lorsque j'ai
imaginé de protéger ma vie, alors que le Seigneur Dieu lui-
même n'a pas agi ainsi et a enduré pour nous la mort sur
la Croix sainte, afin de nous arracher aux ennemis d'enfer.

« Seigneur, je ne dois pas te demander de retarder ma
mort, puisque tu n'as pas voulu t'épargner toi-même.
Envoie-moi, Seigneur, Guillaume au nez courbe, ou bien
Louis qui gouverne et protège la France ! Grâce à lui, nous
aurons la victoire dans cette bataille rangée.

« Dieu ! à bien des égards, un homme peut en valoir un
autre ! Je ne dis pas cela pour Guillaume au nez courbe ;
certes, je suis très vaillant et très hardi, et pour la prouesse
je puis me comparer à lui : mais c'est depuis plus longtemps
qu'il a manifesté sa valeur ; car s'il avait été à Larchamp
sur la mer, il aurait remporté la victoire – hélas ! malheureux, je n'en puis plus –

« Lundi au soir,

« Dans la bataille que m'impose cette race ennemie. »

---

parenthèse qui sépare la relative *(Que me demande...)* de la proposition qu'elle
complète *(Vencu eüst... champel)*. S reconstruit le v. 835 *(A, las, pechables, n'en
puis home reter !)*, SW font du v. 837 une proposition interrogative.

LXIX

Grant fu le chaud cum en mai en esté,   (a)
E long le jur, si n'out treis jurz mangé.
840 Grant est la faim, e fort pur deporter,
E la seif male, ne la* poet endurer.
Par mi la boche vait le sanc tut cler,
E par la plaie del senestre costé.
Loinz sunt les eves, qu'il nes solt trover ;
845 De quinze liwes n'i ot funteine ne gué
Fors l'eve salee qui ert al flot de la mer ;
Mais par mi le champ curt un duit troblé
D'une roche ben prof de la mer ;
Sarazins l'orent a lur chevals medlé,
850 De sanc e de cervele fud tut envolupé.
La vint corant Vivien li alosé,
Si s'enclinad a l'eve salee del gué,
Sin ad beü assez estre sun gré.
E cil li lancerent lur espeés adubé,
855 Granz colps li donent al graver u il ert.
Forte fu la broine, ne la pourent entamer,
Que li ad gari tut le gros des costez ;
Mais as jambes e as braz e par el   /6b/
Plus qu'en vint lius unt le cunte nafré.
860 Dunc se redresce cum hardi sengler,
Si traist s'espee del senestre costé,
Dunc se defent Viviën cum ber.
Il le demeinent cun chiens funt fort sengler.
L'ewe fu salee qu'il out beu de la mer,
865 Fors est issue, ne li pot el cors durer ;
Sailli li est arere de la boche e del niés ;
Grant fu l'anguisse, les oilz li sunt troblez,
Dunc ne sout veie tenir ne esgarder.
Paien le pristrent durement a haster,
870 De plusur parz l'acoillent li guerreier,   (b)
Lancent li guivres e trenchanz darz d'ascer ;
Tant en abatent* en l'escu de quarters,
Que nel pout le cunte a sa teste drescer ;
Jus a la terre li chaï a ses pez.
875 Dunc le comencent paien forment* a haster,   (a)
E sun vasselage durement a lasser.

---

841. E la s. m. nel poet e. — **872.** Tant en l'abatent en l'e. de qu. — **875.** Dunc le c. p. formen a haster

LXIX

La chaleur est forte, car on est en mai, à la belle saison ;
les jours sont longs, et il n'a pas mangé depuis trois jours.
La faim le tourmente – impossible de la tromper – et sa
soif est si intense qu'il ne peut plus tenir.

Le sang tout clair jaillit de sa bouche et coule de la plaie qu'il
porte au côté gauche. L'eau est éloignée ; impossible d'y parve-
nir, car sur quinze lieues on ne saurait trouver source ni gué : il
n'y a que l'eau salée apportée par la mer. Pourtant, au milieu
du champ de bataille court un ruisseau d'eau bourbeuse, qui
sourd d'un rocher tout près de la mer. Les Sarrasins, avec leurs
chevaux, l'ont troublé, et il est souillé de sang et de cervelle.

Vivien le renommé s'y précipite, et se penche vers l'eau
salée du gué : il en boit plus qu'il ne le souhaiterait. Alors
les païens lui lancent des épieux bien parés et lui portent de
grands coups, tandis qu'il se trouve sur le bord sablonneux.

Sa broigne est si robuste qu'ils ne peuvent l'entamer, et
elle protège ses flancs sur toute leur largeur ; mais les
jambes, les bras et d'autres parties du corps sont blessés en
plus de vingt endroits. Alors il se redresse comme un sanglier farouche et tire l'épée qu'il porte au côté gauche.
Vivien se défend comme un preux, et les autres le harcèlent
comme des chiens qui tourmentent un sanglier puissant.

L'eau qu'il a bue, venant du bord de mer, est saumâtre ;
il la vomit, ne pouvant la garder ; elle jaillit de son corps
par la bouche et par le nez. Il éprouve une angoisse
extrême, ses yeux se voilent, et il ne peut plus distinguer ni
tenir un chemin.

Alors les païens se mettent à le presser vigoureusement ;
ils l'attaquent de tous côtés, lui lançant javelines et dards
d'acier tranchants. Sur l'écu écartelé, les traits se sont
fichés si drus que le comte ne peut plus le lever afin de s'en
protéger la tête : il le laisse tomber à ses pieds.

Alors les païens le pressent de plus en plus, tandis que
ses forces baissent terriblement.

---

841. *Ne la :* Correction d'après SW. — **872.** *En abatent :* Correction d'après
SW. L'image du bouclier alourdi par les traits qui se sont fichés sur lui est reprise
à propos de Guillaume (v. 1811-1812). — **875.** *Forment :* Correction d'après la
graphie habituelle.

LXX

Lancent a lui guivres e aguz darz,
Entur le cunte debatent sun halberc ;
Le fort acer detrenche le menu fer,
880 Que tut le piz covrent de claveals.
Jus a la terre li cheent les boels.
Nen est fis que durt longement mes ;
Dunc reclaime Deus qu'il merci en ait.

LXXI

Viviën eire a pé par mi le champ,
885 Chet lui sun healme sur le nasel devant,
E entre ses pez ses boals trainant ;
Al braz senestre les vait cuntretenant.
En sa main destre porte d'ascer un brant,
Tut fu vermeil des le holz en avant,
890 L'escalberc plein e* de feie e de sanc ;
Devers la mure s'en vait apuiant.
La sue mort le vait mult destreignant,
E il se sustent cuntreval de sun brant.
Forment reclaime Jhesu le tut poant
895 Qu'il li tramette Willame le bon franc*,
U Lowis, le fort rei cunbatant.

LXXII

« Deus veirs de glorie, qui mains en trinité,
E en la Virgne fustes regeneré,
E en treis persones fud tun cors comandé.   /6c/
900 En sainte croiz te laissas, sire, pener :
Defent mei, Pere, par ta sainte bunté,
Ne seit pur quei al cors me puisse entrer
Que plein pé fuie de bataille champel ;
A la mort me lait ma fei garder,
905 Deus, ne la mente, par ta sainte bunté !

---

890. Bn transcrit *pleine de feie*. — **895.** *Le bon franc :* SW interprètent *franc* comme renvoyant à la communauté des Francs ; nous y voyons un adjectif marquant la noblesse du héros.

LXX

Ils lui lancent javelines et dards tranchants, dépeçant autour de lui son haubert ; l'acier robuste disloque les fines pièces de métal, et la poitrine du héros est couverte de mailles arrachées. Ses entrailles tombent jusqu'à terre, et il pense ne plus vivre longtemps désormais ; alors il se met à implorer Dieu, dont il réclame la pitié.

LXXI

Vivien s'en va, à pied, à travers le champ de bataille ; son heaume tombe sur le nasal par-devant, et ses entrailles traînent entre ses jambes ; il les retient avec son bras gauche tandis que, de la main droite, il porte une lame d'acier toute vermeille depuis la poignée, dont le fourreau est plein de foie et de sang : appuyé sur la pointe, il marche.

La mort, désormais, le presse, et son épée le soutient. Il implore ardemment Jésus le Tout-Puissant de lui envoyer Guillaume le bon et le noble, ou bien Louis, le roi puissant et guerrier.

LXXII

« Dieu glorieux et véritable, qui vis en Trinité ; toi qui as pris chair dans la Vierge et qui vis en trois personnes, tu t'es laissé, Seigneur, tourmenter sur la sainte Croix ; protège-moi, Père, par ta grâce sainte : ne permets pas que, pour quelque raison que ce soit, la résolution de fuir une bataille rangée, serait-ce de l'espace d'un pied, puisse jamais m'entrer dans le cœur. Fais que, jusqu'à la mort, je reste fidèle à ma promesse : Dieu, puissé-je ne jamais la violer, par ta sainte grâce !

Tramettez mei, sire, Willame al curb niés ;
Sages hom est en bataille champel,
Si la set ben maintenir e garder.

LXXIII

« Dampnedeus, pere glorius e forz,   (a)
910 Ne seit unques que cel vienge defors*,
Que ça dedenz me puisse entrer al cors
Que plein pé fuie pur creme de mort ! »
Un Barbarin vint par mi un val   (b)
Tost esleissant un ignel cheval ;
915 Fiert en la teste le nobile* vassal,
Que la cervele en esspant contreval.
Li Barbarins* i vint eslaissé,   (c)
Entre ses quisses out un grant destrer,
En sa main destre un trenchant dart d'ascer.
920 Fert en la teste le vaillant chevaler,
Que la cervele sur l'erbe li chet ;
Sur les genoilz abat le chevaler :
Ço fu damage quant si prodome chet.
Sur li corent de plusurs parz paens,
925 Tut le detrenchent contreval al graver.
Od els l'enportent, ne l'en volent laisser ;
Suz un arbre le poserent lez un senter,
Car il ne voldreient qu'il fust trové de crestiens.
Des ore mes dirrai de Girard l'esquier,
930 Cum il alad a Willame nuncier,
Lunsdi al vespre.
A Barzelune, la le dirrad al cunte Willame.

---

915. Fiert en la t. le noble v. — **917.** Li Barbirins i v. e.

---

910. Le rapport entre ce passage et le v. 902, ainsi que l'opposition entre *defors* et *ça dedenz* (v. 911) nous incitent à considérer *cel* comme un neutre renvoyant non au serment (W : « fais que jamais mon serment ne me quitte ») mais à un assaut extérieur risquant de faire perdre courage à Vivien. — **915.** *Nobile :* Correction d'après le vers 1019. — **917.** *Barbarins :* Correction

« Envoie-moi, Seigneur, Guillaume au nez courbe ! C'est un homme de grande ressource lorsqu'il y a bataille rangée ; il sait parfaitement la conduire et la maîtriser.

LXXIII

« Seigneur Dieu, Père glorieux et puissant, fais que jamais ne se présente un événement extérieur qui puisse faire germer en moi l'idée de fuir l'espace d'un seul pied, par crainte de la mort ! »

À travers un vallon, voici un Berbère qui approche, poussant vivement une monture rapide ; il frappe à la tête le noble vassal, si fort que sa cervelle se répand.

Le Berbère arrive au galop, chevauchant entre ses cuisses un grand destrier ; dans sa main droite, il brandit un javelot d'acier tranchant.

Il frappe à la tête le noble chevalier, si fort que la cervelle se répand sur l'herbe, et que le héros s'abat sur les genoux. Quel malheur quand tombe un guerrier si noble !

De tous côtés les païens se précipitent sur lui et le massacrent, là-bas, sur le rivage, puis ils l'emportent avec eux, ne voulant pas l'abandonner. Ils le déposent sous un arbre, auprès d'une sente, car ils redoutent qu'il ne soit trouvé par les chrétiens.

Désormais, je parlerai de Girard, l'écuyer, et dirai comment il fut messager auprès de Guillaume,

Lundi au soir.

À Barcelone, c'est là qu'il portera la nouvelle au comte Guillaume.

---

d'après les vers 773, 789, 913. L'assaut lancé par le *Barbarin* est un véritable motif : tantôt l'attaque est repoussée (laisses LXV-LXVI), tantôt elle aboutit à la mort du héros ; outre ce passage, voir la mort de Guichard, qui combine les deux aspects, puisqu'elle est aussitôt vengée par Guillaume (laisse XCV).

LXXIV

Li quons Willame ert a Barzelune,
Si fu repeiré d'une bataille lunge,
935 Qu'il aveit fait a Burdele sur Girunde*.
Perdu i aveit grant masse de ses homes :
Este vus Girard qui noveles li cunte.

LXXV

Li ber Willame ert repeiré de vespres* ;
A un soler s'estut a unes estres,
940 E dame Guiburc estut a sun braz destre.   /6d/
Dunc gardat par la costere d'un tertre,
E vit Girard qui de Larchamp repeire ;
Sanglante espee portat en son poig destre,
Devers la mure se puiat contre terre.

LXXVI

945 « Seor, dulce amie, dist Willame al curb niés,
Bone fud l'ore que jo te pris a per,
E icele mieldre que eustes crestienté !
Par mi cel tertre vei un home avaler,
Sanglante espee en sa main porter.
950 Si vus dirrai une chose pur verité,
Qu'il ad esté en bataille champel,
Si vient a mei pur socurs demander.
Alun encuntre pur noveles escolter. »
Entre Guiburc e Willame al curb niés
955 Devalerent contreval les degrez.
Quant furent aval, Girard unt encuntré ;
Veit le Willame, sil conuit assez.
Dunc l'apelad, sil prist a demander.

---

935. *A Burdele sur Girunde* : Selon R. Lejeune (voir W, I, p. 584, n. 335),
Bordeaux sur Gironde pourrait masquer un combat livré par Guillaume contre
Borel à Gérone. — **938.** Comparer avec les vers 28-33, qui marquent l'entrée
en scène de Tiébaut et Estourmi.

LXXIV

Le comte Guillaume était à Barcelone, à peine revenu d'une longue bataille qu'il avait livrée à Bordeaux, sur la Gironde.

Il y avait perdu grande part de ses hommes, et voici Girard qui lui apporte des nouvelles.

LXXV

Le preux Guillaume est revenu de vêpres ; il se tient debout près d'une fenêtre, à un étage du château, et dame Guibourc est à sa droite.

Tout à coup, il dirige son regard vers la pente d'un tertre, et voit Girard qui revient de Larchamp. L'épée qu'il serre dans son poing droit est sanglante, et il se sert de la pointe, appuyée sur la terre, pour se soutenir.

LXXVI

« Sœur, douce amie, dit Guillaume au nez courbe, heureuse fut l'heure où je t'ai prise pour compagne, mais plus heureuse encore celle où tu devins chrétienne ! J'aperçois un homme en train de descendre au milieu de ce tertre : il porte dans sa main une épée sanglante.

« Je vais te dire une chose assurée : cet homme a pris part à une bataille rangée, et il vient à moi pour demander du secours. Allons à sa rencontre, afin d'entendre ce qu'il nous annoncera. »

Alors, ensemble, Guibourc et Guillaume au nez courbe descendent les degrés, et lorsqu'ils sont en bas, ils ont trouvé Girard.

Dès qu'il le voit, Guillaume le reconnaît parfaitement ; il lui adresse la parole et se met à l'interroger.

LXXVII

« Avant, Girard, si dirrez de voz noveles. »   (a)
960 Ço dist Girard : « Jo en sai assez de pesmes*.
Reis Deramed il est eissuz de Cordres* ;   (b)
En halte mer en ad mise la flote,
E est en France, que si mal desenorte.
Les marchez guaste e les aluez prent,   (c)
965 Tote la terre turne a sun talent.
U que trove tes chevalers, sis prent,
A lur barges les maine coreçus e dolent.
Pense, Willame, de secure ta gent ! »

LXXVIII

« Reis Deramé est turné de sun païs,
970 E est en la terre qu'il met tut a exil.
Alez i furent Tedbald e Esturmi,
Ensemble od els Viviën le hardi ;
Li uns se cunbat, les dous en sunt fuiz.
— Deus, dist Willame, ço est Vivien le hardiz ! »
975 Respunt Girard : « Or avez vus veir dit.
Il te mande, e jo sui quil te di,
Que tu le secures al dolerus peril.

LXXIX

« Sez que te mande Viviën tun fedeil ?
Si te remenbre del champ Turleis* le rei,
980 U il te fist* batailles trente treis ;
Cent cinquante e plus te fist aveir   /7a/
981a / Des plus poanz de la sarazine lei*. /

---

961. Reis D. est i. de C. — **979.** Si te r. del ch. de Turleis le rei — **980.** U te fist b. trente tr.

960. Le discours de Girard offre un exemple intéressant de reprise d'épisode. Le héros prend d'abord la place du narrateur en rapportant les débuts de l'invasion, puis celle du messager qui les a rapportés à Tiébaut (v. 960-968 = v. 12-19 et 38-45). Il rapporte ensuite les propos de Vivien : l'ordre est différent (v. 978-

LXXVII

« Allons, Girard, dites les nouvelles que vous apportez.

— Celles que j'apporte, répond Girard, sont terribles. Le roi Deramé a quitté Cordoue ; il a conduit sa flotte en haute mer et se trouve maintenant en France : tout est dévasté. Il ravage les marches et s'empare des terres libres : du pays entier, il fait ce qu'il veut.

« Partout où il trouve tes chevaliers, il les capture et les emmène, douloureux et affligés, vers ses embarcations.

« Songe, Guillaume, à secourir les tiens ! »

LXXVIII

« Le roi Deramé a quitté son territoire, et le voici dans nos terres, qu'il soumet au pillage. Tiébaut et Estourmi avaient marché contre lui, accompagnés de Vivien le hardi : l'un est en train de combattre, les deux autres ont pris la fuite.

— Dieu, dit Guillaume, c'est Vivien le hardi ! »

Et Girard répond :

« Tu as dit vrai, et il te demande par ma bouche de le secourir à l'heure du danger et de la peine.

LXXIX

« Sais-tu ce que te fait savoir Vivien, ton vassal fidèle ?

« Qu'il te souvienne de la lutte contre le roi Turlen, où il livra pour toi trente-trois assauts : grâce à lui, tu capturas plus de cent cinquante guerriers, parmi les plus puissants de la loi sarrasine.

---

987 = v. 655-665 ; v. 988-992 = v. 650-654 ; v. 993-998 = v. 683-688 ; v. 999-1002 = v. 679-682) et l'évocation des combats sous Orange n'est pas reprise (v. 666-678), non plus que la lutte contre Alderufe et Borel (v. 635-649). — **961.** *Reis D. il* : Correction d'après le vers 12. — **979.** *Del champ Turleis* : Correction d'après le vers 656. — **980.** *U il te fist* : Correction d'après le vers 657. — **981a.** Comme l'ont fait SW, nous ajoutons ce vers, indispensable au sens, d'après le v. 659.

En une fuie u Lowis s'en fuieit,
Il vint al tertre* od dous cent Franceis,
Criad : « Munjoie ! », le champ te fist aveir.
985 Cel jur perdi Rahel, un sun fedeil ;
Quant li en menbre, n'ert hure ne li em peist ;
Aider li algez al dolerus destreit !

LXXX

« Sez que te mande Viviën le ber ?
Ke te sovenge de Limenes la cité,
990 Ne de Breher, le grant port sur mer,
Ne de Flori qu'il prist par poesté.
Aider li vienges en Larchamp sur mer !

LXXXI

« E sez que mande a dame Guiburc sa drue ?
Ke lui remenbre de la grant nurreture
995 Qui il ad od lui plus de quinze anz eüe.
Ore gard, pur Deu, qu'ele ne seit perdue,
Qu'ele li enveit sun segnur en aide* ;
Car si lui n'enveit, d'altres n'ad il cure.

LXXXII

« E sez que mande a Guiot, sun petit frere ?
1000 De hui a* quinze anz, ne dust ceindre espee ;
Mais ore la prenge pur le fiz de sa mere ;
Aider li vienge en estrange cuntree ! »

---

983. Il v. le t. od d. c. Franceis — **1000.** De hui en q. a. ne dust c. espee

---

983. *Il vint al tertre* : Correction d'après le vers 661. — **997.** *Aide* : SW *aiüe*.
— **1000.** *De hui a* : Correction d'après le vers 680.

« Alors que le roi Louis avait pris la fuite, il arriva sur l'éminence avec deux cents Français, cria "Montjoie" et te fit remporter la victoire.

« Ce jour-là, il perdit Raher, un de ses fidèles amis ; lorsqu'il s'en souvient, il ne cesse d'être en peine ; viens-lui en aide au moment de la détresse et de la douleur !

LXXX

« Sais-tu ce que te fait savoir Vivien le preux ? Qu'il te souvienne de la cité de Limenes, de Breher, le grand port sur la mer, et de Flori, dont il s'empara de vive force. Viens à son aide à Larchamp sur la mer !

LXXXI

« Et sais-tu ce qu'il fait savoir à dame Guibourc, son amie ? Qu'elle se rappelle les soins attentifs qu'il a reçus d'elle pendant plus de quinze ans. Au nom de Dieu, puisse-t-elle faire que tout cela ne soit pas vain ! Qu'elle envoie son époux à son secours : si elle lui refuse le comte, il ne veut personne d'autre.

LXXXII

« Et sais-tu ce qu'il fait savoir à Guiot, son petit frère ? Il est pour l'heure âgé de quinze ans, et ne devrait pas ceindre l'épée : qu'il la prenne cependant pour défendre le fils de sa mère, et qu'il vienne à son aide en un pays hostile ! »

LXXXIII

« A, Deus, dist Willame, purrai le vif trover ? »
Respunt Guiburc : « Pur niënt en parlez*.
1005 Secor le, sire, ne te chalt a demander.
Se tu l'i perz, n'avras ami fors Deu. »
Quant l'ot Willame, sin ad sun chef crollé ;
Plorad des oilz pitusement e suef,
L'eve li curt chalde juste le niés,
1010 La blanche barbe moille tresqu'al baldré.
Guiburc apele, si li prist a mustrer,
De sun corage l'i volt li bers espermenter*,
Desi cum ele aime lui e sun parenté.
Quant il parlad, si ad dit que sené :
1015 « Seor, dulce amie, pur amur Dé,
Uncore nen ad que sul treis jurz passez
Que jo sui venu de bataille champel,
Que ai fait grande a Burdele sur mer,
S'i ai perdu mun nobile barné.
1020 Loinz sunt les marches u jo ai a comander,
Fort* sunt les homes que devreie asembler,
E ensurquetut nel purreie endurrer :　　　　　/7b/
Fer e acer i purreit hom user.
Ben se combat Viviën l'alosé ;
1025 A iceste feiz nel puis mie regarder,
Ceste bataille pot ben sanz mei finer. »
Dunc començad Guiburc forment a plorer ;
Ele s'abeissad, baisa lui le soller ;
Willame apele, si li prist a mustrer :
1030 « Secor le, sire, ne te chaut a demurer.
Mun niefs Guischard te voldrai comander ;
Tue merci, ben le m'as adubé.

1004-1006. Cette première intervention de Guibourc la situe dans un rôle de
bon conseiller, ou plutôt de « conscience épique » du héros. — **1012.** Cette
épreuve de la fidélité de Guibourc au lignage, peu compréhensible en elle-
même, prend son sens dans la confrontation avec les passages où Guillaume,
accablé par la défaite, est prêt à renoncer au combat (laisses C et CXLVIII). Le
renversement des rôles – Guibourc prend l'initiative et incite à la lutte, laisse
CI, fin de la laisse CXLVIII) – est l'effet dramatique recherché, manifestant

LXXXIII

« Hélas, mon Dieu, dit Guillaume, le trouverai-je encore en vie ? »

Mais Guibourc répond :

« Ce discours est vain ! Porte-lui secours, inutile d'hésiter ; si tu le perds en cette circonstance, tu n'auras plus d'autre ami que Dieu. »

En l'entendant, Guillaume a hoché la tête ; il pleure doucement de pitié, et ses larmes coulent, chaudes, le long de son nez, mouillant sa barbe blanche jusqu'au baudrier.

Puis il s'adresse à Guibourc et commence à parler : le vaillant veut éprouver son cœur et prendre la mesure de son amour pour lui et pour sa famille. Quand il parle, ses propos sont subtils :

« Sœur, douce amie, pour l'amour de Dieu, trois jours seulement se sont écoulés depuis que je suis revenu de la grande bataille que j'ai livrée à Bordeaux sur la mer, et j'y ai perdu tous mes nobles barons. Les marches qui dépendent de moi sont éloignées, et les gens qu'il me faudrait assembler sont rebelles ; mais surtout je serais incapable d'accomplir cette tâche, à laquelle le fer et l'acier ne résisteraient pas. Vivien le renommé combat parfaitement bien ; cette fois, je ne puis me soucier de lui : il viendra facilement à bout de cette bataille sans moi. »

Alors Guibourc éclate en sanglots ; elle s'incline et baise le soulier de Guillaume, puis elle s'adresse à son époux et commence à parler :

« Mon ami, secours-le, et ne cherche pas de délai. Je te confierai mon neveu Guichard : tu l'as adoubé, sois-en remercié.

---

l'inutilité de l'épreuve proposée à la laisse LXXXIII. — **1021.** W, d'après une suggestion de R. Lejeune, remplace *fort* par *fors* et traduit : « Éloignés [sont] ceux que je devrais assembler ».

LXXXIV

« Sire Willame, jo te chargerai Guiscard* ;
Il est mis niés, mult est prof de ma char,
1035 Tue merci, avant her le m'adubas.
Si nel me renz, ne girras mes entre mes braz. »
Il li afia, cher se repentirad,
Que vif u mort sis niés li rendrat.
En bataille reneiad Deu Guischard,
1040 Lunsdi al vespre,
En bataille reneiad Deu celestre.

LXXXV

Guiburc meïsmes servi Girard de l'eve,   (a)
E en aprés le servit de tuaille ;
Puis l'ad assis a une halte table,
1045 Si lui aportat d'un sengler un espalle :
Li quons la prist, si la mangat a haste.
Ele li aportat un grant pain a tamis,   (b)
E dunc en aprés sun grant mazelin de vin.
Girard mangat le grant braün porcin,
1050 E a dous traiz ad voidé le mazelin,
Que unques a Guiburc mië n'en offrit
Ne ne radresçat la chere ne sun vis.
Veist le Guiburc, a Willame l'ad dit :
« Par Deu, bel sire, cist est de vostre lin ;
1055 Qui* si mangüe un grant braün porcin,
E a dous traiz beit un cester de vin,
Ben dure guere deit rendre a sun veisin,
Ne ja vilment ne deit* de champ fuïr. »
Respunt Willame : « Pur Deu, Guiburc, merci* !
1060 Ço que ad mangé, de volenté l'ad pris.
Il ne mangat ben ad passé treis dis. »

1055. E si m. un g. b. porcin — 1058. Ne ja v. ne de champ f.

1033-1041. Le personnage épisodique de Guichard, apparemment conçu comme antithèse de celui de Girard (W, I, p. 533), apporte une note tragique supplémentaire : objet de l'affection de Guibourc, le guerrier que Guillaume devra ramener au péril de sa vie (laisse XCV), et qui sera pris pour Vivien ou pour le jongleur favori de Guillaume (laisse XCVII), n'est qu'un renégat. —

LXXXIV

« Ami Guillaume, je te confierai Guichard ; c'est mon neveu, qui m'est très proche ; tu l'as adoubé avant-hier, sois-en remercié. Mais si tu ne le ramènes pas auprès de moi, jamais plus tu ne dormiras entre mes bras. »

Il lui jura – mais il s'en repentira amèrement – de lui ramener son neveu vivant ou mort. Car Guichard renia Dieu au milieu du combat,

Lundi au soir,

Au milieu du combat, il renia le Dieu du ciel.

LXXXV

Guibourc présente elle-même l'eau à Girard, puis elle lui tend la serviette ; ensuite elle l'a fait asseoir à une table d'honneur et lui apporte l'épaule d'un sanglier : le comte la prend et la mange à même la broche. Puis elle lui apporte un grand pain fait de farine bien tamisée, et après cela son grand hanap plein de vin.

Girard dévore le grand quartier de porc, et en deux traits il vide le hanap, sans songer à en offrir une goutte à Guibourc, sans redresser le visage ni lever les yeux. À cette vue, Guibourc dit à Guillaume :

« Par Dieu, cher seigneur, celui-ci appartient à votre lignage, car celui qui peut de la sorte dévorer un grand quartier de porc et boire en deux traits un setier de vin, celui-là peut mener une guerre terrible contre son voisin, et il ne quittera pas le champ de bataille comme un lâche. »

Guillaume répond :

« Guibourc, par Dieu, comprenez-le ! Ce qu'il a mangé, il l'a pris de bon cœur, car il y a bien trois jours qu'il n'a pas mangé. »

1055. *Qui :* Correction d'après le vers 1425. — **1058.** *Ne deit :* Correction d'après SW. — **1059-1061.** Comme l'a noté F (p. 198), « ces héros qui réparent leurs forces ne déchoient pas de la valeur épique », et leur robuste appétit, au même titre que la puissance de leurs coups, atteste leur caractère exemplaire. La réplique de Guillaume ne contredit pas les propos de Guibourc (v. 1054-1058), mais les complète en les replaçant dans la situation du combat.

est fu li liz, si firent Girard dormir,
Lunsdi al vespre.
Prest fu li liz, si firent dormir Girard*.

LXXXVI

1065 Girard se dresce e levad del manger ;
Prest fu li liz, si s'est alé colcher.
Guiburc la franche le servi volenters,
Tant fud od lui qu'il endormi fu,
Puis le comande al cors altisme Deu.
1070 Tant dormi Girard qu'il fu avespré,
Puis salt del lit cume francs naturel,
« Munjoie ! » escrie, « chevalers, car muntez ! »
Armes demande, e l'en li vait aporter ;
Idunc a primes* fu Girard adubé.

LXXXVII

1075 Dunc li vestirent une broigne mult bele,
E un vert healme li lacent en la teste.
Willame li ceinst l'espee al costé senestre,
Une grant targe prist par la manvele,
Cheval out bon, des meillurs de la terre.
1080 Puis muntad Girard par sun estriu senestre ;
Dame Guiburc li vait tenir la destre,
Sil comande a Deu, le grant paterne.

LXXXVIII

Quant il avesprad a la bone cité,
Issu s'en est Willame al curb niés
1085 Od trente mile de chevalers armez.
En Larchamp requistrent le paen Deramé ;
A la freidure unt tote nuit erré,

1064. *Si firent dormir Girard :* Ce vers qui suit le refrain et manque à l'assonance habituelle -è.e a une finale suspecte, et Girard est vraisemblablement mis pour Guillaume (voir DM, II, p. 82-83). W : *i vait li niés Guillelme.* — **1074.** *A primes :*

Le lit fut bientôt prêt, ils y firent dormir Girard,
Lundi au soir,
Le lit fut bientôt prêt, ils y firent dormir Girard.

LXXXVI

Girard se lève et quitte la table ; son lit fut bientôt prêt, et il est allé se coucher. La noble Guibourc l'a assisté de son mieux, et elle est restée auprès de lui jusqu'à ce qu'il soit endormi : alors, elle le recommande à Dieu le Très-Haut.

Girard dort jusqu'à la tombée du soir ; alors, cet être noble par nature bondit de son lit et crie :

« Montjoie ! chevaliers, en selle ! »

Il demande des armes, on les lui apporte, et c'est ainsi que Girard, qui ne l'était pas encore, fut adoubé.

LXXXVII

On lui passe une broigne très belle, puis un heaume vert est lacé sur sa tête ; Guillaume lui ceint l'épée du côté gauche, et Girard saisit par la poignée un grand bouclier. Le cheval qu'on lui donne est l'un des meilleurs du pays ; il y monte par l'étrier gauche, tandis que dame Guibourc lui tient le droit et le recommande à Dieu, le Père tout-puissant.

LXXXVIII

Quand ce fut le soir dans la puissante ville, Guillaume au nez courbe partit, accompagné de trente mille chevaliers en armes. Ils marchaient vers Larchamp, à la rencontre du païen Deramé, et ils chevauchèrent toute la nuit, à la

---

Litt. « pour la première fois ». Tout à l'heure, Girard (v. 365-385) n'a fait que revêtir les armes de Tiébaut afin de secourir Vivien ; il est aujourd'hui adoubé par Guillaume, qui lui ceint l'épée, et par Guibourc (voir W, I, p. 300, n. 94).

Jusqu'al demain que le jur apparut cler.
Si cum il furent en Larchamp sur mer,
1090 La bataille out vencue Deramé,
E out pris l'eschec e les morz desarmez.
Entrez erent Sarazins en lur nefs,
E as salandres e as granz escheis ferrez ;
Lur vent demoert, si n'en poënt turner.
1095 Mais les demeines e les seignurs e les pers
Tere certeine alerent esgarder,
Une grant liwe lez le graver de la mer.
Est vus Willame al conseil assené,
Od trente mille de chevalers armez ;
1100 Les quinze mile furent si aprestez
Cum a ferir en bataille champel.
Cil crient « Muntjoie ! », si vont od els juster.
Mais li paien nel poïeient endurer,
Car il n'unt armes pur lur cors garder ;   /7d/
1105 Coillent fuie vers la grant eve de mer,
Saillent as salandres e as barges e as niefs,
Pernent lur armes, si sunt conreiez.

LXXXIX

Ces Sarazins de Saraguce tere*,   (a)
Cent mile furent si apresté de guere,
1110 N'i ad nul qui n'ait halberc e healme,
D'or les fruntels e les esses,
Espees ceintes, les branz burniz vers terre ;
Les escuz tindrent as manveles,
Espez trenchanz eurent en lur poinz destres,
1115 Chevals d'Arabe unt corant suz lur seles.
Cil s'en issirent el sable, en la gravele*,
Si se pristrent defors a la certeine terre.
Par icels orrez doleruses noveles,
·Cil murent al cunte Willame grant guere.
1120 Cele bataille durad tut un lundi,   (b)
E al demain, e tresqu'a mecresdi,
Qu'ele n'alaschat ne hure ne prist fin
Jusqu'al joesdi devant prime un petit,

1108. Ces S. de Segune tere — **1116.** Cil s'en is. en la sable gravele

fraîche, jusqu'au lendemain où apparut la claire lumière du jour.

Lorsqu'ils arrivèrent à Larchamp sur la mer, Deramé venait de remporter la victoire ; il avait ramassé le butin et pris l'équipement des morts, après quoi les Sarrasins avaient regagné leurs vaisseaux, les bateaux plats et les grands navires bordés de fer ; mais le vent faisait défaut, et ils ne purent partir.

Alors les chefs, les seigneurs et les pairs allèrent en reconnaissance sur la terre ferme, jusqu'à une grande lieue du rivage de la mer.

Voilà Guillaume qui arrive au beau milieu de l'affaire, avec trente mille chevaliers en armes ; quinze mille d'entre eux sont parfaitement prêts pour une bataille rangée. Ceux-là crient « Montjoie ! » et se jettent sur les païens, qui ne peuvent soutenir leur assaut, parce qu'ils ne sont pas équipés pour se défendre ; ils prennent la fuite vers la vaste mer, sautent dans les bateaux, les embarcations et les navires, où ils prennent leurs armes et s'équipent.

LXXXIX

Ces Sarrasins de la terre de Saragosse, ils sont cent mille, tout prêts maintenant au combat : chacun d'eux a haubert et heaume, avec frontal et ornements d'or, l'épée au côté, la lame brillante pointant vers la terre. Ils tiennent leur écu par la poignée, leur poing droit serre un épieu aiguisé, et sous leur selle ils ont un rapide cheval arabe.

Tels sont ceux qui bondissent sur le sable du rivage et gagnent la terre ferme ; à cause d'eux, vous allez entendre un triste récit, car ils vont mener contre Guillaume un terrible assaut.

Cette bataille dura un lundi entier, puis le lendemain et jusqu'au mercredi, sans s'arrêter ni même se relâcher un seul instant ; elle dura jusqu'au jeudi, un peu avant la première

---

1108. *De Saraguce tere :* Correction d'après le vers 219. — **1116.** *El sable, en la gravele :* Correction d'après SW.

Que li Franceis ne finerent de ferir*,
1125 Ne cil d'Arabe ne cesserent de ferir.
Des homes Willame ne remist un vif,
Joesdi al vespre,
Fors treis escuz* qu'il out al champ tenir.

XC

Od treis escuz remist* al champ tut sul :
1130 Li uns fu Girard, li vaillant ferur,
Li altres Guischard, le nevou dame Guiburc.
Plaist vus oïr* des nobles baruns,
Cum il severerent del real cunpaignun ?

XCI

Plaist vus oïr des nobiles vassals,
1135 Cum il severerent del chevaler real ?
Desur senestre s'en est turné Girard,
En un sablun li chaï sun cheval,
Sur ses espalles sun halberc li colad.
Trente paens descendirent al val,
1140 En trente lius naffrerent le vassal
Par mi le cors d'espeiez e de darz.
Crië e husche quant la mort l'aprocad,
Dunc survint Willame icele part :
Les dis ocist, les vint fuient del val ;
1145 E vint a Girard, dulcement l'apelad.   /8a/

XCII

« Amis Girard, qui t'en fereit porter,   (a)
E des granz plaies purreit tun cors saner,

1129. Od t. e. remis al ch. tut sul

1124. *Ferir* : SW : *envaïr*. — **1128 et 1129.** *Treis escuz* : Métonymie (le bouclier désignant le combattant, voir v. 605). — **1129.** *Remist* : Correction d'après la

heure, et pendant ce temps les Français, non plus que les Arabes, ne cessèrent de frapper.

Pas un seul des guerriers de Guillaume ne resta en vie,
Jeudi au soir,
Si ce n'est trois compagnons pour poursuivre la lutte.

XC

Il reste seul sur le champ de bataille avec deux compagnons : l'un était Girard, celui qui porte des coups vaillants, et l'autre Guichard, le neveu de dame Guibourc. Voulez-vous apprendre comment ces nobles barons prirent congé de leur compagnon aussi valeureux qu'un roi ?

XCI

Voulez-vous apprendre comment les nobles vassaux prirent congé du chevalier à la valeur royale ?

Girard est allé sur la gauche du champ de bataille, mais son cheval tombe sur le sable, et son haubert glisse sur ses épaules. Aussitôt trente païens descendent dans le vallon ; en trente lieux ils blessent le champion, avec des épieux et des javelots.

La mort, toute proche, fait crier et hurler Girard, et Guillaume surgit de ce côté ; il tue dix païens, et les vingt autres prennent la fuite loin du vallon. Alors il s'approche de Girard et lui parle doucement.

XCII

« Ami Girard, si l'on pouvait t'emporter d'ici et soigner tes profondes plaies, dis, ami valeureux, pourrais-tu

---

graphie habituelle (voir v. 1126). — **1132.** *Plaist vus oïr :* Cette formule, reprise au début de la laisse suivante, est une intervention de jongleur attirant l'attention sur le caractère exceptionnel de la scène qui va suivre, avec l'opposition entre la fin de Girard et celle de Guichard.

Dites, ami, garreies* ent ber ?
Tun esciëntre, entereies ja en ciel ? »
1150 Respunt Girard : « Sire, laissez ço ester !
Ja ne querreie que jo en fuisse porté,
Ne des granz plaies que fust mon cors sané,
Car ne garrai ja pur nul home mortel.
Mais qui tant me ferreit que jo fuisse munté,
1155 E mun vert healme me fust rafermé,
Mesist mei al col mun grant escu bocler,
E en mun poing mun espé adolé,
Puis me donast un sul trait de un vin cler,
E qui nen ad vin me doinst del duit troblé.
1160 Ne finereie ja mais, par la fei que dei Dé,
Cher lur vendereie les plaies de mes costez,
Dunt a grant force en est li sancs alez*. »
Respunt Willame : « N'i remaindrez »,
Joesdi al vespre*.   (b)
1165 Descendi li quons Willame,
Tendi sa main, sil prist par la main destre,
En seant le dresçat sur l'erbe.
Troble out le vis e pasle la maissele,
Turnez les oilz que li sistrent en la teste ;
1170 Tut le chef li pendi sur senestre,
Sur le mentun l'enbronchat sun healme.
Quant l'alme en vait, ne pot tenir la teste.
E dist Willame : « Girard, ne poet altre estre ! »
Deus, quel doel quant tels baruns deseverent !
1175 N'en pot que ne l'en plainst Willame.

XCIII

Plaist vus oïr del nevou dame Guiburc*,
Ki de Willame deseverad le jur ?
En sun cheval chaï al sablun,
Sur ses espalles sun halberc li colad tut.
1180 Trente païens devalerent d'un munt,

1148. Dites a. garreie ent b. — **1176.** Plaist v. oïr del n. d. Guburc

---

1148. *Garreies* : Correction d'après *entereies* (v. 1149). — **1162.** DM met

guérir ? Ou bien penses-tu être sur le point d'entrer au ciel ? »

Girard répond :

« Seigneur, ne parlez plus ainsi. Je ne veux pas qu'on m'emmène, ni qu'on essaie de soigner mes profondes plaies, car personne n'est capable de me redonner la santé. Mais qu'on me remonte à cheval, que l'on rajuste le heaume vert sur ma tête, que l'on suspende à mon cou mon grand écu à boucle et que l'on fixe à mon poing mon épieu aiguisé ; puis qu'on me fasse boire un seul trait de vin clair, ou à défaut de l'eau de ce ruisseau bourbeux : alors je n'arrêterai pas, par la foi que je dois à Dieu, de leur faire payer cher les plaies de mes côtés, dont le sang s'est échappé à gros bouillons. »

Alors Guillaume répond :

« Je ne vous abandonnerai pas. »

Jeudi au soir.

Le comte Guillaume descendit de cheval, tendit sa main vers lui et le prit par la main droite, puis il le redressa sur son séant dans l'herbe.

Son visage était livide, ses joues pâles, et ses yeux révulsés : sa tête s'inclina complètement vers la gauche, et son heaume s'affaissa sur son menton. Le souffle de la vie s'en allait, il ne pouvait plus retenir sa tête.

Alors Guillaume dit :

« Il n'y a plus rien à faire, Girard. »

Dieu ! quelle douleur lorsque deux preux tels que ceux-ci doivent se séparer. Guillaume ne peut s'empêcher de le pleurer.

XCIII

Voulez-vous apprendre comment le neveu de dame Guibourc prit congé ce jour-là de Guillaume ?

Avec son cheval il tombe sur le sable, et son haubert lui glisse complètement sur les épaules. Alors trente païens

---

ce vers dans la bouche du narrateur (*dunt* = alors). Avec SW, nous y voyons la fin du propos de Girard (*dunt* = d'où), qui insiste sur la gravité de ses blessures. — **1164.** Première occurrence du refrain *joesdi al vespre.* — **1176.** *Guiburc :* Correction d'après la graphie habituelle.

En trente lius nafrerent le barun ;
Crië et husche le « Aïe ! » de prodom*.
A tant i vint Willame le barun,
Les dis oscist, les vint fuient le munt.
1185 Dunc vint a Guischard, si l'ad mis a raisun.

XCIV

« Ami Guischard, qui t'en fereit porter,   (a)   /8b/
E des granz plaies fereit tun cors saner,
Tun esciëntre, entereies* ja en ciel ? »
Respunt Guischard : « Sire, laissez mei ester !
1190 Jo ne querreie* que ja en fuisse porté,
Ne des plaies fust mun cors sanez.
Qui me ferreit tant que jo fuisse munté,
Ja de voz armes ne querreie nul porter.
Mais me donez* sul un trait de vin cler,
1195 Si n'as altre, veals de cel duit troblé.
Puis m'en irreie a Cordres u fui né*,
Nen crerreie meis en vostre Dampnedé,
Car ço que jo ne vei ne puis aorer.
Car si jo eusse Mahomet merciëz,
1200 Ja ne veïsse les plaies de mes costez,
Dunt a grant force en est le sanc alez. »
Respunt Willame : « Glut, mar fuissez tu nez !
Tant cum aveies creance e buntez,
Retraisistes a la sainte crestienté ;
1205 Ore es ocis e de mort afolé ;
N'en poez muer, tant as de lasseté*,
Ja de cest champ ne serrez par mei porté »,
Joesdi al vespre.   (b)

1188. Tun es. entreis ja en c. — **1190.** Jo ne querrerreie que ja en f. porté — **1194.** Mais donez s. un tr. de v. cler

---

1182. *Le « Aïe ! » de prodom* : SW : *que li aït prodom.* Bn voit dans le *aie de prodom* une tournure ironique, étant donné le revirement de Guichard. — **1188.** *Entereies* : Correction d'après le v. 1149. SW font précéder ce vers de la reprise du v. 1148 ; bien que le texte du ms. brise le parallélisme avec les v. 1148-1149, le premier terme de l'alternative (« Peux-tu guérir ? ») n'est pas indispensable au sens. — **1190.** *Querreie* : Correction d'après les vers 1151 et 1193. — **1194.** *Mais me donez* : Correction d'après W. — **1196-1201.** Les propos

dévalent d'une colline, et en trente lieux blessent le guerrier, qui réclame à grands cris l'aide du héros.

Guillaume le vaillant arrive, tue dix païens, et les vingt
autres s'enfuient en remontant la colline. Il va trouver Guichard et lui parle :

XCIV

« Ami Guichard, si l'on pouvait t'emporter d'ici et soigner tes profondes plaies, à ta connaissance, te faudrait-il
tout de suite entrer au ciel ? »

Guichard répond :

« Seigneur, laissez-moi en paix ; je n'ai pas envie qu'on
m'emporte loin d'ici, ni qu'on essaie de soigner mes plaies.
Mais qu'on me remonte à cheval, alors je ne porterai plus
vos armes. Donnez-moi seulement un trait de vin clair, et
s'il n'y a rien d'autre, de l'eau du ruisseau bourbeux : je
retournerai à Cordoue où je suis né, et je ne veux plus
croire en votre Dieu : puis-je adorer ce que je ne vois pas ?

« Si j'avais rendu grâce à Mahomet, jamais je n'aurais vu
sur mes flancs les plaies, dont le sang s'est échappé à gros
bouillons. »

Guillaume répond :

« Traître, maudite soit l'heure de ta naissance ! Tant qu'il
y avait en toi foi et vaillance, tu étais du côté des chrétiens.
Mais te voici écrasé, accablé par la mort : tu ne peux m'empêcher, tellement tu es épuisé, de t'emporter loin de ce
champ de bataille,

« Jeudi au soir. »

---

de Guichard, si proches jusqu'ici de ceux de Girard (voir v. 1150-1159), s'en
écartent maintenant totalement. Le sens d'un tel revirement reste énigmatique ;
peut-être doit-il être cherché du côté des oppositions, avec Girard tout d'abord,
mais aussi avec Guibourc, qui restera toujours fidèle à la foi chrétienne, et avec
Guillaume, qui, respectant la promesse faite à Guibourc, lui rapporte le corps
d'un neveu devenu renégat. — **1206.** SW rattachent ce vers au v. 1205 (« Guichard est près de la mort, sa faiblesse le montre »), et font du v. 1207 une proposition autonome, *par mei* étant corrigé en *pur mei* (W : « De ce combat pour
moi ne reviendras »). Il faut au contraire associer les vers 1206 et 1207, dont le
texte doit être maintenu : la *lasseté* (épuisement) de Guichard explique pourquoi
il ne peut résister à la volonté de Guillaume. Bn interprète *lasseté* comme couardise.

Si s'abeissad li quons Willame,
1210 Tendit sa main, sil prist par le braz destre,
En sun seant le levad detrés sa sele.

XCV

Un Barbarin vint eslaissant le val,
Entre ses quisses out un ignel cheval ;
En sa main destre* porte un trenchant dart,
1215 Treis feiz l'escust, a la quarte le lançat,
Fert en la loigne de la senestre part,
Grant demi pé enz el cors li en abat ;
Detrés le cunte en ad mort Guischart.
Peisit le cors, si turne une part,
1220 E il le redresce od sun senestre braz ;
Devant li le mist* sur le col de sun cheval,
Al poig destre li traist del cors le dart,
E fiert* le paien desur le tuenard,
Enpeint le ben, par grant vertu l'abat.
1225 N'en fuit mie Willame, ainz s'en vait ;
Devant li aporte mort Guischard,   /8c/
Joesdi al vespre,
N'en fuit mie li bons quons Willame.

XCVI

Dame Guiburc nel mist mie en oblier :
1230 Ele sout en Larchamp Willame al curb niés,
En la bataille le paien Deramé.
Prist ses messages, ses homes fait mander*,
Tant qu'ele en out trente mile de tels :
Les quinze mille furent si apresté
1235 Cum de ferir en bataille champel.
Tuz les demeines en ad Guiburc sevrez,
Sus al paleis les assist al digner,

1214. En sa m. deste porte un tr. dart — **1221.** Devant li le mis s. le c. de s.
cheval — **1223.** E fier le p. d. le tuenard

1214. *Destre :* Correction d'après la graphie habituelle. — **1221.** *Mist :* Correction
d'après la graphie habituelle. — **1223.** *Fiert :* Correction d'après la graphie habituelle.

Alors le comte Guillaume se baissa, étendit la main, le prit par le bras droit et le hissa derrière lui, sur sa selle.

XCV

Vint un Berbère, galopant à toute allure à travers le vallon ; sous ses cuisses était un cheval rapide, et sa main droite brandissait un javelot tranchant. Il le balança trois fois et le laissa aller à la quatrième : l'arme frappe les reins, du côté gauche, et y pénètre d'un bon demi-pied : le païen a tué Guichard derrière le comte.

Le corps s'affaisse et bascule sur le côté, mais Guillaume le redresse avec son bras gauche et le place devant lui, sur l'encolure du cheval. De son poing droit, il arrache du corps le javelot et en frappe le païen sur le bouclier ; il appuie son coup et le jette à terre avec force.

Guillaume ne prend pas la fuite ; il quitte seulement le terrain, portant devant lui le cadavre de Guichard,

Jeudi au soir.

Le valeureux comte Guillaume ne prend pas la fuite.

XCVI

Dame Guibourc fit preuve de prudence : elle savait que Guillaume était en Larchamp, en train de combattre le païen Deramé.

Elle appela ses messagers et par eux convoqua ses hommes : elle en eut bientôt trente mille, dont quinze mille sont tout prêts à livrer une bataille rangée.

Guibourc a pris à part les chefs et les a fait asseoir au palais, là-haut, pour un repas ; elle fait devant eux chanter

---

— **1232-1233.** En l'absence de Guillaume, Guibourc remplit la fonction du seigneur, envoyant des messagers et levant des troupes. Celles-ci appartiennent-elles en propre à la dame (*ses* homes) ? Nous ne le pensons pas : lorsque Guillaume s'adresse aux barons (laisse CX), il rappelle la justice qu'il a toujours observée dans ses rapports avec ses vassaux, dont il se proclame *gunfanuner* (v. 1582) ; il s'agit donc de ses propres guerriers.

Chançuns e fables lur fait dire e chanter ;
Guiburc meimes les sert de vin aporter.
1240 Dunc s'apuiad al marbrin piler,
Par une fenestre prist fors a esgarder,
E vit Willame par une tertre avaler,
Un home mort devant li aporter.
Dunc li sovint de Vivien l'alosé,
1245 Si anceis ert lie, dunc comence a plorer :
« Par Deu, seignurs, a faire l'ai asez* ;
Par mi cel tertre vei mun seignur avaler,
Un home mort devant li aporter ;
En gisant l'ad sur sun arçun turné,
1250 Ço est Vivien, jol sai ben assez.
— Tais, ma dame, ja sur li nel turnez* »,
Ço li diënt les baruns del regné.

XCVII

« Ki serreit il dunc, pur Deu merci, seignur,
Ke ja Willame aportast de l'estur,
1255 Se ço n'ere Lowis, sun seignur,
U Viviën le hardi, sun nevou ?
— Taisez, ma dame, ja sur els nel metum*,
Ainz ad mun seignur Willame un jugleür :
En tote France n'ad si bon chantur
1260 N'en bataille plus hardi fereür,
E de la geste* li set dire les chançuns,
De Clodoveu, le premier empereur
Que en duce France creeit en Deu, nostre seignur,
E de sun fiz, Flovent* le poigneür,   /8d/
1265 Ki laissad de dulce France l'onur,
E de tuz les reis qui furent de valur
Tresque a Pepin*, le petit poigneür,

1246. Par D. s. a faire ai asez

1246. *A faire l'ai asez* : Correction d'après SW ; l'addition d'un ou de deux vers entre les v. 1245 et 1246, inspirés par les v. 1514-1515 et introduisant le propos de Guiburc, est défendable mais non indispensable, car Guiburc peut vouloir justifier d'elle-même son changement d'attitude. — **1251.** Comme au v. 1257, les barons veulent conjurer une parole qui pourrait être de mauvais augure. — **1257-1274.** Passage célèbre, qui alimente la réflexion sur l'origine des chansons de geste à travers la présence, plusieurs fois attestée, de jongleurs-combattants (voir W, I, p. 329,

et réciter chansons et contes, et elle-même prend soin de leur apporter le vin.

La voici appuyée contre un pilier de marbre, jetant depuis une fenêtre ses regards à l'extérieur ; elle aperçoit Guillaume qui descend au flanc d'une colline, portant devant lui un cadavre. Alors il lui souvient de Vivien le renommé et la dame, qui était tout à l'heure si gaie, se met à pleurer :

« Par Dieu, seigneurs, j'ai bien lieu de pleurer : je vois mon époux descendre au flanc de cette colline, portant devant lui un cadavre qu'il a couché sur son arçon : c'est Vivien, j'en suis sûre.

— Taisez-vous, ma dame, ne parlez pas de lui à ce propos », voilà ce que disent les barons du royaume.

XCVII

« Mais qui pourrait-il être, je vous le demande au nom de Dieu, seigneurs, celui que Guillaume rapporte du combat, si ce n'était Louis, son souverain, ou encore Vivien le hardi, son neveu ?

— Taisez-vous, ma dame, ne parlons pas d'eux à ce propos. La vérité, c'est que mon seigneur Guillaume porte un jongleur : dans la France entière, il n'a pas son pareil pour chanter ni pour combattre vaillamment dans la mêlée. Il peut lui chanter les chansons de la geste héroïque : celles de Clovis, le premier empereur qui ait jamais cru en Dieu au pays de douce France, celles de son fils, Flovent le champion, qui dut quitter l'héritage de France, et celles de tous les rois valeureux jusqu'à Pépin, le petit combattant,

---

n. 247 et E. Faral, *Les Jongleurs en France au Moyen Âge*, p. 55-60). — **1261.** *Geste* : Comme DM, II, p. 142, nous comprenons le terme au sens large de « race », race héroïque s'entend, puisque seuls Girard de Vienne et Olivier sont réellement apparentés à Guillaume. — **1264.** *Flovent* : Une chanson de geste *(Floovent)* raconte comment ce fils aîné de Clovis est banni du royaume pendant sept ans pour avoir coupé la barbe de son précepteur. — **1267.** *Pépin le petit poigneür* : C'est Pépin le Bref, fils de Charles Martel, époux de Berthe au grand pied, dont nous connaissons l'histoire surtout par le remaniement d'Adenet le Roi (voir A. Henry, *Les Œuvres d'Adenet le Roi*, IV ; *Berte aus grans piés*, Bruxelles, 1963).

E de Charlemaigne e de Rollant, sun nevou,
De Girard de Viane* e de Oliver, qui fu tant prouz :
1270 Cil furent si parent e sis ancesur.
Preuz est mult, e pur ço l'aime mun seignur,
E pur sul itant qu'il est si bon chanteur
E en bataille vassal conquereür,
Si l'en aporte mun seignur de l'estur. »

XCVIII

1275 « Seignurs, frans homes, pur amur Deu,   (a)
Preer vus voil que congié me donez ;
Il est mi sire, jol dei servir aler. »
Ele avale contreval les degrez,
Vint a la porte, si li ad desfermé,
1280 En sus le ovre, laissad le cunte entrer.
Il la regarde e prist lui a demander :
« Dame Guiburc, des quant gardas ma porte ?*   (b)
— Par ma fai, sire, de novel le faz ore.
Sire, quons Willame, mult as petite force !
1285 — Seor, duce amie, des quant iés mun porter ?   (c)
— Par ma fei, sire, de novel, nient de vielz.
Sire Willame, poi en remeines chevalers ! »

XCIX

« Tien, dame Guiburc, ço est tun nevou Guischard*.   (a)
Ja Vivien le cunte vif mes ne verras. »
1290 La franche femme li tendi ses braz,
E il li colchat desus le mort vassal.
Peise le cors, si li faillirent les braz
– Ele fu femme, si out fieble la char – :
Contre tere en prist le cors un quas,
1295 Tote la langue li turnad une part.

1269. *Girard de Viane :* Héros d'une chanson de geste, Girard de Vienne est aussi le père d'Olivier et le grand oncle de Guillaume. — **1282-1287.** Dans cette première entrevue pathétique entre Guillaume vaincu et Guibourc, c'est Guillaume qui interroge et nous fait comprendre, à travers les modifications intervenues dans le statut de Guibourc, l'étendue de son propre malheur. Dans

et celles de Charlemagne et de Roland, son neveu, de Girard de Vienne et d'Olivier, qui fut si vaillant : tels furent les proches et les ancêtres de Guillaume.

« Ce jongleur est d'une grande valeur, et c'est pour cela que mon seigneur l'aime : parce que c'est un chanteur hors pair et, lorsqu'il faut combattre, un hardi compagnon, mon seigneur le ramène du champ de bataille. »

XCVIII

« Seigneurs, nobles vassaux, je dois vous prier, pour l'amour de Dieu, de me laisser partir : Guillaume est mon époux, je dois aller le servir. »

Alors elle descend les degrés, va jusqu'à la porte, ôte la fermeture, l'ouvre et laisse le comte entrer. Guillaume la regarde et lui demande :

« Dame Guibourc, depuis quand gardes-tu ma porte ?

— Par ma foi, sire, c'est tâche nouvelle pour moi, Seigneur, comte Guillaume, ton escorte est bien petite !

— Ma sœur, ma douce amie, depuis quand es-tu mon portier ?

— Par ma foi, seigneur, depuis peu, cela n'est pas vieux. Seigneur Guillaume, que tu ramènes peu de chevaliers ! »

XCIX

« Prends, dame Guibourc, le corps de ton neveu Guichard ; jamais tu ne reverras vivant le comte Vivien. »

La noble femme lui tendit les bras, et il déposa dessus le corps du vassal. Mais le corps était lourd, et ses bras la trahirent – c'est une femme, aux forces limitées – : le cadavre heurta violemment la terre, et la langue tout entière lui sortit d'un côté de la bouche.

---

la seconde scène, celle des portes d'Orange (v. 2337 *sqq.*), c'est Guibourc qui interroge et, à travers le motif du *Ubi sunt ?*, égrène la litanie des pertes subies. — **1288.** Guillaume ne dit rien à Guibourc de l'abjuration de Guichard, sans doute par délicatesse à l'égard de la dame, qui souffre suffisamment devant l'horreur de la mort (v. 1294-1301).

Joesdi al vespre.   (b)
Guiburc le guarde jus a la tere,
Troble out le vis e pasle la maissele,
Turnez les oilz qui li sistrent en la teste ;
1300 Tote la langue li pendit sur senestre,
Sur le mentun li enbrunchat sun halme.   /9a/
Plurad Guiburc, dunc la confortat Willame.

C

« Par Deu, Guiburc, tu as dreit que tu plurs,
Kar ja diseient en la cur mun seignur
1305 Que eres femme Willame, uns riche hom,
Un hardi cunte, un vaillant fereür ;
Or estes femme a un malveis fuieur,
Un cuart cunte, un malveis tresturnur,
Qui de bataille n'ameine home un sul.
1310 Des ore serrez* vus vostre keu e vostre pestur,
Ne serras* mie a la fere barnur,
Ne ja ne verras Vivien mun nevou.
Qui k'en peise, remis est ma baldur ;
Ja mais en tere n'averai mortel honur ! »
1315 Plurad Willame, dunc lacrimat Guiburc.
La dame entent la plainte sun seignur,
Partie ubliad de la sue dolur ;
Quant el parlad, si dist par grant amur :

CI

« Marchis Willame, merci, pur amur Dé !
1320 Il est grant doel que home deit plorer,
E fort damage k'il se deit dementer*.
Il fu custume a tun riche parenté,
Quant altres terres alerent purchacer,
Tuz tens* morurent en bataille chanpel.

1321. E f. damage k'il se d. dementir — 1324. E tuz t. m. en b. chanpel

---

1310 et 1311. *Serrez, serras* : Il s'agit du futur du verbe « estre », construit avec
un attribut (S : *seras cume queu*) dans le premier cas, et prenant la valeur de

Jeudi au soir.

Guibourc regarde le corps étendu à terre : le visage est livide et les joues pâles, les yeux sont révulsés. La langue, sortie de la bouche, pend tout entière du côté gauche ; son heaume a basculé sur le menton.

Guibourc pleure, et Guillaume la réconforte.

C

« Par Dieu, Guibourc, tu as bien raison de pleurer, car autrefois, à la cour de mon seigneur, on disait : "C'est l'épouse de Guillaume, un homme puissant, un comte hardi, un combattant valeureux." Mais aujourd'hui tu es la femme d'un lâche fuyard, d'un comte peureux, d'un tourne-bride lamentable, qui ne ramène pas un seul guerrier du combat.

« À l'avenir tu seras l'égale de ton cuisinier et de ton boulanger, et n'appartiendras plus au farouche lignage des barons ; jamais plus tu ne verras Vivien mon neveu ; quoi qu'on puisse dire, mon allégresse est morte, et jamais sur cette terre je ne connaîtrai d'honneur périssable. »

Guillaume pleure, et Guibourc verse des larmes. La dame entend la plainte douloureuse de son époux, et en oublie une partie de sa souffrance ; lorsqu'elle peut enfin parler, son amour lui dicte ces paroles :

CI

« Marquis Guillaume, pitié, pour l'amour de Dieu ! c'est grande peine quand un homme est réduit à pleurer, et grand malheur qu'il lui faille se lamenter. Ton puissant lignage a toujours eu pour coutume, lorsqu'il est allé conquérir des terres étrangères, de mourir sur le champ de

---

« appartenir à », « relever de » dans le second. — **1321.** *Dementer* : Correction d'après SW. — **1324.** *Tuz tens* : Correction d'après SW. Cette tradition du lignage est de nouveau évoquée plus loin (v. 3168-3169).

1325 Mielz voil que moergez en Larchamp sur mer,
Que tun lignage seit per tei avilé,
Ne aprés ta mort a tes heirs reprové. »
Quant l'ot Willame, prist sun chef a croller,
Plurad des oilz tendrement e suef ;
1330 Guiburc apele, sa amie e sa moiller,
En sun romanz li ad dit e mustré :
« Seor, dulce amie, merci, pur amur Dé !
Qui k'en peise, mult ai a plurer.
Treis cenz anz ad e cinquante passez*
1335 Que jo fu primes de ma mere nez ;   /9b/
Veil sui e feble, ne puis armes porter :
Ço est failli que Deus m'aveit presté,
La grant juvente que ne poet returner ;
Si me unt paiens acuilli a tel vilté,
1340 Pur mei* ne volent fuïr ne tresturner.
La bataille ad vencue Deramé*,
Si ad pris l'eschec e les morz desarmez ;
Entrez s'en sunt paens en lur niefs ;
Loinz sunt les marches u ai a comander,
1345 Fort sunt les homes que devreie assembler ;
E quant jo vendreie en Larchamp sur mer,
Si serreient li Sarazin turné.
Ki qu'en peise, jo sui tut sul remés :
Ja mais en terre n'avrai honur mortel ! »
1350 Plorad Willame, Guiburc l'ad conforté* :
« E, marchis, sire, merci, pur amur Dé !
Ore me laissez mentir par vostre gré ;
Jo en avrai ja trente mille de tels,
Les quinze mille par sunt si aprestez
1355 Cum a ferir en bataille champel.
— U sunt il, Guiburc ? Tu nel me deiz celer.
Seor, duce amie, di m'en la verité.
— Sus el paleis sunt assis al digner. »
Dunc rist le cunte, si laissad le plorer :
1360 « Ore va, Guiburc, mentez assez par mun gré. »
Dunc cuntremunt muntad les degrez,
Anceis plorat, mais dunc prist a chanter.
Cil la regardent, si li unt demandé :

1340. Pur me ne v. f. ne tresturner

1334-1335. Âge « épique » de Guillaume, qui dépasse nettement les deux
cents ans et plus que Marsile, dans le *Roland* (v. 539), prête à Charlemagne.
— **1340.** *Pur mei :* Correction d'après SW. — **1341-1343.** Reprise des v, 1090-1092.

bataille. Je préfère que tu meures à Larchamp sur la mer,
plutôt que de te voir déshonorer ton lignage et être une
cause de reproches pour tes héritiers. »

À ces mots, Guillaume secoua la tête et se mit à pleurer
doucement et tendrement ; il s'adressa à Guibourc, son
épouse et son amie, et lui dit en son langage :

« Ma sœur, ma douce amie, pitié, pour l'amour de Dieu !
quoi qu'on puisse dire, j'ai bien raison de pleurer. Voici
trois cent cinquante ans passés que ma mère m'a enfanté,
et je suis maintenant vieux et faible, incapable de porter
les armes. Il est loin de moi le don que Dieu m'avait fait,
cette jeunesse fougueuse qui ne peut revenir. Aujourd'hui
les païens me méprisent tellement qu'ils ne daignent plus,
à cause de moi, tourner bride et prendre la fuite.

« Deramé a remporté la victoire ; il a ramassé le butin et
pris l'équipement des morts, après quoi les païens ont
regagné leurs nefs. Les marches qui dépendent de moi sont
éloignées, et les gens qu'il me faudrait assembler sont
rebelles ; lorsque j'arriverais à Larchamp sur la mer, les
Sarrasins seraient déjà repartis.

« Quoi qu'on puisse dire, je suis resté seul survivant, et
jamais sur cette terre je ne connaîtrai d'honneur périssable. »

Guillaume pleure, et Guibourc le réconforte :

« Allons, marquis, mon seigneur, pitié, pour l'amour de
Dieu ! laissez-moi, s'il vous plaît, mentir, et j'aurai immédiatement rassemblé trente mille guerriers, dont quinze
mille sont parfaitement prêts pour une bataille rangée.

— Où sont-ils donc, Guibourc ? Tu ne dois pas me le
cacher. Ma sœur, ma douce amie, dis-moi la vérité.

— Là-haut, dans la grande salle, ils sont assis à table. »

Alors le comte sèche ses larmes et se met à rire :

« Eh bien, Guibourc, mentez hardiment, je vous le permets. »

Elle remonte les degrés ; elle pleurait tout à l'heure, et
la voici qui chante maintenant. Les autres la regardent et

— **1350.** Reprise en chiasme du v. 1302. Le mensonge, revendiqué par Guibourc
et autorisé par Guillaume, est licite s'il concourt au bien commun (voir plus
tard, dans le *Tristan* de Béroul : *Por honte oster et mal covrir / Doit on un poi
par bel mentir*, v. 2353-2354).

« Dame Guiburc, que avez vus la defors trové ?
1365 — Par Deu, seignurs, mult de ma volonté ;
Ja est venue* Willame al curb niés,
Tut sains e salfs, solunc la merci Deu,
Si ad vencu la bataille champel,
E ocis le paien Deramé*.   /9c/
1370 Mais d'une chose ad malement erré ;
Il ad perdu sun nobile* barné,
De dulce France la flur e la belté ;
Ocis li unt Viviën l'alosé :
En païsnisme, n'en la crestiënté,
1375 Mieldre vassal ne pout estre né
Pur eshalcer la sainte crestiënté,
Ne pur lei maintenir ne garder.
Pur Deu vus pri qu'en Larchamp alez ;
Fruisses sunt les barges e trestotes les nefs ;
1380 Le vent demoert, ne s'en poënt turner.
En une roche, lez un regul de mer,
La sunt dis mille dé Sarazins entré ;
L'or et l'argent en unt* od els porté,
E pris l'eschec e les morz desarmez.
1385 Suls fud mi sire, n'i pout mes ester.
Ki ore irreit en Larchamp sur mer
Prendre icés dunt vus ai ci cunté,
E mis sires ad mult larges heritez,
Si vus durrad volenters e de gré.

CII

1390 « E ki ne volt sanz femme prendre terres,
Jo ai uncore cent e seisante puceles,
Filles de reis, n'ad suz cel plus beles,
Sis ai nurriz suz la merci Willame,
Qui mun orfreis ovrent e pailles a flurs, a roeles :
1395 Venge a mei e choisist la plus bele ;
Durrai lui femme e mun seignur li durrat terre,

1371. Il ad p. s. noble barne — **1383.** L'or e l'a. en un od e. porté

1366. *Ja est venue* : Exemple de confusion entre masculin et féminin pour le participe passé. — **1369.** *E ocis le paien Deramé* : L'affirmation de la mort du chef païen n'empêche par Guibourc de demander qu'on reprenne le combat ; la

l'interrogent : « Dame Guibourc, qu'avez-vous trouvé, là-dehors ?

— Par Dieu, seigneurs, rien qui ne soit à mon gré !

« Guillaume au nez courbe, le voici de retour sain et sauf, grâce à Dieu ! Il a remporté la victoire au combat et tué le païen Deramé. Un malheur pourtant lui est arrivé : il a perdu ses nobles guerriers, la fleur et l'élite de douce France. On lui a tué Vivien le renommé ; chez les païens ni chez les chrétiens, on n'aurait pas trouvé meilleur vassal pour exalter sainte chrétienté et pour défendre et préserver la Loi divine.

« Je vous en prie, au nom de Dieu, allez à Larchamp ! Leurs chalands et leurs navires ont été détruits ; le vent leur fait défaut, et ils ne peuvent repartir. Sur une côte rocheuse, dans une anse, dix mille Sarrasins se sont regroupés ; ils ont emporté avec eux l'or et l'argent, ramassé le butin et pris l'équipement des morts. Mais mon seigneur était seul, il ne pouvait rester plus longtemps.

« Si vous allez à Larchamp sur la mer pour vous emparer de ceux dont je vous ai parlé, mon seigneur, qui a de très grandes terres, vous en fera don sans hésiter.

CII

« Et si quelqu'un refuse de prendre une terre sans avoir d'épouse, j'ai aussi auprès de moi cent soixante jeunes filles de naissance royale, les plus belles de toutes. Je les ai élevées sous l'aveu de Guillaume ; elles travaillent pour moi le brocard d'or et ornent de fleurs et de rosaces les étoffes de soie. Vienne à moi qui veut, choisissant la plus belle ! Je lui donnerai une femme, et mon seigneur lui procurera

---

Chanson de Guillaume, dans sa version la plus ancienne, ne se terminait donc pas nécessairement au v. 1980 (voir Introduction). — **1371.** *Nobile* : Correction d'après le vers 1019. — **1383.** *Unt* : Correction d'après le vers 162.

Si ben i fert que loëz poïsse estre. »
Tel s'aati de choisir la plus bele,
Qui en Larchamp perdi puis la teste,
1400 Joesdi al vespre.
Guiburc meïsme sert sun seignur de l'ewe*.

CIII

Puis l'ad assis a une basse table*   (a)
– Ne pout aler pur doel a la plus halte –,   /9d/
Puis li aportad d'un sengler un espalle*.
1405 Li bers la prist, si la mangat en haste,
Il la fist tant cum ele fust mult ate*.
Ele li aportad un grant pain a tamis,   (b)
E desur cel dous granz gastels rostiz ;
Si li aportad un grant poün rosti,
1410 Puis li aportad un grant mazelin de vin ;
Od ses dous braz i out asez a sustenir.
Mangat Willame le grant pain a tamis*,
E en aprés les dous gasteals rostiz ;
Trestuit mangat le grant braün porcin,
1415 E a dous traiz but un sester de vin,
E tut mangad les dous gasteals rostiz,
E si que a Guiburc une mie n'en offrid,
Ne redresçad la chere ne le vis.
Veist le Guiburc, crollad sun chef, si rist,
1420 Pur quant si plurat d'amedous des oilz del vis.
Willame apele, en sun romanz si li dist :
« Par Deu de glorie, qui convertir me fist,
A qui renderai l'alme de ceste peccheriz,
Quant ert le terme, al jur de grant juïs,
1425 Qui mangüe un grant pain a tamis,
E pur ço ne laisse les dous gasteals rostiz,
E tut mangüe un grant braün porcin,
E en aproef un grant poün rosti,
E a dous traiz beit un sester de vin,

1412. Mangat W. le pain a tamis

1401. SW placent ce vers en tête de la laisse CIII, ce qui les conduit à intervertir l'ordre des v. 1399 et 1400. — 1402-1403. Vers repris presque à l'identique

une terre, pourvu qu'il frappe si vaillamment qu'il y gagne du renom. »

Tel se hâta de choisir la plus belle, qui ensuite eut la tête coupée en Larchamp,

Jeudi au soir.

Guibourc présente elle-même l'eau à son époux.

CIII

Elle le fait asseoir ensuite à une humble table – à cause de son chagrin, il ne pouvait s'installer à la place d'honneur – et lui apporte une épaule de sanglier. Le vaillant s'en empare et la mange à même la broche, avec autant d'appétit qu'elle avait de saveur.

Elle lui apporte ensuite un grand pain fait de farine bien tamisée et, là-dessus, deux grands gâteaux bien cuits, ainsi qu'un grand paon rôti, et puis encore un grand hanap de vin : ses deux bras avaient ainsi un lourd fardeau à porter.

Guillaume dévora le grand pain de fine farine, puis les deux gâteaux bien cuits ; il mangea jusqu'au bout le grand quartier de sanglier, et en deux traits vida un setier de vin. Les deux gâteaux bien cuits, il les mangea complètement, sans en offrir une miette à Guibourc, sans redresser le visage ni lever les yeux.

À cette vue, Guibourc secoue la tête et rit, et en même temps ses deux yeux versent des larmes ; elle s'adresse à Guillaume et lui dit en son langage :

« Par Dieu de gloire, qui causa ma conversion, et à qui je rendrai le moment venu, au jour du Jugement, mon âme de pécheresse, celui qui mange un grand pain de fine farine, sans rien laisser de deux gâteaux bien cuits, qui dévore aussi un grand quartier de sanglier et après un grand paon rôti, celui qui, de plus, vide en deux traits un

---

aux v. 2392-2393. Cf. au contraire v. 1044. — **1404-1432.** L'appétit de Guillaume et le sens que lui donne Guibourc sont très proches de la scène dont Girard est le héros (v. 1045-1058). — **1406.** Bn interprète *mult ate* comme « toute chaude ». — **1412.** *Le grant pain* : Correction d'après le v. 1407.

1430 Ben dure guere deit rendre a sun veisin ;
Ja trop vilment ne deit de champ fuïr
Ne sun lignage par lui estre plus vil.
— Seor, dulce amie, dist Willame, merci !
Si jo murreie, qui tendreit mun païs ?
1435 Jo n'a tel eir qui la peusse tenir. »
Del feu se dresce un suen nevou, dan Gui* ;
Cil fud fiz Boeve Cornebut le marchis,   /10a/
Neez de la fille al prouz cunte Aemeris,
Nevou Willame al curb niés* le marchis,
1440 E fud frere Viviën le hardiz.
N'out uncore quinze anz, asez esteit petiz,
N'out point de barbe ne sur li peil vif,
Fors icel de sun chef dunt il nasqui.
Sur pez se dresce, devant sun uncle en vint,
1445 Si apelad cum ja purrez oïr :
« A la fei, uncle, ço dist li emfes Gui,
Si tu murreies, jo tendreie tun païs ;
Guiburc ma dame voldreie ben servir :
Ja n'averad mal dunt la puisse garir,
1450 Pur ço qu'ele m'ad tant suef nurri. »
Quant l'ot Willame, vers l'enfant se grundi ;
Dunc li respunt Willame, mult laidement li dist :
« Mielz vus vient, glut, en cendres a gisir,
Que tei ne fait mun conté a tenir ! »

CIV

1455 « Mielz vus vient, glut, en cendres a reposer
Ke ne te fait a tenir ma cunté ;
Guiburc ma femme n'avras tu ja a garder ! »
Quant l'oï Gui, dunc respunt cum sené :
« A la fei, sire uncle, unques mais n'oï tel ! »
1460 Respunt Willame : « Glut, de quei m'enculpez ?

1439. Nevou W. al bon cunte m.

1436. Petit Gui reste auprès du feu, situation à laquelle Guillaume voudra le confiner (v. 1455) : comme l'a noté F (p. 231), la distance n'est pas si grande entre ce « Cendrillot » et Renouart. — **1439.** *Al curb niés* : Correction d'après S

setier de vin, celui-là doit être un terrible adversaire lors
d'une guerre contre son voisin : il ne quittera pas le champ
de bataille comme un lâche et ne déshonorera pas son
lignage.

— Sœur, douce amie, répond Guillaume, pitié ! si je
mourrais là-bas, qui gouvernerait ma terre ? Je n'ai pas
d'héritier qui puisse la tenir. »

Alors, un de ses neveux, sire Gui, se lève d'auprès du
feu : c'était le fils de Beuve Cornebut, le marquis, et il avait
pour mère la fille du vaillant comte Aimeri ; il était neveu
de Guillaume au nez courbe, le marquis, et frère du hardi
Vivien. Il n'avait pas encore quinze ans et sa taille était
petite ; il ne lui était poussé ni barbe ni toison en dehors
de celle qu'il portait sur le crâne à sa naissance. Il se lève,
se présente devant son oncle et lui adresse la parole comme
vous allez l'entendre :

« Par ma foi, mon oncle, dit le jeune Gui, si tu venais à
mourir, c'est moi qui gouvernerais ta terre ; je suis prêt à
servir Guibourc ma dame, et elle ne recevra aucun mal
dont je puisse la protéger, en reconnaissance de la douceur
avec laquelle elle m'a élevé. »

À ces paroles, Guillaume se courrouce contre le jeune
homme ; il lui répond avec des paroles insultantes :

« Vous êtes mieux à votre place, gredin, dans les cendres
du foyer, qu'en gouvernant mon comté.

CIV

« Vous êtes mieux à votre place, gredin, en dormant dans
les cendres du foyer, qu'en gouvernant mon comté. Jamais
vous n'aurez à protéger Guibourc, mon épouse. »

À ces propos, Gui donne une réponse avisée :

« Par ma foi, seigneur mon oncle, comment peut-on parler ainsi ?

— Allons, gredin, quels reproches as-tu à me faire ?

(W maintient le texte du ms.). *Cunte* paraît avoir été entraîné par le même mot
au vers précédent.

— Jo vus dirrai, mais jo m'en voil purpenser.
Cum celui qui n'est parfund sené
A sun talent se lait demesurer !
Pur petitesce que m'avez a blasmer ?
1465 Ja n'est nul grant* que petit ne fust né.
E par la croiz de cel altisme Dé,
Ja nen ad home en la crestiënté,
Men esciëntre, ne en la paieneté*,
S'enprof ta mort perneit tes heritez,
1470 Puis que mort est Viviën l'alosé,
Ne l'ocesisse en bataille champel ;
Puis saisereie totes voz heritez,
Guiburc ma dame fereie mult ben garder. »
Quant l'ot Willame, prist le chef a croller,   /10b/
1475 Plurad des oilz tendrement e suef.
L'enfant apele, sil prist a acoler,
Treis feiz le beise, e puis li ad mustré :
« A la fei, niés, sagement as parlé ;
Cors a d'enfant e si as raisun de ber* :
1480 Aprés ma mort te seit mun feé doné.
Pren le, Guiburc, meine le en ta chimené. »
Joesdi al vespre.
N'ad que quinze ans, si li donad grant terre.

CV

Li quons Willame est del manger levé,
1485 Prest fu li liz, s'i est culcher alé.
Guiburc la franche l'i tastunad suef ;
Il n'i out tele femme en la crestienté*
Pur sun seignur servir e honorer,
Ne pur eshalcer sainte crestienté,
1490 Ne pur lei maintenir e garder.
Tant fu od lui qu'il s'endormi suef,
Puis comandad sun cors a l'altisme Deu,
Dunc vait en la sale as chevalers parler.

1465. Ja n'e. n. si grant que p. ne f. né — **1468.** Men es. ne en la bataille Dé

1465. *Nul grant* : Correction d'après le v. 1654. — **1468.** Malgré la suggestion de LF (*bataille* = bataillon, corps de troupes), la leçon du ms., *bataille Dé*, peut-être inspirée par *altisme Dé* (v. 1466), n'offre pas de sens satisfaisant. *Paieneté*

— Vous le saurez, quand j'y aurai mûrement réfléchi : l'homme dont la sagesse est superficielle oublie la mesure, lorsqu'il s'abandonne à son désir !

« Pourquoi me reprochez-vous ma petite taille ? Avant d'être grand, il a fallu naître petit. Eh bien, par la Croix de Dieu le Très-Haut, il n'est personne en terre chrétienne, je le garantis, ni parmi les païens, que je ne sois prêt à tuer en bataille rangée – puisque Vivien le renommé est mort, – au cas où il oserait, après ta mort, s'emparer de ta terre ; après quoi je prendrais possession de tout ce qui t'appartient, et j'assurerais la protection vigilante de Guibourc ma dame. »

À ces mots, Guillaume secoue la tête et se met à pleurer doucement et tendrement ; il s'adresse au jeune homme et le prend par le cou ; par trois fois il l'embrasse, puis lui dit :

« Par ma foi, mon neveu, tu as parlé en sage ; tu as corps de jeune homme, mais tes propos sont d'un preux. Après ma mort, que mon fief te soit remis ! Va, Guibourc, prends-le et conduis-le auprès de ton foyer. »

Jeudi au soir.

Il n'a que quinze ans, et pourtant Guillaume lui a donné de grandes terres.

CV

Le comte Guillaume s'est levé de table ; son lit est bientôt prêt, et il va s'y étendre : la noble Guibourc le masse doucement. Nulle femme, en toute la chrétienté, ne sut comme elle servir et honorer son époux, exalter la cause de la foi, observer et défendre la Loi divine. Elle reste auprès de lui jusqu'à ce qu'il s'endorme doucement, puis elle le recommande à Dieu le Très-Haut et revient dans la salle trouver les chevaliers.

---

propose du moins une alternative claire à *crestienté*. — **1479.** En ce vers, repris deux fois (v. 1637 et 1977), le poète recourt au *topos* du *puer senex*, qui oppose la jeunesse d'un personnage à la maturité de son comportement (voir E. R. Curtius, *La Littérature européenne et le Moyen Âge latin*, PUF, s.d., « Agora » t. I, p. 176-180). — **1487-1490.** Portrait de l'héroïne épique idéale, soutien de son époux, de la foi chrétienne et du droit.

Tant dort Willame qu'il fu avespré*,
1495 Puis salt del lit cum hardi sengler,
Criad « Munjoie ! frans chevalers, muntez ! »,
Armes demande, e l'en li vait aporter.

CVI

Dunc li vestirent une broine mult bele,
E un vert healme li lacent en la teste ;
1500 Sa espee out ceinte, le brant burni vers terre,
Une grant targe i tint par manevele ;
Espé trenchante out en sun poig destre ;
. . . .
Puis li baisad le pié, si s'enclinad vers terre*,
Sil comandad al glorius rei celestre.

CVII

1505 Quant il avesprad en la bone cité,
Issuz s'en est Willame al curb niés
Od trente mille de chevalers armez ;
En Larchamp requistrent le paien Deramé.   /10c/
Dunc remist sule Guiburc* en la bone cité ;
1510 En un soler en unt Guiot mené.
Tant cum il virent Willame al curb neis,
Gui e Guiburc sil comanderent a Deu.
Quant plus nel virent, dunc prent Gui a plurer.
Veit le Guiburc, prist lui a demander :
1515 « Ami Guiot, que avez a plurer ?
— Par ma fei, dame, a faire l'ai assez !
N'ai que quinze anz, si sui en tel vilté,
Retenu sui de bataille champel.
Qui me durreit ne feé ne heritez,
1520 Quant nel deserf od espee de lez ?

1503. Puis li b. le p. si l'enclinad v. terre — **1509.** Dunc r. s. Guburc en la b. cité

1494-1504. Le parallélisme est net entre cette scène du lever et de l'adoubement de Guillaume et celle qui concerne Girard (v. 1070-1082). — **1503.** *Si s'enclinad :*

Guillaume dort jusqu'à la tombée du soir ; alors il bondit du lit comme un sanglier hardi et crie :

« Montjoie ! nobles chevaliers, en selle ! »

Il demande des armes, et on lui en apporte.

CVI

Alors on lui passe une très belle broigne, et on lace sur sa tête un heaume d'acier vert ; il a ceint son épée, dont la lame brillante est tournée vers la terre ; il tient par la poignée un grand pavois et serre dans son poing droit un épieu tranchant [...].

Puis Guibourc lui baise le pied, s'incline devant lui jusqu'à terre et le recommande au glorieux roi des cieux.

CVII

Quand le soir tomba dans la puissante cité, Guillaume au nez courbe partit, accompagné de trente mille chevaliers en armes : ils marchaient vers Larchamp, à la rencontre du païen Deramé.

Alors Guibourc resta seule dans la puissante cité. On conduisit Guiot dans une chambre à l'étage : tant qu'on put voir Guillaume au nez courbe, Gui et Guibourc ne cessèrent de le recommander à Dieu ; mais quand il eut disparu, Gui se mit à pleurer.

À cette vue, Guibourc lui demande :

« Guiot, mon ami, qu'avez-vous à pleurer ?

— Par ma foi, dame, j'ai bien des raisons de le faire ! Je n'ai que quinze ans, et on me méprise tellement que l'on m'écarte de la bataille rangée. Comment pourrait-on me confier un fief ou un héritage, si je ne les mérite avec l'épée que l'on porte au côté ?

Correction d'après W. Une lacune, où l'on expliquait l'intervention de Guibourc, est probable avant ce vers. En s'inspirant de l'adoubement de Girard, W reconstitue ainsi le passage manquant : *Cheval out bon, des meillurs de la terre. / Muntat Guillelmes par sun estrieu senestre, / Dame Guiburc li vait tenir le destre.*
— **1509.** *Guiburc* : Correction d'après la graphie habituelle.

Par mi cel tertre vei mun seignur aler,
Vilment chevalche a bataille champel :
Od lui n'ameine nul sun ami charnel,
Fors Deu de glorie qui le mund ad a salver. »
1525 Respunt Guiburc : « Merci, Guiot, pur Deu !
Trop par es enfes e de petit eé,
Si ne purreies ne travailler ne pener,
La nuit veiller ne le jur juner,
La grant bataille suffrir n'endurer,
1530 Si t'ad le cunte ci a mei comandé ;
Par nul engin ne te larrai aler,
Car jo creim perdre sa amisté e sun gred. »
Respunt Guiot : « Unc mais nen oï tel !
Jo sai mentir, si li voldrai cunter
1535 Que jo vus sui tut par force eschapé.
Sil te plevis e de Deu e de mei,
Se jo n'i vois en Larcham sur mer*,
Ja ne verras Willame od le curb niés,
E si jo vois, voldrai l'en amener. »
1540 Respunt Guiburc : « Dunc te larrai aller. »

CVIII

Dunc li vestent une petite broine,   (a)
E une petite healme li lacent desure,   /10d/
Petite espee li ceinstrent, mais mult fu bone,
Al col li pendirent une petite targe duble.
1545 Puis li aportat une glaive petite*,   (b)
Bon fu li fers e redde en fu la hanste,
Deci qu'as poinz li batid l'enseigne.
Ele li ameine Balzan*, sun sambuër ;   (c)
Bone est la sele, mais curt sunt li estriver,
1550 Unc Guiburc nel prestad a chevaler.
Dunc muntat Guiot, e Guiburc li tint l'estriu,
Puis le comandat* al criatur del ciel.

1552. Puis li c. al cr. del ciel

1537-1539. Cette prédiction, que le narrateur reprend à son compte au v. 1679, se réalise lorsque Gui sauve la vie de son oncle, laisses CXIX-CXXI. —

« Je vois mon seigneur s'éloigner le long de cette colline ; c'est en misérable équipage qu'il chevauche vers le combat, car aucun proche parent ne l'accompagne : seul Dieu de gloire, qui a charge du salut du monde, est auprès de lui. »

Guibourc lui répond :

« Guiot, je t'en prie, au nom de Dieu ! Tu es trop jeune et d'âge trop tendre ; tu serais incapable d'endurer la fatigue et les épreuves, les nuits sans dormir et les jours sans manger, et le fardeau de la bataille : c'est pour cela que le comte t'a confié ici à moi ; tu peux ruser, je ne te laisserai pas partir, car j'aurais trop peur de perdre son amitié et sa confiance. »

Guiot réplique :

« Comment peut-on parler ainsi ? Je sais mentir, et je lui raconterai que je t'ai échappé par la force. Je te le garantis, au nom de Dieu et en mon nom : si je ne vais pas à Larchamp sur la mer, tu ne reverras jamais Guillaume au nez courbe ; mais si j'y vais, je ferai en sorte de le ramener. »

Alors Guibourc dit :

« Eh bien, je te laisserai partir. »

CVIII

Alors on lui passe une petite broigne, et on lui lace par-dessus un petit heaume ; on lui ceint une épée, petite mais fort bonne, et on lui pend au cou un petit bouclier à double épaisseur. Ensuite on lui apporte une petite lance, au fer solide et à la hampe roide ; l'enseigne lui bat le poing.

Ensuite Guibourc lui amène Bauçant, son palefroi ; la selle est bonne, mais les étrivières sont courtes ; jamais encore Guibourc n'a prêté sa monture à un chevalier.

Alors Guiot se met en selle ; Guibourc lui tient l'étrier, puis elle le recommande à Dieu, créateur du ciel.

1545. *Glaive petite* : DM (II, p. 143) suppose une leçon primitive *petite lance*. *Glaive*, avec le sens de lance, ne fait pas toutefois difficulté pour l'intelligence du passage. — **1548.** *Balzan* : Nom propre désignant le palefroi de Guibourc, comme aux v. 1557, 1661, 1742, 2162. Au contraire, aux v. 1933, 1942, 2054, 2179, *balçan* est adjectif et désigne la robe d'un cheval (voir DM II, n. au v. 1933 et glossaire). — **1552.** *Puis le comandat* : Rétablissement du régime direct ; W : *Puis le comande.*

CIX

Petit est Gui e li cheval est grant* ;　(a)
N'est que pé e demi de sus les arçuns parant,
1555 E sul trei deie suz le feltre brochant :
Mielz portad armes que uns hom de trente anz.
Guiot point Balçan, si li laissad la reisne ;　(b)
Pé e demi out le cors sur la sele,
A sul trei deie brochad de suz le feltre.
1560 E ele le comandat a Deu, le grant Dé paterne ;
As esquiers se mist Guiot en la grant presse.

CX

Tote nuit ad od esquiers erré,　(a)
Jusqu'al demain que li jur apparut cler.
Si cum il vindrent en Larchamp desur mer,
1565 As chevalers vait Willame parler ;
Les baruns en ad par sei sevrez,
A un conseil une part en sunt alé.
En sun romanz lur ad dit e mustré :
« Seignurs baruns, mei devez vus aier* ;　(b)
1570 Jo ne vus toil vos vealtrez ne voz chens,
Si voliez, ainz vus durrai des miens ;
Ne n'en voil prendre ostur ne esperver,
Ne nul senblant faire de nul enplaider.
Si le pere fu morz, jo en oi le fis si cher
1575 Que unc la mere nel laissai corescer*,
Ne ja mais sergant ne fis de sun aveir* chacer,　　　/11a/
Ainz en nurri les fiz mult volenters,
Sis gardai tant que jo en fis chevalers :
Tote la terre li rendi sanz relef.
1580 S'il fu petit, jo l'acru del mien ;
Fel seit Willame, s'il unques en out dener !
Ore socurrez hui vostre gunfanuner ! »

1576. Ne ja mais s. ne fis sun aveir ch.

553-1559. Ce tableau plaisant est repris aux v. 1662-1665. Plus tard Guil-
~~ne~~, ayant pris la monture de Gui, se trouvera à son tour en posture amu-
~~~~ (v. 1882-1883), avec des étriers dont la longueur ne lui convient pas. —

CIX

Gui est petit, et son cheval est grand ; le héros ne dépasse les arçons que d'un pied et demi, et ne pique des éperons que trois doigts au-dessous de la couverture ; pourtant, il porte les armes mieux qu'un homme de trente ans.

Guiot pique Bauçant et lui lâche les rênes : il ne s'élève que d'un pied et demi au-dessus de la selle, et ne pique des éperons que trois doigts au-dessous de la couverture. Alors Guibourc le recommande à Dieu, le Père tout-puissant, et Guiot prend sa place dans la foule aux côtés des écuyers.

CX

Toute la nuit, il a chevauché avec les écuyers, jusqu'au lendemain où apparut la claire lumière du jour. Lorsqu'ils arrivèrent à Larchamp sur la mer, Guillaume alla trouver les chevaliers ; il prit à part les seigneurs et les réunit pour une délibération ; voici ce qu'il leur explique et leur dit en son langage :

« Seigneurs chevaliers, il faut que vous m'apportiez votre aide ; jamais je ne vous vole vos vautres et vos chiens, et si vous en vouliez, je vous en donnerais même des miens ; jamais non plus je ne vous prends autour ni épervier, et jamais je n'ai fait mine de vous intenter des procès.

« Lorsqu'un père mourait, j'avais tant d'égards pour le fils que son sort ne causait nul chagrin à sa mère ; jamais je n'ai chassé un serviteur de sa terre, mais j'ai élevé ses enfants avec joie, les gardant auprès de moi jusqu'à ce que je les fasse chevaliers : à l'héritier, sans exiger aucun droit, je rendais toute sa terre, et lorsque le bien était petit, je l'agrandissais en prenant sur ce qui m'appartient. Que maudit soit Guillaume, si cela lui rapporta jamais le moindre denier ! Mais aujourd'hui, il vous faut secourir votre porte-enseigne ! »

1569-1581. Le discours de Guillaume constitue un véritable code des devoirs du seigneur à l'égard de ses vassaux. À côté du principe, inscrit dans l'histoire, de l'hérédité du fief, on y trouve l'expression de la générosité épique. — **1575.** *Unc la mere nel laissai corescer* : La leçon du ms. signifie que, grâce à la générosité de Guillaume, le sort d'un orphelin reste satisfaisant et ne peut inquiéter sa mère. La correction de SW *(unc la mere ne laissai corescer)* offre évidemment une *lectio facilior*. — **1576.** *De sun aveir* : Correction d'après SW.

E cil respunent : « Sire, mult volenters !
Ne vus faldrum tant cum serrun sur pez. »
1585 Lunsdi al vespre.
De tel seignur deit l'um tenir terre*
E, si bosoinz est, morir en la presse.

CXI

Dunc laist les demeines quan l'orent afié ;
As vavassurs en vait dan Willame parler,
1590 A un conseil les ad tuz amenez.
En sun romanz lur ad dit e mustrez :
« Seignurs baruns, vavasurs onurez,
En ceste terre nus ad requis Deramé ;
Le sun orguil ne deit gueres durer,
1595 E hom ne deit mie soffrir ne esgarder.
Pur ço vus di, frans chevalers provez,
Tel home m'unt ocis dunt mult me deit peser,
Car il m'unt mort Viviën l'alosé ;
Deça la Rin ne de dela la mer*,
1600 En paenisme n'en la crestienté,
Ne pout l'om unques mieldre vassal trover
Pur eshalcer* sainte crestiënté,
Ne pur lei meintenir e garder.
Pur ço vus di, francs chevalers menbrez,
1605 Il nen ad home en la crestiënté
Tant vavasurs peusse de tels asembler,
Fors Lowis qui France ad a garder
Cum dreit seignur, li noble onuré ;
Encuntre lui ne me dei pas vanter.

1602. Pur esahlcer s. c.

1586-1587. S place ces deux vers dans la bouche des barons, qui concluent leur propos par une formule généralisante. Nous préférons, avec DM et W, y voir un commentaire du poète, tirant lui-même une leçon du discours de Guillaume. On trouve d'autres commentaires du narrateur après le refrain (v. 404,

Alors les seigneurs répondent :

« Sire, nous le ferons avec joie ! Nous ne vous abandonnerons pas, tant que nous serons debout ! »

Lundi au soir.

C'est d'un seigneur comme Guillaume qu'il fait bon tenir sa terre et, s'il le faut, mourir pour lui en la mêlée !

CXI

Il quitte les seigneurs lorsque ceux-ci lui ont juré fidélité, puis il va trouver les arrière-vassaux, les prenant à part pour une délibération ; voici ce qu'il leur explique et leur dit en son langage :

« Seigneurs chevaliers, vavasseurs pleins d'honneur, Deramé est venu nous attaquer en cette terre. Son orgueil doit être abattu immédiatement, car on ne doit le supporter ni l'accepter.

« Je vous dis cela, nobles chevaliers qui avez fait vos preuves, parce qu'ils m'ont tué un homme dont la perte m'accable : ils ont fait périr Vivien le renommé. De ce côté-ci du Rhin ni par-delà la mer, chez les païens comme chez les chrétiens, jamais on ne pourra trouver meilleur champion pour exalter sainte chrétienté, ni pour soutenir et défendre la Loi divine.

« Je vous dis cela, nobles chevaliers dignes de mémoire, parce que personne, en toute la chrétienté, ne pourrait assembler tant de vavasseurs, si ce n'est Louis, le noble roi plein d'honneur, qui gouverne la France comme son seigneur légitime : je ne dois pas rivaliser avec lui.

472, 488, 695 ; pour la poursuite du discours direct, voir v. 88, 201, 211). — **1599.** Voir la note au v. 82. — **1602.** *Eshalcer :* Correction d'après la graphie habituelle.

CXII

1610 « Ore entendez, frans chevalers provez* ! (a)   /11b/
Ja n'ert ben faite grant bataille chanpel
Se vavasurs ne la funt endurer,
E ne la meintenent les legers bachelers,
Les forz, les vigrus, les hardiz, les menbrez*. »
1615 Dunc gardat entr'els, si vit Guiot ester ;
Il lur demande : « Qui est cel petit armé,
Sur cel cheval qui entre vus vei ester ?
Bosoing out de homes qui ça l'ad amené* ! »
Cil respundent : « Pur quei nus demandez ?
1620 Guiot vostre neveu deussez conuistre assez. »
Quant l'ot Willame, prist le chef a croller,
Dunc plurad des oilz tendrement e suef.
Dunc comence Guiburc forment a blasmer :
« Mal gré en ait hui de Deu ma moiller !
1625 Or i pert, nes, que ne li apartenez*. »
Quant l'oï Gui, dunc respunt que senez :
« A ma fei, sire, a grant tort la blamez ;
A une femme me comandas a garder,
E jo li sui tut par force eschapé.
1630 — Glut, dit le cunte, vus de quei me colpez ?
— Jo vus dirrai, mais un petit m'atendez.
Veez paiens* as barges e as niés ;
Tel home unt mort dunt* mult vus deit peser !
Il unt ocis Viviën l'alosé.
1635 Sur els devon nus vostre maltalant turner.
— Par ma fei, nes, sagement as parlé ;
Cors as d'enfant e raisun as de ber :
Aprof ma mort tei seit mun fé doné.
Mais d'une chose me pot forment peser :
1640 Trop par es joefne e de petit eed,
Si ne purras travailler ne pener,

1632. Veez paies as b. e as nies — **1633.** Tel h. unt m. dut m. vus d. peser

---

1610-1614. Après l'appel aux seigneurs (laisse CX) puis aux arrière-vassaux (laisse CXI), vient l'éloge de ces derniers, artisans de la victoire. — **1614.** Voir une énumération comparable d'adjectifs substantivés à propos de Renouart, v. 3146. — **1618.** La remarque est clairement ironique : il fallait, selon Guillaume, avoir vraiment besoin d'hommes pour emmener un tel avorton. W donne un tour interrogatif à la phrase : « J'ai besoin d'hommes, qui l'a mené ici ? » — **1625.** Guillaume reproche à Guibourc d'avoir laissé partir petit Gui parce qu'elle était indifférente au sort d'un personnage non membre de son propre lignage. —

CXII

« Écoutez-moi, nobles chevaliers qui avez fait vos preuves ! Jamais bataille rangée ne sera bien menée si les vavasseurs n'en supportent le faix et si les jeunes guerriers ne la conduisent, eux, les courageux, les puissants, les hardis, les mémorables ! »

Mais comme il regarde dans leurs rangs, il aperçoit le petit Gui et leur demande :

« Quel est cet avorton sous les armes que je vois parmi vous, juché sur ce cheval ? Il manquait vraiment d'hommes, celui qui l'a amené ici ! »

Et eux de répondre :

« Pourquoi nous poser cette question ? Vous devriez reconnaître facilement petit Gui, votre neveu. »

À ces mots, Guillaume secoua la tête, et se mit à pleurer doucement et tendrement, adressant à Guibourc de vifs reproches :

« Que Dieu montre sa rigueur aujourd'hui à ma femme ! On voit bien, mon neveu, que vous ne lui êtes rien. »

Gui fait une sage réponse à de tels propos :

« Par ma foi, seigneur, vous lui faites des reproches très injustes ; c'est une femme que vous avez rendue responsable de ma garde, et moi, je lui ai échappé par la force.

— Gredin, répond le comte, quels reproches as-tu à me faire ?

— Je vais vous le dire, pourvu que vous me prêtiez attention. Regardez les païens près des embarcations et des navires : ils ont tué un homme dont la mort doit vous être très douloureuse ! Ils ont tué Vivien le renommé, et nous devons leur faire payer votre désespoir.

— Par ma foi, mon neveu, tu as parlé en sage ; tu as corps de jeune homme, mais tes propos sont d'un preux. Après ma mort, que mon fief te soit remis !

« Une chose pourtant me fait peine : tu es très jeune et d'âge très tendre ; tu seras incapable d'endurer la fatigue et

---

1632. *Païens :* correction d'après la graphie habituelle. — **1633.** *Dunt :* Correction d'après la graphie habituelle. À noter que ce vers et le suivant reprennent les v. 1597-1598.

Les nuiz veiller e les jurz juner,
La grant bataille suffrir ne endurer ;
Mais jo te ferai sur cel munt mener,   /11c/
1645 A vint de mes homes te ferai iloec garder :
Itant i perdirai e si ne gaignerai* el,
Icil me aidassent en bataille champel. »
Respunt dan Guiot : « Unc mais n'oï tel* !
— Niés, dist Willame, de quei m'aculpez ?
1650 — Jol vus dirrai quant tu le m'as demandé.
Quidez vus dunc que Deus seit si oblié,
Qui les granz homes pot tenir e garder,
Qu'il ne face des petiz altretel ?
Ja n'est nul granz que petit ne fud né :
1655 Uncore hui ferai de l'espee de mun lez,
Si purrai ben mun hardement prover,
Si en mei ert salvé l'onur e le herité ! »
Respunt Willame : « Sagement t'oi parler.
Poig dunc avant, fai cel cheval errer*,
1660 Ore voil veer cum poez armes porter. »
Gui point Balçan, si li laschad les reisnes ;   (b)
Pé e demi ad le cors sur la sele,
A sul trei deie broche desuz la feltre.
Brandist la hanste desur le braz senestre,
1665 Tote l'enseigne fait venir tresk'en terre ;
Il la redresce e le vent la ventele.
Balçan retient en quatre pez de terre,
Si que la cue li traïnad sur l'erbes,
Dreit a sun seignur dresçat sa reisne.
1670 Ço dist Willame : « Ben deis chevaler estre,
Si fut tis pere e tis altres ancestre.

CXIII

« Ça traez, niés Gui, vers mun destre poig,
Od le mien ensemble porte tun gunfanun ;
Si jo t'ai, ne crem malveis engrun. »

1646. Itant i p. e si ne gaingerai el — **1648.** Respunt d. G. Unc mais n'oï itel

---

1646. *Gaignerai* : Correction d'après SW. — **1648.** *N'oï tel* : Correction d'après les v. 1459, 1876. — **1659-1660.** Guillaume est lent à accorder sa confiance à petit Gui ; après avoir méprisé le « petit armé » (v. 1616), après avoir envisagé les épreuves, les nuits sans dormir et les jours sans manger, et le fardeau de la bataille. Je vais donc te faire conduire sur cette colline, où tu seras sous la garde de vingt de mes hommes ; ce sera autant de perdu pour moi, et je n'en tirerai aucun avantage, car ces gens m'auraient été utiles sur le champ de bataille. »

Sire Guiot réplique :

« Comment peut-on parler ainsi !

— Neveu, reprend Guillaume, que me voulez-vous ?

— Je vais vous le dire, puisque vous me l'avez demandé. Croyez-vous Dieu assez étourdi, lui qui peut soutenir et protéger les hommes de grande taille, pour négliger de faire de même à l'égard des gens de petite stature ? Avant d'être grand, il a fallu naître petit : aujourd'hui, je frapperai avec l'épée que je porte au côté et prouverai ma hardiesse ; grâce à moi, le fief et la terre seront sauvés. »

Guillaume répond :

« Tes propos sont sages ; pique donc ton cheval et fais-le aller : je veux voir comment tu portes les armes. »

Alors Gui éperonne Bauçant et lui lâche la bride ; il ne s'élève que d'un pied et demi au-dessus de la selle, et ne pique des éperons que trois doigts au-dessous de la couverture. Il brandit la lance au-dessus de son bras gauche, et l'enseigne vient balayer la terre ; alors il la redresse, et le vent la fait flotter. Il arrête Bauçant sur une distance de quatre pieds, si brutalement que la queue du cheval balaie l'herbe, puis dirige sa rêne vers son seigneur. Et Guillaume de dire :

« Tu es digne d'être chevalier, comme le furent ton père et tous tes ancêtres.

CXIII

« Gui, mon neveu, tiens-toi auprès de mon poing droit, et porte ton enseigne près de la mienne. Avec toi, je ne redoute aucun mauvais coup. »

---

de le maintenir sous protection loin du combat – en regrettant de diminuer ainsi ses forces – il veut maintenant lui voir faire un « eslais ». L'épreuve sera concluante, et Guillaume, désormais, lui parle comme Vivien l'avait fait à Girard (v. 1672-1674 = v. 465-467).

1675 Il s'asemblerent, le jur furent baruns,
     En la bataille dous reals cunpaignuns.
     Paene gent les mistrent a grant dolur*,
     Lunsdi al vespre,
     Si n'i alast Gui, ne revenist Willame.   /11d/

CXIV

1680 La bataille out vencue Deramé
     A l'altre feiz que Willame i fu al curb niés,
     Si out pris l'eschec e les morz desarmez ;
     Entrez erent Sarazins en lur nefs,
     Lur vent demoert, ne s'en poënt turner.
1685 Mais les seignurs des paens e les pers,
     Ben tresqu'a vint mile de la gent Deramé,
     Terre certeine alerent regarder,
     Une grant liue loinz del graver sur la mer.
     Ensemble od els unt lur manger aporté,
1690 En renc esteient assis a un digner.
     Es vus Willame al manger asené*,
     Od trente mile de chevalers armez,
     Qui un freit mes lur ad aporté.
     Criënt « Muntjoie ! », si vont od els juster.
1695 Paien escrient : « Francs chevalers, muntez ! » ;
     Dunc saillent des tables a l'estur cunmunel.
     Iço i remist que ne s'en pout turner ;
     Pain e vin e char i ad remis assez,
     Vaissele d'or e tapiz e dossels.
1700 Mais li paien nen purent endurer,
     Acuillent fuie vers la halte eve de mer,
     Si entrent es barges e es nefs,
     Pernent lur armes pur lur cors conreier,
     A terre certeine lur vint estur doner*.

1677. Paene g. mistrent a gr. dolur

1677. *Paene gent les mistrent :* Comme au v. 470 (voir la note), nous pensons que les deux compagnons sont les victimes des païens, qui tuent les autres Français et sont sur le point de faire périr Guillaume (cf. v. 1679). Nous corrigeons donc le vers. — **1691.** Formule plus nettement ironique que celle du v. 1098.

Ils se mirent au coude à coude et montrèrent leur vaillance tout le jour, agissant dans la bataille comme deux compagnons aussi valeureux qu'un roi : les païens leur firent souffrir de terribles douleurs,

Lundi au soir,

Si Gui n'était allé là-bas, Guillaume n'en serait pas revenu.

CXIV

Deramé a remporté la victoire dans le combat auquel, une première fois, Guillaume au nez courbe a pris part. Il a ramassé le butin et pris l'équipement des morts, après quoi les Sarrasins ont regagné leurs vaisseaux. Mais le vent fait défaut, et ils ne peuvent partir.

Alors les princes des Sarrasins et les pairs – au moins vingt mille hommes de l'armée de Deramé – vont en reconnaissance sur la terre ferme, jusqu'à une grande lieue du rivage de la mer.

Ils ont pris avec eux de quoi manger, et sont assis en rangs, occupés à se restaurer. Voici Guillaume qui arrive au beau milieu du repas, avec trente mille chevaliers en armes ; il leur apporte un plat des plus froids. Les Français crient : « Montjoie ! » et se lancent à l'attaque ; les païens hurlent : « Nobles chevaliers, en selle ! », bondissent loin des tables et se ruent à la mêlée. Ne reste là que ce qui ne peut bouger : le pain, la viande, laissés sur place en quantité, ainsi que la vaisselle d'or, les tapis et les tentures de dossier.

Mais les païens ne peuvent soutenir le choc : ils prennent la fuite en direction de la haute mer, entrent dans leurs embarcations et dans leurs navires, prennent leurs armes afin de s'équiper, et Guillaume leur livre bataille sur la terre ferme.

Le début des deux batailles livrées par Guillaume est toutefois très proche (comparer les v. 1680-1704 et 1089-1107). — **1704.** Les païens vont chercher des armes sur leurs navires et reviennent sur la terre ferme ; c'est là que Guillaume les attaque. Le ms. saute l'étape du retour sur la grève (cf. au contraire le v. 1117).

CXV

1705 Li quons Willame l'eüst dunc ben fait*,
A grant honur l'eust Dampnedeu atrait,
Quant Deramé li salt d'un aguait,
Od lui quinze reis que jo nomer vus sai :
Encas de Egipte e li reis Ostramai,
1710 Butifer li prouz e li forz Garmais,
Turlen de Dosturges e sis nief Alfais,
Nubles de Inde e Ander li Persans,
Aristragot, Cabuel e Morans,
Clamador e Salvains e Varians,　　　　　　　　/12a/
1715 E li reis de Nubie e li guerreres Tornas.
Chascun d'els out mil homes de sa part,
Si mangüent la gent cun dragun e leppart ;
En bataille ferent sanz nul regart,
Li uns les meine* quant li altre les abat ;
1720 Huimés irrunt Françeis a dolerus ahan.
La fu pris le nevou Willame, Bertram,
E Guelin e li vaillans quons Guischard,
Galter de Termes e Reiner le cunbatant.
Estreit les unt liëz Sarazins e Persant,
1725 Veant le cunte les meinent as chalans,
Que unques de rien ne lur poet estre garant.
Tuz sunt Franceis pris e morz al champ,
Fors sul Willame, qui ferement se combat,
E Guiot, ses niés, qui li vait adestrant.

CXVI

1730 Clers fu li jurz e bels fu li matins ;　(a)
Li soleiz raie, qui les armes esclargist ;
Les raies ferent sur la targe dan Gui.

1705-1726. Ce passage comporte un certain nombre de traits surprenants. Deramé, qui n'a été cité jusqu'ici que comme chef suprême des païens, combat au premier rang ; l'énumération de nombreux rois sarrasins est étrangère à la description habituelle de la mêlée ; mais surtout la liste des chrétiens capturés fait intervenir des personnages dont il n'a pas jusqu'ici été question (Bertrand, Guielin, Gautier de Termes, Regnier) ou qui introduisent des disparates

CXV

Le comte Guillaume aurait réussi, et Dieu lui aurait accordé un grand honneur, mais Deramé, qui lui a tendu une embuscade, se jette sur lui avec quinze rois que je vais nommer : il y a là Encas d'Égypte et le roi Ostramai, Butifer le vaillant et le puissant Garmais, Turlen de Dosturges et son neveu Alfais, Nubles d'Inde et Ander le Persan, Aristragot, Cabuel et Morant, Clamador, Salvain et Variant, le roi de Nubie, et Tornas le combattant.

Chacun d'eux a mille hommes avec lui, qui dévorent l'adversaire à la manière du dragon et du léopard ; dans la bataille, ils frappent sans discrimination, acharnés qui à la poursuite, qui au massacre : aujourd'hui, les Français sont condamnés à la douleur et à la peine.

Là fut pris le neveu de Guillaume, Bertrand, ainsi que Guielin et le vaillant comte Guichard, Gautier de Termes et Regnier le guerrier. Sarrasins et Persans les garrottent soigneusement et, sous les yeux du comte, les mènent vers les navires de transport, sans qu'il puisse rien pour eux.

Tous les Français sont pris ou tués dans le combat, sauf Guillaume, qui combat farouchement, et petit Gui, son neveu, qui se tient à sa droite.

CXVI

La journée était lumineuse et la matinée splendide ; le soleil darde ses rayons, qui font resplendir les armes et viennent frapper le bouclier de sire Gui.

(Guichard, neveu de Guibourc, est mort ; de quel autre guerrier s'agit-il ?). On a vraisemblablement affaire à une interpolation, destinée à faciliter la liaison entre G1 et G2, où Renouart délivre effectivement les cinq personnages cités (voir v. 3050-3056). Sur cette question, voir W, I, p. 339-340, 536-542. Voir aussi la note de Bn au v. 1705. — **1719.** La construction en deux éléments parallèles de ce vers n'en facilite pas l'intelligence ; nous suggérons d'accorder ici à *meine* le sens de « donner la chasse ».

Mult tendrement pluret des oilz de sun vis ;
Veit le Willame, a demander* li prist :
1735 « Ço que pot estre, bels niés, sire Gui ? »
Respunt li enfes : « Jol vus avrai ja dit* :
Mar vi Guiburc, qui suef me norist,
Qui me soleit faire disner si matin !
Ore est le terme qu'ele le me soleit offrir ;
1740 Ore ai tel faim, ja me verras morir.
Ne puis mes armes manier ne sustenir,
Brandir ma hanste ne le Balçan tenir,
Ne a mei aider, ne a altre nuisir.
Aincui murrai, ço est duel e peril.
1745 Deus, quele suffraite en avront mi ami !
Car tele faim ai, ja m'enragerai vif.
Ore voldreie estre a ma dame servir !
Moert mei le quor, falt mei mun vasselage,   (b)   /12b/
Ne puis aider a mei, ne nuisir a altre,
1750 Porter ne puis ne justiser mes armes ;
Ancui murrai, ço est duel e damage.

CXVII

« Moerent mi, uncle, anduis les oilz de mun chef,   (a)
Faillent mei les braz, ne me puis prof aider,
Car tel faim ai, ja serrai esragé.
1755 Mar vi Guiburc*, vostre franche moiller,
Qui me soleit faire si matin manger !
Aincui murrai a duel e a pecché :
Deus, quele suffreite en avreient chevaler !
Uncore vivereie si aveie a manger. »
1760 — Deus, u le prendrai ? » Willame li respundi,
Lunsdi al vespre ;
Deus, que ore n'ad pain e vin Willame !

1734. Veit le W. demander li pr. — **1755.** Mar vi Guburc v. fr. moiller

---

1734. *A demander* : Correction d'après le v. 958. — **1736-1759, 1763-1768.** Dans ce passage héroï-comique, petit Gui est en proie à une fringale hyberbolique, qui doit être rapprochée de l'appétit épique de Girard (v. 1046-

Voici que ses yeux se mettent à verser de douces larmes ; à cette vue, Guillaume lui demande :

« Qu'est-ce que cela signifie, cher neveu, sire Gui ? »

Le jeune homme lui répond :

« Je vais vous le dire : c'est pour mon malheur que Guibourc m'a élevé avec de tendres soins, me faisant déjeuner si tôt le matin. Voici venu le moment où elle m'apportait à manger, et j'ai si faim que tu me verras mourir à l'instant. Je ne puis plus avoir mes armes bien en main, brandir la hampe de ma lance ou maîtriser Bauçant ; je ne suis pour moi-même d'aucune utilité, et ne puis faire de mal à personne. Je vais mourir, c'est malheur et douleur. Dieu ! quelle perte vont éprouver mes amis ! Car j'ai une telle faim, que bientôt je deviendrai enragé.

« Que je voudrais en ce moment être auprès de ma dame, en train de la servir ! Le cœur me manque, ma vaillance m'abandonne ; je ne puis rien pour moi, et rien contre les autres, car je ne puis plus porter ni diriger mes armes ; je vais mourir, c'est détresse et malheur. »

CXVII

« Mon oncle, mes deux yeux s'éteignent, mes bras n'ont plus de force, je ne suis presque plus bon à rien, car j'ai si faim que bientôt j'enragerai. C'est pour mon malheur que Guibourc, votre noble femme, a pris l'habitude de me donner à manger si tôt le matin. Je vais mourir, c'est douleur et détresse : Dieu ! quelle perte en éprouveraient les chevaliers ! Mais je pourrais continuer à vivre si j'avais à manger.

— Dieu ! où pourrais-je trouver cela ? » répond Guillaume,

Lundi au soir ;

Dieu ! pourquoi Guillaume n'a-t-il ni pain ni vin ?

1058) et de Guillaume (v. 1405-1432) ; le caractère plaisant résulte de la vérification des craintes de Guibourc (comparer les v. 1737-1740 et 1526-1529).
— **1755.** *Guiburc* : Correction d'après la graphie habituelle.

« Uncle Willame, que purrai devenir ?*   (b)
　　Falt mei le quor, par fei le vus plevis ;
1765 Ne puis mes armes maniër ne tenir,
　　Ne mun cheval poindre ne retenir.
　　Si jo moerc, ço ert doels e perilz,
　　Dunc ne remaindrat gueres de mun lin.
　　— Niés, dist Willame, mult en sui entrepris.
1770 Savriez vus aler al meisnil*
　　U nus trovames lunsdi les Sarazins,
　　La u il esteient a lur manger assis ?
　　Ço i remist que ne s'en pout fuir.
　　— Que fu ço, uncle ? — Pain e char e vin.
1775 Alez i, niés, ço li dist li marchis,
　　Mangez del pain, petit bevez del vin,
　　Puis si me socurez al dolerus peril ;
　　Ne me ubliër, mult sui en tei fis. »
　　Iloec desevrerent entre Willame e Gui.

CXVIII

1780 Lores fu mecresdi*.   (a)
　　Quant s'en turnad Gui li enfes par le tertre*,
　　Al meisnel pur la viande quere,*　　　　　　　/12c/
　　Paien l'acuillent as chevals de Chastele* ;
　　Mult lur ert loinz quant fu hors del tertre*.
1785 Quant paien veient que ne l'ateindrunt en fin,   (b)
　　Lessent le aler, de Mahomet l'unt maldit :
　　« Cist nus querrat ço que Girard nus quist,
　　Quant il Willame nus amenat ici ;
　　Cist vait en France pur le rei Lowis.
1790 Turnum arere al dolerus peril,
　　Cil* qui de la est ne returnerat ja vif. »

1770. Savriez v. aler al meisnel — **1781.** Quant s'en t. Gui li enfes
— **1782.** Par la terre al m. pur la v. quere — **1783.** Paien l'a. as ch. de la terre
— **1784.** Mult l. ert l. quant fu h. de la terre

1763. Bn fait débuter ici une laisse CXVIIa. — **1770.** *Meisnil* : Correction
d'après le v. 1793. — **1780.** *Mecresdi* : Première occurrence de la troisième formule
de refrain, que S corrige de façon plausible en *dimercres*. — **1781-1784.** Une lacune

« Oncle Guillaume, que vais-je devenir ? Le cœur me manque, je vous l'assure ; je ne puis avoir mes armes bien en main, ni éperonner mon cheval ou le retenir. Si je meurs, ce sera malheur et détresse : que restera-t-il alors de mon lignage ?

— Mon neveu, répond Guillaume, tout cela m'accable. Pourriez-vous aller jusqu'à la métairie où nous avons trouvé lundi les Sarrasins assis, en train de manger ? Est resté là tout ce qui n'a pu prendre le large.

— Et quoi donc, mon oncle ?

— Du pain, de la viande et du vin. Allez là-bas, cher neveu, poursuit le marquis, mangez du pain, buvez un peu de vin, puis secourez-moi dans la peine et le danger ; ne m'abandonnez pas, car j'ai grande confiance en vous. »

Alors Guillaume et Gui se séparent.

CXVIII

C'était alors mercredi.

Lorsque le jeune Gui s'en va par le tertre, se dirigeant vers la métairie pour chercher de la nourriture, les païens le poursuivent sur leurs chevaux de Castille ; mais il avait pris une bonne avance, lorsqu'il eut quitté le tertre.

Quant les païens voient qu'ils ne le rejoindront jamais, ils abandonnent la poursuite et le maudissent au nom de Mahomet :

« Celui-ci ira chercher ce que Girard nous a rapporté, lorsqu'il nous a amené ici Guillaume : il se rend en France auprès du roi Louis. Retournons vers le lieu de la peine et du danger : celui qui est là-bas n'en sortira pas vivant. »

---

probable (voir DM, II, p. 143) oblige à reconstituer de façon hypothétique le passage. Comme SW, nous plaçons *par le tertre* (et non *par la terre*) à la fin du v. 1781 (Gui, un peu plus loin, fait son entrée sur le champ de bataille en descendant un tertre, v. 1822). Pour le v. 1783 nous substituons, avec W, de *Chastele* (suggéré par DM) à *de la terre* (S : *par la terre*) ; enfin nous reprenons *tertre* au v. 1784, qui propose une limite précise rendant logique la déconvenue des païens (S : *presse* ; W : *terre*). — **1791.** *Cil*, s'opposant à *cist* (Gui), renvoie à Guillaume qui est resté là-bas, sur le champ de bataille (W : *Qui dela est*, traduit par : Qui reste ici).

Dunc corurent sur Willame le marchiz,
E Guiot vait tut dreit al meisnil,
Si descendi del cheval u il sist,
1795 Mangat del pain, mes ço fu petit,
Un grant sester but en haste del vin,
Puis est munté, si acuilli sun chemin.
E paens venent e Turs e Sarazins,
Si acuillent Willame le marchis.
1800 Li quons Willame, quant il les veit venir,
Crië « Munjoie ! », sis vait tuz envaïr ;
A sul s'espeé* en ad seisante ocis.
Si cum paiens li furent de totes parz,   (b)
Si lancent lur guivres e lur darz,
1805 E lur falsarz e lur espeez trenchanz,
Entre les quisses li gettent mort Liard.
Es vus a pé le nobile* vassal ;
Il traist s'espee, vaissalment se combat.

CXIX

Si cum paiens l'unt si acuilliz,
1810 Lancent li lances et lur trenchanz espeez.
Tant en abatent a sun en sun escu a quarters
Qu'envers sa teste ne pout mie drescer.
Encuntre terre mistrent le chevaler,
Tote la forme* repert el graver ;
1815 Granz colps li donent de lances e d'espeés ;
Fort est la broine quant ne la poent desmailler.   */12d/*
Par mi la gule li funt* le sanc raier,
Dunc huche e crie : « Vien, Gui, bels niés !
Securez mei, si unques fus chevalers ! »
1820 Idunques repeirout li enfes qui out mangé,
Encuntreval l'escri entendi ben.

1807. Es v. a pé le noble v. — **1817.** Par mi la g. li fun le s. raier

---

1802. *A sul s'espeé* : Il s'agit ici de l'épieu ; Guillaume tire son épée après ... ir été démonté (v. 1808). — **1807.** *Nobile* : Correction d'après le v. 1019. —

Ils se précipitent alors sur Guillaume le marquis, tandis que petit Gui se dirige au plus court vers la métairie. Il descend de son cheval, mange du pain, mais seulement une bouchée, boit en hâte un grand setier de vin, puis remonte et reprend sa route.

Et voici les païens, Turcs et Sarrasins, qui attaquent Guillaume le marquis. Le comte Guillaume, lorsqu'il les voit venir, crie « Montjoie ! » et se précipite sur leur troupe entière : avec son seul épieu, il en a tué soixante.

Les païens l'attaquent de tous côtés et lancent sur lui javelines, dards, faussards et épieux tranchants : ils abattent Liard mort sous lui. Maintenant, le noble guerrier est à pied ; il tire son épée et combat avec courage.

CXIX

Les païens l'attaquent : ils l'accablent de lances et d'épieux tranchants. Ils en plantent tellement sur son écu écartelé qu'il ne peut plus le lever afin d'en protéger sa tête. Ils jettent le chevalier à terre avec tant de violence que le dessin du corps s'imprime en creux sur le sable. Ils lui portent de grands coups de lances et d'épieux, et sa broigne est d'une solidité extraordinaire, puisqu'ils ne peuvent en faire sauter les mailles.

Ils lui font couler le sang sur le visage ; alors il se met à appeler et à crier : « Viens, Gui, mon cher neveu ! Viens à mon aide, si tu mérites le nom de chevalier ! »

Juste à ce moment, le jeune homme revenait après avoir mangé : il entendit bien le cri qui montait vers lui.

1814. Nous adoptons ici l'interprétation de LF (la violence du choc imprime en creux la silhouette de Guillaume sur le sable). — **1817.** *Funt :* Correction d'après la graphie habituelle.

CXX

Quant Gui li enfes devalad le tertre,   (a)
Si oït Willame crier en la presse* ;
Fiert un paien* sur la duble targe novele,
1825 Tote li fent e froisse e escantele*,
Sun bon halberc li desrunt et deserre,
Mort le trebuche del cheval a terre,
Crie « Munjoie ! » e dist : « Vis, uncles Willame ? »
Puis fiert un altre sur la targe novele,
1830 Tote li fent e fruisse e escantele,
E sun halberc li runt et desmaele,
Colpe le piz suz la large gonele,
Que mort le trebuche des arçuns de la sele,
Crie « Munjoie ! vis, uncle Willame ? »
1835 Puis fert le terz sur la targe duble,   (b)
Tote la fent desus jusque a la bocle ;
Les asteles l'en ferent suz la gule,
Sun grant espeé al graver li met ultre,
Que l'os del col li bruse e esmuille ;
1840 Tres ses esspalles l'enseigne li mist ultre.
Quant li gluz chaï, la hanste li estruse ;
A icel colp la bon espeë mustre.

CXXI

Gui traist l'espee, dunc fu chevaler ;
La mure en ad cuntremunt drescé,
1845 Fert un paien sus en le halme de sun chef,
Tresque al nasel li trenchad e fendit,
Le meistre os li ad colpé del chef.
Grant fud li colps e Guiot fu irez,
Tut le purfent desque enz al baldré,
1850 Colpe la sele e le dos del destrer,   /13a/
En mi le champ en fist quatre meitez.

1823. Si oït W. cr. en la press — 1824. Fiert un paie s. la d. targe novele
— 1825. Tote li f. e fr. e encantele

1823. *Presse :* Correction d'après la graphie habituelle. — 1824. *Paien :* Cor-

CXX

Comme le jeune Gui dévalait la colline, il entendit les cris de Guillaume au milieu de la presse ; alors il frappe un païen sur son bouclier neuf à double épaisseur : d'un bout à l'autre il le fend, le brise et le met en morceaux, perce et distend son solide haubert, l'abat de son cheval et l'étend mort à terre, puis crie : « Montjoie ! » et demande : « Es-tu vivant, oncle Guillaume ? »

Il en frappe un autre sur son bouclier tout neuf ; d'un bout à l'autre il le fend, le brise et le met en pièces, puis il fend le haubert et en fait sauter les mailles, perce la poitrine du païen sous l'ample cotte et l'abat mort en lui faisant vider les arçons, puis crie : « Montjoie ! es-tu vivant, oncle Guillaume ? »

Il en frappe un troisième sur le bouclier à double épaisseur, et le fend complètement jusqu'à la boucle ; les éclats le frappent au visage, et le grand épieu, traversant le corps, se fiche dans le sable après avoir brisé et vidé de leur moelle les vertèbres cervicales ; quant à l'enseigne, elle ressort de l'autre côté des épaules. Lorsque le gredin s'écroule, la hampe de l'épieu se brise : alors Gui montre sa bonne épée.

CXXI

Gui tire son épée et se comporte en chevalier véritable ; il lève la pointe vers le ciel, l'abat sur le heaume d'un païen, qu'il fend et tranche jusqu'au nasal, découpant la boîte crânienne. Le coup fut violent, car petit Gui était en grand courroux : il pourfend l'ennemi jusqu'à la ceinture, tranche la selle et le dos du destrier, et les jette à terre en quatre morceaux.

---

rection d'après la graphie habituelle. — **1825.** *Escantele :* Correction d'après le v. 1830. *Encanteler* a le sens de « mettre sur le chantel » (coin de l'écu), donner au bouclier la position de combat, ce qui ne convient évidemment pas ici. W garde *encantele*, qu'elle traduit par « fait éclater ».

De cel colp sunt paien esmaiez ;
Dist li uns a l'altre : « Ço est fuildre que cheit ;
Revescuz est Vivien le guerreier ! »
1855 Turnent en fuie, si unt le champ laissié.
Dunc se redresçat Willame desur ses pez,
E li quons Willame fud dunc punners.

CXXII

Ço fu grant miracle que Nostre Sire fist :
Pur un sul home en fuïrent vint mil.
1860 Dreit a la mer s'en turnent Sarazin,
Dunc se redresçat Willame le marchiz,
Sis enchascerent as espees* acerins.

CXXIII

Si cum paiens s'en fuient vers la mer,
Li ber Willame est sur pez levez,
1865 Sis enchascerent as espees des liez.
Gui vit sun uncle el champ a pé errer,
Le cheval broche, si li est encuntre alé.
« Sire, dist il, sur cest cheval muntez ;
Guiburc ma dame le me prestad de sun gré. »
1870 Gui descent e Willame i est munté ;
Quant il fut sus, cumençad a parler :
« Par ma fei, niés, tu m'as* pur fol mené !
L'altrer me diseies que li eres eschapé,
Ore me dis que sun cheval t'ad presté !
1875 Qui te comandat ma muiller encuser ? »
Ço respunt Gui : « Unc mais n'oï tel !
Poignez avant dreitement a la mer,
Ja s'en serrunt li Sarazin alé. »
Ad a cel colp sa bone espee mustré*.

1872. Par ma f. n. tu as pur f. mené — **1879.** A cel colp sa b. e. mustre

---

1862. *As espees acerins :* Comme au v. 1865 *(espees des liez)*, il s'agit des épées. Comment Guillaume, qui est *punners* (v. 1857), pourrait-il combattre avec l'épieu ? C'est pourtant l'interprétation de SW *(as espiez acerins)*. —

Un tel coup épouvante les païens, qui se disent entre eux : « C'est la foudre qui s'abat ! Vivien, le hardi combattant, est revenu à la vie ! » Ils prennent la fuite et abandonnent le champ de bataille ; alors Guillaume se remet sur ses pieds : le comte Guillaume est devenu fantassin.

CXXII

Dieu accomplit là un grand miracle, lorsqu'un homme seul en mit en fuite vingt mille.

Les Sarrasins ont tourné bride vers la mer : alors Guillaume le marquis se relève, et avec Guiot il les poursuit avec les épées d'acier.

CXXIII

Le comte Guillaume s'est remis sur ses pieds, tandis que les païens s'enfuient vers la mer ; Guiot et lui les poursuivent avec les épées qu'ils portent au côté.

Gui voit son oncle aller à pied sur le champ de bataille ; il éperonne son cheval et se porte à sa rencontre.

« Seigneur, lui dit-il, montez sur ce cheval ; Guibourc, ma dame, me l'a prêté de bon cœur. »

Alors Gui descend et Guillaume se met en selle ; mais lorsqu'il est monté, il dit :

« Par ma foi, mon neveu, tu m'as pris pour un imbécile. Tu prétendais naguère avoir échappé de force à Guibourc, et maintenant tu prétends qu'elle t'a prêté son cheval : qu'est-ce qui te permet de mettre mon épouse en cause ? »

Et Gui de répondre :

« Comment peut-on parler ainsi ? Piquez des deux sans tarder vers la mer, car bientôt les Sarrasins se seront échappés. »

Alors Guillaume montre sa bonne épée.

1872. *Tu m'as* : Correction d'après SW. — **1879.** S : « A icel mot a s'espee mustré » ; W : *Sa bone espée ad a cel colp mustré*. Nous suivons la lecture proposée par DM, II, p. 144.

CXXIV

1880　Li bers Willame chevalche par le champ,
　　　Sa espee traite, sun healme va enclinant ;
　　　Les pez li pendent desuz les estrius a l'enfant,
　　　A ses garez li vint li fers* batant,
　　　E tint sa espee entre le punz et le brant*,　　　　　　/13b/
1885　Del plat la porte sur sun arçun devant.
　　　E Balçan li vait mult suef amblant,
　　　E Gui, sis niés, le vait a pié siuvant,
　　　D'ures en altres desqu'al genoil el sanc.
　　　Reis Deramé giseit en mi le champ,
1890　Envolupé de sablun e de sanc.
　　　Quant veit Willame*, sil conuit al contenant ;
　　　Quidat li reis qu'il eust pris de darz tel haan,
　　　Qu'envers nul home ne fust mes defendant.
　　　Ore se purpense de mult grant hardement ;
1895　Sur piez se dresce, si ad pris sun alferant,
　　　Ostad la raisne del destre pé devant,
　　　Prist sun espé qui fu bone e trenchant ;
　　　De plaine terre sailli sus a l'alferant,
　　　Dreit vers els en est alé brochant.

CXXV

1900　Li bers Willame vit le paien venir,
　　　Le cors escure, la grant hanste brandir,
　　　E il tint s'espee devant en mi le vis.
　　　Dunc l'en esgarde li reis dé Sarazins,
　　　Le cure leist, al petit pas s'est mis.
1905　« A, uncle Willame, dist sun petit nevou Gui,
　　　Ore pri vus, sire, pur la tue merci,
　　　Que vus me rendez mun destrer arabi,
　　　Si justerai al culvert Sarazin.

1883. A ses g. li v. les fers batant — **1891.** Quant Willame le v. sil c. al contenant

---

1883. *Li fers* : Correction d'après SW. — **1884.** *Et tint sa espee entre le punz et le brant* : c'est à dire par la poignée. La périphrase compliquée pour *helt, heut* souligne le caractère incongru et peut-être comique de la position de l'épée

CXXIV

Le preux Guillaume chevauche à travers le champ de bataille ; il a tiré l'épée, et son heaume est incliné vers l'avant ; ses pieds pendent sous les étriers réglés à la mesure de Gui, et le fer lui bat les jarrets ; il tient son épée entre le pommeau et la lame et l'appuie à plat sur l'arçon de devant. Bauçant va l'amble tout doucement et Gui, le neveu de Guillaume, le suit à pied : à chaque instant, il enfonce dans le sang jusqu'aux genoux.

Le roi Deramé était étendu sur le champ de bataille, couvert de sable et de sang. Lorsqu'il vit Guillaume, il le reconnut à son allure ; le païen crut que les traits avaient tellement accablé le comte qu'il ne pourrait plus résister à qui que ce soit. Alors il veut faire un coup d'éclat ; il se remet sur ses pieds, va à son coursier, lui enlève la rêne qui entrave le pied droit, prend son épieu qui est solide et tranchant, puis saute d'un bond sur le cheval et se dirige droit sur les chrétiens en éperonnant le destrier.

CXXV

Le preux Guillaume a vu le païen venir, balançant son corps et brandissant la hampe de la lance ; quant à lui, il tient son épée au-devant du visage. Le roi sarrasin l'avise, quitte le galop et prend le petit pas.

« Ha ! oncle Guillaume, dit son neveu, le petit Gui, je vous demande en grâce de me rendre mon destrier arabe, afin que j'aille jouter contre l'infâme Sarrasin.

---

placée sur l'arçon, comme s'il s'agissait d'une lance (Bn). — **1891.** *Quant veit Willame :* L'ensemble du passage décrit, à partir du v. 1889, les préparatifs de combat de Deramé. Il paraît donc probable que celui-ci aperçoit Guillaume, le reconnaît et décide, la proie lui paraissant facile, de l'affronter (SW comprennent de la même manière, mais écrivent *Quant il le veit*).

CXXVI

« Uncle, sire, car me faites buntez !   (a)
1910 Vostre merci, mun cheval me rendez,
Si justerai al paien d'ultre mer.
— Niés, dist Willame, folement as parlé*,
Quant devant mei osas colp demander.
Nel fist mais home qui de mere fust né
1915 Puis icel hure que jo soi armes porter ;
Iço ne me fereit mie mis sire Lowis le ber.
S'a ma spee li peüsse un colp doner,
Vengé serreie del paen d'ultre mer. »   /13c/
Lores fu mecresdi*. Le petit pas prist Deramé.
1920 Willame fiert le paien en le healme,   (b)
L'une meité l'en abat sur destre,
Del roiste colp s'enclinat vers tere,
E enbraçad del destrer le col e les rednes.
Al trespassant le bon cunte Willame
1925 Tute la quisse li trenchad desur la sele,
E de l'altre part chiet li bucs a la terre.
Dunc tendi sa main li bons quons Willame,
Si ad pris le corant destrer a la raisne,
Vint a Guiot, sun nevou, si l'apele*.

CXXVII

1930 Li Sarazin se jut en mi le pré,
Si vit Willame sun bon cheval mener,
E il le comence tant fort a regretter :
« Ohi, balçan*, que jo vus poei ja tant amer !
Jo te amenai de la rive de mer,
1935 E cil* qui ore te ad ne te seit proz conreier,
Ne costiër ne seigner ne ferrer.

1935. E il qui o. te ad ne te s. pr. conreier

1912. Au moment où s'engage le duel décisif, annoncé dans le prologue (v. 5), il est hors de question que Guillaume laisse quelqu'un combattre à sa place. C'est un indice supplémentaire du fait que le poème, quelle que soit la gloire de Vivien ou d'autres héros, est bien une *chançun d'Willame* (v. 11). — **1919.** DM a signalé le caractère unique de ce refrain, qui fait ici corps avec un vers qui devrait le suivre (II, p. 144). Pour rétablir la leçon primitive, S propose : *Le petit*

CXXVI

« Cher oncle, mon seigneur, accordez-moi une faveur !
De grâce, rendez-moi mon cheval, afin que j'aille jouter
contre le païen d'outre-mer.

— Propos insensé, mon neveu, que le tien, dit Guillaume,
quand tu prétends à ma place porter le premier coup. Aucun
homme né de mère ne l'a jamais fait depuis le jour où je fus
capable de porter les armes : mon seigneur lui-même, Louis
le vaillant, ne s'y risquerait pas. Si je pouvais frapper cet autre
avec mon épée, je serais vengé du païen d'outre-mer. »

C'était le mercredi. Deramé prend le petit pas, et Guillaume frappe le païen sur le heaume, dont il fait tomber
une moitié sur la droite, tandis que la force du coup incline
vers le sol le cavalier, qui se rattrape en s'accrochant au
cou et aux rênes du cheval. En le dépassant, le valeureux
comte Guillaume lui tranche la cuisse entière au ras de la
selle, et le reste du corps tombe à terre de l'autre côté.
Alors le valeureux comte Guillaume tend la main, saisit
par la rêne le destrier rapide, puis va trouver Guiot, son
neveu, et lui adresse la parole.

CXXVII

Le Sarrasin gît au milieu du pré ; il voit Guillaume
emmener son bon cheval et se met à le regretter amèrement : « Hélas, mon bauçant, que je vous ai chéri ! C'est
moi qui vous ai conduit ici depuis le rivage de la mer, mais
celui qui vous possède maintenant est incapable de vous
soigner comme il faut, de vous fournir le nécessaire, de
vous saigner et de vous ferrer.

---

pas prist Deramez sur l'erbe et W : *Le petit pas prist Deramez a faire*, vers qu'ils
font précéder du refrain. Voir la note de Bn, qui voit dans le deuxième hémistiche un vers nouveau et lacunaire, et dans les vv. 1920-1929 la continuation de
la laisse commencée au v. 1909. — **1929.** Ce vers annonce un propos adressé à
Guiot par Guillaume, alors que le vers suivant introduit les plaintes de Deramé ; le
même désaccord se reproduit aux v. 1940-1941. DM envisage ici la possibilité d'une
lacune et d'un remaniement de la fin de la première partie de la chanson, où l'on
trouvait peut-être en outre mention de la conquête des armes d'Alderufe (II, p. 144-
146). — **1933.** Voir note au v. 1548. — **1935.** *Et cil :* Correction d'après SW.

— Glut, dist Willame, laissez cest sermun ester,
E pren conseil de ta quisse saner,
E jo penserai del bon cheval garder ! »
1940 Vint a Gui, e si li ad presenté.

CXXVIII

Li Sarazin out al quor grant rancune.
« Ha, balçan, bon destrer, tant mar fustes,
Vostre gent cors e voz riches ambleures :
La me portas u ma quisse ai perdue.
1945 Tantes batailles sur vus ai vencues !
Meillur cheval n'ad suz ces nues ;
Paene gent en avront grant rancune.
— Glut, dit Willame, de ta raisun n'ai cure. »

CXXIX

Li bers Willame vait par mi le pré,
1950 Le bon cheval ad en destre mené,
Gui apele, e si li ad presenté :
« Bels niés, sur cest cheval muntez,   /13d/
Si me prestez le vostre, par tun gré,
E vus muntez sur cest qui fu Deramé,
1955 Ke cest u jo sez m'est mult atalenté.
— Bels sire, uncles, fai mei dunc bunté ;
Vostre merci, ma sele me rendez,
Si pernez cel del cheval Deramé. »
Respunt Willame : « Ço te ferai jo asez. »
1960 Dunc descent a terre pur les seles remuer.

CXXX

Tant dementers cun Willame remout les seles,   (a)
Gui vit le rei travailler sur l'erbe ;
Trait ad s'espee, si li colpad la teste.
De cele chose se corozat mult Willame :

— Gredin, répond Guillaume, cesse ton discours et songe plutôt à guérir ta cuisse ; quant à moi, je prendrai soin de ce cheval valeureux. »

Il va trouver Gui, et le lui offre.

CXXVIII

Le Sarrasin éprouve dans son cœur une grande peine :
« Hélas, mon bauçant, valeureux cheval, malheur pour moi que votre noble stature et votre amble magnifique, car vous m'avez porté à l'endroit où l'on m'a coupé la cuisse ! Que de batailles j'ai gagnées en vous montant ! Il n'y a pas de meilleur cheval sous ce ciel, et la nation païenne éprouvera une grande peine.

— Gredin, répond Guillaume, je ne me soucie pas de tes bavardages. »

CXXIX

Le preux Guillaume chevauche à travers la prairie, conduisant à main droite le bon cheval. Il s'adresse à Gui et le lui offre : « Cher neveu, montez sur ce cheval et donnez-moi le vôtre, s'il vous plaît ; vous prendrez celui qui appartenait à Deramé, car j'aime beaucoup celui sur lequel je suis assis.

— Cher seigneur, mon oncle, accordez-moi une faveur : s'il vous plaît, rendez-moi ma selle, et prenez celle du cheval de Deramé. »

Guillaume répond : « Je ferai ce que tu souhaites. »

Alors il met pied à terre pour échanger les selles.

CXXX

Tandis que Guillaume échangeait les selles, Gui vit le roi qui se débattait sur l'herbe ; il tira son épée et lui coupa la tête. Cet acte mit Guillaume dans une violente colère :

1965 « A, glut, lecchere, cum fus unc tant osé,   (b)
     Que home maigné osas adeser !
     En halte curt te serrad reprové. »
     Ço respunt Guiot : « Unc mais n'oï tel !
     S'il n'aveit pez dunt il peüst aler,
1970 Il aveit oilz dunt il poeit veer,
     Si aveit coilz pur enfanz engendrer ;
     En sun païs se fereit uncore porter,
     Si en istereit eir Deramé
     Qu'en ceste terre nus querreit malté.
1975 Tut a estrus se deit hom delivrer.
     — Niés, dist Willame, sagement t'oi parler ;
     Cors a d'enfant e raisun as de ber :
     Aprés ma mort ten tote ma herité. »
     Lores fu mecresdi.
1980 Or out vencu sa bataille Willame*.

CXXXI

     Li quons Willame chevalche par le champ,
     Tut est irez e plein de maltalant ;
     Rumpit les laz de sun healme luisant,
     Envers la terre li vait mult enbronchant.
1985 Sa bone enseigne est teinte en vermeil sanc,
     Mult grant damage trove de sa gent ;   /14a/
     Guiot le vait de loinz adestrant.
     Viviën trove sur un estanc*,
     A la funteine dunt li duit sunt bruiant,
1990 Desuz la foille d'un oliver mult grant,
     Ses blanches mains croisies sur le flanc ;
     Plus suef fleereit que nule espece ne piment.
     Par mi le cors out quinze plaies granz,
     De la menour fust morz uns amirailz,
1995 U reis u quons, ja ne fust tant poanz.
     Puis le regrette* tant dolerusement :

1996. Puis regrette t. dolerusement

1980. Fin de G1, la première partie de la chanson (voir Introduction).
— **1988.** Ici commence une autre présentation des derniers moments de Vivien,
dont la conception, comme l'a montré F (p. 208-214) est très différente de la

« Gredin, infâme, comment as-tu eu l'audace de t'en prendre à un homme blessé ? Cela te sera reproché en cour plénière. »

Et Gui de lui répondre :

« Comment peut-on parler ainsi ? S'il n'avait plus de jambes pour marcher, il lui restait des yeux pour voir, et des couilles pour faire des enfants ; il aurait pu se faire porter dans son pays, et de lui serait né un héritier de Deramé, qui serait venu en cette terre préparer notre malheur. Il faut sans hésiter pourchasser sa délivrance.

— Mon neveu, dit Guillaume, tu as parlé en sage ; tu as corps de jeune homme, mais tes propos sont d'un preux ; après ma mort, prends mon fief tout entier. »

C'était alors mercredi,

Et Guillaume avait remporté la victoire au combat.

CXXXI

Le comte Guillaume chevauche à travers le champ de bataille, plein de chagrin et de colère ; il a rompu les lacets de son heaume luisant, qui penche fortement vers le sol, et sa bonne enseigne est teinte de sang vermeil. Il contemple le carnage qui a été fait de ses gens, et petit Gui l'accompagne de loin.

Il trouve Vivien auprès d'un étang, à la source dont l'eau murmure, sous le feuillage d'un très grand olivier. Ses blanches mains sont croisées sur son côté, et il répand un parfum plus pur que nulle épice ou nul piment.

On peut voir sur son corps quinze grandes plaies : la plus petite eût suffi à tuer émir, roi ou comte, quelle que soit leur résistance. Alors Guillaume se lamente sur lui et montre la plus grande douleur :

---

passion du héros dans G1. Le jeune héros meurt ici dans un décor apaisant, après avoir pu confesser sa foi devant son oncle et recevoir la communion de ses mains. Ce passage est inspiré par une source différente de G1, que suit également *Aliscans*, v. 770 *sqq*. La mort de Vivien est plus développée dans *Aliscans* (262 vers au lieu de 65), mais certains passages sont très proches et permettent éventuellement de corriger notre ms. — **1996.** *Puis le regrette :* Correction d'après W.

« Viviën sire, mar fu tun hardement,
Tun vasselage, ta prouesce, tun sen !
Quant tu es mort, mes n'ai bon parent ;
2000 N'averai mes tels en trestut mun vivant.

CXXXII

« Viviën sire, mar fu, juvente bele*,
Tis gentil cors e ta teindre meissele !
Jo t'adubbai a mun paleis a Termes :
Pur tue amur donai a cent healmes,
2005 E cent espees e cent targes noveles.
Ci vus vei mort en Larchamp en la presse,
Trenché le cors e les blanches mameles,
E les altres od vus qui morz sunt en la presse.
Merci lur face le veir Paterne
2010 Qui la sus maint, e ça jus nus governe ! »

CXXXIII

A la funtaine dunt li duit sunt mult cler,
Desuz la foille d'un mult grand oliver*,
Ad bers Willame quons Viviën trové.
Parmi le cors out quinze plaies tells,
2015 De la menur fust morz uns amirelz.
Dunc le regrette dulcement e suef :
« Viviën sire, mar fustes unques ber,
Tun vasselage que Deus t'aveit doné !
N'ad uncore gueres que tu fus adubé*,
2020 Que tu plevis e juras Dampnedeu   /14b/
Que ne fuereies de bataille champel ;
Puis covenant ne volsis mentir Deu :
Pur ço iés ore mort, ocis e afolé.
Dites, bel sire, purriëz vus parler
2025 E reconuistre le cors altisme Deu ?
Si tu ço creez qu'il fu en croiz penez*,

2001. Vivien s. mar fu ta j. bele — **2012.** Desuz la f. d'un gr. oliver

---

2001. *Mar fu juvente bele :* Correction d'après *Aliscans,* v. 861. — **2012.** *D'un mult grant oliver :* Correction d'après le v. 1990. — **2019-2023.** Ce passage précise

« Seigneur Vivien, quel malheur que la perte de ta hardiesse, de ta vaillance, de ta prouesse et de ta sagesse ! Toi mort, il ne me reste aucun parent valeureux : de toute ma vie, je n'en retrouverai pas de tel.

CXXXII

« Seigneur Vivien, quel malheur que la perte de l'éclat de ta jeunesse, de ton noble corps et de tes tendres joues ! Je t'ai adoubé à Termes, dans mon palais, et en ton honneur j'ai donné à cent guerriers un heaume, une épée, un bouclier neuf.

« Et voici que je te retrouve en Larchamp, mort dans la mêlée ; ton corps et ta blanche poitrine sont meurtris, et tu es entouré de tous ces autres qui sont morts dans la bataille. Que Dieu, le Père véritable, leur accorde sa grâce, Lui qui demeure dans les cieux et nous conduit ici-bas. »

CXXXIII

À la source dont l'eau est limpide, sous le feuillage d'un très grand olivier, le preux Guillaume a trouvé le comte Vivien. On peut voir sur son corps quinze plaies : la plus petite eût suffi à tuer un émir. Alors Guillaume se lamente sur lui doucement, avec tendresse :

« Seigneur Vivien, quel malheur que la perte de ta prouesse, cette vaillance que Dieu t'avait donnée ! Il y a peu de temps encore que tu as été adoubé, et alors tu promis et juras devant Dieu que tu ne t'enfuierais jamais d'une bataille rangée ; jamais depuis lors tu n'as trahi cette promesse faite devant Dieu, et c'est pour cela que tu as été massacré et anéanti.

« Dis, cher seigneur, pourrais-tu encore parler et confesser Dieu le Très-Haut ? Si tu crois qu'il a souffert sur la

─────────

les circonstances du *covenant* (v. 2022) – la promesse de Vivien – dans le sens d'un engagement public pris lors de l'adoubement chevaleresque, alors que G1 évoquait seulement une sorte de pacte intérieur, ayant Dieu seul pour témoin (v. 292). La version de G2 est aussi celle de la *Chevalerie Vivien*. — **2026-2051.** Pour le passage de la communion de Vivien, voir F, p. 213, et W, I, p. 348, n. 350.

En m'almonere ai del pain sacré,
Del demeine que de sa main saignat Deus ;
Se de vus le col en aveit passé,
2030 Mar crendreies achaisun de malfé. »
Al quons revint e sen e volenté,
Ovri les oilz, si ad sun uncle esgardé,
De bele boche començat a parler :
« Ohi, bel sire, dist Viviën le ber,
2035 Iço conuis ben que veirs e vifs est Deu,
Qui vint en terre pur sun pople salver,
E de la Virgne en Belleem fu nez,
E se laissad en sainte croiz pener,
E de la lance Longis fu foré,
2040 Que sanc e eve corut de sun lé.
A ses oilz terst, sempres fu enluminé,
"Merci !" criad, si li pardonad Deus.
Deus, mei colpe, des l'ore que fui nez*,
Del mal que ai fait, des pecchez et dé lassetez !
2045 Uncle Willame, un petit m'en donez !
— A, dist le cunte, a bon hore fus nez* !
Qui ço creit, ja nen ert dampnez. »
Il curt a l'eve ses blanches mains a laver,
De s'almosnere ad trait le pain segré,
2050 Ens en la boche l'en ad un poi doné,
Tant fist le cunte que le col en ad passé :
L'alme s'en vait, le cors i est remés.
Veit le Willame, comence a plurer ;
Desur le col del balçan l'ad levé,   /14c/
2055 Qui l'en voleit a Orenge porter.
Sur li corent Sarazin e Escler*,
Tels quinze reis qui ben vus sai nomer :
Reis Mathamar e uns reis d'Aver*,
E Bassumet e li reis Defamé,
2060 Soldan d'Alfrike e li forz Eaduel,
E Aelran e sun fiz Aelred,
Li reis Sacealme, Alfamé e Desturbed,
E Golias e Andafle e Wanibled.
Tuz quinze le ferent en sun escu boclé,
2065 Pur un petit ne l'unt acraventé.

2043. Deus mei c. des l'o. que fu nez — **2046.** A d. le c. a bon h. fui nez

---

2043. *Fui nez* : Correction d'après la graphie habituelle. — **2046.** *Fus nez* : C'est Vivien qui est réputé heureux, puisqu'il sera sauvé. La leçon du ms. *(fui)*

Croix, j'ai dans mon aumônière du pain consacré, de celui que Dieu lui-même a béni de sa main : si tu pouvais en avaler un peu, tu n'aurais absolument rien à craindre de l'assaut des démons. »

Le comte reprit conscience et retrouva sa lucidité ; il ouvrit les yeux, regarda son oncle, puis, de tout son cœur, se mit à dire :

« Hélas ! cher seigneur, je crois fermement que Dieu est véritable et vivant, Lui qui vint sur terre pour sauver son peuple, naquit de la Vierge à Bethléem et se laissa tourmenter sur la Croix sainte ; il fut transpercé par la lance de Longin, et du sang et de l'eau coulèrent de son côté ; l'homme en oignit ses yeux et aussitôt retrouva la lumière. "Pardon !", s'écria-t-il, et Dieu lui pardonna.

« Pardon, mon Dieu, depuis le moment où je suis né, pour le mal que j'ai fait, mes péchés et mes faiblesses.

« Guillaume, mon oncle, donnez-moi un peu de ce pain !

— Ah, répond le comte, tu es heureux, car celui qui croit cela ne sera jamais damné. »

Il court laver ses blanches mains dans l'eau, tire de son aumônière le pain consacré, lui en met un peu dans la bouche et réussit à le lui faire avaler. Alors l'âme s'en va, et le corps demeure. À cette vue, Guillaume se met à pleurer ; il le charge sur le cou du cheval bauçant, car il veut le porter jusqu'à Orange.

Sarrasins et Esclavons se précipitent sur lui ; il y a bien quinze rois que je vais vous nommer : le roi Mathamar et un roi des Avares, Bassumet, le roi Defamé, Soudan d'Afrique et le puissant Eaduel, Aelran et son fils Aelred, le roi Saceaume, Aufamé et Destourbé, Golias, Andafle et Wanibled. Ils le frappent tous les quinze sur son écu à boucle, et pour un peu ils l'auraient renversé.

---

pourrait s'interpréter comme : « il est heureux que je me sois trouvé là » (pour te donner la communion) ; mais le lien avec le v. 2047 serait peu clair (W garde la leçon du ms. et traduit « Ah ! dit le comte, pour mon bonheur suis né ! »). — **2056.** Le passage dans lequel les Sarrasins empêchent Guillaume d'emmener le corps de Vivien se lit dans *Aliscans* aux laisses XXX-XXXII. Le comte a eu le temps, avant l'attaque, de déposer sous un arbre le corps de son neveu ; il cherche à fuir, mais les Sarrasins barrent tous les chemins et Guillaume retourne auprès de Vivien. Au matin il s'en va, seul, et c'est alors qu'il rencontre et vainc quinze ennemis. — **2058-2063.** Pour une énumération comparable, voir les v. 1709-1715.

Quant veit Willame nel purrad* endurer,
Colché l'en ad a tere, sil comandad a Deu ;
Mult vassalment s'est vers els turné,
E ces quinze l'unt del ferir ben hasté,
2070 Que par vife force unt fait desevrer
L'uncle del nevou qu'il poeit tant amer.
Puis unt Sarazins Guiot enviroé,
E sun cheval suz li unt mort getet,
E li enfes est a tere acraventé.
2075 A, Deus, quel duel quant li vassal chet !
Sur li corent treis cent a espeés ;
Si unt l'enfant pris e estreit liëz
Veant Willame, qui mult l'ad regretté :
« E, Deus, fait il*, qui mains en trinité,
2080 E governes terre e ciel esteillé,
Cum se vait declinant ma grant nobilité,
E cum est destruit tut mun riche parenté !
Gui, amis, ores es enprisoné ;
Cil vus delivre qui se laissa pener
2085 Al jur de vendresdi pur crestiëns salver ! »
Par devant le cunte l'unt mené as niefs*,
E li quons Willame s'est mult adolusez.
Turne as Sarazins cum hom qui est irrez ;   /14d/
Quinze en ad morz e seisante nafrez,
2090 Si que nuls ne pout ester sur ses piez.

CXXXIV

Lunsdi al vespre.
Morz sunt Franceis e pris a males pertes,
Ne remaint cheval ne home en sele ;
Enz en Larchamp remist tuz suls Willame,
2095 Fors Dampnedeu, de tuz les homes de sa terre,
Quant Alderufe li vint brochant sur destre ;
Vint lui devant, en mi le vis l'enfeste :
« Vus n'estes mie Bertram ne Willames*,
Ne Guiëlin ne dan Walter de Termes,
2100 Ne Gischard ne Girard quis cadele ;

2066. Quant v. W. que ne la p. endurer — **2079.** E D. fait qui m. en trinité

2066. *Nel purrad :* Correction d'après W. — **2079.** *Fait il :* Correction d'après W.

Lorsque Guillaume comprend qu'il ne pourra tenir, il couche Vivien à terre en le recommandant à Dieu, puis fait face aux ennemis avec un grand courage, mais ces quinze l'accablent de coups, si bien qu'ils séparent de vive force le neveu et l'oncle qui l'aimait tant.

Puis les Sarrasins encerclent petit Gui et abattent son cheval mort sous lui : le jeune homme est renversé à terre. Ah Dieu ! quel malheur que la chute du champion ! Trois cents ennemis, armés d'épieux, se précipitent sur lui ; ils ont pris le jeune homme et l'ont lié étroitement sous les yeux de Guillaume, qui se lamente de tout son cœur sur lui :

« Hélas ! Dieu qui vis en Trinité et commandes à la terre et au ciel étoilé, comme la noblesse qui était mienne s'en va déclinant, et comme ma puissante parentèle est anéantie ! Gui, mon ami, te voici captif maintenant : puisse te libérer Celui qui souffrit sa Passion le Vendredi, afin d'apporter le salut aux chrétiens ! »

En présence du comte ils l'ont mené jusqu'aux nefs, tandis que Guillaume se désespère. Il fonce sur les Sarrasins en homme plein de colère ; il en a tué quinze et blessé soixante, de telle sorte que pas un seul ne peut rester debout.

CXXXIV

Lundi au soir.

Les Français sont morts ou faits prisonniers : quelles pertes cruelles ! Plus de cheval sur pied, plus de cavalier en selle : Guillaume est resté seul en Larchamp – je ne parle pas de Dieu –, seul de tous les hommes de son pays, et voici qu'Alderufe, piquant des éperons, vient vers lui sur la droite ; il se plante devant lui et le dévisage en ennemi :

« Vous n'êtes ni Bertrand ni Guillaume, ni Guielin ni sire Gautier de Termes, ni Guichard ni Girard qui les

— **2086-2087.** Voici donc Guiot fait prisonnier, selon la logique du modèle suivi par G2, qui condamne Guillaume à rester seul. Mais petit Gui n'a pas sa place dans ce modèle, aussi le poète l'oubliera-t-il dans la liste des captifs libérés (v. 3051-3056). — **2098-2100.** La liste des héros de la geste correspond à l'interpolation des v. 1721-1725, moins Regnier, plus Girard.

Ne parez mie d'icele fere geste.
— Par ma fei, dist li quons, un de cels devoie estre*. »
Dist Alderufe : « Ne m'en cheut, par ma destre !
Qui qu'en seez, ancui perdras la teste.
2105 Ne te garreit tut li ors de Palerne.
— Ço ert en Deus », dist li marchis Willame.

CXXXV

« Sarazin, frere, quant tu te vols combatre*,   (a)
Ke me dites ore de quele chose me blames.
Si t'ai fait tort, prest sui que dreit t'en face,
2110 Sil vols receivre, jo t'en doins mun gage. »
Dist Alderufe : « Sez dunt te ared, Willame ?   (b)
Que home e femme crestien ne deivent estre.
Nule baptisterie ne deit aver en terre,
A tort le prent qui le receit sur la teste :
2115 Cele baptisterie ne valt mie une nife.
Deus est el ciel e Mahomet en terre ;
Quant Deus fait chaud, e Mahomet yverne,
E quant Deus plut, Mahun* fait crestre l'erbe.
Qui vivre volt, congié nus en deit quere,
2120 E a Mahun* qui le secle governe.
— Ne sez que diz, dist li quons Willame,
Culvert paien, mult avez dit grant blame.   /15a/
Ço escondi jo que issi ne deit estre :
Meillur est Deu que nule rien terrestre. »
2125 Point Alderufe, idunc* broche Willame,
Si s'entreferent sur les targes noveles,
D'un ur en altre les freignent e deserrent,
E lur halbercs desrumpent e desmaillent.
Jambes levees chet li marchis Willame,
2130 E Alderufe trebuche sur l'erbe ;

2118. E quant D. plut Mahomet f. cr. l'erbe — **2120.** E a Mahomet qui le s. governe — **2125.** Point A. dunc br. Willame

---

2102. À la remarque méprisante d'Alderufe, qui lui reproche de ne pas ressembler au lignage, Guillaume répond par un constat amer : « J'aurais dû pouvoir être compté parmi eux », ce qui signifie que ce lignage n'existe plus (voir v. 2081-2082).

conduit : vous n'êtes pas du bois de cette farouche geste.

— En vérité, répond le comte, j'aurais dû être l'un d'eux ! »

Et Alderufe répond :

« Peu m'importe, par ma main droite ! Qui que tu sois, tu auras aujourd'hui la tête coupée : le trésor de Palerme ne saurait t'en garder.

— Dieu en décidera », dit Guillaume le marquis.

CXXXV

« Sarrasin, mon frère, toi qui veux m'attaquer, dis-moi ce que tu me reproches. Si je t'ai fait tort, je suis prêt à te donner réparation : si tu l'acceptes, je t'en présente mon gage. »

Mais Alderufe rétorque :

« Sais-tu ce que je te reproche, Guillaume ? Ni homme ni femme ne doivent être chrétiens ; sur cette terre, il ne doit pas y avoir de baptême, et celui qui le reçoit sur la tête commet une faute, car un tel baptême ne vaut pas une nèfle.

« Dieu est dans le ciel et Mahomet sur la terre ; si Dieu répand la chaleur, Mahomet apporte l'hiver, et si Dieu fait pleuvoir, c'est Mahomet qui fait pousser l'herbe. Celui qui veut rester en vie doit nous en demander la permission, ainsi qu'à Mahomet qui dirige le monde. »

— Tu ne sais pas ce que tu dis, répond le comte Guillaume ; gredin de païen, tu as proféré un horrible blasphème ; je nie absolument que les choses soient ainsi : Dieu est supérieur à tout ce qui existe sur la terre. »

Alderufe éperonne son cheval, et Guillaume en fait autant ; ils se frappent l'un l'autre sur les boucliers neufs, les brisent et les font éclater d'un bord à l'autre, tandis qu'ils écartent et rompent les mailles de leur haubert. Guillaume le marquis tombe les jambes en l'air, et Alderufe

---

2107-2110. Comme dans *Aliscans* (v. 1468-1473), Guillaume, épuisé et seul, tente d'éviter le combat contre ce nouvel adversaire redoutable (Aarofle dans *Aliscans*) ; G1 connaît un autre Alderufe, tué autrefois par Vivien (voir v. 376, 637, 642, et W, I, p. 582-583 et 585-586). — **2118, 2120.** *Mahun :* Correction d'après le v. 2173. — **2125.** *Idunc :* Correction d'après les v. 240, 767.

Ne pout tenir ne cengle ne seele,
Tut le nasel ne l'en fierge en terre :
Les plantes turnent cuntre* curt celestre.

CXXXVI

Li Sarazin Alderufe fu hardiz e prouz,   (a)
2135 Chevaler bon, si out fere vertuz,
Mais Deu nen aint*, par tant est il tut perdu,
Ainz creit le glut Pilate e Belzebu,
E Antecrist, Bagot e Tartarin,
E d'enfern le veil Astarut.
2140 Tut premereins sur ses pez salt sus*
Li quons Willame, si est sure coruz,
Trait a Joiuse, qui a Charlemaigne fu.
Li Sarazin fu granz e corporuz,
Halte out la teste, si out mult long le bu ;
2145 N'i pout atteindre, par desuz ad feru,
Tote la quisse li deseverad del bu.
De desur l'erbe est li pié chaü,
E de l'altre part est trebuché le bu.
« Frere, dist Willame, qu'en ferreie jo plus ?
2150 Escacher es, n'est mais joie de ta vertu. »
A Florescele est a l'estriu venu ;
Quant saisi ad l'arçun li bers, si muntad sus,
Si l'ad broché des esperuns aguz,
E il li salt par force e de vertu.
2155 « A, dist Willame, mult ben m'ad mun Deu veü.   /15b/
Sun champiün deit estre maintenu,
Qui ben le creit, ja nen ert cunfundu.
Cest cheval n'ert hui mais, ço quid, rendu. »
Lunsdi al vespre.   (b)
2160 « Ben m'ad veü mun Deu, ço dist Willame,
Cist valt tut l'or al sire de Palerne*. »
Vint a Balçan, lores li trencha la teste* ;
Quant il l'out mort, gentilment le regrette.

2133. Les pl. t. cunte c. celestre — 2136. Mais D. nen out p. t. est il t. perdu

2133. *Cuntre* : Correction d'après W. — 2136. *Aint* : La leçon du ms. *(out)*
semble inspirée par le verbe *out* du vers précédent (*Aliscans*, v. 1548 : *Grant
fu et fort, mes onques Deu n'ama*). — 2140-2148. Le combat contre Alderufe est
très proche de la lutte contre Deramé (voir notamment v. 1925-1926). —

choit sur l'herbe ; ni sangle ni selle ne l'empêchent de ficher en terre son nasal : il tourne vers le ciel la plante de ses pieds.

CXXXVI

Le Sarrasin Alderufe est plein de vaillance et de prouesse ; c'est un bon chevalier, farouche et puissant. Mais il n'aime pas Dieu, c'en est donc fait de lui : il croit en l'infâme Pilate et en Belzébuth, en l'Antéchrist, Bagot, Tartarin, et en le vieil Astaroth, ce suppôt d'enfer.

Le premier, le comte Guillaume est sur pied ; il se précipite contre Alderufe, après avoir tiré Joyeuse, qui appartenait à Charlemagne. Le Sarrasin était grand et massif ; sa tête était haut perchée, car son buste était très long. Le comte ne put aller jusque-là et a frappé plus bas, de sorte qu'il a séparé du tronc la cuisse entière. La jambe tomba sur l'herbe, et le tronc bascula de l'autre côté.

« Mon ami, dit Guillaume, pourquoi continuer ? Te voilà jambe de bois, tu ne pourras plus jouir de ta force. »

Il va prendre Florescèle par l'étrier ; lorsqu'il a empoigné l'arçon, le vaillant se met en selle et pique le cheval des éperons aigus : celui-ci bondit, montrant sa puissance et sa vertu.

« Ah, s'exclame Guillaume, Dieu a tourné vers moi son regard. Celui qui combat pour Lui ne peut qu'être défendu. Celui qui croit fermement en Lui ne sera pas confondu. Désormais ce cheval, je crois, ne sera pas rendu. »

Lundi au soir.

« Mon Dieu a tourné vers moi son regard, déclara Guillaume, ce cheval vaut tout l'or du seigneur de Palerme. »

Alors il s'approcha de Bauçant et lui coupa la tête. Dès qu'il l'eut tué, il se lamenta sur lui avec noblesse :

2161. *Sire de Palerne* : Plusieurs païens sont rattachés à Palerme dans la chanson : Alderufe, v. 2278 (le personnage dont Guillaume prend les armes) et Gloriant, v. 3157, une des victimes de Renouart. La ville, qui fut conquise par les Normands de Robert Guiscard sur les musulmans, paraît être le type d'une ville sarrasine. — **2162-2168.** La mort de Bauçant, justifiée à la fois par la qualité de Florescèle et par la nécessité de ne pas laisser une monture de prix aux Sarrasins, est en contradiction avec la fin de G1, où Guillaume demande à Gui de prendre le cheval de Deramé en lui laissant Bauçant (v. 1949-1955).

CXXXVII

« Ohi, Balçan, a quel tort t'ai ocis !
2165 Si Deu m'aït, unc nel forfesis
En nule guise, ne par nuit ne par di.
Mais pur ço l'ai fait que n'i munte Sarazin,
Franc chevaler par vus ne seit honi. »
Muat sa veie* e changat sun latin*,
2170 Salamoneis parlat, tieis e barbarin,
Grezeis, alemandeis, aleis, hermin,
E les langages que li bers out ainz apris :
« Culverz païens, Mahun vus seit failli ! »
Li bers Willame mult en i ad ocis ;
2175 Ainz qu'il s'en turt, lur getad morz set vinz.

CXXXVIII

Li quons Willame chevalche par grant ferté,
Cum prouz quons de grant nobilité,
E Alderufe se jut en mi le pré.
Sun balçan ad puis regardé* :
2180 « Ohi, Florecele, bon destrer honured,
Mieldre de vus ne poei unques trover !
Ja fustes vus al fort rei Deramé ;
Jo te menai en Larchamp sur mer
Pur gent colp ferir, e pur mun cors aloser ;
2185 Willame t'ameine, si ad mun quer vergundé,
A ses dïables le peusse jo comander !
Ahi, Willame, quel cheval en menez !
Fuïssez home quil seüssez garder !   /15c/
Il nen ad si bon en la crestienté,
2190 N'en paesnisme nel purreit l'en recovrer.
Rend le mei, sire, par la tue bunté !
Par quatre feiz le ferai d'or peser,
Del plus fin d'Arabie et del plus cler. »
Quant l'ot Willame, rit s'en suz sun nasel :
2195 « Pense, fols reis, de ta quisse saner,

2169. *Muat sa veie :* W, *Muat de voiz* (« Changea de voix »). — 2169-2175. Ces vers, qui montrent Guillaume parlant divers langages et luttant contre de nombreux Sarrasins, ne sont pas à leur place (voir J. Rychner, *La Chanson de geste,*

CXXXVII

« Hélas, Bauçant ! je t'ai tué de manière tout à fait injuste car, Dieu m'en soit témoin ! jamais ta conduite ne l'a mérité en aucune manière, ni la nuit ni le jour. Mais si j'ai agi de la sorte, c'est afin qu'aucun Sarrasin ne te monte, et qu'aucun noble chevalier ne reçoive de mal à cause de toi. »

Il modifia sa route et changea son langage, parlant hébreu, flamand et berbère, grec, allemand, gallois et arménien, et toutes les langues que le preux a pu apprendre :

« Maudits païens, que Mahomet vous abandonne ! »

Le vaillant Guillaume en a tué un grand nombre ; avant qu'il ne les lâche, il en a abattu cent quarante.

CXXXVIII

Le comte Guillaume chevauche avec furie, à la manière d'un comte vaillant et de grande noblesse. Alderufe, lui, gît sur le pré ; le voilà qui se tourne vers son cheval bauçant :

« Hélas, Florescèle, bon cheval plein d'honneur, jamais je n'ai pu trouver meilleur que vous ! Vous apparteniez au puissant roi Deramé ; je vous ai conduit en Larchamp sur la mer, afin de frapper de nobles coups et de me couvrir de gloire. Mais Guillaume vous emmène aujourd'hui, après m'avoir déshonoré : puissé-je l'avoir voué à ses démons !

« Hélas, Guillaume ! quel cheval tu emmènes !

« Es-tu capable de t'occuper de lui ? Il n'a pas son pareil dans la chrétienté, et chez les païens non plus, on ne trouverait pas son semblable. Rends-le moi, seigneur, je t'en prie ! Je te donnerai quatre fois son poids d'or, du plus fin d'Arabie et du plus brillant. »

Guillaume, à ces mots, se prend à rire derrière son nasal :

« Songe, roi insensé, à soigner ta cuisse ; fais une jambe de

---

p. 159-161). Dans *Aliscans*, le passage est plus logiquement situé après la mort d'Aarofle, dont Guillaume a pris les armes (v. 1715-1722). — **2179. sqq.** Les lamentations d'Alderufe sur Florescèle sont à comparer avec celles de Deramé sur son bauçant (v. 1930 *sqq.*).

De faire escache dunt* tu puisses aler,
E le crochet e le moinun ferrer ;
Jo penserai del cheval conreier,
Cum li home qui le covine en set.
2200 Jo en ai eu maint bon, la merci Deu ! »

CXXXIX

« Ohi, Florescele, bon cheval de nature,
Unc de destrer ne vi tele criature !
Itant ne curt vent cum tu vas l'ambleure,
Ne oisel ne se tient en volure.
2205 La m'as porté u ma quisse ai perdue ;
Willame te meine, e jo ai la hunte eue. »

CXL

Lunsdi al vespre.   (a)
A ces paroles est turné Willame*,
Vint al paien, lors li trenchat la teste.
2210 Dunc le parcurent* li paien de Palerne,
De Nichodeme*, d'Alfrike e de Superbe ;
Dreit a Orenge les paiens de la terre
Vont chasçant le bon marchis Willame.
Vint a la porte, mais nel trovat mie overte,
2215 Serrement le porter en va apeler :   (b)
« Ohi, porter frere, lai mei laïnz entrer !
— Qui estes vus ? — Ço est Willame al curb niés ! »
Dist le porter : « Certes, vus n'i enterez,
Ainceis l'averai a ma dame cuntez.
2220 — Va dunc, frere, gard ne demorez ! »   /15d/
E il munte les marbrins degrez.

2196. De f. es. cum tu p. aler — **2210.** Dunc se parcurent li p. de Palerne
— **2211.** E de N. d'Al. e de Superbe

2196. *Dunt :* W garde *cum* et traduit : « pour avancer, fais-toi jambe de bois ».
— **2208-2209.** Guillaume aurait-il retenu les leçons de Guiot, puisqu'il achève
sans hésiter un ennemi blessé ? Voir au contraire les v. 1964-1967. Le meurtre
d'Aarofle figure aussi dans *Aliscans* (v. 1710-1712). — **2210.** *Le parcurent :* Nous

bois afin de pouvoir marcher, avec une armature de fer et un crochet. Je m'occuperai, de mon côté, du cheval, car j'en connais parfaitement la manière : grâce à Dieu, j'ai eu beaucoup de bons chevaux. »

CXXXIX

« Hélas, Florescèle, cheval d'excellente naissance, jamais je n'ai connu d'aussi bon destrier ! Le vent ne court pas aussi vite que tu ne vas l'amble, et l'oiseau en son vol n'est pas plus rapide. Tu m'as porté à l'endroit où j'ai perdu ma cuisse ; Guillaume te conduit, et la honte est pour moi. »

CXL

Lundi au soir.

À ces mots, Guillaume a modifié sa course ; il vient au païen et lui tranche la tête. Aussitôt, voici que lui donnent la chasse à toute allure les païens de Palerme, de Nichodème, d'Afrique et de Superbe ; tous les païens du pays se lancent à la poursuite de Guillaume, le marquis valeureux, en direction d'Orange. Guillaume se présente devant la porte, mais la trouve fermée. En hâte, il interpelle le portier :

« Hélas, ami portier, laisse-moi entrer !

— Qui êtes-vous ?

— Je suis Guillaume au nez courbe. »

Mais le portier répond :

« En vérité, vous n'entrerez pas avant que je sois allé avertir ma dame.

— Va donc, mon ami, et surtout, ne tarde pas ! »

L'autre gravit les degrés de marbre :

---

suivons ici la suggestion de DM, II, p. 146. L'apparition impromptue d'une nuée de Sarrasins suppose un bouleversement de la suite logique des événements, que respecte *Aliscans* (voir J. Rychner, *op. cit.*, p. 161-162). — **2211.** *De Nichodeme* : Correction d'après W.

Ahi, Guiburc franche, par la fei que dei Deu,
A cele porte ad un chevaler tel,
Mult par est granz e corsuz e mollez ;
2225 Tant par est fer, ne l'osai esgarder,
Si dist qu'il est Willame al curb niés ;
Mais ne li voil la porte desfermer,
Car il est sul, od lui n'ad home né ;
Si chevalche un alferant tel,
2230 Il n'ad si bon en la crestiënté,
N'en paenissme nel poet hom recovrer.
Paenes armes li pendent al costez.
Ço dist la dame : « Jol conuistrai assez.
S'il est iço, sil larrum entrer. »
2235 Ele meïsme devalat les degrez
E vint al cunte, si l'ad araisonez :
« Ki estes vus, qui a la porte clamez* ?
— Dame, dist il, ja me conuissiez asez :
Ja est ço Willame, le marchis al curb niés. »
2240 Ço dist Guiburc : « Vus nus mentez !
Culvert paien, mult savez cuntrover ;
Par tels enseignes ça enz nen enterez,
Car jo sui sole, od mei n'ad home nez.
Si vus fuissez Willame al curb niés,
2245 Od vus venissent set mile homes armez,
Des Frans de France, des baruns naturels ;
Tut entur vus chantassent ces juglers*,
Rotes e harpes i oïst hom soner !
— Allas, pecchable ! dist Willame al curb niés,
2250 A itele joie soleie jo ja aler.
Dame, dist il, ja lle savez vus assez :
Tant cum Deus volt ad home richeté,
E quant li ne plaist, si rad poverté.
Ja repair jo de Larchamp sur mer*,   /16a/
2255 U ai perdu Viviën l'alosé ;
Mun niefs Bertram i est enprisoné,
Le fiz Bernard de Bruban la cité,
E Guiëlin e Guischard l'alosé. »
Guiburc regarde tut un chemin ferré,

2237. Le célèbre dialogue de Guillaume et de Guibourc aux portes d'Orange, qui commence ici, figure dans *Aliscans* à partir du v. 2004. L'ordre des « preuves » demandées par Guibourc est différent, et W, qui compare les deux versions, montre l'antériorité de celle de G2 (I, p. 485-491). — **2247-2248.** Nouvelle évocation d'une cour brillante, animée par la présence des jongleurs (voir v. 1238, 1257-1274).

« Hé, noble Guibourc, par la foi que je dois à Dieu, il y a devant la porte un chevalier extraordinaire : il est très grand, imposant et bien fait, et il a l'air si terrible que je n'ai pas osé le dévisager. Il prétend être Guillaume au nez courbe, mais je ne veux pas lui ouvrir la porte, car il est seul, sans compagnie aucune. Il chevauche un coursier meilleur que tous ceux de la chrétienté, et l'on n'en trouverait pas de tel non plus chez les païens. Une armure païenne lui couvre les flancs. »

Guibourc répond :

« Je le reconnaîtrai bien ; s'il est Guillaume, nous le laisserons entrer. »

Elle descend elle-même les degrés, vient trouver le comte et lui adresse la parole :

« Qui êtes-vous, vous qui criez devant la porte ?

— Dame, vous me connaissez bien : je suis Guillaume, le marquis au nez courbe. »

Mais Guibourc réplique :

« Vous mentez ! Maudit païen, vous êtes habile pour inventer des mensonges ; ce n'est pas ainsi que vous entrerez dans la ville, car je suis seule, personne n'est avec moi.

« Si vous étiez Guillaume au nez courbe, sept mille hommes en armes vous accompagneraient, des Francs de France, des preux sans défaillance. Autour de vous les jongleurs chanteraient, et l'on entendrait le son des harpes et des rotes.

— Hélas, malheureux que je suis ! reprend Guillaume au nez courbe, autrefois c'est bien dans cet équipage que j'allais. Dame, vous le savez parfaitement, tant que c'est la volonté de Dieu, l'homme possède pouvoir et richesse, et quand il ne Lui plaît plus, il tombe dans le dénuement.

« Je reviens de Larchamp sur la mer, où j'ai perdu Vivien le renommé.

« Mon neveu Bertrand y a été emprisonné – c'est le fils de Bernard de la cité de Bruban –, ainsi que Guielin et Guichard le renommé. »

Guibourc tourne ses regards vers un chemin ferré, et elle

— **2256-2258.** La liste des captifs est conforme à l'énumération des v. 1721-1723 ; elle ne comprend que les membres du lignage. Petit Gui n'y est pas cité. Guillaume rappelle sa capture à la laisse CXLIV, mais le personnage ne figure pas dans la liste des Français délivrés par Renouart (voir v. 3055-3056). Cet oubli est l'un des indices de la dualité des modèles suivis par le ms. de Londres (voir note au v. 2086).

2260 Si veit venir set mille paiens armez.
De dulce France repeirent de preier,
De Saint Martur de Turoine gaster ;
Le maistre cumble en unt acraventé,
Si ameinent cent chaitifs enchaïné.
2265 Sovent les batent od fustz e od tinels,
A lur escurges e a lur flagulers.
Veit le Guiburc, comence a plurer :
« Se vus fuissez Willame al curb niés,
Ja fust escuse sainte crestïentez,
2270 E cele preie qu'i meinent cels lecchers.
— A, dist le cunte, unc mais n'oï tel !
Tut veirement me volt espermenter.
U moer u vive, la m'estoet aler. »
Dunc point e broche le destrer abrivé,
2275 Cil curt plus tost que oisel ne pot voler.
Paien le veient, mult lur fu amé*.
Dist li uns a l'altre : « Jo vei nostre avoué,
Reis Alderufe de Palerne sur mer,
Qui a Orenge alad assalt doner.
2280 Bons est li Deus qui l'en ad amené,
Quant ne l'ad mort Willame al curb niés.
Des ore devon Mahomet aorer,
E Apolin e Bagot e Macabeu ! »
Tant dementers qu'il unt aoré,
2285 Li quons Willame n'est mie sejurné,
Car le premer qu'il ad encuntré*
. . . .
En aprés l'altre si fait le chef voler,
E puis le quart unc ne passad par el :   /16b/
Quinze en ad mort Willame d'un ester*.
2290 Dist li uns a l'altre : « Or est il vif malfez ! »
E dist li altres : « Mult grant tort en avez,
Mais mis sires est vers vus adulez
Pur la bataille de Larchamp sur mer
U nus n'avom* ensemble od lui esté. »

2294. Nus avom e. od lui esté

2276. La méprise évoquée à partir du v. 2277, et qui repose sur le fait, non
évoqué par le ms., que Guillaume a revêtu les armes d'Alderufe, explique cette
étonnante affection pour le héros. — 2286. Il faut supposer après ce vers une
lacune d'un ou deux vers, contant la mort du premier et du second adversaire
de Guillaume. Voir la note de Bn à ce vers. — 2289. *D'un ester :* Plutôt que

voit approcher une troupe de sept mille païens en armes. Ils reviennent de douce France, qu'ils ont ravagée ; ils ont dévasté Saint-Martin de Tours, dont ils ont abattu le bâtiment principal, et ils emmènent cent prisonniers chargés de chaînes. Ils ne cessent de les frapper à coups de bâtons et de massues, de courroies et de fouets.

À cette vue, Guibourc se met à pleurer :

« Si vous étiez Guillaume au nez courbe, déjà sainte chrétienté aurait été secourue, et le butin emmené par ces bandits aurait été repris.

— Ah ! dit le comte, comment peut-on parler ainsi ! En vérité, elle veut m'éprouver ; même si je dois y trouver la mort, il faut que j'aille là-bas. »

Alors il pique vivement le cheval fougueux, qui s'élance plus rapidement que l'oiseau ne peut voler. Les païens le voient et le prennent pour l'un de leurs plus chers amis. Ils se disent entre eux :

« Je vois notre défenseur, le roi Alderufe de Palerme sur la mer, qui est allé attaquer Orange. Dieu est bon de nous l'avoir ramené, le soustrayant aux coups mortels de Guillaume au nez courbe. Rendons grâce à Mahomet, Apolin, Bagot et Macabeu ! »

Mais, pendant qu'ils effectuent leurs dévotions, le comte Guillaume ne perd pas de temps : il tue le premier qu'il rencontre [...], fait voler la tête d'un troisième, avant de faire subir le même sort au quatrième. D'un seul assaut, il en a tué quinze. Alors les païens se disent entre eux : « C'est un véritable démon ! »

Mais un autre affirme :

« Vous vous trompez complètement : en vérité mon seigneur est courroucé contre vous parce que nous ne l'avons pas accompagné à la bataille de Larchamp sur la mer. »

« dans une unique station debout » (LF), « d'un seul coup » (W) ou « en un seul geste » (DM, glossaire), nous comprenons ici « d'un seul assaut ». *Ester* est pris au sens de « station », « halte » et le poète évoque les coups que le héros distribue autour de lui avant de reprendre sa course. — **2294.** *Nus n'avom* : La nécessité d'une négation est confirmée par le v. 2103 d'*Aliscans* : *Quant nos ne fumes en Aleschans sor mer* (W : *Quant nus n'avom ensemble od lui esté*).

2295 E cuillent ent fuie Sarazins e Esclers,
Tote la preie li unt abandoné.
Veit le Willame, sin ad Deu aoré ;
Il la rent tut as chaitifs del regné.

CXLI

Li quons Willame laisse cure sur destre,
2300 Si vait ferir Corberan d'Oliferne ;
L'escu li freinst e le halberc li deserre,
Pleine sa hanste l'abat mort a tere.
Dame Guiburc l'esgarde d'unes dé fenestres*,
Dunque reparlad, si ad dite parole veire :
2305 « A icest colp resemblez vus Willame :
Venez vus ent, ja ert la porte overte. »

CXLII

Li gentil cunte revint a la cité.
« E, Guiburc, dame, me larrez vus entrer ?
— Nenil, dist ele, par la fei que dei Deu,
2310 Se ne me mustrez la bosce sur le nes
Que aveit Willame, le marchiz od le curb nes,
De la bataille reis Tebald l'Escler :
E plusurs homes se resemblent assez
De vasselage e de nobilitez,
2315 E jo sui sule, od mei n'a home nez,
Fors cest porter que ci ester veez. »
Ço dist le cunte : « Unques mais* n'oï tel !
Mult m'avrad hui cest adverser* pené. »
Deslace les laz de sun healme genmé,
2320 Tres ses espalles le lait aval culer,
Trestui sun vis li ad abandoné.

2303. Dame Guburc l'es. d'unes dé fenestres — 2317. Ço d. le c. unques n'oï tel

---

2303. *Guiburc* : Correction d'après la graphie habituelle. *D'unes dé fenestres* :
DM voit dans ce terme une glose pour *estres* (voir, dans son glossaire, *fenestre*,

Alors Sarrasins et Esclavons s'enfuient et abandonnent à Guillaume tout leur butin. À cette vue, Guillaume rend grâce à Dieu, et il remet tout ce qu'ils ont laissé aux captifs du royaume.

CXLI

Le comte Guillaume lâche la bride à son cheval qui s'élance sur la droite ; il va frapper Corberan d'Oliferne, brise son bouclier et fait sauter les mailles du haubert ; de toute la longueur de sa lance, il le jette mort à terre.

Dame Guibourc l'observe depuis l'une des fenêtres ; elle prend la parole à nouveau, et ce qu'elle dit est vérité :

« Cette vaillance vous fait ressembler à Guillaume : venez, la porte vous sera ouverte. »

CXLII

Le noble comte revient vers la cité :

« Hé, dame Guibourc, me laisserez-vous entrer ?

— Non, par la foi que je dois à Dieu, à moins que vous ne me montriez la bosse qu'avait sur le nez Guillaume, le marquis au nez courbe, celle qu'il reçut en combattant le roi Tiébaut l'Esclavon. Car bien des gens peuvent se ressembler pour la valeur et la prouesse ; or moi je suis toute seule, n'ayant personne à mes côtés, si ce n'est le portier que vous voyez ici. »

Le comte dit alors :

« Comment peut-on parler ainsi ? Ce démon m'aura causé aujourd'hui bien des tourments. »

Il délace les lacets de son heaume incrusté de pierres précieuses, le laissant glisser derrière ses épaules : son visage tout entier est maintenant livré à Guibourc.

---

et II, p. 51). — **2317.** *Unques mais :* Correction d'après le v. 2271. — **2318.** Le démon qui a causé tant de tourments à Guillaume est Alderufe, dont les armes interdisent la reconnaissance par Guibourc.

Veit le* la dame, sil conuit assez ;   /16c/
Del quor suspire, des oilz prent a plorer.
« Ami, bel frere, la porte li ovrez ;
2325 Ja est ço Willame, mun seignur naturel ! »
Lunsdi al vespre.
Ovrerent la porte, si recoillent Willame,
Grant piece est qu'il i volsist estre.

CXLIII

Li quons Willame al perun* descendi ;
2330 Dame Guiburc reçut sun destrer,
Si l'amenat la jus en un celer,
E frein e sele li ad osté premer.
Foer e aveine li donat a manger,
Puis l'ad covert d'un bon paille pleié,
2335 Puis vait le cunte acoler e baiser,
Si l'en apele curteisement e ben :
« Sire, dist ele, qu'as tu fait de ta gent
Dunt tu menas quatre mil e set cent ?
— Par ma fei, dame, vencu les unt paens,
2340 Bouches sanglantes gisent en Larchamps.
— Sire, dist ele, que avez fait de Viviens* ?
— Par fei, dame, ja est morz e sanglanz. »
Quant Guiburc l'ot, mult out le quor dolent.
« Sire, fait ele, qu'as tu fait de Bertram,
2345 Le fiz Bernard de la cité de Brusban ?
— Seor, bele amie, mult i fu combatanz,
A quinze esturs i fu pleners el champ ;
Al seszime l'en donerent tant,
Suz li oscistrent sun destrer alferant ;
2350 Il traist* s'espee, mist l'escu devant,
Si lur trenchad les costez e les flancs.
Iloec le pristrent la pute adverse gent,

2322. Veit la d. sil c. assez — 2350. Il trais s'es. mist l'escu devant

---

2322. *Veit le* : Correction d'après W. — 2329. Le *perun* est un bloc de pierre servant de montoir. W corrige *descendi* en *descendiet*. — 2341-2342. L'évocation du sort de Vivien est très brève, alors que la capture de Bertrand (v. 2346-2355) et à un moindre degré celle de Guiot (v. 2363-2369) sont évoquées de façon plus développée. Le personnage de Bertrand intéresse au plus haut point G2 et son

Dès que la dame le voit, elle le reconnaît parfaitement, jette un profond soupir et se met à pleurer :

« Ami, cher frère, dit-elle au portier, ouvrez-lui, car c'est Guillaume, mon seigneur légitime. »

Lundi au soir.

La porte est ouverte, on fait entrer Guillaume : il y a bien longtemps qu'il aurait voulu être à l'intérieur.

CXLIII

Le comte Guillaume descend à la marche de pierre, et dame Guibourc prend son cheval ; elle le fait descendre dans une écurie souterraine, lui ôte la rêne et la selle, puis lui donne à manger du fourrage et de l'avoine, avant de le couvrir d'une précieuse étoffe de soie pliée. Ensuite elle prend le comte par le cou et lui donne des baisers, puis lui adresse des paroles courtoises et justes :

« Seigneur, demande-t-elle, qu'as-tu fait de tes guerriers, dont tu as emmené quatre mille sept cents ?

— Par ma foi, dame, les païens les ont vaincus ; ils gisent, le visage ensanglanté, à Larchamp.

— Seigneur, qu'as-tu fait de Vivien ?

— Par ma foi, dame, il est mort et baigne dans son sang. »

À ces mots, Guibourc éprouve en son cœur une profonde douleur :

« Seigneur, reprend-elle, qu'as-tu fait de Bertrand, le fils de Bernard de la cité de Bruban ?

— Ma sœur, ma douce amie, il s'est montré là-bas hardi combattant. Pendant quinze assauts, il a lutté vigoureusement, mais au seizième il fut tellement accablé de coups que son cheval fougueux fut tué sous lui. Il tira l'épée, se couvrit de son bouclier et trancha flancs et côtés aux païens. C'est alors que le captura l'ignoble engeance ennemie ;

---

modèle, tandis que les disparates entre l'adoubement de Gui dans G1 (v. 1541-1547), où l'on insistait surtout sur la petitesse des armes du héros, et dans le présent passage (v. 2360-2362) semblent signaler à nouveau un raccord maladroit entre les versions de G1 et G2. — **2350.** *Il traist* : Correction d'après la forme habituelle du pft. 3 de *traire*.

Si li liërent les piëz e les mains ;
Mes oilz veanz le mistrent en un chalant :
2355 Par mei n'out unques socurs ne garant.
— Deus, dist la dame, quel duel de Bertramt !   /16d/
Por ço me peise que jo l'amoue tant.

CXLIV

« Sire, dist ele, qu'as-tu fait de Guiotun,
Le bel enfant od la gente façun ?
2360 Jo li chargai l'enseigne al rei Mabun,
E le destrer Oliver le Gascun,
E le halberc e le healme Tebbald l'Eclavun.
— Par ma fei, dame, dedenz i fu cum prouz.
En la bataille portad le gunfanun,
2365 Si i fu ben desqu'al seszime estur.
Idunc le pristrent li Sarazin felun,
Si lle lierent e les piez e les poinz ;
Mes oilz veanz le mistrent en un dromunz,
Par mei n'out unques aïe ne socurs.
2370 — Deus, dist la dame, quel duel e quel tristur !
Por ço me peise que jo l'amoue mult.

CXLV

« Sire, qu'as tu fait de Walter*,
De Guiëlin e del cunte Reiner* ?
— Par ma fei, dame, vencu les unt paiens ;
2375 Enz en lur barges les tenent en liëns.
— Deus, dist la dame, quel duel e quel pecché !
Si cum tu diz, ne repeire un pé !
Leve tes mains, sire, si alez manger :
Des hui matin le t'ai fait apareiller.
2380 Aver en poez a quatre mil chevaler,
E as serganz e as tuz les esquiers.

2372-2373. Gautier et Regnier, qui n'avaient pas été mentionnés par Guillaume au cours du dialogue devant les portes d'Orange, sont maintenant évoqués, preuve de l'attention que leur porte G2.

ils lui lièrent les pieds et les mains et le déposèrent sous mes yeux dans un bateau : je ne pus lui accorder ni protection ni secours.

— Dieu, répond la dame, quel malheur pour Bertrand ! J'ai grand chagrin, moi qui l'aimais tant !

CXLIV

« Seigneur, reprend-elle, qu'as-tu fait de petit Gui, le gracieux jeune homme à la noble tournure ? Je lui avais confié l'enseigne du roi Mabon, le destrier d'Olivier le Gascon, le haubert et le heaume de Tiébaut l'Esclavon.

— Par ma foi, dame, à la bataille il se comporta comme un preux. Il porta le gonfanon dans la mêlée et tint tête jusqu'au seizième assaut. C'est alors que le capturèrent les Sarrasins cruels ; ils lui lièrent les pieds et les poings et le déposèrent sous mes yeux en un dromont : je ne pus lui apporter ni aide ni secours.

— Dieu, dit la dame, quelle douleur et quel chagrin ! ma tristesse est à la mesure de mon affection pour lui.

CXLV

« Seigneur, qu'as-tu fait de Gautier, de Guielin et du comte Regnier ?

— Par ma foi, dame, les païens les ont vaincus ; ils les tiennent, garrottés, sur leurs chalands.

— Dieu, dit la dame, quel malheur, quel désastre ! Ainsi, pas un seul n'est de retour !

« Seigneur, lave tes mains et va manger : je t'ai fait préparer un repas dès ce matin, et tu peux y convier quatre mille chevaliers, avec les hommes d'armes et tous les écuyers.

— Allas, pecchable, dist Willame li bers,
Uncore nen ad mie que dous jurz enters
Que jo avei ben pres de quinze miller,
2385 E ore sui ça enz ne mes ke sul mei tierz.
En petit hore ai grant desturbers ! »

CXLVI

Dunc prent s'amie par les mances de paille,
Sus munterent les degrez de marbre.
Ne trovent home que service lur face* :
2390 Dame Guiburc li curt aporter l'eve,   /17a/
E aprés li baillad la tuaille ;
Puis sunt assis a la plus basse table,
Ne poeint de duel seer a la plus halte.
Il veit les bancs, les formes e les tables,
2395 La u soleit seer sun grant barnage ;
Il ne vit nul juer par cele sale
Ne deporter od eschés ne od tables.
Puis les regrette cum gentil home deit faire.

CXLVII

« Ohi, bone sale, cum estes lung e lee !
2400 De totes parz vus vei si aürné,
Beneit seit la dame qui si t'ad conreié !
Ohi, haltes tables, cum estes levees !
Napes de lin vei desure getees,
Ces escuïles empliës e rasees
2405 De hanches e d'espalles, de niueles e de obleies.
N'i mangerunt les fiz de franches meres,
Qui en Larchamp unt les testes colpees. »
Plure Willame, Guiburc s'est pasmee ;
Il la redresce, si l'ad confortee.

2389. L'admirable scène de la salle du palais d'Orange préparée pour le repas des chevaliers (v. 2380-2381) et désertée en raison de la mort des preux, ne figure pas dans *Aliscans*, qui préfère évoquer des scènes de désespoir collectif : *Granz fu li dels el palés seignoriz / Les riches dames regretent lor maris* (v. 2280-2283). Le passage de G2 est en partie inspiré par le retour de Guillaume après sa première défaite (voir v. 1303-1314, 1332-1349, 1402-1403).

— Hélas, malheureux que je suis ! répond Guillaume le preux, il n'y a pas deux jours entiers que j'avais tout près de quinze mille hommes, et maintenant nous ne sommes plus ici que trois. En bien peu de temps un grand malheur m'a frappé ! »

CXLVI

Alors il prend son amie par les manches de soie, et ils montent ensemble les escaliers de marbre. Là-haut, il n'y a personne pour les servir ; dame Guibourc se hâte d'apporter de l'eau à Guillaume, puis elle lui donne une serviette, et les voilà assis à la table la plus basse, car le chagrin les empêche de siéger à la plus haute.

Guillaume voit les bancs, les stalles et les tables devant lesquelles s'asseyait autrefois la troupe immense de ses barons ; personne désormais ne fait la fête dans cette salle, personne ne joue aux échecs ni au trictrac. Alors il se lamente sur les siens comme un noble guerrier doit le faire.

CXLVII

« Ô noble salle, que tu es longue et large ! De tous côtés, je te vois magnifiquement préparée : bénie soit la dame qui t'a ainsi ordonnée !

« Hélas, hautes tables, comme on vous a bien parées ! Sur vous, des nappes de lin ont été placées, et je vois des écuelles pleines à ras bord de gigots et d'épaules, de gâteaux fins et d'oublies. Ils n'y mangeront pas, les fils de nobles mères, car ils reposent, tête coupée, en Larchamp. »

Guillaume pleure, et Guibourc s'évanouit. Il la relève et la réconforte :

CXLVIII

2410 « Guiburc, dame, vus n'avez que plurer,
Ke n'avez perdu nul ami charnel.
Jo dei le duel e la tristur demener,
K'i ai perdu mun gentil parenté.
Ore m'en fuierai en estrange regné,
2415 A Saint Michel al Peril de la mer,
U a Saint Pere*, le bon apostre Deu,
U en un guast u ja mes ne seie trové.
La devendrai hermites ordené,
E tu devien noneine, si faz tun chef veler.
2420 — Sire, dist ele, ço ferum nus assez*
Quant nus avrom nostre siecle mené.

CXLIX

« Sire Willame, al Dampnedeu congié !
Par main a l'albe, munte sur tun destrer,
Dreit a Loün pense de chevalcher,   /17b/
2425 A l'emperere qui nus solt aver chiers,
Qui del socurs nus vienge ça aider.
E s'il nel fait, si li rendez sun fee.
Mar en tendré un jur un demi pee.
Met en provende e tei e ta moiller,
2430 U a sa table nus laist, pur Deu, manger
A chascun jur de sun pain dous quarters. »
E dit Willame : « Jol ferai mult iree,
Mais tun conseil en dei jo creire ben :
En plusurs lius m'ad eu mult grant mester. »
2435 A icel mot* s'est Willame colchié ;
Par mein a l'albe muntad le bon destrer.

2416. U Saint P. le b. a. Deu — **2435.** A icele mut s'est W. colchié

2416. *U a Saint Pere* : Correction d'après le v. 2415 (*id.* W). — **2420-2421.** Ce n'est pas encore le moment pour Guillaume d'aborder le « moniage », ni pour Guibourc le temps de devenir nonne. Conscience épique du héros, Guibourc se

CXLVIII

« Dame Guibourc, il ne faut pas pleurer, car tu n'as perdu aucun de tes proches parents. C'est moi qui dois m'abandonner au chagrin et à la tristesse, car j'ai perdu ma noble parentèle.

« Je vais m'enfuir en terre étrangère, à Saint-Michel-du-Péril-de-la-mer, ou à Saint-Pierre, auprès du valeureux apôtre de Dieu, ou bien en un désert où jamais on ne me retrouvera. Là je suivrai la règle de la vie érémitique ; quant à toi, deviens religieuse, et que ta tête reçoive le voile.

— Seigneur, répond-elle, il sera bon d'agir ainsi lorsque nous aurons achevé notre tâche en ce monde.

CXLIX

« Seigneur Guillaume, à la grâce de Dieu ! demain, à l'aube du jour, monte sur ton destrier et chevauche d'une traite jusqu'à Laon ; va trouver l'empereur qui nous a constamment manifesté son amitié, et demande-lui de venir ici nous porter secours. S'il refuse, rends-lui son fief, et malheur à toi si tu en conserves, ne serait-ce que pour un seul jour, un demi-pied. Demande pour toi-même et ton épouse une pension ou bien, par Dieu, qu'il nous laisse manger à sa table chaque jour deux quartiers de son pain ! »

Alors Guillaume répond :

« C'est à contrecœur que j'agirai ainsi, mais je dois suivre ton conseil : bien souvent il m'a été très utile. »

Aussitôt Guillaume est allé se coucher, et le matin, à l'aube, il monte sur le valeureux destrier.

---

montre bonne conseillère (v. 2433-2434), avant d'être, s'il le faut, bonne guerrière (v. 2444-2449). — **2435.** *A icel mot :* Correction d'après W.

CL

« Seor, bele amie, tun cunseil ai creü ;
Or m'en irrai a la sale a lui*,
Que l'emperere del socurs nus enveit*.
2440 Se dunc se sunt paiens aperceüz,
Ben tost m'averunt cest bon paleis toluz
Amoravinz e Pincenarz e Turs,
Qui me defenderat le terrail e les murs ?
— Sire, dist ele, Jhesu e ses vertuz,
2445 E set cenz dames que ai ça enz e plus.
As dos avrunt les blancs halbercs vestuz,
E en lur chefz les verz healmes* aguz,
Si esterrunt as batailles la sus,
Lancerunt lances, peres e pels aguz.
2450 En petit de hure serra ço trescoru*,
Si Deus le volt, si serrad le socurs venu.
— Ahi, dist Willame, cel seignur te aiut
Qui la sus maint, e ça jus fait vertuz ! »

CLI

Vait s'en Willame, Guiburc remist plorant*.
2455 Un esquier menat, ço fu un enfant*,
Tant par fu joefnes, n'out uncore quinze anz.
La hanste fu grosse, si li pesad formanz,
E li escuz vers la terre trainant,   /17c/
D'ures en altres fors des arçuns pendant.
2460 Veit le Willame, merveillus duel l'en prent,
Totes les armes ad pris de l'enfant.
Quant il encontre rumiu* u marchant,
U vient a chastel u a ville, errant
Totes ses armes rebaille a l'enfant ;
2465 Quant il sunt ultre, a sun col les prent.

2447. E en l. chefz verz h. aguz — **2462.** Quant il e. rumi u marchant

---

2438. W : *Or m'en irrai en la sale a Loün.* — **2439.** W : *Que l'emperere del socurs nus aiüt.* — **2447.** *Les verz healmes :* Correction d'après le v. 2446 (*id.* W). — **2450.** *Serra ço trescoru :* La traduction suggérée par LF (« cela sera vite passé ») nous paraît bonne, à condition qu'il s'agisse, de façon générale, du temps qui va s'écouler avant le retour de Guillaume, et pas seulement de la lutte éventuelle menée par les sept cents dames. — **2454.** *Aliscans* développe de manière émou-

CL

« Ma sœur, ma belle amie, je suis le conseil que tu m'as donné ; j'irai trouver l'empereur dans la salle du palais, afin qu'il nous envoie du secours.

Mais si les païens, Amoravis, Petchenègues et Turcs, se rendent compte de mon départ, ils auront vite fait de m'enlever ce beau palais. Qui pourra défendre remblai et murailles ?

— Seigneur, répond-elle, Jésus et sa puissance, et plus de sept cents dames qui sont ici avec moi. Elles auront endossé le blanc haubert, et porteront sur leur tête le heaume aigu de couleur verte ; elles se tiendront là-haut aux créneaux, lanceront des javelines, des pierres et des pieux aiguisés. Le temps passera vite : si Dieu le veut, le secours sera déjà arrivé.

— Hélas, dit Guillaume, que te vienne en aide le Seigneur qui demeure là-haut et manifeste ici-bas sa puissance ! »

CLI

Guillaume s'en va, et Guibourc reste à pleurer. Le comte emmène un seul écuyer : c'est encore un enfant. Il est très jeune et n'a pas encore quinze ans. La hampe de la lance est très épaisse ; elle est trop lourde pour lui, et l'écu, pendant sans cesse hors des arçons, traîne jusqu'à terre.

À cette vue, Guillaume éprouve une grande compassion ; il reprend à l'enfant tout son équipement. Mais, lorsqu'il croise un pèlerin ou un marchand, ou lorsqu'il arrive à une place forte ou une ville, il rend en hâte toutes les armes à l'écuyer ; puis, quand ils sont plus loin, il les reprend à son cou.

---

vante la scène de la séparation entre les deux époux : Guillaume jure de ne pas changer de vêtement, de ne boire que de l'eau, de ne manger que du pain grossier et de n'embrasser personne avant son retour auprès de son épouse (v. 2384-2405). — **2455-2465.** Le jeune écuyer dont Guillaume épargne les forces rappelle petit Gui. Le poète suggère ici de manière émouvante et discrète les souvenirs qui assaillent Guillaume, et l'image de ses jeunes neveux (v. 2466-2467), qui revivent dans le jeune homme. — **2462.** *Rumiu :* Nous adoptons la suggestion de DM, II, p. 148.

jur plure pur sun nevou Bertram,
Pur Guiëlin* e pur le quons Vivien.
Si faitement vait sun duel demenant,
Tresqu'a Loün al perun u il descent*.
. . . .
2470 De l'or d'Espaigne lur soleit porter largement ;
Pur la folie i curent ore tanz,
Unques les trente n'i conquistrent tant,
Ne les seisante n'i achatent niënt,
Dunt entr'els tuz eslegassent un gant.

CLII

2475 Quant veit Willame les legers bagelers
De l'or d'Espaigne* li vienent demander,
Car il lur soleit les anels doner :
« Seignurs, ne me devez blamer.
Or argent ai jo uncore assez
2480 En Orenge, ma mirable citez ;
Si Deu m'aït, nel poei aporter,
Car jo repair de Larchamp sur mer,
U jo ai perdu Viviën l'alosed ;
Mon nevou Bertram i est enprisoné,
2485 Walter de Termes e Reiner le sené,
E Guiëlin e Guischard al vis cler ;
Sule est Guiburc en la bone cité.
Pur Deu vus mande que vus le socurez ! »
Quant cil oïrent del damage parler,
2490 Laissent la resne al destrer sojurné,
Tote la place li unt abandoné ;
Turnent al paleis, asseent al manger.   /17d/
Ancui saverad Willame al curb nes
Cum povres hon pot vers riche parler,
2495 E queles denrees l'um fait de cunsiler*.

2467. Pur Guilin e p. le qu. Vivien — **2476.** De l'or d'Espaige li v. demander

----

2467. *Guiëlin* : Correction d'après la graphie habituelle. — **2469.** Une lacune est probable après ce vers. On y montrait sans doute l'arrivée des *legers bagelers* (v. 2475), qui viennent saisir la rêne du cheval de Guillaume (voir v. 2490) afin de recevoir des cadeaux ; faute de quoi, *lur* est sans référent. — **2476.** *Espaigne* :

Sans cesse il pleure à cause de Bertrand son neveu, de Guielin et du comte Vivien. Il se lamente ainsi jusqu'au moment où il arrive à Laon, devant la marche de pierre où il descend [...]. Autrefois, il leur apportait de l'or d'Espagne à profusion ; une foule se précipite vers lui, mais c'est folie, car à trente ou à soixante ils ne gagneront pas à eux tous de quoi acheter un gant.

CLII

Lorsque Guillaume voit les jeunes gens allègres venir lui demander de l'or d'Espagne, parce qu'il leur donnait autrefois des bagues, il leur dit :

« Mes amis, ne m'en veuillez pas. J'ai encore beaucoup d'or et d'argent à Orange, mon admirable cité ; Dieu m'en soit témoin, je n'ai pu l'apporter, car je reviens de Larchamp sur la mer, où j'ai perdu Vivien le renommé ; mon neveu Bertrand y a été capturé, ainsi que Gautier de Termes et le sage Regnier, Guielin et Guichard au visage lumineux. Guibourc est demeurée seule dans la vaillante cité : je vous le demande au nom de Dieu, portez-lui secours ! »

Mais, quand les autres entendent parler du malheur, ils abandonnent le frein du destrier impétueux ; ils vident les lieux, retournent au palais et s'asseyent pour manger. Aujourd'hui, Guillaume au nez courbe va savoir quel est le pouvoir du pauvre en face du puissant, et comment on marchande son appui.

Correction d'après la graphie habituelle. — **2495.** La substitution de *consirer* à *cunsiler*, proposée par W, n'apporte pas de solution satisfaisante (« quelles réserves l'on fait de privation »). Nous interprétons *cunsiler* (conseiller) comme « venir en aide par des conseils », ce que refusent justement de faire les jeunes nobles qui fuient Guillaume.

CLIII

Li reis demande : « U est Willame alé ? »
E cil li dient : « Ja est el perun remés.
Les vis dïables le nus unt amené ;
Si cum il dit, mal li est encuntré. »
2500 E dist li reis* : « Laissez le tut ester !
Le gentil cunte ne vus chaut a gaber ;
Alez i tost, e sil m'amenez.
— Volenters, sire, quant vus le comandez. »
Willame munte lé marbrins degrez,
2505 Li reis le beise, si l'aset al digner.
Quant ad mangé, sil prist a raisuner :
« Sire Willame, cum faitement errez ?
Ne vus vi mais ben ad set anz passez,
Ne sanz bosoig, ço sai, ne me requerez.
2510 — Sire, dist il, jal savez vus assez.
Jo aveie Espaigne si ben aquitez*,
Ne cremeie home qui de mere fust nez,
Quant me mandat Vivïen l'alosé
Que jo menasse de Orenge le barné ;
2515 Il fu mis niés, nel poeie veier.
Set mile fumes de chevalers armez,
De tuz icels ne m'est un sul remés.
Perdu i ai* Vivïen l'alosed,
Mis niés Bertram e est enprisoné,
2520 Le fiz Bernard de Brusban la cité,
E Guielin e Guischard al vis cler ;
Sule est Guiburc en la bone cité :
Pur Dé vus mande que vus la socurez ! »
Unc li reis nel deignad regarder,
2525 Mais pur Bertram* comence a plurer.

2518. Perdu ai V. l'alosed

2500-2502. L'attitude du roi, même si elle se révèle tout à l'heure décevante
(v. 2530-2531), n'est pas aussi ingrate que celle des *bachelers*, auxquels il impose
silence. Il s'enquiert de la nécessité qui le fait venir à la cour (v. 2507-2509). Dans
Aliscans, l'attitude de Louis est beaucoup plus critiquable : lorsqu'il apprend l'identité de son visiteur, il refuse de le laisser entrer au palais et le maudit (*As vis
deables soit il hui commandez, / Tant nos avra traveilliez et penez*, v. 2802-2803).
Ce n'est que le lendemain que le héros, prêt à déposer le roi, se rend à la cour.

CLIII

Le roi demande :

« Où donc est Guillaume ? »
et les autres de répondre :

« Il est resté près du montoir ; ce sont les démons qui
nous l'ont amené, car, d'après ce qu'il nous a dit, il lui est
arrivé malheur. »

Le roi les reprend :

« Laissez-le en paix ! Il ne vous appartient pas de railler
le noble comte ; vite, allez le trouver, et amenez-le moi.

— Volontiers, sire, dès que vous l'ordonnez. »

Guillaume monte les degrés de marbre ; le roi l'embrasse
et le fait asseoir pour le repas. Quand Guillaume a mangé,
il lui adresse la parole :

« Sire Guillaume, qu'en est-il de vous ? Il y a plus de
sept ans que je ne vous ai vu, et ce n'est pas sans raison
grave, j'en suis sûr, que vous venez me trouver.

— Sire, vous le savez bien, j'avais si complètement
libéré l'Espagne que je n'avais plus à redouter qui que ce
soit. Mais voici que Vivien le renommé me demanda de
prendre la tête des barons d'Orange ; il est mon neveu, et
je ne pouvais refuser.

« Nous étions sept mille chevaliers sous les armes, et je
n'ai pu en garder un seul. J'ai perdu là-bas Vivien le
renommé ; Bertrand, mon neveu, le fils de Bernard de Bruban la cité, a été fait prisonnier, ainsi que Guielin et Guichard au visage lumineux. Guibourc est seule dans la
vaillante cité : je vous prie, au nom de Dieu, de lui porter
secours. »

Le roi ne daigna pas lui accorder un regard, mais il se
mit à pleurer à cause de Bertrand.

— **2511.** L'évocation d'une conquête de l'Espagne par Guillaume rejoint le souvenir de Guillaume de Toulouse et la résidence à Barcelone mentionnée par G1
(v. 933). — **2518.** *Perdu i ai* : Correction d'après W. — **2525.** Comme le note
W (I, p. 357, n. 410), Bertrand est une fois de plus mis au premier plan.

CLIV

« Lowis, sire, mult ai esté pené,   /18a/
En plusurs esturs ai esté travaillé.
Sole est Guiburc en Orenge le seé :
Pur Deu vus mande que socurs li facez ! »
2530 Ço dist li reis : « N'en sui ore aisez ;
A ceste feiz n'i porterai mes piez. »
Dist Willame : « Qui enchet* ait cinc cenz dehez ! »
Dunc traist sun guant qui a or fu entaillez,
A l'emperere l'ad geté a ses piez :
2535 « Lowis, sire, ci vus rend voz feez,
N'en tendrai mais un demi pé ;
Qui que te plaist le refai ottrier ! »
En la sale out tels quinze chevalers,
Freres e uncles, parenz, cosins e niés,
2540 Ne li faldrunt pur les testes trencher.
De l'altre part fu Rainald de Peiter,
Un sun nevou, de sa sorur premer ;
A halte voiz començat a hucher :
« Nel faites, uncle, pur les vertuz del ciel* !
2545 Fiz a barun, retien a tei tun fé !
Si Deu me aït, qui le pople maintient,
Jo ne larrai pur home desuz ciel
Que ne t'ameine quatre mille chevalers
A cleres armes e a alferanz destrers.
2550 — E, Deus, dist Willame, vus me volez aider !
Fel seit li uncles qui bon nevou n'ad cher ! »

2532. *Enchet :* Celui qui tombe *(enchaïr)*, fait défaut, d'où « qui manque à sa parole » (W : *Ah !, dist Guillelmes, cinc cenz dehez qui chiet,* traduit par : Guillaume dit : « Malheur à qui trahit ! »). — **2544-2549.** Le conseil de Rainaud va l'emporter sur celui de Guibourc ; cela ne signifie pas que la suggestion de Guibourc était mauvaise ; mais voici qu'un secours imprévisible apparaît et modifie les données de la situation. Le personnage de Rainaud ne joue par ailleurs aucun rôle dans la geste de Guillaume.

CLIV

« Seigneur Louis, j'ai été très éprouvé, et j'ai pris de rudes coups en maintes batailles. Guibourc est seule dans Orange, notre résidence ; je vous prie, au nom de Dieu, de lui porter secours. »

Mais le roi répond :

« Je n'en ai pas la possibilité en ce moment ; pour cette fois, je ne m'y rendrai pas. »

Alors Guillaume dit :

« Maudit soit celui qui manque à ses engagements ! » puis il enlève son gant incrusté d'or, et le jette aux pieds de l'empereur :

« Seigneur Louis, je vous rends par ce geste votre fief ; désormais, je n'en tiendrai pas même la valeur d'un demi-pied ; donnez-le maintenant à qui vous voulez ! »

En la salle, il y a bien quinze chevaliers, frères ou oncles, parents, cousins ou neveux, qui n'abandonneront pas Guillaume, quitte à perdre la vie. Voici, parmi eux, Rainaud de Poitiers – c'est un neveu, le fils aîné de sa sœur –, il se met à crier à voix haute :

« N'en faites rien, mon oncle, par les puissances du ciel ! Fils de preux, garde pour toi le fief qui t'appartient ! Dieu me vienne en aide, Lui qui guide les hommes, personne en ce monde ne m'empêchera de t'amener quatre mille chevaliers, avec des armes étincelantes et des destriers fougueux.

— Dieu, dit Guillaume, voici que vous venez à mon aide ! Maudit soit l'oncle qui n'aimerait pas un neveu aussi valeureux ! »

CLV

De l'altre part fu Hernald de Girunde*,
E Neimeri, sun pere, de Nerbune,
Li quons Garin de la cité d'Ansune ;
2555 Dist li uns a l'altre : « Ore feriuns grant hunte
De nostre ami, si le laissiun cunfundre. »
Dist Neimeri, sun pere, de Nerbune :
« Jo ne larrai pur rei ne pur cunte
Que ne li meine set mile de mes homes.
2560 — E jo quatre mile », fait Garin d'Ansune.   /18b/

CLVI

Ço dist Boeves, quons de Comarchiz* la cité :
« Jo sui sun frere, se ne li puis faillir ;
Jo ne larrai pur home qui seit vif
Que ne li ameine chevalers quatre mil.
2565 — E jo treis, fait Hernald le flori.
— E jo dous, fait li enfes Guibelin.
— Seignurs, ço dist de Flandres Baldewin*,
Li quons Willame est prodome e gentil,
Si ad amé ses pers e ses veisins,
2570 Si socurst les, si les vit entrepris.
Jo ne larrai pur home qui seit vis
Que ne li amein chevalers mil.
Alum al rei, si li criun merci,
Que de socure Willame nus aïd. »

2561. Co d. B. quons de Somarchiz la cité

2552-2566. Se révèlent ici les membres du lignage : Aimeri, père de Guillaume
(que G2 nomme constamment Neimeri), et quelques frères : Hernaut de Gérone,
Garin d'Anséune, Beuve de Commarchis et Guibelin, le cadet. Manquent Bernard de Brubant (mais il est cité à plusieurs reprises comme étant le père de
Bertrand, v. 670, 2257), ainsi qu'Aïmer. *Aliscans*, au même endroit, cite Aïmer
comme étant absent (*En Espaigne est, a Saint Marc de Venis*, v. 2992), fait jouer
un petit rôle à Bernard (v. 3093) et donne beaucoup d'importance aux interventions d'Hermengart. Bernard et Aïmer participeront du reste à la lutte contre les
païens. — **2561.** *De Comarchiz* : Correction d'après la graphie habituelle

CLV

Parmi eux, encore, voici Hernaut de Gérone, Aimeri de Narbonne, son père, et le comte Garin de la cité d'Anséune. Ils se disent entre eux :

« Ce serait un acte déshonorant que de laisser abattre celui qui est notre parent. »

Et Aimeri de Narbonne, son père, déclare :

« Ni roi ni comte ne m'empêcheront de conduire à son secours sept mille de mes hommes.

— Et moi quatre mille », dit Garin d'Anséune.

CLVI

Beuve, comte de la cité de Commarchis, parle alors :

« Je suis son frère et ne puis l'abandonner. Personne, en ce monde, ne m'empêchera de lui amener quatre mille chevaliers.

— Et moi trois mille, dit Hernaut le grison.

— Et moi deux mille, dit Guibelin le jeune homme.

— Seigneurs, dit Baudouin de Flandre, le comte Guillaume est noble et homme de bien ; il s'est montré fidèle à ses compagnons et à ses voisins, leur portant assistance quand il les a vus dans la détresse. Personne en ce monde ne m'empêchera de lui amener mille chevaliers. Allons trouver le roi, et supplions-le de nous aider à secourir Guillaume ! »

---

dans les mss de la geste de Guillaume. — **2567-2587.** Ce personnage, par ailleurs inconnu de la geste de Guillaume, porte le nom patronymique des comtes de Flandre. Parmi les seigneurs les plus célèbres aux XIᵉ et XIIᵉ siècles, on peut citer Baudouin V le Frison ou de Lille († 1067), qui épouse en 1027 la sœur du roi Henri Iᵉʳ, devient en 1060 régent du royaume et tuteur de Philippe Iᵉʳ, et Baudouin VII à la Hache, qui prend le parti de Louis le Gros contre Henri Iᵉʳ d'Angleterre et meurt en 1119. Sur les hypothèses qu'on peut tirer de ce nom pour la localisation de la patrie de l'auteur du ms. de Londres, voir W, I, p. 655. À noter que le personnage de Baudouin de Flandre joue un rôle important dans les chansons du 2ᵉ cycle de la croisade.

CLVII

2575 Tuz ces baruns devant le rei vindrent.
Cil Baldewin li començat a dire :
« Forz emperere, pur Deu le fiz Marie,
Veez de Willame, cum plure e suspire !
Teint a la charn suz le bliaut de Surie* ;
2580 Ço ne fu unques por nule coardie !
Sule est Guiburc en Orenge la vile,
Ore l'assaillent li paien de Surie,
Cil de Palerne e cil de Tabarie.
S'il unt Orenge, puis unt Espaigne quite,
2585 Puis passerunt as porz desuz Saint Gille ;
S'il unt Paris, puis avront Saint Denise.
Fel seit li home qui puis te rendrat servise ! »
Ço dist li reis : « Jo irrai me meïsme,
En ma cunpaigne chevalers trente mille.
2590 — Nu ferez, sire ! ço respunt la reïne,
Dame Guiburc fu né en païsnisme*,
Si set maint art e mainte pute guische.
Ele conuist herbes, ben set temprer mescines,
Tost vus ferreit enherber u oscire.   /18c/
2595 Willame ert dunc reis e Guiburc reïne,
Si remaindreie doleruse e chaitive. »
Ot le Willame, a poi n'esraga de ire :
« Qu'as tu dit ? Dampnedeu te maldie !
Pute reïne, vus fustes anuit ivre.
2600 Il siet assez, unc ne l'i boisai mie,
Tant par sunt veires lé ruistes felonies
Enz en Larchamp que vus avez oï dire.

2579. Teint a la ch. suz le bl. de Sirie

2579. *Surie :* Correction d'après le v. 2582. — **2591-2596.** Pour la première fois, l'origine païenne de Guibourc est présentée comme incitant au soupçon à son égard, alors que toute son action a manifesté jusqu'ici son indéfectible fidélité à Guillaume et aux chrétiens. Guillaume lui-même est accusé de lèse-majesté (v. 2595) : on comprend dès lors la violence de sa riposte. Dans *Aliscans*, Louis

CLVII

Tous ces barons se présentèrent devant le roi, et Baudouin prit la parole :

« Empereur puissant, au nom de Dieu, le fils de Marie, voyez comme Guillaume soupire et se lamente ! Sous son bliaut de Syrie, la chair a blêmi ; en lui, nulle poltronnerie cependant.

« Guibourc est restée seule dans la ville d'Orange, et voici que l'attaquent les païens de Syrie, de Palerme et de Tibériade. S'ils prennent Orange, l'Espagne est à eux ; alors ils passeront les cols au-dessous de Saint-Gilles. S'ils ont Paris, ils prendront ensuite Saint-Denis, et maudit soit alors celui qui restera à ton service ! »

Le roi répond :

« J'irai là-bas en personne, et trente mille chevaliers m'accompagneront.

— Vous n'en ferez rien, seigneur, crie la reine, car dame Guibourc est née en terre païenne ; elle a appris bien des secrets et des ruses inquiétantes ; elle connaît les plantes et sait brasser des philtres : elle aurait vite fait de vous faire périr par le poison. Alors Guillaume deviendrait roi, Guibourc serait reine, et je serais vouée à la douleur et à l'infortune ».

À ces mots, Guillaume pense devenir fou de colère :

« Qu'as-tu dit ? Dieu te maudisse ! Mauvaise reine, tu t'es enivrée cette nuit. Le roi sait bien – je ne lui ai jamais menti – qu'ils sont véridiques, les terribles malheurs que vous avez entendu conter à propos de Larchamp.

---

ne propose pas une armée de secours, mais la mise à disposition de Guillaume de la France entière (v. 3152) ; la crainte de la reine d'être *desheritee* (v. 3154) est donc plus justifiée ; elle ne s'en prend toutefois nommément à personne, maudissant seulement cet accord.

CLVIII

« Pute reïne, pudneise surparlere*,   (a)
Tedbald vus fut, le culvert lecchere,
2605 E Esturmi od la malveise chere.
Cil deussent garder Larcham de la gent paene :
Il s'en fuïrent, Vivien remist arere.
Plus de cent prestres vus unt ben coillie,
Forment vus unt cele clume chargee,
2610 Unc n'i volsistes apeler chambrere.
Pute reïne, pudneise surparlere !
Mielz li venist qu'il t'eüst decolee,   (b)
Quant tote France est par vus avilee.
Quant tu sez as chaudes chiminees,
2615 Et tu mangües tes pudcins en pevrees,
E beis tun vin as colpes coverclees,
Quant es colché, ben es acuvetee,
Si te fais futre a la jambe levee,
Ces leccheürs te donent granz colees,
2620 Et nus en traium les males matinees,
Sin recevon les buz e les colees,
Enz en Larchamp les sanglantes testees*.
Si jo trai fors del feore ceste espee,
Ja vus avrai cele teste colpee ! »
2625 Pé e demi l'a del feore levee ;
Devant fu Nemeri de Nerbune, sun pere*,
Si li out dit* parole menbree :
« Sire Willame, laissez ceste mellee !   /18d/
Vostre sorur est, mar fust ele nee ! »
2630 E fait li reis : « Ben fait, par Deu le pere,
Car ele parole cum femme desvee !
Si jo n'i vois, si serrad m'ost mandee :
Vint mile chevalers od nues espees
Li chargerai demain a l'ajurnee.
2635 — Vostre merci, fait Willame, emperere ! »

2622. Enz en L. les s. testés — 2627. Si li unt dit p. membree

---

2604-2606. L'accusation de débauche avec Tiébaut de Bourges et Estourmi est surprenante, mais non invraisemblable : le comte de Bourges est un grand personnage, à la fois proche du roi et du lignage de Guillaume (on a vu que Vivien est à sa cour au début de la chanson). L'avilissement de Tiébaut rend par ailleurs l'injure, fondée ou non, très efficace. Dans *Aliscans*, c'est Tiébaut d'Arrabe qui est censé être l'amant de la reine : la chanson songe sans doute à la tradition de la *Prise d'Orange* primitive, dans laquelle Orable était femme de Tiébaut (voir v. 3159-3160).

CLVIII

« Mauvaise reine, langue de vipère ! Tu te fais foutre par Tiébaut, l'abominable gredin, et par Estourmi à la vilaine figure. Ces deux-là auraient dû défendre Larchamp contre l'engeance païenne, mais ils ont pris la fuite, abandonnant derrière eux Vivien.

« Plus de cent prêtres ont joué des couilles avec toi ; ils t'ont vigoureusement battu l'enclume, et tu ne songeais pas alors à appeler une chambrière.

« Mauvaise reine, langue de vipère ! Mieux aurait valu que Louis te coupe la tête, puisque la France entière est déshonorée à cause de toi. Quant tu es assise dans ta chambre bien chauffée, mangeant des poussins à la sauce aux épices et buvant ton vin dans des hanaps munis de couvercles, et quand tu es couchée, bien couverte, et que tu te fais foutre, les jambes levées, tes débauchés te portent de rudes assauts, et c'est nous qui passons de mauvais moments ; à Larchamp, nous recevons coups et horions qui nous ensanglantent la tête. Si jamais je tire mon épée hors du fourreau, j'aurai tôt fait de te couper la tête. »

Il tire son arme d'un pied et demi hors du fourreau, mais Aimeri de Narbonne, son père, se tenait devant lui ; il lui tient un sage propos :

« Allons, Guillaume, renoncez à cette rixe ; c'est votre sœur, maudite soit-elle ! »

Et le roi ajoute :

« Il a raison, par Dieu notre père, car elle tient des propos insensés ! Si je ne vais pas là-bas en personne, je convoquerai mon armée, et ce sont vingt mille chevaliers aux épées nues que je lui confierai demain, au lever du jour.

— Soyez remercié, empereur ! » fait Guillaume.

— **2622.** *Testees* : Correction d'après W. — **2626.** Dans *Aliscans*, c'est Hermengart qui arrache la reine, sa fille, des mains de Guillaume qui allait lui couper la tête (v. 3179-3184). Blanchefleur s'enfuit, et sa fille Aaliz lui reproche sa conduite ; la reine se repent et prie Aaliz d'aller implorer son pardon auprès de Guillaume. Les supplications de la jeune fille, jointes à celles d'Aimeri et d'Hermengart, fléchissent la colère du héros, qui se réconcilie avec sa sœur. — **2627.** *Si li out dit* : Les confusions entre *ou* et *un* sont aisées, d'où notre correction ; W : *Si li at dit*.

CLIX

Nostre emperere fait ses baruns mander,
Si fait ses chartres e ses brefs seeler,
Sis enveit par trestuit sun regné.
Dedenz les uit jurz furent vint mil armez,
2640 Estre la force Willame al curb niés,
Que li chargerent ses parenz del regné.
Li emperere ad Willame apelé :
« Sire Willame, dist Lowis le ber,
Tut cest empire ai jo pur vus mandé.
2645 — Sire, dist Willame, Deu vus en sace gré !
Sire emperere, le congié m'en donez ! »
Suz Munt Leün ad fait tendre sun tref.
De la quisine al rei issit un bacheler*,
Deschalcez e en langes, n'out point de solders ;
2650 Granz out les piez e les trameals crevez,
E desur sun col portat un tinel ;
N'est ore nuls hom qui tel peüst porter.
Vient a Willame, si l'ad araisuné :
« Sire Willame, jo voil od vus aler
2655 A la bataille de Larchamp sur mer,
Si tuerai Sarazins e Esclers. »
E dist Willame : « Ço serreit ben assez !
Ben semblez home qui tost voille digner,
E par matin n'ad cure de lever. »
2660 E dist Reneward : « De folie parlez !
Si me menez en Larchamp sur mer,
Plus valdrai que quinze de voz pers,   /19a/
De tuz les meillurs que i avrez asenblees. »
Ço dist Willame : « Or avez dit que ber.
2665 Se tu vols armes, jo te ferai aduber. »
Dist Reneward : « Ne place unques Deus
Que ja altre arme i port que mun tinel !
Ne sur cheval ne quer jo ja munter. »
Dunc vait a sun maistre* le cungé demander :
2670 « Maistre, fait il, jo ai od vus conversé ;
Ore vient li termes que jo me voil amender.

2648-2652. Pour la première apparition de Renouart, costume et condition sont ici destinés à masquer la valeur de celui-ci : son *tinel*, grande perche portée sur l'épaule où s'équilibrent deux seaux, est toutefois aussi un indice de force (voir W, I, p. 557-563). — **2669.** Ce maître est à la mesure de la condition servile à laquelle Renouart est pour l'instant condamné : c'est le cuisinier Jaceram, auquel Louis a confié le jeune homme (v. 3542).

CLIX

Notre empereur fait appeler ses barons ; il appose son sceau sur ses messages et ses lettres, qu'il envoie à travers tout son royaume. En moins de huit jours il y a vingt mille hommes en armes, sans compter les forces de Guillaume au nez courbe, que lui ont confiées ses parents du royaume.

L'empereur s'adresse à Guillaume :

« Seigneur Guillaume, dit Louis le preux, voici la puissance que j'ai rassemblée pour vous.

— Seigneur, répond Guillaume, que Dieu vous témoigne sa gratitude ! Seigneur empereur, permettez-moi de partir. »

Voici sa tente dressée au pied de Mont-Laon. Or un jeune homme sort de la cuisine royale ; il est sans chausses ni souliers et porte un vêtement de laine ; il a de grands pieds et les jambes de ses braies sont trouées. Sur son cou, il porte un tinel si lourd que personne ne serait capable de le tenir.

Il va trouver Guillaume et lui adresse la parole :

« Seigneur Guillaume, je veux aller avec vous combattre à Larchamp sur la mer, afin de tuer Sarrasins et Esclavons. »

Guillaume lui répond :

« Cela serait fort bien, mais vous ressemblez beaucoup à un homme qui aime manger tôt et déteste se lever de bonne heure. »

Renouart réplique :

« Vous dites des sottises ! Conduisez-moi à Larchamp sur la mer, et j'en ferai plus que quinze de vos compagnons, les meilleurs de ceux que vous aurez assemblés. »

Alors Guillaume déclare :

« Maintenant, tu parles comme un preux. Si tu veux des armes, je t'équiperai. »

Mais Renouart proteste :

« À Dieu ne plaise que je porte jamais là-bas une autre arme que mon tinel, et je n'ai pas envie non plus de monter à cheval. »

Alors il va demander à son maître l'autorisation de partir :

« Maître, lui dit-il, je suis resté longtemps avec vous, et voici venu pour moi le moment de mieux faire. Le

Li quons Willame me volt od lui mener
En la bataille de Larchamp sur mer. »
Ço dist sun maistre : « Lecchere, nu ferez,
2675 Car les granz feims nem purrez endurer,
Ne les haans ne les travals que averez.
Lores vus faldreient les vins e les clarez,
Li pains e la char e li grant richitez,
Si murriëz a doel e a vilté.
2680 Pité en ai, nurri vus ai mult suef. »
Dist Renewart : « De folie parlez !
Ne remaindra* pur quanque vus avez
Que jo n'en alge al fort estur champel. »
Quant le maistre devers lui* est alé,
2685 Que il le cuidat par force returner,
E Renewart le fert* si del tinel,
Tut estendu l'ad al feu acraventé ;
Ainz qu'il s'en leve out les gernuns udlez.
Puis li ad dit : « Maistre, ci jus girrez,
2690 Des ore en avant l'ostel garderez ;
Si l'um i pert rien, il vus ert demandez. »
Suz Munt Loün en vint corant as prez,
Al pavillun Willame al curb niés ;
Tant le demande que l'om li ad endité.
2695 En la quisine est Renewart entré,
Prent feu a faire e ewe a porter ;   /19b/
Cels l'i joïrent, car il en solt assez,
Si li donerent piment, vin e clarez ;
Tant l'en donerent que tut l'unt enivrez ;
2700 E li leccheur li emblent sun tinel.
Quant s'esveillad nen ad mie trovez ;
Dunc se clamad chaitif e maleurez :
« Allas ! pecchable, tant mar fu unques nez ! »
E li leccheur se pernent a gaber ;
2705 Renewart les ad esgardez :
« Fiz a putein, avez le me vus emblez ? »
Les dous premers qu'il ad encuntrez,
A ses dous mains les ad si hurtez,
Les oilz tuz quatre les fist del chef voler.
2710 Ço dist li tierz : « Jo rendrai le tinel. »

2682. Ne remaindrai p. qu. que vus avez — **2684.** Quant le m. de lui est alé
— **2686.** E R. le fer si del tinel

2682. *Remaindra* : Le sujet du verbe est la complétive *que jo n'en alge*. W garde

comte Guillaume veut m'emmener avec lui combattre à Larchamp sur la mer. »

Le maître répond :

« Vaurien, il n'en est pas question ! Vous ne pourriez supporter la faim terrible, les peines et les tourments que vous rencontrerez. Vous manqueriez de vin et de liqueur, de pain, de viande et de tout ce qu'il faut pour être à l'aise : vous mourriez alors dans le chagrin et le dénuement. J'ai grande compassion pour vous, car je vous ai élevé très tendrement. »

Renouart lui réplique :

« Vous dites des sottises ! Tout ce que vous possédez ne m'empêchera pas de partir vers la lutte terrible sur le champ de bataille. »

Son maître s'est dirigé vers lui – il pensait le faire revenir de force –, mais Renouart lui porte un tel coup avec le tinel qu'il l'abat de tout son long sur le foyer ; avant qu'il se relève, sa moustache a souffert du feu. Renouart lui dit alors :

« Maître, vous resterez couché ici ; désormais, vous garderez le logis et, si quelque chose se perd, c'est à vous qu'on demandera des comptes. »

Puis il se précipite en courant vers les prés sous Mont-Laon, gagnant la tente de Guillaume au nez courbe ; à force de la demander, on la lui indique. Renouart entre dans la cuisine, commence à allumer le feu et à porter l'eau ; on lui fait fête, car il s'y connaît parfaitement. On lui donne boisson aromatisée, vin et liqueur ; à force de lui en verser, on l'a complètement enivré, et les vauriens lui dérobent son tinel. Quand il se réveille, il n'en trouve plus trace ; alors il se lamente sur son sort misérable :

« Hélas ! malheureux, c'est pitié que ma naissance ! »

Et les gâte-sauces de se moquer de lui. Renouart les regarde :

« Fils de pute, est-ce que vous me l'avez volé ? »

Les deux premiers qu'il attrape, il les entrechoque si violemment de ses deux mains que les quatre yeux jaillissent des orbites. Alors le troisième s'exclame :

« Je vais rendre le tinel. »

---

remaindrai et traduit « Ne laisserai, quoi que vous en ayez, / de m'en aller... »
— **2684.** *Devers lui* : Correction d'après W. — **2686.** *Fert* : Correction d'après la graphie habituelle.

E dist Reneward : « Or n'en aiez vus grez ! »
A un fenil l'en unt od els mené ;
Unques les dous nel purent remuer.
E Renewart prent cele part aler,
2715 A un de ses mains l'ad en sun col levé,
Sin manace Sarazins e Esclers :
« N'en guarrad pé, quant jo ai le tinel ! »

CLX

Willame* leve par matin, quant l'albe pert ;   (a)
Un greille fait mult haltement soner,
2720 Plus de seisante l'en responent al pré.
Reneward ot la noise del corner,
Tut esturdi sailli de sun ostel ;
En la quisine obliad sun tinel,
Ne li menbrat desque vindrent a un gué.
2725 Devant Franceis començat a tenter,
De l'ewe freide ad sun vis lavé ;
Dunc començad del vin a desenivrer.
Idunc a primes li menbrat del tinel,
Pas avant l'altre se prent a returner.
2730 Li quons Willame l'en ad araisoné :   /19c/
« Reneward, frere, vols tu returner*
En la quisine, a tes hastes garder ?
Ainz que moussez, le te di jo assez,
Ja nel purriez soffrir ne endurer.
2735 — Nenil, bel sire, ne me vint en penser,
Mas a l'ostel obliai mun tinel.
— Va, fols lecchere, laissez cel bastun ester !
Enz en cel bois te ferai un colper
A ta mesure e long e quarré. »
2740 Dist Reneward : « Ne place unques Dé !
Suz ciel n'ad bois u il fust recovré.
Ben ad set anz que jo oi le tinel
En la quisine de Loün la cité ;
Unc nel vi freindre ne desercler. »

2718. Villame l. p. matin qu. l'albe pert

2718. *Willame* : Correction d'après la graphie habituelle. — **2731-2734.** La

Mais Renouart répond :

« Ne croyez pas que je vous en saurai gré ! »

Ils le conduisent jusqu'à un fenil, mais sont incapables de soulever le tinel à deux. Renouart y va et d'une seule main le met sur son épaule, puis menace de son arme Sarrasins et Esclavons :

« Pas un n'en réchappera, puisque j'ai mon tinel ! »

CLX

Guillaume se lève de bon matin, lorsque l'aube point. Il fait sonner vigoureusement une trompette, et plus de soixante autres, à travers la prairie, lui donnent la réplique. Renouart entend le vacarme des sonneries, et bondit à l'étourdie hors de son logis.

Il a oublié le tinel à la cuisine, et ne se souvient de lui que lorsqu'on arrive à un gué. Il se met à sonder le passage devant les Français et lave son visage à l'eau froide ; alors les fumées du vin commencent à se dissiper, et pour la première fois, il se souvient du tinel : pas à pas, il commence à rebrousser chemin.

Le comte Guillaume lui a adressé la parole :

« Renouart, mon frère, veux-tu retourner à la cuisine, afin de surveiller tes broches ? Avant ton départ, je te l'ai bien dit : tu ne pourrais pas endurer et supporter ce qui t'attendait.

— Non, cher seigneur, je ne songe pas à cela, mais j'ai oublié mon tinel au logis.

— Allons, vaurien stupide, laisse ce bâton où il est ! Dans le bois que voici, je t'en ferai couper un, taillé à ta mesure pour la longueur et l'épaisseur. »

Mais Renouart réplique :

« À Dieu ne plaise ! en ce monde, il n'est pas de forêt où l'on pourrait en retrouver un semblable. Il y a bien sept ans que j'ai eu ce tinel, en la cuisine de la ville de Laon ; jamais il ne s'est fendu, jamais il ne s'est décerclé. »

---

question narquoise de Guillaume montre qu'il n'a pas encore confiance dans le jeune homme ; ses propos rappellent à la fois les v. 2658-2659 et les mises en garde de Guibourc à Gui (v. 1526-1529).

2745 Ço dist Willame : « Jol frai ja aporter. »
Dist Reneward : « Ore avez dit que ber. »
Devant li garde, e vit un Flamenc ester* ;
Gent out le cors, eschevi e mollé,
Si chevalche un destrer abrivé.
2750 Il li comandat que alt pur le tinel :
« Volenters, sire, quant vus le comandez. »
Il point e broche tant qu'il vint enz al pré,
Met pé a tere, sil pensat a lever,
A vifs dïables ad le fust comandé.
2755 Al cheval munte, brochant s'en est turné,
Tresqu'a Willame ne volt unques finer.
« Dites, bel sire, avez vus le tinel ?
— Nenil veirs, sire, unques nel poai remuer.
Mal ait de la barbe* qui l'i out oblié,
2760 E de la mere, si unques le poai remuer ! »
Dist Reneward : « Me i covient aler.
Ja ne vendrat pur nul home qui seit nez,
Se les meins braz ne l'unt aportez. »
E dist Willame : « Jo n'i voil mes sejurner.   /19d/
2765 Mei que cheut si vus en alez ?
Mais ainz que nuit seiez vus* a l'hostel. »
Les menuz salz i prent a returner,
Plus tost n'i fust pas un gascoin sojurnez.
De joie rist quand il vit le tinel ;
2770 Od un sul poing l'ad sur son col levé.
Unc Franceis ne se surent tant haster,
Ainz qu'il fuissent al pareissir del gué,
Fu Reneward devant els al pré.
Li quons Willame l'en ad araisoné :
2775 « Dites mei, frere, avez vus le tinel ?
— Oïl, bel sire, la verai Deu merci !
Sainte Marie le m'ad amené.
Ço conparunt Sarazin e Escler,
Ne garrad pé quant jo l'ai recovré,
2780 Lunsdi al vespre.   (b)
Car chevalchez, si alum bataille quere !
Quant nus vendrum en Larchamp en la presse,

2766. M. a. que n. seie a vus a l'h.

2747-2760. L'épisode du Flamand qui échoue à soulever le tinel est propre à G2 ; dans *Aliscans*, Renouart déclare tout de suite que quatre personnes ne

Alors Guillaume dit :

« Je vais faire en sorte qu'on te le rapporte.

— Excellente idée », déclare Renouart. Il regarde devant lui et remarque un Flamand ; il a belle allure, est svelte et bien fait, et chevauche un destrier fougueux. Il lui ordonne d'aller chercher le tinel, et l'autre se déclare prêt à obéir. Il pique son cheval des éperons jusqu'à ce qu'il arrive à la prairie, met pied à terre, pensant soulever l'objet ; mais aussitôt il voue la pièce de bois à tous les diables.

Il remonte à cheval, repart à toute allure et file d'une seule traite jusqu'à ce qu'il trouve Guillaume.

« Dites-moi, cher ami, avez-vous le tinel ?

— Non, vraiment, seigneur, jamais je n'ai pu le soulever. Maudit soit celui qui l'a oublié là-bas, et maudite soit sa mère, si jamais j'ai pu le faire bouger ! »

Alors Renouart dit :

« Il faut que j'y aille. Personne ne le fera venir ici, à moins que mes propres bras ne l'apportent. »

Guillaume réplique :

« Je ne veux pas m'attarder ici. Peu m'importe que vous partiez, pourvu que vous soyez de retour pour l'étape avant la nuit. »

Et Renouart de partir à petits sauts : un cheval gascon bien reposé ne serait pas arrivé plus vite que lui. Il rit de joie lorsqu'il aperçoit le tinel ; avec un seul poing, il le hisse sur son cou, et les Français, malgré leur hâte, trouvent Renouart devant eux dans la prairie, avant d'avoir fini de passer le gué. Le comte Guillaume lui demande alors :

« Dites-moi, frère, avez-vous le tinel ?

— Oui, cher seigneur, par la grâce du vrai Dieu ! Sainte Marie me l'a rapporté, et Sarrasins et Esclavons le paieront cher : pas un ne survivra, puisque je l'ai récupéré,

« Lundi au soir,

« Allons, à cheval, et marchons au combat !

« Lorsque nous arriverons à Larchamp, dans la mêlée,

---

suffiraient pas à le remuer (v. 3892-3893). — **2759.** *Mal ait de la barbe :* La malédiction vise naturellement le propriétaire de la barbe. — **2766.** *Seiez vus :* Correction adoptée par DM, II, p. 150. W garde la leçon du ms., *seie a vus* et traduit : « Il ne me chaut que vous vous en alliez, si pour la nuit je vous trouve à l'étape ».

Fuiz s'en serrunt li paien de Palerne,
De Nichodeme, d'Alfrike e de Superbe. »
2785 Diënt Franceis : « Cist lecchere se desve,
Bataille quert, e Deus li doinst pesme ! »,
Car as cowarz tremblout la bouele,
E les vassals s'afichouent es seles
E as destrers abrivez de Chastele.

CLXI

2790 Willame* chevalche les pius e les vals,
E les muntaines, que pas ne se targat ;
Vint a Orenge que forment desirad.
A un perun descent de sun cheval ;
Dame Guiburc les degrez devalad,
2795 Par grant amur la face li baisad,
Puis li demande : « Qu'as tu en France fait ?
— Nent el que ben, ma dame, si vus plaist.
Vint mil homes en amein ben, e mais,   /20a/
Que l'empererere de France me chargeat,
2800 Estre la force de mi parent leal ;
Quarante mille*, la merci Deu, en ai.
— Ne vient il dunc ? — Nun, dame. — Ço m'est laid.
— Malade gist a sa chapele a Es. »
E dist Guiburc : « Cest vers* avez vus fait :
2805 S'il ore gist, ja ne releve il mes !
— Ne voille Deu, qui tote rien ad fait ! »
Willame munte le marbrin paleis,
A sun tinel Reneward vait aprés ;
Cels qui l'esgardent le tienent pur boisnard,
2810 E asquanz le crement que trestuz les tuast.

2790. Villame ch. les pius e les vals

2790. *Willame* : Correction d'après la graphie habituelle. — **2801.** Il s'agit de la somme des troupes de Louis et de celles des parents de Guillaume ; le texte du ms. permettrait de comprendre aussi que le chiffre représente *la force de mi parent leal*, mais la disproportion serait notable par rapport aux promesses faites naguère (voir laisses CLIV-CLVI). — **2804.** Pour le sens du mot *vers*, voir Y. Lefèvre, *R.* LXXVI, 1955, p. 499-502. La vivacité de la réplique de Guiburc

les païens de Palerme, ceux de Nichodème, d'Afrique et de Superbe, auront déjà pris la fuite. »

Les Français murmurent :

« Ce moins que rien devient fou, qui cherche la bataille ; Dieu la lui fasse trouver, la plus terrible possible ! », car les entrailles des couards tremblent, alors que les vaillants, montés sur les chevaux fougueux de Castille, s'assurent sur leur selle.

CLXI

Guillaume chevauche, franchissant collines, vallées et montagnes ; sans perdre une minute, il arrive à Orange, qu'il désire impatiemment. Sur une marche de pierre, il descend de cheval, et dame Guibourc dévale les degrés, embrasse son visage avec une grande tendresse et lui demande :

« Quel est le résultat de ton voyage en France ?

— Tout s'est bien passé, ma dame, ne vous déplaise. Je ramène au moins vingt mille hommes, et même davantage, que l'empereur de France m'a confiés, outre les troupes de mes fidèles parents : ainsi, par la grâce de Dieu, j'ai quarante mille hommes.

— Le roi ne vient-il donc pas ?

— Non, dame.

— Je le regrette.

— Il est couché, malade, à Aix-la-Chapelle. »

Mais Guibourc réplique :

« C'est vous qui avez inventé ce conte. S'il est vraiment couché, qu'il ne se relève jamais ! »

« À Dieu ne plaise, créateur de toute chose ! »

Guillaume monte en son palais de marbre, et Renouart, avec son tinel, le suit ; ceux qui le regardent le considèrent comme un sot, mais certains redoutent qu'il ne les massacre tous.

(W, I, p. 364, n. 447) est à mettre en rapport avec le conseil donné autrefois à Guillaume (v. 2427-2428).

CLXII

Willame* munte les marbrins degrez,
E Reneward le siut od sun tinel.
Dame Guiburc* l'emprist a esgarder,
Vint a Willame, conseillad li suef :
2815 « Sire, dist ele, qui est cest bacheler,
Qui en sun col porte cest fust quarré ?
— Dame, dist il, ja s'est un bageler,
Uns joefnes hon que Deus m'ad amené.
— Sire, dist ele, estuet le nus doter ?
2820 — Nenal veir, ben i poez parler. »
E ele le traist a un conseil privé :
« Ami, dist ele, de quele terre es tu né,
E de quel regné e de quel parenté ?
— Dame, dist il, d'Espaigne le regné*,
2825 Si sui fiz al fort rei Deramé,
E Oriabel est ma mere de ultre mer.
— Cum avez nun ? — Reneward m'apelez. »
Guiburc l'oï, si lle reconuit assez ;
Del quor suspire, des oilz comence a plorer.
2830 E dist la dame : « Cest nun m'est mult privé ;
Un frere oi jo que si se fist clamer.
Pur la sue amur te ferai jo adubber,   /20b/
Cheval e armes te ferai jo a doner. »
Dist Reneward : « Ne place unques Deu
2835 Que ja altre arme i porte que mun tinel !
Ne sur cheval ne quer jo ja munter. »

CLXIII

« Ami, bel frere, jo vus adoberai,   (a)
Chevals e armes par matin vus durrai.

─────────

2811. Villame m. les m. degrez — 2813. Dame Guburc l'e. a esgarder

─────────

2811. *Willame :* Correction d'après la graphie habituelle. — 2813. *Guibourc :* Correction d'après la graphie habituelle. — 2824-2826. Première évocation des parents de Renouart (voir aussi v. 2874-2875, 3356-3357, 3539). On peut se

CLXII

Guillaume gravit les degrés de marbre, et Renouart, avec son tinel, le suit. Dame Guibourc se met à l'observer ; elle vient trouver Guillaume et lui demande discrètement :

« Seigneur, quel est ce jeune homme qui porte sur son cou cette perche carrée ?

— Dame, c'est un jeune homme que Dieu a conduit jusqu'à moi.

— Seigneur, devons-nous en avoir peur ?

— Non, en vérité, vous pouvez lui parler sans crainte. »

Alors elle le prend à part :

« Ami, demande-t-elle, en quel pays, en quel royaume es-tu né et qui sont tes parents ?

— Dame, je viens du royaume d'Espagne, je suis le fils du puissant roi Deramé, et Oriabel, de l'autre côté de la mer, m'a enfanté.

— Quel est ton nom ?

— Appelez-moi Renouart ! »

À ces mots, Guibourc le reconnaît parfaitement. Elle soupire profondément et commence à pleurer, puis dit :

« Ce nom m'est très cher ; j'ai eu un frère qu'on appelait ainsi. En souvenir de lui, je te donnerai un harnois, je te remettrai un cheval et des armes. »

Mais Renouart répond :

« À Dieu ne plaise que je porte jamais en bataille d'autre arme que mon tinel, et je ne veux pas davantage monter sur un cheval. »

CLXIII

« Ami, cher frère, je vous donnerai un harnois, et dès le matin je vous remettrai cheval et armes.

---

demander, comme le note W, I, p. 567, si le nom d'Oriabel, mère du héros, n'est pas calqué sur celui d'Orable, nom « païen » de Guibourc. Quant au choix du *fort rei Deramé*, il ajoute une note dramatique aux relations entre Renouart et les chrétiens, puisque le Sarrasin a été l'adversaire principal de Guillaume. Ce dernier, toutefois, n'a pas tué le païen de sa main : était-ce pour faciliter plus tard l'enrôlement de Renouart dans le camp des héros de la geste ?

— Ne place Deu, dame, dist Reneward,
2840 Suz ciel n'ad rien qui tant hace cun cheval*.
— Ami, dist ele, une espee porterez ;   (b)
Coment que avienge de cel vostre tinel,
Que s'il veolt fraindre ne esquasser,
Que al costé i puissez tost recovrer.
2845 — Dame, dist il, ma espee me donez* ! »

CLXIV

Dame Guiburc li aportad l'espee ;
D'or fu li punz, d'argent fu neelee.
Ele li ceinst, e il l'ad mult esgardee.
Il ne sout mie que fuissent sorur ne frere,
2850 Ne nel saverad, si ert l'ost devisee,
E la bataille vencue e depanee.

CLXV

Li quons Willame demande le super,
Que la meisné seit ben conreié.
En la quisine est Reneward entré,
2855 Espee ceinte vait les hastes turner.
Cels li joïrent, car il en solt assez,
Si li donerent e piment e claré ;
Tant l'en donerent que tut l'unt enivré.
Dame Guiburc nel mist pas en oblier :
2860 En mi la sale ad fait sun lit parer,
Cum ço fust a Willame al curb niés.
Reneward sun frere ad cher apelez :
« Amis, frere, en cest lit girrez. »
Guiburc s'en vait lez Willame reposer,
2865 E Reneward ad le lit esgardé ;
Nel preisad mie un dener moneé ;   /20c/
En la quisine s'en est colcher alé.

2840. Pourquoi une telle animosité à l'égard des chevaux ? Renouart peut se
passer d'eux, puisqu'il va aussi vite qu'un *gascoin sojurnez* (v. 2768), et son
mépris du destrier l'oppose radicalement au héros traditionnel, qui est un guerrier à cheval. — **2845.** L'acceptation de l'épée signe à la fois la connivence entre

— À Dieu ne plaise, ma dame, répond Renouart, car il n'est rien en ce monde que je déteste autant qu'un cheval.

— Ami, dit-elle, vous porterez une épée, car s'il arrivait quelque chose à votre tinel – s'il se brisait ou éclatait en morceaux – vous pourriez bien vite la prendre à votre côté.

— Dame, répond-il, donnez-moi une épée ! »

CLXIV

Dame Guibourc lui apporta l'épée ; le pommeau était d'or, et la lame niellée d'argent. Elle la lui ceignit, et lui regardait attentivement sa sœur. Il ignorait qu'ils étaient frère et sœur, et il ne le saura pas avant que l'armée soit dispersée, l'adversaire mis en pièces et la bataille remportée.

CLXV

Le comte Guillaume demande à souper ; il veut que tous ses amis soient bien servis. Renouart entre dans la cuisine et, l'épée au côté, va tourner les broches.

Là, on lui fait fête, car il s'y connaît parfaitement ; on lui donne tellement à boire de vin aromatisé et de liqueur qu'il s'enivre complètement. Dame Guibourc n'a eu garde d'oublier Renouart : elle a fait dresser son lit au milieu de la salle, comme si c'était pour Guillaume au nez courbe, puis elle s'est adressée à Renouart son frère affectueusement :

« Mon ami, mon frère, vous allez coucher dans ce lit. »

Puis Guibourc s'en va dormir auprès de Guillaume, tandis que Renouart reste à contempler le lit : il n'en fait aucun cas et va se coucher dans la cuisine.

Renouart et Guibourc, et l'intégration possible à la classe chevaleresque. Mais les contrastes plaisants subsistent : Renouart tourne les broches l'épée au côté (v. 2855).

Les leccheürs* li unt sun chef uslé,
E tuz ses dras espris e enbrasé ;
2870 Quant s'esveillad, le feu sent al costé.
Il sailli sus cum home desvé,
A halte voiz comence a crier :
« Dolent, peccable, qui m'ad eschaldé ?
Cum mar fui fiz al fort rei Deramé,
2875 Oriabel ma mere de ultre la mer !
Car mar vi unques Willame al curb niés,
Qui m'amenad de Loün la cité,
De la quisine Lowis l'onuré.
Ses leccheürs* me tienent en vilté,
2880 Qui m'unt ma barbe et mes gernuns uslé ! »
Li leccheür se pernent a gaber,
E Reneward les prent a guarder :
« Fiz a puteins, avez me vus ullé ?
Mar i entrastes, par la fei que dei a Dé !
2885 Si jo puis ja, vif n'en estorterez ! »
Od sun bastun en ad quatre tuez ;
Un en consivit al eissir de l'ostel,
Par mi les reins li dona un colp tel,
En dous meitez li ad le cors colpé.
2890 Del pié le boute, le quor li ad crevé.
En la quisine s'en est colcher alé,
Andous les us ad desur li fermé.
Un des morz ad a sun chef turné,
Desuz les costez ad sun tinel boté ;
2895 Tiel gist sur cuilte qui ne dort si suef.

CLXVI

Reneward leve* ainz que l'albe apert,
De la quisine est al paleis turné :
« Munjoie ! » escrie, « Frans chevalers, muntez !
Quant nus vendrun en Larchamp sur mer,
2900 Fuï serrunt Sarazin e Escler ;   /20d/
Ja puis cel hure n'i purrum recovrer ! »

2868. Les lecchurs li u. sun ch. uslé — 2879. Ses lecchurs me t. en vilté

2868. *Leccheürs* : Correction d'après le v. 2881. Dans *Aliscans*, c'est le *mestre quex* qui brûle les moustaches de Renouart et est puni de mort (v. 4525-4535).

Mais les valets brûlent ses cheveux et mettent le feu à ses vêtements ; il s'éveille et sent le feu qui lui brûle le côté. Il bondit sur ses pieds comme un fou et se met à crier à voix haute :

« Misérable, malheureux que je suis, qui donc m'a brûlé ? Ô lamentable fils du puissant roi Deramé, et d'Oriabel d'au-delà de la mer ! Malheur à moi d'avoir rencontré Guillaume au nez courbe, qui m'amena de Laon la cité, me tirant de la cuisine de Louis, le roi honoré ! Ces valets me méprisent, eux qui m'ont brûlé la barbe et la moustache ! »

Les valets se moquent de lui, et Renouart les avise :

« Fils de putes, est-ce vous qui m'avez brûlé ? Tant pis pour vous qui avez commencé ce jeu, par la foi que je dois à Dieu car, si je le puis, vous n'en sortirez pas vivants ! »

Alors il a tôt fait d'en tuer quatre avec son bâton ; il en attrape un au moment où il sort de la maison : il lui porte un coup si violent par le travers des reins qu'il le coupe en deux ; il le pousse ensuite du pied, lui ayant crevé le cœur.

Alors il revient se coucher dans la cuisine, après avoir fermé sur lui les deux portes. Il met l'un des cadavres sous sa tête, et place son tinel sous ses flancs ; tel, qui est étendu sur une couche de plume, ne dort pas de manière plus confortable.

CLXVI

Avant que l'aube n'apparaisse, Renouart est debout ; de la cuisine, il se dirige vers le palais, et crie :

« Montjoie ! nobles chevaliers, en selle ! Sinon, lorsque nous arriverons à Larchamp sur la mer, Sarrasins et Esclavons auront pris la fuite, et nous ne les rattraperons pas de sitôt. »

— **2879.** *Leccheürs :* Correction d'après le v. 2881. — **2896.** Après Girard (v. 1072) et Guillaume (v. 1496), Renouart sonne à son tour le boute-selle. Mais il le fait avant l'aube, et non le soir, et utilisera des arguments particulièrement convaincants.

Diënt Franceis : « Lais nus, lecchere, ester !
Mal seit l'ore qui li tuen cors fu né.
Uncor n'ad li cocs, ço quid, que dous feiz chanté. »
2905 Dist Reneward : « Ja l'ai jo comandé !
Fiz sui a rei, si dei aver ferté.
Par la grant fei que jo plevi a Dé,
A iceste feiz, se ore sus ne levez,
Jol vus frai cher a tuz cunparer. »
2910 Halce le fust, si fert sur un piler,
Que un estage en ad par mi colpé ;
Tote la sale fait sur els trembler,
Pur petit ne l'ad tut acraventé ;
De la poür qu'il unt sunt Franceis sus levé.
2915 Mil en i out qui perdirent lur solders,
Lur garnement ne poënt recovrer.
Mettent les seles as destrers sejurnez,
Granz quinze liuves sunt de nuit alé ;
Nuit fu oscure, nent del jur apert ;
2920 Trestuit maldient Reneward al tinel :
« Maldit seit il des saintes miracles Deu,
Cest lecheür, cest paltoner prové,
Qui a tel hure nus fait ici errer !
Ben granz colees li devreit l'um doner ! »
2925 E dist Willame : « Leissez le tut ester !
S'il est fols, nel vus chet a gaber.
N'i ad nul si fier ne si osé,
S'il i tent sun dei, ne seit mort u tué. »

CLXVII

Willame* en ad l'ost de France mené,
2930 Tresque il vindrent en Larchamp enz le pré.
Ço dist quons Boeves de Cormarchiz, sun frere,
É Neemeri de Nerbune, sun pere :
« Francs chevalers de la nostre cuntree,
Bien est de guere qui tost est finee ! »   /21a/

2929. Villame en ad l'o. de Fr. mené

2929. *Willame* : Correction d'après la graphie habituelle. Avant le départ
d'Orange, le poète d'*Aliscans* a montré, dans une série de laisses parallèles,

Les Français répondent :

« Laisse-nous en paix, vaurien ! Maudite soit l'heure de ta naissance ! Le coq, je crois, n'a encore chanté que deux fois. »

Mais Renouart réplique :

« Je viens de vous donner un ordre ! Je suis fils de roi, et dois me faire craindre. Par la foi que j'ai jurée à Dieu, si vous ne vous levez à l'instant, je vous le ferai payer cher à tous ! »

Il brandit sa pièce de bois, en frappe un pilier et coupe en deux une poutre de soutènement ; au-dessus d'eux, le plafond vacille, et peu s'en faut que tout ne s'écroule : les Français, terrorisés, se lèvent à l'instant. Mille d'entre eux en perdent leurs souliers et ne parviennent pas à retrouver leur équipement. Ils mettent la selle aux destriers impétueux et chevauchent de nuit sur quinze grandes lieues. L'obscurité est épaisse, et aucune lueur du jour n'apparaît ; tous maudissent Renouart au tinel :

« Par les saints miracles de Dieu, qu'il soit maudit, ce paillard, ce parfait scélérat, qui nous fait chevaucher de telle façon à cette heure-ci ! On devrait lui donner de grands coups. »

Mais Guillaume réplique :

« Laissez-le tranquille ! S'il est fou, vous n'avez pas à vous moquer de lui : si violents et téméraires que vous soyez, le premier qui lèvera le doigt sera tué et massacré. »

CLXVII

Guillaume a conduit l'armée des Français jusqu'au pré de Larchamp. Alors le comte Beuve de Commarchis, son frère, et Aimeri de Narbonne, son père, disent :

« Nobles chevaliers de notre terre, la meilleure des guerres est celle qu'on termine au plus vite ! »

---

l'arrivée des troupes d'Hernaut (laisse LXXXII), de Beuve de Commarchis et d'Aimeri (laisse LXXXIII), de Bernard de Brubant (laisse LXXXIV), de Guibert d'Andrenas (laisse LXXXV) et d'Aïmer (laisse LXXXVI).

2935 Diënt Franceis : « Pur l'almes a noz peres,
     Tant i ferum de lances e des espees,
     Aprés nos morz en ert France dotee. »
     A icel mot fu « Munjoie ! » escriee,
     L'enseigne Charles, de France l'emperere ;
2940 Beissent les lances, as paiens se justerent.

CLXVIII

     Willame* en ad l'ost de France mené
     Tresque il vindrent en Larchamp sur mer,
     E qu'il virent les barges e les niés.
     « Seignurs baruns, dist Willame al curb niés,
2945 Ore avun tant espleité e alés
     Que nus veüm Sarazins e Esclers.
     Car lur alum chalenger e mustrer
     Qui a tort honissent sainte crestienté !
     Qui ore me voldrad felonie mustrer
2950 En bataille en Larchamp sur mer,
     Congié de Deu et de mei li voil doner,
     Qu'en dulce France s'en poent returner. »
     Quant cil l'oïrent, si unt Deu merciez.
     Tuz les cowarz sunt une part turnez ;
2955 Mult est creüe sa force e sun barné*.
     En dulce France se voldrunt returner ;
     Vont a Willame le cungé demander,
     E il lur dune, ne lur deignad veer.
     Mais ne quid* mie qu'il algent a itiel,
2960 Car Reneward les encuntre a un gué,
     A un destreit u il deveient passer ;
     En sun col portat sun grant tinel.
     « Seignurs, dist il, u devez vus aler ?
     — Li quons Willame nus ad cungié doné.

2941. Villame en ad l'o. de F. mené — **2959.** Mais ne qui m. qu'il a. a itiel

---

2941. *Willame :* Correction d'après la graphie habituelle. — **2955.** Ce vers fait difficulté, dans la mesure où il paraît en contradiction avec le contexte : une partie de l'armée abandonnant Guillaume (*tuz les cowarz,* v. 2954), comment la puissance de Guillaume pourrait-elle s'en trouver augmentée *(creüe) ?* On peut naturellement supposer que le vers n'est pas à sa place, et qu'il se comprendrait

Et les Français de répondre :

« Par l'âme de nos pères, nous frapperons si hardiment avec la lance et l'épée, qu'après notre mort la France sera redoutée. »

À ces mots, le cri de « Montjoie ! » retentit : c'est l'enseigne de Charles, l'empereur de France ; ils baissent leur lance, et les voilà au contact des païens.

CLXVIII

Guillaume a conduit l'armée des Français jusqu'à Larchamp sur la mer : ils aperçoivent les chalands et les navires.

« Seigneurs chevaliers, dit Guillaume au nez courbe, nous avons maintenant suffisamment chevauché pour voir Sarrasins et Esclavons. Disputons-leur notre droit, et montrons-leur qu'ils ont tort de mettre à mal sainte chrétienté ! Que tous ceux qui songeraient à se montrer déloyaux dans la bataille de Larchamp sur la mer reçoivent de moi leur congé, au nom de Dieu : ils peuvent s'en retourner en douce France. »

Quand les lâches l'entendent, ils rendent grâce à Dieu. Tous les couards se groupent d'un côté, et voici les forces et la compagnie de Guillaume singulièrement accrues ! Ils veulent retourner en France, et se hâtent de solliciter de Guillaume leur congé : celui-ci le leur accorde sans la moindre réserve. Mais je ne crois pas qu'ils partiront à si bon compte, car Renouart les rencontre auprès d'un gué, dans un passage étroit qu'ils ne pouvaient éviter ; il avait sur son cou son grand tinel.

« Seigneurs, demande-t-il, où pensez-vous aller ?

— Le comte Guillaume nous a accordé notre congé.

---

mieux après la transformation miraculeuse opérée par Renouart (v. 2981-2983). Si on laisse les choses en l'état, l'hypothèse de W, I, p. 368, n. 466, qui voit dans la fuite des lâches le moyen de renforcer la conviction et donc l'efficacité des guerriers, est la plus plausible ; il faut de toute façon songer à la fuite de Tiébaut et de ses complices à la laisse XXVIII. — **2959**. *Quid* : Correction d'après les v. 2158, 2904.

2965 Car t'en revien, Reneward al tinel !
Vez, tanz en i ad Sarazins e Esclers,
Ja pé de noz n'en verrez eschaper. »
Dist Reneward : « Lecchurs, vus i mentez !   /21b/
Mar i entrastes, par la fei que dei Deu ! »
2970 Dunc lur curt sure, si ad le talent mué,
Plus de quatoze en ad al fust tué ;
Trestuz les fist par force retorner.
Vint a Willame, si l'ad araisuné :
« Sire Willame, un petit m'atendez.
2975 Icés couarz que vus ici veez,
Ceste est ma torbe, mun pople e mun barnez ;
E mei e els en la pointe metez,
Contre les lances aguz des Esclers.
— Si ferai jo, dist Willame li bers.
2980 Si Deu m'aït, i n'ert mes tresturné. »
Icés cowarz dunt vus m'oez parler*,
Puis furent cels en Larchamp cum bers,
Grant mester eurent a Willame al curb nes.

CLXIX

Mult i feri ben Willame al curb niés,
2985 Quant Deu de glorie enluminad le barné,
E li quons Boeve de Comarchis, le ber,
E Naimeris e Ernald* li barbez,
E Reneward qui portad le tinel ;
Al premer chef en ad treis cenz tuez.
2990 E tute jur durad l'estur mortel,
E tote nuit en ad l'enchalz duré,
Tresqu'al demain que li jor aparut cler.
Par mi Larchamp corut un doit de sanc tel,
Ben en peüst un grant coissel turner.
2995 Reneward ad vers midi gardé,
Vit le soleil mult haltement levé :
« Que est ço, diable ? Ferum nus ja mais el
Que Sarazins ocire e afronter ?

2987. E N. e Ernard li barbez

2981-2983. Renouart réussit là où Girard, essayant de convaincre Estourmi
(v. 414-415), avait échoué : par les voies (burlesques) qui lui sont propres, il

Reviens, toi aussi, Renouart au tinel : regarde, il y a tant de Sarrasins et d'Esclavons que pas un seul d'entre nous ne pourra échapper ! »

Renouart leur répond :

« Paillards, vous mentez ! Vous vous êtes mis en grand péril, par la foi que je dois à Dieu ! »

Il leur court sus, fou de colère, et en tue plus de quatorze avec son poteau ; il oblige tous les autres, par la force, à faire demi-tour. Puis il va trouver Guillaume, et lui adresse la parole :

« Seigneur Guillaume, écoutez-moi un peu. Tous ces poltrons que vous voyez ici, c'est ma troupe, mon peuple et mon armée ; placez-nous, eux et moi, à la pointe du combat, au contact des lances aiguës des Esclavons.

— C'est ce que je vais faire, dit Guillaume le vaillant. Dieu m'aide, il n'en sera pas autrement. »

Ces poltrons dont vous m'entendez parler se comportèrent par la suite comme des preux à Larchamp, et ils furent très utiles à Guillaume au nez courbe.

CLXIX

Guillaume au nez courbe frappa de très grands coups – le Dieu de gloire illuminait les barons –, avec lui le comte Beuve de Commarchis, le vaillant, Aimeri et Hernaut le barbu, et Renouart qui portait le tinel : au premier assaut, il a tué trois cents adversaires.

La mêlée mortelle dura toute la journée, et la poursuite continua toute la nuit, jusqu'au lendemain, lorsque la clarté du jour se répandit. À travers Larchamp il courait un ruisseau de sang si large, qu'il aurait pu faire tourner une grande roue de moulin.

Renouart regarde vers le midi, et voit le soleil déjà très haut dans le ciel :

« Qu'est-ce donc, par le diable ? Ne ferons-nous jamais autre chose que tuer et déverler des Sarrasins ? Il y en a

transforme des lâches en héros. C'est un nouvel aspect de la tonalité héroï-comique de G2. — **2987.** *Ernald* : Correction d'après la graphie habituelle du nom du personnage.

Ben en i at mais treis itantz i pert.
3000 Si jo fusse a Loün la cité,
En la cusine u jo soleie converser,
A ceste hure me fuisse jo dignez ;   /21c/
Del bon vin cler eüsse beü assez,
Si m'en dormisse juste le feu suef.
3005 Ço comparunt Sarazin e Escler !

CLXX

« Sire Willame, ci vus pri que m'atendez,
E jo irrai la jus vers cele mer,
La u vei les dromunz aancrer,
Sis irrai freindre e bruser ces nes.
3010 Car, quant l'estur serrad vencu champel,
Enz as niés enterunt Sarazin e Escler,
Si s'en fuirunt as undes de halte mer.
Par Deu celestre, puis n'i poüm recovrer ! »
Diënt Franceis : « Mult est Reneward ber ;
3015 Beneit seit l'ore que le suen cors fu né ! »
Pas avant altre i prent a devaler ;
Devant li garde, si veit un rei errer,
Nez fud de Cordres, si out a nun Ailred,
E chevalchout un destrer abrivéd.
3020 E Reneward le feri del tinel,
Tut le bruse, mort l'ad acraventé,
E le cheval li ad par mi colpé.
Enz en la nef al fort rei Ailré,
Iloec trovad set cent paiens armez ;
3025 Tuz les ad morz, ocis e agraventez.
Li quons Bertram i ert enprisonez ;
Quant il le veit, sil prent a esgarder :
« Chevaler, sire, ço dist Bertram le ber,
Fiz a barun qui cest bastun tenez,
3030 Beneit seit le hure que vostre cors fu né !
Es tu de paenisme u de crestiënté ? »
Dist Reneward : « Jo crei tres bien en Dé.
Cum as tu nun ? Gard nel me celer !
— Jo ai nun Bertram, niés Willame al curb neis. »
3035 Dist Reneward : « Lui conuis jo assez.
Il m'amenad ci de Loun la cité,   /21d/
De la quisine u jo ai converséd.

bien encore trois fois autant, apparemment. Si j'étais à Laon la cité, j'aurais déjeuné à cette heure-ci dans la cuisine où je me trouvais constamment, et j'aurais bu de grands coups de vin clair, avant d'aller m'endormir doucement auprès du feu. Tout cela, les Sarrasins et les Esclavons me le paieront ! »

CLXX

« Sire Guillaume, attendez-moi ici, je vous prie ! Je vais aller là-bas, vers la mer, où je vois leurs dromonts à l'ancre ; j'irai mettre en pièces et briser ces bateaux, car, lorsque la bataille aura été remportée sur terre, Sarrasins et Esclavons monteront dans leurs navires, et ils s'enfuieront sur les flots de la mer profonde. Par le Dieu du ciel, impossible alors de les atteindre ! »

Les Français disent :

« Renouart est très vaillant : bénie soit l'heure de sa naissance ! »

Pas à pas, il se met à descendre ; devant lui, il aperçoit un roi en train de chevaucher : il est né à Cordoue, son nom est Ailred, et il est monté sur un cheval fougueux. Renouart le frappe avec son tinel : il le met en pièces et l'abat mort ; quant au cheval, il l'a coupé en deux.

Dans la nef du puissant roi Ailred, il trouve sept cents païens en armes ; en un instant, il les a tous tués et écrabouillés.

Le comte Bertrand était emprisonné là. Lorsqu'il voit Renouart, il l'examine :

« Seigneur chevalier, demande Bertrand le vaillant, fils de preux qui portez ce bâton, bénie soit l'heure de votre naissance ! Êtes-vous chrétien ou païen ? »

Renouart répond :

« Je crois fermement en Dieu. Quel est ton nom ? Ne cherche pas à me le dissimuler !

— Je m'appelle Bertrand, et je suis le neveu de Guillaume au nez courbe. »

Renouart reprend :

« Je le connais bien. Il m'a amené de Laon jusqu'ici, depuis la cuisine où j'ai vécu longtemps.

— Reneward, sire, car me desprisonez !
Li quons Willame vus en savra bon grez. »
3040 Dist Reneward : « Un petit m'atendez.
Quant paiens vei as fonz de celes niefs,
Qui suz ces cleies se muscent pur mun tinel,
Od mun bastun les irrai afronter. »
Pas avant altre comence a devaler ;
3045 Il les consiut sur le bord de la nef,
A un sul colp les ad tuz* esrenés,
Puis vint al cunte, si l'ad desprisonez,
Les granz seïns li ad del col geté,
Si l'enporta a la frecche herbe al pré.
3050 Li quons Bertram l'en ad araisoné :
« Reneward, sire, tu m'as desprisoné ;
Ore vus pri, pur Deu, que des altres pensez.
— A il dunc mais, dist Reneward le ber ?
— Oïl, veirs, quatre, que mult devez amer :
3055 Walter de Termes e Reiner le sené*,
E Guiëlin* e Guischard al vis cler.
— Bertram, sire, sez tu ben governer ?
— Oïl, ami, jo en soi jadis assez*.
Cest drumund peise, nel purrun remuer,
3060 Men esciënt, se set cenz i eust asemblez. »
Dist Reneward : « Un petit m'atendez.
Ja del trop lent ne dirrat hom buntez,
Ne de malveisted n'ert ja bon los chantez. »
Enz al graver ad sun bastun fichez,
3065 Del liu l'enpeint, tote la fait trembler*,
Pur un petit ne fait le bord voler ;
E Bertram est al governail alé.
Paien les veient, ne lur vint pas a gré.
Lancent lur lances e peres e aguz* pels.
3070 Reneward s'est a els acosteiez,   /22a/
Dunc joinst ses pez, si sailli en lur nes ;
Dunc les acuilt Reneward a sun tinel,

3046. A un sul colp ad tuz esrenés — **3056.** E Guilin e Gu. al v. cler
— **3069.** Lancent l. lances e peres e aguez pels

3046. *Les ad tuz* : Correction d'après W. — **3055-3056.** La liste des prisonniers à délivrer correspond à celle qui a été donnée aux v. 1721-1723 ; viendra tout à l'heure s'y ajouter un Girard (v. 3155, 3456), déjà mentionné par Alderufe au début de G2 (v. 2100), et qui figurait peut-être dans le modèle suivi par la deuxième partie de la chanson (voir W, I, p. 532-533). — **3056.** *Guiëlin* : Correction d'après la graphie habituelle. — **3058.** La réponse de Bertrand est surpre-

— Seigneur Renouart, tirez-moi de prison ! Le comte Guillaume vous en saura gré. »

Mais Renouart dit :

« Attendez un instant. Je vois des païens au fond de ces nefs, qui se cachent sous des claies à cause de mon tinel ; avec ce bâton je vais aller les assommer. »

Pas à pas il commence à descendre, et les rattrape sur le bord de la nef ; d'un seul coup, il leur brise les reins à tous, puis il revient à Bertrand et le libère ; il lui ôte du cou les grands liens qui le garrottent et le conduit sur l'herbe fraîche de la prairie.

Le comte Bertrand lui dit :

« Seigneur Renouart, vous m'avez tiré de prison, mais je vous prie, au nom de Dieu, de ne pas oublier les autres.

— Y en a-t-il donc encore ? demande Renouart le preux.

— Oui, en vérité, quatre que vous devez chérir : Gautier de Termes, Regnier le sage, Guielin et Guichard au visage lumineux.

— Ami Bertrand, sais-tu tenir un gouvernail ?

— Oui, mon ami, je m'y connaissais bien autrefois. Mais ce bateau est lourd, nous ne pourrons le faire bouger, je crois, même si sept cents hommes s'y attelaient. »

Renouart réplique :

« Écoute-moi un peu. Celui qui traîne trop, nul n'en dira du bien, et personne ne chantera la gloire d'un couard. »

Il s'en va planter son bâton dans le sable, et arrache le bateau de son échouage, le faisant trembler du haut en bas : peu s'en faut qu'il n'enlève le bordé ; pendant ce temps, Bertrand a pris le gouvernail.

Les païens les voient, et ce spectacle ne leur plaît guère ; ils leur lancent des javelots, des pierres et des pieux aigus. Alors Renouart s'approche d'eux, prend son élan et saute dans leur nef ; il les attaque avec son tinel : tous sont

---

nante, et l'on peut se demander où Bertrand a pu apprendre à gouverner un bateau ; il se tire bien en tout cas de sa tâche, alors qu'il fait piètre figure comme charreton dans le *Charroi de Nîmes* (éd. McMillan, v. 988-1014). Voir aussi la note de Bn. — **3065-3066.** LF a bien montré que Renouart se sert du tinel comme d'un levier pour arracher le navire du lieu où il se trouve. — **3069.** *Aguz* : Correction d'après W.

Trestuz les ad morz e acraventez ;
Treis mille saillent de poür en la mer.
3075 Dist Reneward : « Ore est vus mal alé !
Mielz vus venist morir od mun tinel
Que si neer as undes de halte mer ;
Fiz a puteins, malveis martire avez ! »
Puis vint as cuntes, sis ad desprisonez.
3080 Li quons Bertram l'en ad araisoné :
« Reneward, sire, vus m'avez desprisoné,
E tuz ces altres, dunt vus sace Deu grez !
Ore vus pri que de chevals pensez,
De bones armes dunt fuissum adobez ;
3085 Puis verrïez cum nus savun juër. »
Dist Reneward : « Vus en avrez asez,
Tant en vei jo as Sarizins* mener. »
Devant lui garde, si veit un rei errer,
E chevalche un destrer sojurné ;
3090 E il li donad al front de sun tinel,
Tut le bruse, que mort l'ad acraventé,
E le cheval li ad par mi colpé.
Dist Bertram : « Cest colp est mal alé,
De cest cheval n'erc mes adubé. »
3095 Dist Reneward : « Un petit m'atendez ! »
De l'altre part garde, veit le rei Overter ;
E Reneward le fiert si del tinel,
Tut le debruse, mort l'ad acraventé,
E le cheval li ad par mi colpé.
3100 « Se si vus vient, jo n'erc hui mes adubé :
Issi en poez quatre mil tuer ! »
Dist Reneward : « De folie parlez !
Cest fust peise, nel puis mie governer ;
Grosse est la brace qui me tient al costé :   /22b/
3105 Puis que jo l'ai contremunt levé,
Par nul semblant nel puis adominer,
Ne petit colp ne puis jo pas doner. »
Ço dist Bertram : « Altre conseil en pernez.
— Bels sire, bor fuissez vus nez ! »

3087. Tant en v. jo as Sarizins mener

3087. *Sarazins* : Correction d'après la forme habituelle.

morts et écrabouillés, et trois mille, de la peur qu'ils ont,
sautent dans la mer.

Renouart leur dit : « Votre sort est fâcheux ! Vous auriez
mieux fait de vous laisser tuer par mon tinel, plutôt que de
vous noyer ainsi dans les flots de la mer profonde. Fils de
putes, vous souffrez un lamentable martyre ! »

Il vient ensuite trouver les comtes et les libère. Alors le
comte Bertrand lui adresse la parole :

« Seigneur Renouart, vous m'avez tiré de prison, ainsi
que tous ces autres : Dieu vous le rende ! Mais je vous
demande maintenant de chercher des chevaux et des armes
solides, dont nous puissions être équipés : alors vous verrez
ce que nous savons faire. »

Renouart répond :

« Vous n'en manquerez pas ! Car les Sarrasins, je le vois,
en ont beaucoup. »

Il regarde devant lui et voit un roi qui chevauche, monté
sur un destrier impétueux ; il lui donne sur le front un tel
coup de son tinel qu'il l'écrabouille et le jette mort à terre,
coupant aussi le cheval en deux.

Bertrand observe :

« Le coup est fâcheux : jamais ce cheval ne pourra servir
à m'équiper. »

Renouart répond :

« Attendez un instant ! »

Il regarde d'un autre côté et voit le roi Overter ; il lui
porte avec le tinel un coup si violent qu'il le met en pièces
et le jette mort à terre, coupant encore le cheval en deux.

« Si vous continuez ainsi, dit Bertrand, ce n'est pas
aujourd'hui que je serai équipé ; vous pouvez bien en tuer
quatre mille de la sorte. »

Mais Renouart répond :

« Sottises que cela ! Cette perche est lourde, je ne puis
la retenir ; les bras qui sont attachés à mes côtés sont gros
et, lorsque j'ai levé ma massue, il m'est impossible de la
maîtriser : je ne saurais donner un coup léger. »

Bertrand reprend :

« Songez à une autre méthode !

— Cher seigneur, heureux le jour de votre naissance ! »

CLXXI

3110 Ço dist Bertram : « Ja ne verrez vus tel
       Ke en botant* nel poez tuer ? »
       Dist Reneward : « Vus dites verité.
       Mei fei, ne m'en ere pensé*. »
       Devant lui garde, vit le rei Corduel,
3115 E chevalcholt un destrer abrivé ;
       Dunc li curt sure Reneward al tinel,
       Bute le al piz, si l'ad tut debrusé,
       Par la boche li salt le sanc e par le niés.
       Plus tost n'en est li paiens jus alé,
3120 E Bertram est a l'alferant munté.
       E les altres cuntes ad il ben adobez
       De bones armes e de destrers sojurnez.
       Li quons Bertram l'en ad araisonez :
       « Reneward, sire, tu nus as desprisonez ;
3125 Pur Deu vus pri, Willame nus mostrez ! »
       Dist Reneward : « Ben vus sai guier.
       Sire Bertram, juste mei vus tenez*. »
       Idunc prent si granz colps a doner,
       Avant ses poinz ne pot nuls eschaper ;
3130 Par la bataille dunt vus me oez parler
       Feseit tele rute Reneward a sun tinel,
       Ben se peussent quatre chars entrecuntrer.

CLXXII

       Bertram laist cure l'alferant ;
       Il ne fu unc laner ne couard,
3135 Si vait ferir un paien*, Malagant ;
       L'escu li freinst e le halberc li estroad,
       Pleine sa hanste l'abat mort del cheval.
       Ço dist Bertram : « Vus me veïstes ja ;   /22c/
       Ben vus conuis a la chere e as dras ;
3140 En la nef me feïstes maint mals. »

3135. Si vait ferir un paie Malagant

3111. *En botant* : Renouart est invité à se servir de son tinel comme d'un épieu, en poussant. — **3113.** *Ne m'en ere pensé* : C'est un trait de la « niceté »

CLXXI

Bertrand lui dit :

« Ne pourrez-vous donc en tuer un en le frappant d'estoc ? »

Et Renouart répond :

« Vous dites vrai ; par ma foi, je n'y avais pas songé. »

Regardant devant lui, il voit le roi Corduel, monté sur un cheval fougueux ; aussitôt Renouart au tinel se précipite sur lui ; il le frappe d'estoc à la poitrine et le met en pièces ; le sang lui jaillit de la bouche et du nez. Le païen n'est pas encore tombé à terre que déjà Bertrand est monté sur le coursier ; ensuite Renouart équipe richement les autres comtes, en leur donnant de bonnes armes et des chevaux impétueux.

Le comte Bertrand se met à lui parler :

« Seigneur Renouart, tu nous as tirés de prison ; je t'en prie, au nom de Dieu, montre-nous Guillaume ! »

Et Renouart répond :

« Je saurai vous guider vers lui ; seigneur Bertrand, restez bien à mes côtés ! »

Alors il se met à frapper de grands coups, et personne, passant à portée de ses poings, ne peut échapper vif. À travers la mêlée dont je vous parle, Renouart se frayait avec son tinel une place si large que quatre chars auraient pu facilement s'y croiser.

CLXXII

Bertrand lance son coursier à toute allure ; en lui, jamais de lâcheté ni de poltronnerie. Il va frapper un païen, Malagant, brise son écu et troue son haubert ; de toute la longueur de sa lance, il l'abat mort loin du cheval, puis lui dit :

« Vous m'avez déjà vu ; j'ai reconnu votre visage et vos vêtements : sur le navire vous m'avez fait endurer bien des maux. »

---

de Renouart, cette sottise qui voile sa richesse profonde (voir aussi v. 3150-3151). — **3127.** Cette demande rappelle celle de Vivien à Girard (v. 465-467) et celle de Guillaume à Guiot (v. 1672) ; mais la lutte menée par Renouart tient davantage de l'essartage que de la mêlée. — **3135.** *Païen* : Correction d'après la graphie habituelle.

CLXXIII

En sum un pui unt* Willame trové,   (a)
Bertram l'ad baisé e acolé.
Dunc li demande Willame al curb niés :
« Bels niés Bertram, qui vus ad desprisonez ?
3145 — A nun Deu, uncle, dist il, un chevaler,
Un fort, un fier, un joefne, un alosez ;
Bone fud l'ore que le suen cors fud né !
Plus de treis mil lur en ad mort jeté,
E debrusé lur barges e lur nefs.
3150 — Deus, dist Willame, tant le deüsse amer,
Se a nul saveir le veïsse aturner ! »
Lunsdi al vespre.   (b)
Ore s'entrebaisent Bertram e Willame,
E Guiëlin e dan Walter de Termes,
3155 E Guischard e Girard quis cadele*.
Grant est la joie del parenté Willame.

CLXXIV

Este vus errant Gloriant de Palerne,   (a)
Un Sarazin felun de pute geste ;
Crestiëns muet a doel e a perte.
3160 E Reneward le fiert si en le healme,
En quatre lius li ad brusé la teste,
De quinze parz li espant la cervele.
Ço dist Willame : « Tu deis ben chevaler estre.
Fel seie jo si jo ne te doins terre,
3165 E moiller gente qui ert de bons ancestres !
Aincui verrum al chef e en la cue*   (b)
Quele est la geste Naimeri de Nerbune !
Unc n'en vit un en terre ne en crutes*,
Ainz sunt oscis a gransz batailles dubles*. »

3141. En s. u. pui un W. trové — **3155.** E G. e Girard fiz cadele — **3168.** Unc
n'i vit un en t. ne en crutes .

3141. *Unt :* Correction d'après la graphie habituelle. — **3155.** *Quis cadele* : le
ms., comme au v. 3456, porte *fiz cadele* ; nous suivons la correction de DM et W,
inspirée par le v. 2100. Sans doute s'agit-il d'une formule stéréotypée, rappelant,
comme le note Bn qui maintient la leçon du ms., les titres anglo-normands du

CLXXIII

Ils ont trouvé Guillaume au sommet d'un tertre, et Bertrand l'a pris par le cou et embrassé. Alors Guillaume au nez courbe lui demande :

« Cher neveu Bertrand, qui vous a tiré de prison ?

— Par Dieu, mon oncle, un chevalier puissant, farouche, jeune et plein de gloire : bénie soit l'heure de sa naissance ! Il a tué plus de trois mille combattants et a mis en pièces leurs chalands et leurs navires.

— Dieu ! répond Guillaume, qu'il devrait m'être cher, s'il pouvait acquérir un peu de sagesse ! »

Lundi au soir.

Alors Bertrand et Guillaume s'embrassent l'un l'autre ; il en est de même pour Guielin, sire Gautier de Termes, Guichard et Girard qui les conduit. C'est alors grande joie pour tous les parents de Guillaume.

CLXXIV

Voici venir Gloriant de Palerme, un Sarrasin cruel de pute engeance ; il fait un douloureux carnage des chrétiens. Renouart le frappe si violemment sur son heaume qu'il lui fend le crâne en quatre endroits et lui fait jaillir la cervelle de quinze côtés à la fois.

Et Guillaume de proclamer :

« Tu mérites bien d'être chevalier. Que je sois sans honneur si je ne t'accorde pas une terre, et une épouse vaillante issue de bon lignage ! Nous verrons aujourd'hui, dans toutes ses dimensions, la valeur de la geste d'Aimeri de Narbonne. Jamais on n'en a vu reposer en terre ou en cryptes, car tous trouvent la mort dans les batailles les plus violentes. »

---

type Fitz Count (fils de comte) ; mais il est difficile d'interpréter *cadele* autrement que comme un verbe (pr. 3). — **3166.** *Al chef e en la cue* : Littéralement « de la tête à la queue », soit « d'un bout à l'autre ». — **3168.** *Unc n'en vit un :* W interprète comme nous le sens du vers (« On n'a jamais vu un membre du fier lignage », I, p. 374, n. 498), mais maintient l'adverbe *i* et fait de *un* un régime. Pour nous, *un* est l'indéfini *on*, sujet de *vit*. — **3169.** *Batailles dubles :* Nous adoptons la lecture de LF (*dubles* = intenses).

CLXXV

3170　Este vus errant Tabur de Canaloine*,
　　　 Un Sarazin, qui Dampnedeu confunde !　　/22d/
　　　 Gros out le cors e l'eschine curbe,
　　　 Lunges les denz, si est velu cun urse ;
　　　 Ne porte arme fors* le bec e les ungles ;
3175　Veit Guiëlin, si li est coru sure :
　　　 Baie la gule, si l'i quidad tranglutre,
　　　 Tut ensement cum une meure pome,
　　　 E cil le fert* de l'espeé en la loigne.
　　　 Ja l'eüst mort, quant sa hanste li fruisse.
3180　Ja le socurad Willame le prouz cunte ;
　　　 De sun espé le fiert par angoisse,
　　　 En treis meitez la hanste li fruïsse.
　　　 Le quir fud dur, ne volt entamer unques.
　　　 Il traist s'espee e Willame la sue,
3185　Fierent e caplent, e cil baie la gule,
　　　 Les branz d'ascer mangüe et runge
　　　 Od les denz granz, que Danpnedeu cunfunde !
　　　 Quidad Willame del tut cunfundre.
　　　 Plus ad dur le quir que healme ne broine ;
3190　Ja ne murrad d'arme pur nul home,
　　　 Si Reneward od le tinel ne l'afronte.
　　　 Reneward vint corant par mi une cumbe,
　　　 Veit le paien, si li est coru sure,
　　　 E cil a lui, qui nel meschoisit unques.
3195　Baie la gule, car il le quidad transglutre,
　　　 E cil le fiert del tinel enz el sume,
　　　 Noef colps i feri, e al disme en vait ultre.
　　　 Cil huche e brait, que quatre liwes lunges
　　　 Poeit hom oïr de celui dunques.
3200　Quant l'unt entendu li paien e li Hungre,
　　　 Mult lur est laiz quant Thabur veient cunfundre.

3174. Ne p. arme for le b. e les ungles — 3178. E cil le fer de l'e. en la loigne

---

3170. Tabur de Canaloine est un monstre, que seule la force exceptionnelle de Renouart permettra de vaincre : rien d'étonnant à ce que ni Guielin ni Guillaume ne puissent rien contre lui. Dans *Aliscans*, qui offre une galerie plus complète de Sarrasins monstrueux, c'est la vieille Flohart qui correspond à Tabur

CLXXV

Voici venir Tabur de Canaloine, un Sarrasin, que Dieu l'écrase ! Son corps est gros et son échine bossue ; il a de longues dents, est poilu comme un ours. Point d'armes sur lui : il n'a que son bec et ses ongles. Apercevant Guielin, il se précipite sur lui, ouvre tout grand la gueule, pensant l'engloutir aussi facilement qu'une pomme mûre. Mais l'autre le frappe de son épieu dans les reins : il l'aurait tué, mais sa hampe se brise.

Guillaume, le vaillant comte, se porte aussitôt à son secours. Avec violence, il frappe Tabur de son épieu, dont la hampe se brise en trois morceaux : la peau était dure, il ne peut l'entamer. Guielin tire son épée et Guillaume la sienne ; ils frappent et refrappent, tandis que l'autre ouvre grand la gueule, mâchant et rongeant de ses dents immenses les lames d'acier : que Dieu l'écrase ! Il était certain de venir à bout de Guillaume, car sa peau est plus dure que heaume ou que broigne ; personne ne pourra en finir avec lui par le moyen d'une arme, à moins que Renouart, avec son tinel, ne lui écrase la cervelle.

Renouart approche en courant à travers un vallon ; à la vue du païen, il se précipite vers lui, et l'autre fait de même, car il n'a garde de l'ignorer. Il ouvre tout grand la gueule, pensant l'engloutir, et Renouart le frappe du tinel sur le sommet de la tête : il lui porte neuf coups, et au dixième lui fracasse le crâne.

L'autre crie et hurle, si bien que, sur une distance de quatre bonnes lieues, on peut distinguer ses clameurs. Quand Hongrois et païens l'entendent, ils sont bien marris de voir abattre Tabur.

(v. 6767-6769). — **3174.** *Fors* : Correction d'après la graphie habituelle. — **3178.** *Fert* : Correction d'après la graphie habituelle. La manière dont le coup est porté surprend, mais *loigne*, comme l'a souligné LF, désigne bien les reins. S'agit-il d'une ruse de Guielin, qui passe outre et frappe le païen par-derrière ?

CLXXVI

Quant Willame veit chaïr l'adverser,
Ses mains dresce contremunt vers le ciel
E dist : « Reneward, beneit seit tun chef* !
3205 Deus te defende de mort e d'enconbrer !
Ne munte a rien lance ne espé ;   /23a/
Mielz valt cest fust que nul arme suz ciel. »

CLXXVII

A icel colp fuissent paiens vencuz,
Quant l'amirail de Balan i est venuz.
3210 Ne porte arme fors un flael de fust* ;
De quatre quirs de cerf tut envols fu*,
Caple et caplers dunt le tienent a desus.
Le flael fud d'un grant jarit fenduz ;
De noz Franceis fait un caple si durs,
3215 Plus en ocist que mangonel de fust,
Ne set pereres ne oceïssent plus*.
Quant le veit Huges*, unc tant dolent ne fu ;
L'auferant broche qui li curt de vertu,
De sun espé l'ad al piz feru ;
3220 En bise roche en peüst faire plus !
Cil ad dresçé sun flael cuntre lui,
Tut en travers li trenchad sun escu,
Sun cheval li ad tué suz lui.
Cils laist l'estur, ne pout mais, si s'enfui :
3225 « Allas, dist il, le fiz Bertram mar fui,
Cosin Willame, le ber de Munt Loün,
Quant un paien m'ad hui el chanp vencu ! »
Franceis escrient : « Finement* est venu,
U Antecrist u Bagot u Tartarun,
3230 U d'enfern le veillard Belbebun !

3204-3207. La reconnaissance de la valeur de Renouart par Guillaume, qui comportait tout à l'heure une réserve, est maintenant complète : le tinel lui-même est déclaré supérieur à toutes les armes. — **3210.** Ce nouvel adversaire porte comme arme un fléau qui l'apparente à Margot de Bocidant dans *Aliscans* (v. 5933-5939). — **3211.** Nous suivons ici l'interprétation de LF, pour qui le fléau est enveloppé de quatre épaisseurs de cuir maintenues par des clous et un manchon. Pour W (I, p. 377, n. 509), *cape (caple)* et *caplers* désignent les lanières

CLXXVI

Quand Guillaume voit tomber ce démon, il élève ses mains vers le ciel et dit :

« Renouart, béni sois-tu ! Que Dieu te protège de mort et de tout mal ! Lance et épieu ne valent rien ici : cette perche vaut mieux qu'aucune arme au monde. »

CLXXVII

Ce coup aurait assuré la défaite des païens, si l'émir de Balan n'était arrivé. Il ne porte pas d'autre arme qu'un fléau de bois entouré de quatre peaux de cerf, que maintiennent des clous à grosse tête et un manchon. Le fléau lui-même est taillé dans un grand morceau de bois, et il fait avec cette arme un terrible carnage de nos Français : il tue plus d'hommes avec elle qu'avec un mangonneau de bois ; sept pierriers ne feraient pas plus grand massacre.

À cette vue, Hugues éprouve le plus grand courroux de sa vie ; il éperonne son coursier qui s'élance avec vigueur, et de son épieu il frappe l'émir à la poitrine : il aurait obtenu un meilleur résultat en heurtant une roche sombre. L'autre brandit son fléau contre lui, fend son bouclier d'un bord à l'autre, et tue sous lui son cheval. Alors Hugues, n'en pouvant plus, abandonne le combat :

« Hélas ! dit-il, malheur à moi, fils de Bertrand, cousin de Guillaume, le vaillant guerrier de Mont-Laon : un païen m'a aujourd'hui vaincu sur le champ de bataille ! »

Les Français s'écrient :

« C'est Fin du Monde qui arrive, ou l'Antéchrist, Bagot, Tartaron, ou encore le vieux Belzébuth qui arrive des enfers !

---

et le manchon de cuir qui relient le manche et la verge du fléau ; sa traduction est toutefois proche de la lecture de LF (« clous et manchon les tiennent pardessus »). — **3216.** Voir la note de Bn, qui transcrit *peres* (pierres) et traduit en conséquence. — **3217.** *Huges :* Nous apprenons plus loin que ce personnage, par ailleurs inconnu de la geste, est fils de Bertrand (v. 3225). — **3228.** *Finement :* Nous interprétons ce nom comme désignant la fin du monde personnifiée (voir W, I, p. 378, n. 512) : on trouve *Finemont*, avec le même sens, dans *Renaut de Montauban*, éd. J. Thomas, v. 7169, 7212, 8799, 11385.

E, Reneward al tinel, u es tu ?
Se ore n'i viens, tuz crestiens avun perdu. »
A itant est Reneward avalé d'un piu
U a dous reis* mult forz s'est combatu,
3235 Al rei Mathanar e al rei Feragu* ;
Mais, merci Deu, il les out ben vencu ;
Sun bon tinel trestut sanglant en fu.
Vit le Willame, unc tant lé ne fu :
« Bel sire, jo vus quidowe aver perdu.
3240 Veez la bataille, unques tele ne fu !   /23b/
Un vif diable ad un flael de fust,
Dunt nus ocist tuz, e defait e destruit. »
Dist Reneward : « Baillez me set escuz ! »
E set halbercs ad en sun dos vestuz,
3245 E en sun chef ad mis set healmes aguz ;
Prent sun tinel, si vait encuntre lui.

CLXXVIII

Quant le paien le veit si aproscé,   (a)
En sun latin ad raisun comencé :
« Coment, d'iable, es tu dunc crestiën,
3250 Qui a tun col portes si fait bastun ?
Tels ne portat mais nuls hom de suz ciel. »
Dist Reneward : « Jo sui ben baptizez.
Se Mahomet ne volez reneier,
E Appolin e Tervagant le veil,
3255 Aincui verrez qui li nostre Deu ert. »
Il li curt sure a lei de chevaler,
Del bon tinel* li mist par mi le chef,
En mi le frunt juste le surciller,
Que li brusat ben plus que demi pé.
3260 Mal ait quant unc nel sent l'adverser* !
Sa grant vertu ne volt afebleier,

3234. U dous reis m. f. se sunt combatu — **3257.** De bon t. li m. par mi le chief — **3260.** Mal ait le quant que unc le s. l'adverser

3234. *A dous reis :* Correction d'après W. — **3235.** On trouve un *Matemars* dans *Aliscans* (v. 1160, 1175). Dans G2, *Mathamar* fait partie des Sarrasins qui empêchent Guillaume d'emporter le corps de Vivien (v. 2058). Quant à *Feragu,*

Hélas ! Renouart au tinel, où es-tu ? Si tu ne viens pas à l'instant, nous pouvons pleurer sur tous les chrétiens. »

Juste à ce moment, voici Renouart qui arrive, ayant dévalé un tertre où il a livré bataille contre deux rois puissants, Mathanar et Ferragu ; mais, Dieu merci ! il les a complètement écrasés, et son robuste tinel est tout ensanglanté. À sa vue, Guillaume éprouve la plus grande joie de sa vie :

« Cher seigneur, je redoutais de vous avoir perdu. Regardez la mêlée, jamais il n'y en eut de telle ! Un vrai démon manie un fléau de bois avec lequel il nous tue, nous met à mal et nous écrase tous. »

Renouart répond :

« Donnez-moi sept boucliers ! »

Il endosse également sept hauberts, et sur sa tête il a placé sept heaumes pointus ; il prend son tinel, et va à la rencontre de l'ennemi.

CLXXVIII

Quand le païen le voit tout près de lui, il lui adresse la parole en sa langue :

« Comment, démon, es-tu donc chrétien, toi qui portes à ton cou cet étrange bâton ? Jamais personne sous le ciel n'en porta un semblable. »

Renouart répond :

« Je suis très bien baptisé, et si vous ne voulez pas renier Mahomet, Apolin et Tervagant le vieux, vous verrez aujourd'hui qui est notre Dieu. »

Il se précipite sur lui avec l'ardeur d'un chevalier et lui assène un coup du solide tinel au milieu de la tête, en plein front, le long de l'arcade sourcilière : il lui brise le crâne sur plus d'un demi-pied. Maudit soit ce démon, car il ne s'en ressent nullement ; sa remarquable vigueur n'est pas

---

qui n'apparaît qu'ici dans la chanson, c'est le nom du géant sarrasin tué par Roland dans le *Pseudo-Turpin*. — **3257.** *Del bon tinel :* Correction d'après W. — **3260.** *Mal ait quant unc nel sent l'adverser :* C'est le démon (l'émir Balan) qui, selon nous, est maudit pour ne pas se ressentir du coup gigantesque qui vient de lui être porté. W : *Mal ait le quant qu'unc n'el sent l'adversiers !* (« Malheur sur lui, l'autre n'en sentit rien ! »).

Sun fer talent unc ne deignad changer,
Ainz ad turné sun flael contre lui,
Tut en travers li trenchad sis escuz ;   (b)
3265 Des set qu'il porte ne li lait mais que un* .
Cil salt ariere quinze pez par vertu ;
S'il le conseust en char, tut l'eust cunfundu.

CLXXIX

Reneward fud mult prouz e sené ;
Al tur franceis* lores si est turné,
3270 Al haterel detriés li dunad un colp tel
Que andous les oilz li fist del chef voler ;
Mort le trebuche veant tut le barné.
Este vus poignant un fort rei, Aildré ;
Celui fud uncle Reneward al tinel ;   /23c/
3275 Un mail de fer ad en sun col levé.
Quatre cenz Franceis nus ad afronté,
Avant ses poinz ne puet un eschaper ;
Si vait querant Willame al curb niés,
E Reneward s'est a lui acostez.
3280 « Sire, dist il, a mei vus combatez ! »
— Di va, lecchere, car me laissez ester !
A itel glotun n'ai jo soig de parler !
Mais mustrez mei Willame al curb niés,
Si l'avrai jo od cest mail afrontez. »
3285 Dist Reneward : « De folie parlez !
Des hui matin l'unt paiens mort getez,
Veez le la u il gist en cest pré,
A cel vert healme, a cel escu boclé !
— Fiz a putein, dis me tu dunc verité ?
3290 Pur sue amur t'averai mort geté* ! »
E Reneward est avant passé,
Encontremunt en ad levé le tinel,
E l'amurafle en ad le mail levé ;
Reneward le fiert sur le chef del tinel ;

3265. Des s. qu'il p. ne li l. mais un

3265. *Mais que un* : Correction d'après W. — **3269.** *Al tur franceis* : Comme
le montre LF, il s'agit d'une manœuvre qui consiste à faire demi-tour à l'impro-

affaiblie, et il ne songe pas à amollir son cœur farouche. Au contraire, il tourne contre Renouart son fléau et lui fend, d'un bord à l'autre, six boucliers : des sept qu'il porte, il ne lui en laisse qu'un.

Renouart fait un vigoureux bond en arrière de quinze pieds : si l'autre avait pu atteindre son corps, il l'aurait complètement écrasé.

CLXXIX

Renouart est très vaillant et très sage ; au tour français il fait volte face et frappe son ennemi par-derrière sur la nuque, si violemment qu'il lui fait voler les deux yeux hors de la tête et l'abat mort devant tous les barons.

Mais voici, piquant des deux, un roi puissant, Aildré, oncle de Renouart au tinel ; il porte sur son cou un maillet de fer, avec lequel il a décervelé quatre cents Français. Nul ne saurait lui échapper, s'il passe à portée de ses poings ; il cherche Guillaume au nez courbe, mais voici que Renouart s'est approché de lui.

« Seigneur, dit-il, battez-vous contre moi !

— Allons, minable, laisse-moi tranquille ! Je n'ai pas l'intention de me commettre avec un va-nu-pieds tel que toi ; montre-moi plutôt Guillaume au nez courbe, et je l'aurai bientôt décervelé avec ce maillet. »

Mais Renouart répond :

« Sottises que vos paroles ! Les païens l'ont tué dès ce matin ; regardez-le : il gît là-bas, en ce pré, avec ce heaume vert et cet écu à boucle !

— Fils de putain ! me dis-tu la vérité ? À cause de lui, tu seras bientôt mort ! »

Alors Renouart se porte en avant ; il brandit bien haut son tinel, tandis que l'émir lève son maillet. Renouart frappe son ennemi avec son tinel sur la tête, mais le

___

viste afin d'attaquer par surprise. — **3290.** L'attribution de cette réplique à Renouart, proposée par W (I, p. 381, n. 526), ne nous paraît pas la solution la meilleure. Dépité d'apprendre la mort de son principal adversaire, l'émir s'en prend, faute de mieux, à Renouart qui lui a annoncé la fâcheuse (et fausse) nouvelle. Le héros, qui provoquait en vain son parent, obtient ainsi le duel qu'il désire.

3295 Fort fu le healme u le brun ascer luist cler,
Encontremunt s'en surt le tinel.
Dist Reneward : « Ore sui mal vergundé ;
Si mielz n'i fert*, perdu ai ma bunté. »
Dunc se coruce Reneward al tinel,
3300 Par grant vertu li vait un colp ferir,
Tut le combruse, mort l'ad acravanté,
E le cheval li ad par mi colpé.
Une grant teise en fert le bastun el pré,
En treis meitez est brusé le tinel.
3305 Qui donast a paiens tote crestienté
E paenisme e de long e de lé,
Ne fuissent els si joianz, ço poez saver.
Sure li corent cun chens afamez,   /23d/
Tuz le volent oscire e demenbrer.
3310 Dunc se rebrace Reneward cume ber ;
Il nen out lance ne espé adubé ;
Les poinz que ad gros lur prent a presenter.
Quil fiert al dos, sempres l'i ad esredné,
E qui al piz, le quor li ad crevé,
3315 E qui al chef, les oilz li fait voler.
Diënt paiens : « Or i sunt vifs malfez !
Ore est il pire qu'il ne fu al tinel ;
A vif diables le puissum comander.
Ja n'ert vencu pur nul home qui seit né. »
3320 Dunc alasquid le nou de sun baldré,
Si ad le punt de l'espee trové
Que li chargeat Guiburc od le vis cler.
Traite l'ad de forere, si li vint mult a gré.
Devant lui* garde, si vit le rei Foré,
3325 Amunt el le healme li ad un colp presenté ;
Tut le purfent jusqu'al nou del baldré,
E le cheval li ad par mi colpé ;
Desi qu'al helt fiert le brant enz al pré.
Dist Reneward : « Merveilles vei, par Deu*,
3330 De si petit arme, que si trenche suef.
Beneit seit l'alme qui le me ceinst al lé !
Chascun franc home deveit* quatre porter,
Si l'une freinst, qu'il puisse recovrer. »

3324. De devant l. g. si vit le r. Foré

3298. *Fert* : Le sujet du verbe, sous-entendu, est le tinel. — **3324.** *Devant lui* :
Correction d'après le v. 387. — **3329-3333.** L'épée, arme caractéristique

heaume, dont l'acier bruni jette de vives lueurs, est résistant, et le tinel rebondit. Alors Renouart déclare :

« Me voici déshonoré ; s'il ne porte pas de meilleurs coups, c'est que j'ai perdu ma valeur. »

Et Renouart au tinel se met en colère ; de toute sa force il porte au païen un tel coup qu'il l'écrabouille complètement, l'abat mort et coupe le cheval en deux moitiés. Le bâton s'enfonce dans le pré à la profondeur d'une grande toise, et le voilà brisé en trois morceaux. Aurait-on donné aux païens la chrétienté entière ajoutée à la terre païenne, aussi loin qu'elles s'étendent toutes deux, qu'ils n'éprouveraient pas une telle joie, croyez-le bien !

Ils se précipitent sur lui comme des chiens affamés, et tous cherchent à le tuer et à le mettre en pièces. Comme un vaillant combattant, Renouart retrousse ses manches : il n'est équipé ni de lance ni d'épieu bien paré et les affronte donc avec ses gros poings. Celui qu'il atteint sur le dos a les reins brisés ; si c'est à la poitrine, le cœur est crevé, et si c'est sur la tête, les yeux volent.

Les païens déclarent :

« Les démons vivants y ont part : il est encore pire qu'avec son tinel : vouons-le aux démons, car nul être vivant ne réussira à le faire périr. »

Le voilà qui desserre un peu le nœud de sa ceinture, et sa main rencontre le pommeau de l'épée que Guibourc au visage lumineux lui a confiée. Il la tire hors du fourreau, et elle lui plaît beaucoup. Il regarde devant lui et aperçoit le roi Foré : il lui porte un coup sur le sommet du heaume et fend le païen en deux moitiés jusqu'à la ceinture, puis coupe le cheval par le milieu, et l'épée se fiche jusqu'à la croix dans la terre du pré.

Alors Renouart déclare :

« Voici chose merveilleuse, par Dieu : une si petite arme, couper si bien ! Bénie soit celle qui me l'a ceinte au côté ! Chaque noble guerrier aurait dû en porter quatre : dès qu'il en a brisé une, il pourrait faire échange. »

---

du chevalier, retrouve enfin ses droits, mais son éloge participe des hyperboles renouardiennes (chaque guerrier devrait en porter quatre). — **3332.** *Deveit :* La correction *devreit*, proposée par W, ne s'impose pas (voir le v. 2102).

CLXXX

Diënt paien : « Mult fames grant folie,
3335 K'a* c'est dïable nus laissum ci oscire ;
Fuium nus ent en mer, en cel abisme,
La u noz barges sunt rengees e mises ! »
Mais Reneward les ad si departies,
N'i ad une sule entere, sis ad malmises.
3340 Fuïent paiens, Reneward ne fine de oscire ;
Ainz qu'il s'en turnent lur en ad mort dous mile.
Cil s'en fuient, si que un sul ne remeint mie*.   /24a/

CLXXXI

Ore unt Franceis l'estur esviguré,
K'il ne trovent Sarazin ne Escler.
3345 Grant est l'eschec qu'il unt conquesté,
N'erent mes povres en trestut lur eé.
Sonent lur greiles, si s'en sunt tresturné
Dreit a Orenge, le mirable cité.
Escriënt l'eve*, asseënt al digner ;
3350 As esquiers funt la preie garder ;
Pur folie i fud Reneward oblié*.
A quel que seit l'estoverad comparer.
Si cum il durent la preie returner,
Si se clamad chaitif, maleüré :
3355 « Allas, dolent, cum mar fui unques neé !
Cum mar fu fiz al fort rei Deramé,
E Oriabel ma mere de ultre la mer !
Jo ne fu unques baptizé ne levé*,
N'en muster n'entrai pur preer Dé.
3360 Jo ai vencu le fort estur champel,

3335. Ke cest d. nus l. ci oscire

3335. *K'a* : Correction d'après W. — **3342.** Dans *Aliscans*, la bataille se clôt provisoirement par une fuite comparable des païens, à laquelle prend part Desramé, qui regagne Cordoue (v. 6994-7008). Elle a duré beaucoup plus longtemps que dans G2 (environ 1760 v. contre 358) et rebondit avec deux combats successifs que va encore livrer Renouart, d'une part contre Baudus, son cousin (v. 7038-7338a), qui promet de se faire baptiser, d'autre part contre des Sarrasins

CLXXX

Les païens disent :

« Nous sommes bien fous de nous laisser massacrer ici par ce démon ! Prenons la fuite par mer, au-dessus des abîmes ; allons à l'endroit où nos chalands se trouvent rangés. »

Mais Renouart a si bien malmené les embarcations qu'il n'en reste pas une seule intacte : il les a mises en pièces. Les païens prennent la fuite, mais Renouart ne cesse de les tuer : avant qu'ils ne se retirent, il a tué deux mille hommes. Les autres s'enfuient, de sorte que pas un seul ne reste en la place.

CLXXXI

Désormais les Français ont triomphé du combat par la force, et ils ne rencontrent plus aucun Sarrasin ni Esclavon. Le butin qu'ils ont conquis est grand, et jamais en leur vie ils ne connaîtront la pauvreté. Ils font résonner leurs trompettes et s'en retournent directement vers Orange, l'admirable cité. Ils font crier l'eau et s'installent pour le repas, assignant aux écuyers la garde du butin.

Ce fut folie lorsque Renouart y fut oublié : il faudra bien que l'un ou l'autre expie cette faute. Tandis qu'ils étaient sur le point de ramener le butin, Renouart se lamenta, se proclamant infortuné, malheureux :

« Hélas, infortuné, malheur que ma naissance ! malheureux fils du puissant roi Deramé et de ma mère Oriabel d'au-delà la mer ! jamais je n'ai été baptisé ni tenu sur les fonts, et jamais je ne suis entré dans une église pour prier Dieu.

---

qui se sont installés dans la favière d'un pauvre homme (v. 7435-7521). — **3349.** *Escriënt l'eve* : Il s'agit d'appeler à se laver les mains, c'est-à-dire donner le signal du repas. — **3351.** L'ingratitude à l'égard de Renouart, principal artisan de la victoire, n'est pas expliquée, mais condamnée : il s'agit d'une sorte de coup du destin, dont les conséquences seront graves (v. 3352). *Aliscans* insiste sur la culpabilité de Guillaume (*Li quens Guillelmes fist forment a blasmer, / Quar Renoart a mis en oublïer*, v. 7536-7537). — **3358-3359.** Renouart n'est pas engagé à l'égard des chrétiens par le baptême et la pratique religieuse : il peut donc rompre avec eux sans aucune abjuration.

Li quons Willame me tient en tiel vilté
Que a sun manger ne me volt apeler.
Or m'en irrai en Espaigne le regné,
Si irrai Mahomet servir e aorer.
3365 Si jol voil faire, rei serrai coroné,
Meie ert la terre tresqu'en Durester*,
De Babiloine* desqu'a Duraz sur mer.
En sum mun col avrai un grant tinel,
Ne pris altre arme un dener moneé.
3370 Al païs vendrai devant ceste cité,
Si ferai dunc de crestiens altretel
Cum ore ai fait de paiens de ultre mer.

CLXXXII

« Seignurs, fait il, esquiers e bachelers,
A Danpnedeu vus puisse jo comander.
3375 Jo m'en irrai en estrange regné,
E vus irrez a la bone cité,   /24b/
Defiez mei Willame al curb niés !
Pur Deu vus pri, Guiburc* me saluez ;
Suz ciel n'ad rien que jo dei tant amer. »
3380 E cil li responent : « Si cun vus comandez. »
Les esquiers sunt a Orenge alez.
« Sire Willame, le marchiz al curb nes,
Le fort* s'en vait, qui ferit del tinel.
— A, dist Willame, leccheres, vus me gabez !
3385 — Nu faimes, sire, ainz vus dium veritez.
Tresqu'en Espaigne en ert mais returnez.
Il ne fud unques baptizez ne levez,
N'en muster n'entrat pur orer Deus.
S'il le volt faire, rei serrad coronez ;
3390 Sue ert la terre tresqu'en Durester,
De Babiloine tresqu'a Duraz sur mer.
Puis revendrad devant ceste cité

3378. Pur D. vus pri Guibur me saluez

3366. *Durester :* Il s'agit, selon A. Roncaglia, de l'estuaire du Douro (voir « Durestant », *Actes du XIe Congrès International de la Société Rencesvals, Memorias de la Real Academia de Buenas Letras de Barcelona*, t. XXII, Barcelona, 1990, p. 191-205). — **3367.** *Babiloine :* Sans doute la Babylone d'Égypte,

« Je suis venu à bout de la terrible bataille rangée, mais le comte Guillaume me méprise tellement qu'il ne veut pas me convier à sa table. Eh bien, je m'en irai au royaume d'Espagne, où je servirai Mahomet et l'adorerai. Si je le veux, je serai roi portant couronne, et la terre m'appartiendra jusqu'en Durester, depuis Babylone jusqu'à Durazzo sur la mer. À mon cou je porterai un grand tinel, car je n'estime pas un sou toutes les autres armes. J'entrerai dans ce pays et viendrai devant cette ville, et j'agirai avec les chrétiens comme je viens de le faire avec les païens d'outre-mer.

CLXXXII

« Seigneurs écuyers et jeunes gens, dit-il, je veux vous recommander à Dieu. Je m'en irai en pays étranger, et vous vous rendrez dans la vaillante cité. Défiez de ma part Guillaume au nez courbe, mais, je vous en prie au nom de Dieu, portez mon salut à Guibourc ! c'est l'être au monde que je dois le plus aimer. »

Et eux de répondre :

« À vos ordres ! »

Les écuyers se sont rendus à Orange :

« Seigneur Guillaume, vous, le marquis au nez courbe, l'homme puissant s'en va, celui qui frappait avec son tinel.

— Allons, gredins, répond Guillaume, vous vous moquez de moi !

— Non, seigneur, nous vous disons la vérité. Bientôt, il sera retourné en Espagne. Il n'a jamais été baptisé ni tenu sur les fonts, et il n'est pas entré dans une église pour prier Dieu. S'il le veut, il sera roi portant couronne et possédera la terre jusqu'en Durester, depuis Babylone jusqu'à Durazzo sur la mer.

« Il reviendra ensuite devant cette ville avec cent mille

---

c'est-à-dire Le Caire. — **3378.** *Guiburc* : Correction d'après la graphie habituelle. — **3383.** *Le fort* : Cette épithète suffit à résumer les vertus de Renouart et permet de le désigner ; pour une qualification plus détaillée, voir aussi v. 3146.

A cent mil homes, sis volt assembler,
E sur sun col avrad un grant tinel,
3395 Si ferad de crestiens tut altretel
Cum ad fait de paiens de ultre mer. »
Ço dist Willame : « Ço fait mult a doter !
Qui le me irreit hucher e apeler,
Jo li durreie grantment de mun aver,
3400 E qui ça le freit a mei returner,
Grant partie li durrie de tute me herité.
Seignurs, frans baruns, car i alez !
— Volenters, sire, quant vus le comandez. »
Quatre mile se corent adober
3405 De halbercs e de healmes, e es destrers sunt muntez.
Mais Reneward aconsiverent en un pré,
Cum il deveit en une vile entrer.
Quant il les veit si faitement errer,
Ne solt que faire ne ne solt que penser.
3410 Devant li garde, vit un bordel ester,   /24c/
Passad avant, si enracad les pels,
E totes les furches en ad acraventés ;
En sun col en ad le fest levé,
Cuntre Franceis est el champ turné.
3415 « Seignurs, dist il, u devez vus aler ?
— Willame vus mande que vus vus en venez,
De sun tort fait vus ert gage donez,
E del manger dunt vus fuistes obliëz. »
Dist Reneward : « Unc mais n'oï tel.
3420 Qui en prendrat gage, el col ait il le maldehé,
Tresqu'en verrai morir des suens e pasmer ! »

CLXXXIII

Iloec aveit un chevaler felun,
Nun out Guinebald*, frere Alealme de Clermunt ;
A lei de fol començad sa raisun :
3425 « A Deu, lecchere, nus vus en remerrun,
Al quons Willame en la tur vus rendrum.

3423, 3427. *Guinebald, Winebold :* le poète use du doublet paronymique pour manifester la parenté entre les deux personnages ; c'est un procédé épique

hommes, s'il lui plaît de les rassembler, et portera à son cou un grand tinel : il en usera avec les chrétiens exactement comme il l'a fait avec les païens d'outre-mer. »

Guillaume répond :

« Cela est terrifiant ! si quelqu'un voulait bien aller le trouver et l'appeler, je lui donnerais de mes biens sans compter ; et si quelqu'un réussissait à le faire revenir vers moi, je lui donnerais une grande part de mon héritage. Seigneurs, nobles barons, je vous en prie, allez-y !

— Volontiers, seigneur, puisque vous l'ordonnez. »

Aussitôt quatre mille courent s'équiper de hauberts et de heaumes, et montent à cheval. Ils rejoignent Renouart dans une prairie, au moment où il s'apprête à entrer dans un hameau.

Lorsqu'il les aperçoit dans cet équipage, il ne sait que faire ni que penser. Il regarde devant lui et aperçoit une cabane ; il se précipite aussitôt, arrache les montants et jette à terre toutes les traverses ; il se met sur le cou la poutre maîtresse et revient sur le pré, marchant au-devant des Français.

« Seigneurs, demande-t-il, où pensez-vous aller ?

— Guillaume vous demande de venir ; il veut vous dédommager pour le tort qu'il vous a fait, pour le repas où vous avez été oublié. »

Renouart répond :

« Comment peut-on parler ainsi ? Maudit soit celui qui acceptera dédommagement, jusqu'à ce que je voie mourir ou tomber en pâmoison ceux qui relèvent de Guillaume ! »

CLXXXIII

Il y avait là un mauvais chevalier ; il s'appelait Guinebald et était le frère d'Aleaume de Clermont. Il commença à parler comme un insensé :

« Par Dieu, gredin, nous vous ramènerons bien, et nous vous remettrons entre les mains du comte Guillaume, dans

---

fréquent (voir. v. 2061, Aelran et Aelred ; et, dans le *Roland*, Basan et Basile, v. 208 ; Gerin et Gerers, v. 107).

Vus me oscistes Winebold*, mun nevou,
A la cusine vus ullad l'altre jur.
Mais par la fei que dei saint Simeon,
3430 Si me n'esteit pur ma dame, dame Guiburc,
Jo vus ferreie de ma lance al polmun. »
Dist Reneward : « Ore oi parler bricun.
Mar le parlastes, si Deu joie me doinst. »
Halce le fust, sure li est coru,
3435 Sil fert el chef, altresi brait cume lou ;
Les oilz li volent, la cervele li est espandu.

CLXXXIV

Lunsdi al vespre.
Dist Reneward : « Receu avez pusteles,
Ne sai des altres, mais vus morst la feste*. »
3440 Franceis s'en turnent le pendant d'un tertre,
Moerent chevals e lur lances i perdent.

CLXXXV

Reneward tent le grant fest de cele bordel ;
En halt le porte, e en bas le fait avaler ;
Quil consiut, en sum le chef li crote.   /24d/
3445 Li quons Willame esteit lez une porte ;
Lui e Guiburc si se beisent e acolent.
Ço dist Willame : « Jo vei venir li nostre ;
Men esciëntre Reneward les afole. »

3427. Voir la note ci-dessus. — **3439.** *Vus morst la feste :* Nous suivons l'interprétation de LF, adoptée par W ; Renouart raille Guinebald, qu'il vient d'écraser avec la poutre, en lui disant que celle-ci l'a mordu.

sa tour. Vous m'avez tué Guinebold, mon neveu, qui l'autre jour vous a infligé des brûlures dans la cuisine. Mais, par la foi que je dois à saint Siméon, si ce n'était à cause de Guibourc, ma dame, je vous plongerais ma lance dans le poumon. »

Renouart réplique :

« J'entends des propos de vaurien. Malheur à vous pour ces paroles, j'en atteste ma part de bonheur divin ! »

Il brandit sa perche, se précipite sur lui, le frappe sur la tête, et l'autre pousse des hurlements de loup ; ses yeux volent hors des orbites, et sa cervelle se répand.

CLXXXIV

Lundi au soir.

Renouart dit :

« Vous êtes un peu talé ; je ne sais ce qu'il en est pour le reste, mais ma poutre vous a mordu. »

Les Français battent en retraite en descendant un tertre, les chevaux sont tués et les cavaliers perdent leur lance.

CLXXXV

Renouart tient la grande poutre de la cabane ; il l'élève bien haut et puis l'abat : celui qu'il atteint porte un grand trou à la tête.

Le comte Guillaume, debout près d'une porte, tenait Guibourc par le cou et lui donnait des baisers. Il dit :

« Je vois venir nos gens ; j'ai l'impression que Renouart les met à mal. »

CLXXXVI

Lunsdi al vespre.
3450 Diënt Franceis : « Mar i alames, certes,
A vif diable qui porte une feste ;
Cent en ad mort sanz cunfessiun de prestre.
— Ore i irrai jo », ço dist li quons Willame.
Oveke lui ameine la raïne converte*,
3455 E Guiëlin e dan Walter de Termes,
E Guischard e Girard quis cadele*,
E treis cenz Frans sanz halbercs e sanz healmes*.
Mais Reneward trovent sur un tertre.
Dame Guiburc premer l'en apele :
3460 « Sire Reneward, pur les oilz de ta teste,
Car pren dreit de mun seignur Willame !
— Volenters, dame, par ceste meie destre !
Si mei n'esteit pur Guiburc la bele,
Jol ferreie ja al chef de ceste feste,
3465 D'anduis parz en charreit la cervele.
Ore vus pardoins la felonie pesme
Del manger dunt vus me obliastes. »
Diënt Franceis : « Metez dunc jus cele feste ! »
E dist Reneward : « Volenters, par ma teste. »
3470 Dunc la ruad quatoze arpenz de terre,
A treis cent Franceis par desure lur testes ;
Mult sunt joius quant il guerpi la feste,
Tels cent en i out qui la fevre en porterent*.

3456. E G. e Girard fiz cadele

3454. *Raïne converte* : L'épithète souligne l'étroite relation qui
unit Renouart et Guibourc et permet à celle-ci de réconcilier son frère avec
Guillaume. Comme Renouart en effet, Guibourc est d'origine païenne ; *raïne*
rappelle l'élévation de son rang avant qu'elle n'épouse Guillaume, lorsqu'elle
était femme de Tiébaut. — **3456.** *Quis cadele* : Cette formule, sans doute héritée
du modèle suivi par G2, est ici en contradiction avec le contexte, puisque c'est
justement Guillaume qui emmène les chrétiens auprès de Renouart. — **3457.** La
petite troupe ne porte ni hauberts ni heaumes parce qu'elle veut montrer ses
intentions pacifiques (voir au contraire les v. 3404-3405 et les menaces de Guinebald, v. 3425-3431). — **3473.** *Qui la fevre en porterent* : W (I, p. 123, n. 97)
renonce à identifier le terme *fevre*, mais l'interprète comme « l'arme improvisée

CLXXXVI

Lundi au soir.

Les Français disent :

« Pour notre malheur, en vérité, nous sommes allés trouver ce démon qui manie une poutre ; il a tué cent des nôtres, qui n'ont pas eu loisir de se confesser à un prêtre.

— Eh bien, je vais y aller », répond le comte Guillaume. Il emmène avec lui la reine convertie, ainsi que Guielin, sire Gautier de Termes, Guichard et Girard qui les conduit, et trois cents Français qui ne portent ni haubert ni heaume. Ils trouvent Renouart sur un tertre, et dame Guibourc lui adresse la parole la première :

« Seigneur Renouart, je t'en prie, par les yeux de ta tête, accepte dédommagement de mon seigneur Guillaume.

— Volontiers, dame, par ma main droite. Si ce n'était pour Guibourc la belle, je frapperais Guillaume à la tête avec cette poutre, et sa cervelle se répandrait des deux côtés du crâne. Je vous pardonne aujourd'hui la noire trahison que vous avez faite en m'oubliant pour le repas. »

Alors les Français disent :

« Posez donc cette poutre ! »

Et Renouart répond :

« Volontiers, par ma tête. »

Il lance la poutre à la distance de quatorze arpents, par-dessus la tête de trois cents Français ; les voilà tout joyeux en le voyant renoncer à ce fût, et cent au moins en prirent la fièvre.

---

de Renouart ». Elle récuse l'étymologie *febris*, proposée dans l'éd. Iseley, dans la mesure où « les exemples les plus anciens [...] se présentent sous la forme *fievre* et non *fevre* » et objecte également que l'esprit métaphorique n'est pas dans le ton de l'œuvre (*Tels cent i out qui'n porterent la... :* « il en fallut bien cent pour l'emporter »). L'explication la plus plausible est pourtant celle de la fièvre, causée soit par la crainte de la poutre qui passe au-dessus des têtes, soit par la joie d'être délivrés ensuite de tout danger. Pourquoi, du reste, faudrait-il emporter une poutre désormais inutile ?

CLXXXVII

Ore sunt Willame e Reneward assemblez,
3475 Par grant amur se sunt entre acordez.
Il en alerent a la cité de Orenge,
Poez saver que a manger eurent sempres.
E l'ewe li tint le paleïm Bertram,   /25a/
Guiburc li aportad la tualie devant ;
3480 Galter de Termes le sert a sun talant.

CLXXXVIII

Quant Reneward ad mangé a plenté,   (a)
Dame Guiburc le prent a parler :
« Reneward, sire, par sainte charité,
Fustes vus unques baptizé ne levé ?
3485 — Naijo, fait il, par la fei que dei Dé !
Unc en muster n'entrai pur preer Dé. »
Ço dist Willame : « Jo te ferai lever,
Si te durrai sainte crestïenté. »
Dist Reneward : « Multes merciz de Dé ! »
3490 Il le menerent al muster Saint Omer ;
Une grant cuve i unt fait aporter,
Ben i puissent quatre vileins baigner.
Willame le tint e Guiburc sa moiller ;   (b)
Li quons Bertram le tint mult volonters,
3495 De dulce France la flur e le miez.
Poez saveir les duns furent mult chers ;
La li donerent mil livres de deners,
E od les mil livres cent muls e cent destrers.
Willame li donad set chastels en fez,
3500 E Ermentrud* li dunent a moiller,
E tote la tere Vivïen le ber.
Dame Guiburc l'en apelad premer.

3500. *Ermentrud :* Le nom de l'épouse donnée à Renouart peut représenter, comme le rappelle W, I, p. 567-568, une tradition primitive qui, outre la version de G2, n'a laissé que des traces minimes dans la geste de Guillaume. La version classique, imposée par la quasi-totalité des mss d'*Aliscans*, est celle du mariage du héros avec Aaliz, fille du roi Louis et de Blanchefleur, ce personnage avisé qui a su réconcilier Guillaume avec sa sœur (laisses CLXXXIX-CXCI).

CLXXXVII

Guillaume et Renouart sont désormais réunis ; ils ont fait la paix de grand cœur et se dirigent vers la cité d'Orange : vous pouvez imaginer que le repas fut prêt sur-le-champ. Bertrand, le comte palatin, lui tenait la fontaine, tandis que Guibourc lui présentait la serviette ; Gautier de Termes le servait de façon à lui plaire.

CLXXXVIII

Quand Renouart a mangé abondamment, dame Guibourc lui adresse la parole :

« Renouart, cher seigneur, pour l'amour de Dieu, avez-vous été baptisé et tenu sur les fonts ?

— Non, répond-il, par la foi que je dois à Dieu ; jamais je ne suis entré dans une église pour prier Dieu. »

Alors Guillaume déclare :

« Je te ferai tenir sur les fonts et te donnerai le saint baptême. »

Renouart le remercie au nom de Dieu, et on le conduit à l'église Saint-Omer ; on y apporte une grande cuve où l'on plongerait aisément quatre grands vilains. Guillaume et Guibourc son épouse le tinrent sur les fonts, et avec eux le tint bien volontiers le comte Bertrand, fleur et élite des Français. Comme vous pouvez l'imaginer, les dons furent de grand prix : on lui offrit mille livres de deniers, et avec les mille livres cent mulets et cent destriers.

Guillaume lui remit sept places fortes en fief, ainsi que toute la terre du preux Vivien, et on lui donna pour femme Ermentrude. Puis dame Guibourc lui adressa la parole la première.

CLXXXIX

Dame Guiburc l'en ad primes apelé :   (a)
« Reneward, sire, pur sainte charité,
3505 Cum faitement issis de tun regné ?
— Dame, dist il, or en orrez verité.
Dame, dist il, jo vus dirrai lealment ;   (b)
Mun pere ert alé a Meliant,
Ensemble od lui l'almaçur de Durant,
3510 Si me comandat a mun meistre, Apolicant.
Cil s'en alad par sum l'albe apparisant,
Se me vead que ne meüsse niänt   /25b/
Tresque il vendreit de aürer Tervagant.
Jo ne voleie faire pur lui tant ne quant,
3515 Ainz m'en turnai tost et ignelemant,
Solunc la rive ma pelotte culant ;
Iloec trovai e nefs e chalant.
En un esnecke entrai, par mun boban.
Dunc vint un vent merveillus e bruant,
3520 Par mi la mer me menad ignelmant ;
Iloec trovai une fule de marchanz,
Si hurta ma esnecke a lur chalanz,
Si depeçat en peces plus de cenz ;
Sempres i neiasse, si ne me fuissent aidanz ;
3525 En une barge me traistrent quatre par les mains,
Si me menerent en une terre grant,
Si mistrent sur mun chef un raim estant,
Si me clamerent chaitif, venal enfant.
Unques n'i out ne Tieis ne Romant,
3530 Ne Aleman ne Bretun ne Normant,
Qui me peüst achater a lur talant,
Quant par la feire vint li reis chevalchant.
Il me esgardeit, si me vit bel enfant,
Si me achatad mil livres de besanz,
3535 Fist me lever sur un mul amblant,
Puis me menad a Paris lealment.
Demandat mei si ere de halte gent,
E jo li dis, ne li celai niënt,
Que ere fiz Deramé e ma mere Oriabel*.
3540 Quant il oï que jo ere de halte gent,

3539. W ne reproduit pas ce vers qu'elle considère comme interpolé (I, p. 389, n. 565) ; il reste pourtant compréhensible et reprend les v. 2825-2826, 2874-2875, 3356-3357.

CLXXXIX

Dame Guibourc lui adressa la parole la première :

« Seigneur Renouart, pour l'amour de Dieu, comment as-tu quitté le royaume où tu es né ? »

« Dame, vous allez entendre la vérité à ce sujet, et je vous parlerai sincèrement. Mon père était allé à Méliant, accompagné par l'émir de Durant. Il m'avait confié à mon maître, Apolicant, qui était parti dès la pointe de l'aube, en m'interdisant de bouger jusqu'au moment où il reviendrait d'adorer Tervagant.

« Mais je ne voulais lui obéir en rien, et je m'éloignai aussitôt en toute hâte, faisant rouler ma balle le long du rivage, où je trouvai navires et chalands. Avec témérité, je montai sur un brigantin ; mais voici qu'arriva un coup de vent terrible et bruyant, qui me poussa rapidement vers la haute mer.

« Je rencontrai alors une troupe de marchands ; et mon bateau léger heurta leur navire et fut mis en plus de cent morceaux. Je me serais noyé aussitôt, mais quatre d'entre eux, venant à mon aide, me hissèrent par les mains dans une embarcation. Ils me conduisirent dans un grand pays, dressèrent sur ma tête un rameau de feuillage et me traitèrent de misérable et d'enfant bon à être vendu. Mais ni Flamand ni Roman, ni Allemand ni Breton ni Normand ne purent m'acheter au prix qu'ils fixaient, jusqu'au moment où le roi arriva, monté sur son cheval, à la foire.

« Il m'avisa et constata que j'étais un beau jeune homme ; il m'acheta pour mille livres en besants, me fit monter sur un mulet qui va l'amble et me conduisit courtoisement à Paris.

« Il me demanda si j'étais de haute naissance, et je lui dis, sans rien dissimuler, que j'étais fils de Deramé et que j'avais pour mère Oriabel. Quand il comprit que ma famille

Si suzcriënst mun pere e mes parenz,
Si me comendat a son cu, Jaceram,
E jurad Deu, pere omnipotent,
Mieldre mester n'avereie a mun vivant.
3545 En la quisine ai jo esté set anz ;
Freit i oi jo, mais unques n'i oi faim,   /25c/
Tant que Willame me menad en Larchamp.
La li ai mort trente de mes parenz. »
Guiburc l'oï, si passad avant :
3550 « Baisez mei, frere ; ta soror sui naissant*. »
Lunsdi al vespre.
« Estes vus dunc mun soruge, Willame ?
Se jol seusse en Larchamp,
Bien vus valui, mais plus vus eusse esté aidant*. »

3550. Guiburc, on le sait, a reconnu son frère dès qu'elle a pu lui parler (v. 2828), mais elle ne se fait reconnaître de lui que maintenant. Bien qu'aucune explication ne soit donnée à ce délai, on peut penser que la sage Guiburc a voulu attendre que les actes de Renouart – ses exploits, sa conversion – aient montré qu'il était son frère selon la valeur et non seulement selon la chair ; elle lui a donc appliqué la même épreuve qu'à son époux devant les portes d'Orange.
— **3554.** La clôture du récit est rapide ; représente-t-elle la version primitive de la deuxième partie du texte ? DM (II, p. 128, n. 2) et W (I, p. 715, n. 217) le pensent. Quoi qu'il en soit, une telle concision s'oppose aux annonces qui, dans *Aliscans*, montrent le caractère cyclique du texte : naissance de Maillefer, qui cause la mort de sa mère, bataille de Renouart et de Loquifer, rapt de Maillefer (laisse CXCII).

est puissante, il se mit à redouter mon père et ma parentèle, et me remit entre les mains de Jaceran, son cuisinier,
en jurant par Dieu, le Père tout-puissant, que je n'aurais
pas, de toute ma vie, meilleur office.

« J'ai passé sept ans à la cuisine ; j'y ai ressenti le froid,
mais jamais la faim, jusqu'au moment où Guillaume m'a
conduit en Larchamp, où j'ai tué pour lui trente de mes
proches. »

À ces mots, Guibourc s'avança :

« Embrassez-moi, mon frère ; la naissance a fait de moi
ta sœur. »

Lundi au soir.

« Êtes-vous donc mon beau-frère, Guillaume ? Si je
l'avais su à Larchamp, l'aide que je vous ai apportée n'est
rien à côté de celle que je vous aurais donnée. »

GLOSSAIRE

Abréviations utilisées

pr.	présent	cond.	conditionnel
impf.	imparfait	subj.	subjonctif
fut.	futur	p. pr.	participe présent
pft.	parfait	p. p.	participe passé
imp.	impératif	corr.	correction

Substantifs et adjectifs sont en principe cités au cas régime ; les verbes figurent à l'infinitif entre crochets lorsque ce mode n'est pas attesté dans le manuscrit. Les leçons rejetées sont données entre parenthèses à la suite du numéro de vers. Les mots et numéros de vers suivis d'un astérisque font l'objet d'une note en bas de page.

A

Aancrer, 3008 : être à l'ancre.

Aate, 626 ; *ate*, 1406 : prêt à l'usage, à point (en parlant d'un met).

[*Aatir*], 209 ; *sei a.*, (pr. 1) m'en atis, 86, 426* (corr.), 429* (corr.) : rivaliser avec ; 1398 : se hâter.

[*Abeisser*] (*sei*), 1028 : s'incliner ; 1209 : se baisser.

Abrivé, 2274, 2749, 2789, 3019, 3115 : fougueux (constamment rattaché à *destrier*).

Acerin, 1862 : d'acier.

Achaisun, 2030 : assaut (du démon).

Acoillir, cf. *Acuillir*.

Acoler, 1476, 2335, 3142, 3446 : prendre par le cou, enlacer.

[*Aconsivre*], 3406 : rejoindre.

[*Acorder*], *se sunt entre a.*, 3475 : faire la paix.

[*Acosteier*] (*sei*), 3070 : s'approcher de.

[*Acoster*] (*sei*), 3279 : s'approcher de.

[*Acravanter*], 2065, 2074, 2263,

2687, 2913, 3021, 3073, 3091, 3412 ; (p. p.) *agravantez*, 3025 : renverser, abattre.

[*Acuillir*], 515... 3072 : attaquer ; *a. fuie*, 1105, 1701 : prendre la fuite ; *a. sun chemin*, 1797 : reprendre son chemin, se mettre en route ; *a. a vilté*, 1339 : mépriser.

[*Aculper*], cf. *Enculper*.

[*Acuveter*], 2617 : couvrir (au sens érotique).

Adeser, 1966 : s'en prendre à, porter la main sur.

[*Adestrer*], 29, 33, 1729, 1987 : se tenir à la droite de quelqu'un.

Adober, cf. *Aduber*.

Adolé, 1157 : aiguisé.

[*Adoluser*] (*sei*), 2087 : se désespérer.

Adominer, 3106 : maîtriser.

Aduber, 384, 2665 ; *adubber*, 2832 ; *adober*, 3404 ; (fut. 1) *adoberai*, 2837 ; (p. p.) *adubé*, 3094, 3100 ; *adobez*, 3084, 3121 : équiper, pourvoir de tout ou partie de l'équipement guerrier ; *espées a.*, 854, 3311 : épieux bien parés, prêts à servir ; (pft. 1) *adubbai*, 2003 ; (pft. 2) *adubas*, 1035 ; (p. p.) *adubé*, 1032, 1074, 2019 : armer chevalier.

[*Aduler*], 2292 : courroucer.

Aduré, 586 : acharné.

Adverse, 161, 609, 837, 2352 : ennemi (constamment associé à *gent*).

Adverser, 2318, 3202, 3260 : démon.

Afebleier, 3261 : affaiblir.

Afermer, 317 : fixer.

[*Aficher*] (*sei*), 2788 : s'assurer, s'affermir.

[*Afier*], 1037, 1588 : jurer de, promettre en engageant sa foi.

[*Afoler*], 2023, 3448 : mettre à mal ; *de mort a.*, 1205 : accablé par la mort.

Afronter, 2998, 3043, 3191, 3276, 3284 : assommer, décerveler.

Agraventer, cf. *Acravanter*.

Aguait, 768, 1707 : affût, embuscade.

Ahan, 718, 729, 743, 1720 ; *haan*, 678, 1892, 2676 : effort pénible.

Ahi ore, 539 ; *ai o.**, 753 ; *ei o.*, 548 : allons !

Aider, 654... 3554 ; *aier*, 1569 ; (subj. pr. 3) *aiut*, 2452 : venir en aide.

Aïe, 674, 687, 1182, 2369 ; *aide*, 997 : aide, secours.

Ainceis, 2219 ; *anceis*, 1245, 1362 : auparavant, tout à l'heure.

Aincui, 245, 751, 1744, 1757, 3166, 3255 ; *ancui*, 1751, 2104, 2493 : aujourd'hui.

Aisez, 2530 (p. p.) : qui a la possibilité de.

Ajurnee, 2634 : lever du jour.

[*Alascher*], 1122 : se relâcher, diminuer ; (pft. 3) *alasquid* 3320 : desserrer.

Aleis, 2171 : langue étrangère parlée par Guillaume ; gallois ? (LF).

Alferant, 1895, 1898, 2229, 3120, 3133 ; *auferant*, 3218 : coursier ; 2349, 2549 : fougueux (qualificatif de *destrer*).

Almaçur, 3509 : émir.

Alme, 535, 1172 : souffle de vie, vie ; 1423, 2052, 2935 : âme.

Almonere, 2027 ; *almosnere*, 2049 : aumônière, bourse portée à la ceinture.

Aloser, 2184, couvrir de gloire ; (p. p.) *alosé*, 851... 2513 ; *alosed*, 2483, 2518 ; *alosez*, 3146 : renommé, réputé.

Alques, 629 : un peu.

Altisme, 1069, 1466, 1492, 2025 : Très-Haut (qualificatif de la divinité).

Altrer, 1873 : naguère.

Altresi, 203 : aussi ; *a. cum*, 3435 : comme, de la même manière que.

Altretel, 1653, 3371, 3395 : la même chose, de même ; *altreteles (colees)*, 493 : les mêmes coups.

Alués*, 16, 677 (corr.) ; *aluez*, 42, 964 : terres libres.

Alves, 704 : les deux éminences de la selle, d'où la selle.

[**Ambler**], 1886, 3535 : aller l'amble.

Ambleure, 1943, 2203 : amble.

Amedous, 1420 ; *andous*, 366, 2892, 3271 ; *andui*, 693 ; *anduis*, 1752, 3465 : les deux.

Amender, 2671 : améliorer.

Amirail, 1994, 3209 ; *amirelz*, 2015 : émir.

Amund, 14 ; *amunt*, 40 : en remontant, vers le haut ; *amunt el*, 3325 : sur le sommet de.

Amurafle, 3293 : émir.

Anceis, cf. *Ainceis*.

Ancesur, 1270 ; *ancestre*, 1671 ; *ancestres*, 3165 : ancêtres.

Andous, andui(s), cf. *Amedous*.

Anels, 2477 : bagues.

Antif, 234, 510 : ancien.

Anuit, 2599 : cette nuit (la nuit passée).

Aorer, 1198, 2282, 2284, 2297, 3364 ; *aürer*, 3513 : adorer, faire ses dévotions à.

Apareiller, 2379 : préparer.

[**Apareir**], 1088, 1563, 2896, 2919, 3511 : paraître, apparaître.

[**Apartenir**], 1625 : être le parent de quelqu'un.

Apeler, 349... 3503 : adresser la parole ; 562 : implorer ; 2827 :

nommer ; 2610, 3362, 3398 : mander, faire venir.

[**Aperceivre**] *(sei)*, 2440 : se rendre compte de.

[**Apeser**], 727 : devenir pesant.

Apresté (p. p.), 1100, 1109, 1234, 1354 : prêt à.

[**Aprismer**], 154 ; *apresment*, 246 : approcher.

Aprof, 254, 1638 ; *en aproef*, 1428 : après.

[**Aquiter**], 2511 : libérer ; *a. sun pris* : manifester sa valeur.

[**Araisoner**], 2236, 2730, 2774, 3050, 3080, 3123 ; (p. p.) *araisuné*, 2653, 2973 : adresser la parole.

[**Ardre**], 275 : brûler.

[**Areter**], (pr. 1) *ared*, 2111 : reprocher.

[**Ariver**], 60 : débarquer.

Armez, 108, 145, 577, 1085, 1099, 1507, 1692, 2245, 2260, 2516, 2639, 3024 : équipé des armes offensives et défensives ; 1616 : homme sous les armes.

Arpent, 698, 3470 : mesure agraire équivalant à un tiers ou la moitié d'un hectare.

Art, 2592 : secret, connaissance magique.

[**Assener**], 1098 ; (p. p.) *asené*, 1691 : arriver à l'improviste.

Asquanz, 2810 : certains.

Asteles, 1837 : éclats.

Atalenté, 1955 : agréable.

Ate, cf. *Aate*.

[**Atraire**], 1706 : attirer vers, conduire à.

Aturner, 3151 : diriger vers.

Auferant, cf. *Alferant*.

Aurer, cf. *Aorer*.

[**Aurner**], 2400 : orner.

Avaler, 517, 948, 1242, 1247, 1278, 3233, 3433 : descendre.

[**Avanter**], 424 : vanter.

Avant her, 1035 : avant-hier, tout récemment.

[*Avesprer*] (constr. impers.), 1070, 1083, 1494, 1505 : faire nuit.

[*Aviler*], 1326, 2613 : déshonorer.

Avoué, 2277 : protecteur.

B

Bacheler, 1613, 2648, 2815, 3373 : jeune noble non encore armé chevalier.

[*Baer*], 3176, 3185, 3195 (associé à *gule*) : ouvrir tout grand la gueule.

Bageler, 2475, 2817, cf. *Bacheler*.

Bailler, 107 : gouverner ; 2391, 3243 : donner.

[*Baillir*], 261, 287, 462, 507 : traiter ; *a tort b.*, 290 : mis à mal, condamnés au malheur.

*Balçan**, 1933, 1942, 2054, 2179 : cheval portant des taches blanches, cf. Index des noms propres.

Baldré, 1010, 3320, 3326 : baudrier, bande de cuir servant à soutenir l'épée, qui est portée au niveau de la ceinture ; 1849 : ceinture.

Baldur, 1313 : allégresse.

Baptisterie, 2113, 2115 : baptême.

Barbarin, 2170 : berbère (langue), cf. Index des noms propres.

Barbez, 2987 : barbu.

Barge, 186, 967, 1106, 1379, 1632, 1702, 2375, 2943, 3149, 3337, 3525 : embarcation.

Barnage, 2395 : ensemble des barons.

Barné, 1019, 1371, 2514, 2976, 2985, 3272 : ensemble des barons ; 584 : acte digne d'un baron, action d'éclat.

Barnur, 1311 : race, lignage des barons.

Bataille, 2448 : créneau.

Batue, *a or b.*, 432 : couverte d'or battu.

Belté, 1372 : parure (sens métaphorique).

Beneiçun, 265, 565 : bénédiction, protection (divine).

Bise, 3220 : sombre (roche).

Blame, 2122 : blasphème.

Bliaut, 2579 : bliaut, vêtement masculin porté sous le haubert.

Boals, 886 ; *boels*, 881 ; *bouele*, 498, 2787 ; *bowele*, 530 : entrailles.

Boban, 3518 : témérité.

Bocle, 373, 1836 : boucle, renflement au centre de l'écu, destiné à faire dévier les traits.

Boclé, 2064, 3288 ; *bocler*, 215, 1156 : écu comportant un renflement (*bocle*) en son centre.

[*Boiser*], 2600 : tromper.

Boisnard, 2809 : sot.

Bor, 3109 : à la bonne heure !

Bordel, 3410, 3442 : cabane.

Bosoig, 2509 ; *bosoing*, 1618 ; *bosoinz*, 628, 1587 : nécessité.

[*Boter*]*, 368, 2894, 3111 ; (pr. 3) *boute*, 2890 ; *bute*, 3117 : pousser, frapper d'estoc.

Botillers, 94 : bouteiller, officier chargé du vin.

Bouele, cf. *Boals*.

Brace, 3104 : les deux bras.

[*Braire*], 3198, 3435 : hurler.

Brant, 135, 224, 732, 1112, 1500, 1884, 3186, 3328 : lame de l'épée ; 888, 893 : épée.

Braün, 1049, 1055, 1414, 1427 : morceau de viande rôtie.

Brefs, 2637 : lettres, missives.

Bricun, 3432 ; *brixs* (sujet sing.), 818 : gredin (terme d'injure).

[*Brocher*], 184, 243, 418, 1555,

1559, 1663, 1867, 1899, 2096, 2125, 2153, 2274, 2752, 2755 : piquer le cheval de l'éperon.

Broilled, 234 : bosquet.

Broine, 26, 102, 133, 437, 727, 777, 786, 856, 1498, 1541, 1816, 3189 ; *broigne*, 1075 : tunique de cuir renforcée par des morceaux de métal.

[Bruire], (p. pr.) *bruiant* 1989 ; *bruant*, 3519 : faire du bruit.

Bruser, 1839... 3304 : briser ; cf. **Combruser**, **Debruser**.

Bu, 2144, 2146, 2148 ; *bucs*, 1926 : buste, tronc humain.

Bunté, 1203, 3298 : valeur ; *par ta sainte b.*, 808, 901, 905, *par tes saintes buntez*, 812 : par ta grâce sainte ; *dire b.*, 3062 : dire du bien de ; *faire b.*, 1909, 1956 : accorder une faveur ; *par la tue b.*, 2191 : je t'en prie.

Burni, 135, 224, 1112, 1500 : brillant.

[Burnier], 610 : briller.

Bute, cf. **Boter**.

C

[Cadeler]*, 2100, 3155, 3456 : conduire.

Caple*, 3212 : clou à grosse tête.

Caple, 3214 : carnage.

[Capler], 3185 : frapper de grands coups.

Caplers*, 3212 : manchon.

Celer, 2331 : cave, étable souterraine.

Celer, 650, 1356, 3033, 3538 : dissimuler.

Celestre, 1504, 3013 : du ciel ; *cort c.* : ciel.

Cengle, 2131 : sangle, courroie qui assujettit la selle.

Certeine, *terre c.*, 229, 1096, 1117, 1687, 1704 : terre ferme.

Cester, 1056, cf. **Sester**.

Chacer, 1576 : expulser ; 2213 : poursuivre.

Chaïr, 3202 ; (pr. 3) *chet*, 885, 921, 923, 2075, 2129 ; *cheit*, 1853 ; *chiet*, 1926 ; (pr. 6) *cheent*, 881 ; (cond. 3) *charreit*, 3465 ; (pft. 3) *chaï*, 780, 874, 1137, 1178, 1841 ; (p. p.) *chaü*, 2147 : tomber.

Chaitif, 2264, 2298, 3528 : prisonnier ; 2596, 2702, 3354 : malheureux, misérable.

Chalant, 1725, 2354, 3517, 3522 : navire de transport.

Chalce, 315 : chausse, partie du vêtement couvrant le bas du corps.

[Chaleir], (pr. 3) *chalt*, 1005 ; *chaut*, 1030, 2501 ; *cheut*, 2103, 2765 ; *chet*, 2926 : importer (v. impers.).

Chalenger, 2947 : disputer par les armes.

Chambrere, 2610 : chambrière, femme de chambre.

Champ, 165, 278... 3414 : terrain dégagé sur lequel se déroule la bataille rangée, d'où, éventuellement, par métonymie, le combat lui-même, notamment dans les expressions *veintre le ch.*, 251 ou *aveir le ch.*, 662 : remporter la victoire ; *le ch. tenir*, 594, 757, 1128 : poursuivre le combat.

Champaigne, 473 : plaine.

Champel, *bataille ch.*, 176, 588, 654, 827, 834, 903, 907, 951, 1017, 1101, 1235, 1355, 1368, 1471, 1518, 1522, 1647, 2021 ; *b. chanpel*, 56, 180, 1324, 1611 ; *estour ch.*, 2683, 3010, 3360 :

bataille rangée, en terrain dégagé.

Champiun, 2156 : celui qui lutte en faveur de quelqu'un.

Char, 3267 ; *charn*, 2579 : chair de l'homme ; 1293 : corps ; 1034 : périphrase désignant la personne (*mult est prof de ma ch. :* il m'est très proche) ; 1698, 1774, 2678 : viande.

[*Charger*], 1033, 2360, 2634, 2641, 2799, 3322 : confier.

Charité, *par sainte ch.*, 3483 ; *pur sainte ch.*, 3504 : pour l'amour de Dieu.

Charnel, *ch. ami*, 542, 691, 1523, 2411 : proche parent (ami du fait des liens consanguins).

Chartre, 2637 : message écrit, lettre.

Chastel, 110, 582 (associé à *cité*) ; 510 (associé à *tur*) ; 3499 : place forte (le château et l'agglomération qu'il défend).

Chef*, 332... 3527 : tête ; *al ch. e en la cue*, *3166 : de la tête à la queue, dans toute ses dimensions ; *al ch. devant*, 332, 566, 745 : au premier rang ; *al premer ch.*, 2989 : au premier assaut.

Chen, 863, 1570, 3308 : chien.

Chere, 1052, 1418, 2605, 3139 : visage.

Chimené, 1481 ; *chiminee*, 2614 : appartement qu'on peut chauffer.

Choisir, 608 ; (pr. 3) *choisist*, 387, 407 ; (pft. 3) *choisid*, 156 ; (pft. 6) *choisirent*, 449 ; (subj. pr. 3) *choisist*, 1395 : apercevoir ; 1398 : choisir.

Clamer, 2702, 2831, 3354, 3528 : donner le nom de ; 2237 : crier, appeler.

Claré, 2677, 2698, 2857 : vin aromatisé, liqueur.

Claveals, 880 : anneaux constituant les mailles du haubert.

Cleies, 3042 : claies.

Clume, 2609 : enclume (métaphore du sexe de la femme).

Coardie, 2580 : lâcheté.

[*Coiller*], 2608 : user des testicules, posséder.

[*Coillir*], *c. fuie*, (pr. 6) *coillent f.*, 1105 ; *cuillent f.*, 2295 : prendre la fuite.

Coissel, 2994 : roue de moulin.

Colees, 492, 2621, 2924 : coups (sur la nuque) ; 2619 : assauts amoureux.

[*Coler*], (pft. 3) *colad*, 1138, 1179 ; *culer*, 2320 : glisser ; (p. pr.) *culant*, 3516 : faire rouler.

Colpe, 2616 : récipient pour boire muni d'un couvercle.

Colpe, *mei c.*, 2043 : pardon !

Colper, cf. *Enculper*.

Comander, 1020, 1344 : gouverner ; 1875, 2503, 2750, 2751, 2905, 3380, 2403 : ordonner ; 1069, 1082, 1492, 1504, 1512, 1552, 1560, 2067, 2186, 2754, 3318, 3374 : recommander (à Dieu), vouer (au diable) ; 802, 805, 899 : créer.

Coilz, 1971 : testicules.

[*Combruser*], 3301 : briser, cf. *Bruser*, *Debruser*.

Communalment, 332, 336 : ensemble.

Communel, 1696 : général.

Compaignie, 71 ; *cunpaignie*, 769 ; *cunpaigne*, 474, 2589 : troupe, forces.

Comparer, 2778, 2909, 3005, 3352 : payer, expier.

[*Conforter*], 1302, 1350, 2409 : réconforter.

Confundre, 2157, 3171, 3187,

3267 ; *cunfundre*, 2556, 3188, 3201 : écraser, abattre.

Congié, 1276, 2646, 2951 ; *cungié*, 2964 ; *cungé*, 2669, 2957 : autorisation de partir ; *al Dampnedeu c.*, 2422 : à la grâce de Dieu !

Conquereür, 1273 : hardi.

[*Conquerre*], (pft. 6) *conquistrent* : conquérir.

Conquester, 3345 : conquérir.

Conreier, 1106, 1703 : équiper (avec les armes) ; 2401, 2853 : préparer ; 1935, 2198 : soigner (un cheval) ; 2853 : traiter (des hôtes).

Conseil, 75, 183, 202, 2433, 2437 : suggestion ; 1938, 3108 : résolution ; 1098, 1567, 1590 : délibération ; 2821 : discussion en privé.

Conseiller, 2814 : prendre à part ; *cunsiler*, 2495* : venir en aide à quelqu'un.

[*Consivre*], (pr. 3) *consiut*, 3045, 3444 ; (pft. 3) *consivit*, 2887 ; (subj. impf. 3) *conseust*, 3267 : atteindre, frapper.

Contenant, 1891 : aspect, allure.

Contenir (*sei*), (pr. 3) *content*, 631 ; (pr. 6) *cuntenent*, 625 : se comporter.

Contremunt, 3105, 3203 ; *cuntremunt*, 271, 1361, 1844 : en haut.

Contreval, 778, 916, 925, 955, 1278 ; *cuntreval*, 893 : en bas.

Conuistre, 337, 1620 ; (pr. 1) *conuis*, 2035, 3035, 3139 ; (pr. 3) *conuist*, 2593 ; (pr. 5) *conuissiez*, 2238 ; (pft. 3) *conuit*, 957, 1891, 2322 ; (pft. 6) *conurent*, 215, 457 ; (fut. 1) *conuistrai*, 2233 ; (subj. pr. 3) *conuisse*, 233 : connaître.

Converser, 2670, 3001, 3037 : demeurer, se trouver habituellement.

Converte, 3454 : convertie.

Corage, 1012 : cœur, sentiments.

Coraille, 324 ; *curaille*, 444 : viscères.

Coreçus, 967 : affligés.

*Corescer**, 1575 : affliger ; (pr. 3) *coruce*, 3299 ; (pft. 3) *corozat*, 1964 : irriter.

Corner, 489, 2721 : sonner du cor.

Corozat, cf. *Corescer*.

Corporu, 2143 : massif, de forte taille.

Cors, 311... 3172 : corps ; 260, 481, 802, 899, 1069, 1492, 2903, 3015, 3030, 3147 : périphrase désignant la personne ; *c. seinz*, 17, 43 : reliques.

Corsuz, 2224 : imposant, massif.

Coruce, cf. *Corescer*.

Costere, 941 : pente.

Costier, 1936 : soigner.

Covenant, 2022 : vœu.

Coverclees, 2616 : munies de couvercles (coupes).

Covine, 2199 : pratique.

Creance, 1203 : foi.

[*Crembre*], (pr. 1) *creim*, 1532 ; *crem*, 467, 1674 ; (pr. 6) *crement*, 2810 ; (impf. 1) *cremeie*, 2512 ; (cond. 2) *crendreies*, 2030 : craindre.

Creme, 599, 912 : crainte.

Crestienté, 83, 205, 1374, 1467, 1487, 1600, 1605, 2189, 2230, 3031 : les pays chrétiens ; 1204, 2269, 2948, 3305 : les chrétiens et la foi chrétienne ; *aveir cr.*, 947 : être baptisé ; *doner sainte cr.*, 3488 : baptiser ; *eshalcier (la) sainte cr.*, 1376, 1489, 1602 : défendre la foi chrétienne.

Crestre, 2118 ; (subj. pr. 3) *creisse*, 364 ; (p. p.) *creüe*, 2955 : croître.

Criatur, 1552 : Créateur (Dieu).

Criature, 2202 : être créé ; *de destrer.. tele cr.* : un tel exemple de destrier.

Croissir, 93 : briser.

Croller (associé à *chef*), 1007, 1328, 1419, 1474, 1621 : hocher la tête.

[*Croter*], 3444 : faire un trou, enfoncer.

Crute, 3168 : crypte.

Cu, 3542 ; *keu*, 1310 : cuisinier.

[*Cuillir*], cf. *Acuillir*, *Coillir*.

Cuilte, 2895 : matelas.

Culer, cf. *Coler*.

Culvert, 1908, 2122, 2173, 2241, 2604 : gredin.

Cumbe, 3192 : vallon.

Cumble, 2263 : toit d'un bâtiment, d'où le bâtiment lui-même.

[*Cunchier*], 347, 354 : souiller d'excréments.

Cunparer, cf. *Comparer*.

Cuntredit, 302 : opposition, objection.

Cuntretenir, (p. p.) *cuntretenant*, 887 : retenir.

Cuntrover, 2241 : inventer des mensonges.

D

Dan, seigneur (employé avec un nom propre). Voir GIRART, GUI, VIVIEN, WILLAME, dans l'Index.

Danceal, 520 : jeune noble.

Dart, 226, 770, 775, 779, 785, 871, 877, 919, 1141, 1214, 1222, 1804, 1892 : arme de jet (sorte de javelot).

[*Debatre*], 878 : accabler de coups.

[*Debruser*], 3098, 3117, 3149 : mettre en pièces.

[*Decoler*], 377, 643, 2612 : décapiter.

Dehé, 129, 2532 : malédiction.

Dei, 2928 : doigt ; *trei deie*, 1555, 1559, 1663 : longueur de trois doigts.

Demeine, 757, 2028 : qui appartient en propre ; 1095, 1236, 1588 : seigneur.

Demembrer, 3309 : disperser les membres, mettre en pièces.

Demener, 863 : harceler, maltraiter ; *duel d.*, 2412, 2468 : s'abandonner au chagrin.

Dementers, *tant d.*, 1961, 2284 : pendant le temps que.

Dementer (*sei*)*, 1321 (*dementir*) : se lamenter.

Demesurer (*sei*), 1463 : oublier la mesure.

Demurer, 1030, (imp. 5) *demorez*, 2220 : tarder ; (pr. 3) *demoert*, 1094, 1380, 1684 : faire défaut (en parlant du vent).

Denrees, 2495 : prix attaché à quelque chose.

Depanee, *bataille d.*, 2851 : mis en pièces (les adversaires).

[*Departir*], 3338 : mettre en morceaux.

Deporter, 840 : supporter ; 2397 : se divertir.

Derumpre, 640 ; (pr. 3) *derunp*, 268, *desrunt*, 1826 ; (pr. 6) *desrumpent*, 2128 ; (subj. pr. 6) *desrunpent*, 499 ; (imp. 2) *derump*, 262 ; (imp. 5) *desrumpez*, 452 : rompre, disperser, arracher.

Deschalcez, 2649 : pieds nus.

[*Descunorter*], (pr. 3) *descunorted*, 15 ; *desenorte*, 963 ; *desonorted*, 41 : ravager.

Desercler, 2744 : perdre les cercles.

[*Deserrer*], 1826, 2127, 2301 : distendre, faire éclater.

[*Deservir*], 1520 : mériter.

Desevrer, 2070 ; (pft. 3) *deseverad*, 1177, 2146 ; (pft. 6) *deseverent*, 691, 1174, 1779 : séparer, se séparer.

Desfermer, 1279, 2227 : ouvrir.

Desi, *d. cum*, 1013 : à quel point ; *d. que*, 165, 319, 369, 3328 ; *deci que*, 1547 : jusque.

Desmailler, 1816 ; (pr. 3) *des-maele*, 1831 ; (pr. 6) *desmaillent*, 2128 : rompre les mailles du haubert.

Desmesure, *a d.*, 372 : à profusion.

[*Desprisoner*], 3038, 3047, 3051, 3079, 3081, 3124, 3144 : libérer.

Desque, 322, 442, 796, 1849, 1888, 2365, 2724, 3367 : jusque.

Desrumpre, cf. *Derumpre*.

[*Destreindre*], 892 : presser, étreindre.

Destreit, 665, 987 : détresse ; 2961 : passage étroit.

Destrer, 918... 3498 : destrier, cheval de combat.

Destresce, 313 : péril.

Desturbers, 2386 : malheurs.

[*Desver*], 575, 2631, 2785, 2871 : devenir fou.

[*Detrencher*], 879, 925 : mettre en pièces.

Detrés, 272, 1211, 1218 ; *detriés*, 3270 : derrière.

[*Deviser*], 2850 : disperser.

Di, 2166 ; *dis*, 76, 205, 792, 1061 : jour.

Digner, 2658 : prendre son repas ; 1237, 1358, 1690, 2505, 3002, 3349 : repas.

Disme, 3197 : dixième.

Diva, 3281 : allons !

Doit, cf. *Duit*.

Dossel, 1699 : tenture de dossier.

Doter, 2819, 2937, 3397 : redouter.

Dras, 2869, 3139 : vêtements.

Dreit, *faire dr.*, 2109 : accorder réparation ; *prendre dr.*, 3461 : accepter réparation en vue d'une réconciliation.

Dromund, 3059 ; *dromunz*, 213, 2368, 3008 : dromont, navire de guerre rapide.

Drue, 683, 993 : amie.

Duble, *targe d.*, 371, 378, 441, 644, 1544, 1835 ; *doble t.*, 321 : bouclier à double épaisseur, renforcé par une garniture intérieure ; *halberc d.*, 382 : haubert à double tissu de mailles ; *batailles* d.*, 3169 : engagements violents.

Duel, 692, 1757, 2075, 2356, 2376, 2393, 2412, 2468 ; *doel*, 345, 1174, 1320, 1403, 1744, 1751, 1767, 2460, 2679, 3159 : peine, chagrin profond.

Duit, 525, 847, 1159, 1195, 1989, 2011 ; *dut*, 712 ; *doit*, 2993 : eau qui coule, ruisseau.

Dun, 3496 : don.

Durement, 715, 738, 869, 876 : adverbe à valeur intensive (beaucoup, intensément).

Durer, 865 : se maintenir ; 711 : supporter.

E

Eé, 1526, 3346 ; *eed*, 1640 : âge.

Eigue, cf. *Eve*.

Eir, 1435, 1973 ; *heirs*, 1327 : héritier.

Eissir, 2887 (inf. substantivé) ; (p. p.) *eissuz*, 961 : sortir, cf. *Issir*.

El, 49, 78, 572, 1646, 2288, 2797, 2997 : autre chose ; *par el*, 858 : ailleurs.

[*Embler*], 2700, 2706 : voler.

Empire, 2644 : puissance guerrière, armée.

Enarme, 323, 433, 443 : courroie

du bouclier dans lequel on passe le bras.

[*Enbroncher*], (pft. 3) *enbronchat*, 1171 ; *enbrunchat*, 1301 ; (p. pr.) *enbronchant*, 1984 : pencher vers l'avant.

Enchaïr, (pr. 3) *enchet**, 2532 : tomber, commettre une faute en manquant à sa parole.

Enchalz, 2991 : poursuite.

[*Enchascer*], 1862, 1865 : poursuivre, donner la chasse à.

[*Encliner*], 852, 1503, 1881, 1922 : baisser.

Enconbrer, 3205 : malheur.

[*Enculper*], 1460 ; (pr. 5) *colpez*, 1630, *aculpez*, 1649 : faire des reproches.

Encunbree (*presse*), 697 : mêlée inextricable.

Encuntrer, *mal li est e.*, 2499 : il lui est arrivé malheur.

Encuntremunt, 266 ; *encontre-munt*, 3292, 3296 : vers le haut.

Encuntreval, 164, 1821 : vers le bas.

Encuser, 1875 : mettre en cause.

[*Enditer*], 2694 : indiquer.

[*Enfester*], 2097 : regarder d'un air hostile.

Engin, 1531 : ruse.

[*Enginner*], 261 : tromper.

Engrun, 467, 1674 : mauvais coup.

Enherber, 2594 : empoisonner avec des plantes vénéneuses.

[*Enluminer*], 2041 : jouir de la lumière (ne plus être aveugle) ; 2985 : illuminer.

[*Enpeindre*], 439, 1224, 3065 : enfoncer vigoureusement, appuyer son coup.

Enplaider, 1573 : intenter un procès.

Enprof, 1469 : après.

Enquere, 260 : chercher.

[*Enracer*], 3411 : arracher.

Enseigne, 138, 264, 268, 273, 275, 286, 314, 316, 780, 1547, 1665, 1840, 1985, 2360 : morceau d'étoffe fixé à la hampe de la lance et servant de signe de reconnaissance ; 327, 440, 447, 674, 2939 : cri de ralliement ; *a sez e.*, 649 ; *par telz e.*, 2242 : sur de telles preuves.

Enseigné, 520 : bien formé, bien éduqué.

Ensement, 3177, *e. cum* : de la même manière que.

Ensurquetut, 1022 : par-dessus tout.

[*Entailler*], 2533 : incruster.

Entrecuntrer (*sei*), 3132 : se croiser.

[*Entreprendre*], 1769, 2570 : embarrasser.

Entrer, 576, 809, 902, 911, 1280, 2216, 2234, 2308 ; (pr. 3) *entred*, 15 ; (pr. 6) *entrent*, 1702 ; (pft. 1) *entrai*, 3359, 3486, 3518 ; (pft. 3) *entrat*, 3388 ; (pft. 5) *entrastes*, 2884, 2969 ; (fut. 5) *enterez*, 2218, 2242 ; (fut. 6) *enterunt*, 3011 ; (cond. 2) *entereis*, 1149, 1188 (*entreis*) ; (p. p.) *entré(z)*, 1092, 1343, 1382, 1683, 2854 : entrer.

Envaïr, 754, 1801 : attaquer.

Envers, 1812, 1984 : vers ; 1893 : contre.

Enviz, 689 : à contrecœur.

[*Envoldre*], 3211 : envelopper.

[*Envoluper*], 850, 1890 : souiller.

Errer, 1659... 3408 ; (pr. 3) *eire*, 494, 884 : aller ; *este vus errant*, 123, 3157, 3170 : voici venir ; *a malement erré*, 1370 : a rencontré le malheur.

Errur, 470 ; *irrur*, 568 : détresse.

Erseir, 114, 120 ; *herseir*, 129, 209 : hier soir.

Es, 27, 34, 1691, 1807 ; *est*, 1098 ;

este, 123, 937, 3157, 3170, 3273 : voici (présentatif).

[*Esbaldir*], 206 : réjouir.

Escache, 2196 : jambe de bois.

Escacher, 2150 : qui a une jambe de bois.

Escalberc, 734, 890 : fourreau.

[*Escanteler*]*, 1830, 1825 (*encanteler*) : mettre en morceaux.

Eschari, a e., 64 : avec une petite troupe.

Eschec, 1091, 1342, 1384, 1682, 3345 : butin.

Escheis, 1093 ; *eschiez*, 187 : navire.

Eschevi, 2748 : svelte.

Escientre, men e., 1468, 3448 ; *tun e.*, 1149, 1188 ; *men escient*, 3060 : à ma, à ta connaissance ; à mon, à ton avis.

[*Esclargir*], 1731 : faire briller.

[*Esclarir*], 233 : commencer à faire clair.

Escolter, 953 : entendre.

[*Escondire*], 2123 : nier.

Escri, 1821 : cri, appel.

[*Escrier*], 1072, 1695, 2898, 2938, 3228, 3349* : pousser un cri, s'écrier.

Escuile, 2404 : écuelle.

Escure, 1901 ; (pft. 3) *escust*, 776, 1215 : balancer ; *escuse*, 2269 : débarrassée, délivrée.

Escurge, 2266 : courroie de fouet.

*Esfreé**, 705 (*esfrei*) : bouleversé, ravagé.

*Eshalcer**, 1376, 1489, 1602 (*esahlcer*) : exalter, travailler à la gloire de.

[*Esleger*]*, 2474 : acheter, payer.

*Esleisser**, 238, 914 ; *eslaisser*, 632, 917, 1212 : prendre le galop.

[*Eslire*] (*sei*), 329, 334 : se séparer.

[*Esmaier*], (imp. 5) *esmaez*, 484 ; (p. p.) *esmaiez*, 1852 : s'effrayer.

[*Esmerer*] (*sei*), 328 : se séparer (se dit d'un métal plus pur qui se sépare d'un alliage).

[*Esmuiller*], 1839 : vider de sa moelle.

Esnecke, 213, 3518, 3522 : brigantin (bateau léger).

Espé, 137, 270, 1157, 1502, 1897, 3181, 3206, 3219, 3311 ; *espez*, 1114 ; *espeé**, 325, 438, 445, 1838, 3178 ; *espeés*, 226, 854, 1815, 1862, 2076 ; *espeez*, 1805, 1810 ; *espeiez*, 1141 : épieu, sorte de lance de guerre.

Espece, 1992 : épice.

Espermenter, 1012, 2272 : éprouver.

[*Espleiter*], 2945 : se hâter.

[*Esprendre*], 2869 : enflammer.

Esquasser, 2843 : se briser en morceaux.

[*Esredner*], 3313 ; (p. p.) *esrenés*, 3046 : casser les reins.

Esse, 223, 1111 : ornement du heaume (en forme de S ?).

Estage, 2911 : poutre de soutènement.

Ester, 131... 3410 ; (fut. 6) *esterrunt*, 2448 ; (pft. 3) *estut*, 939, 940 ; (p. pr.) *estant*, 3527 : se tenir debout ; *d'un e.**, 2289 : d'un seul assaut (voir note) ; *laissier e.*, 131, 1150, 1189, 1937, 2737, 2902, 3281 : ne plus s'occuper de.

[*Estortre*], (fut. 5) *estorterez*, 2885 ; (p. p.) *estoers* : échapper.

[*Estoveir*], (pr. 3) *estoet*, 2273, *estuet*, 2819 ; (fut. 3) *estoverad*, 3352 ; (subj. impf. 3) *estust*, 511 : être nécessaire.

*Estrange**, *e. gent*, 76 : les gens d'ailleurs ; *e. cuntree*, 682, 1002 : pays ennemi ; *e. regné*, 2414, 3375 : pays étranger.

Estre, 853, 2640, 2800 : outre.

Estreit, 1724, 2077 : étroitement.

Estres, 99, 939 : embrasure de fenêtre, fenêtre.

Estrif, 364 : querelle, débat.

Estriver, 1549 : étrivière, courroie soutenant les étriers.

[*Estroer*], 3136 : trouer.

Estrus, *a e.*, 1975 : sans hésiter.

[*Estruser*], 1841 : se briser.

[*Estuner*], 723 : accabler, étourdir.

Estur, 454... 3360 : combat.

*Esturman**, 668, 676 : timonier.

[*Esvigurer*], 3343 : triompher par la force.

Eve, 713, 844, 846, 852, 1009, 1042, 1105, 1701, 2040, 2048, 2390, 3349 ; *ewe*, 864, 1401, 2696, 2726, 3478 ; *eigues*, 150 : eau.

Exil, *metre a e.*, 970 : ravager.

F

Fable, 1238 : conte.

Façun, 2359 : tournure, attitude.

Faillir, 2562 ; (pr. 3) *falt*, 1748, 1764 ; (pr. 6) *faillent*, 278, 1753 ; (fut. 1) *faldrai*, 313 ; (fut. 4) *faldrum*, 1584, *faudrun*, 309 ; (fut. 6) *faldrunt*, 2540 ; (cond. 6) *faldreient*, 2677 ; (pft. 6) *faillirent*, 1292 ; (p. p.) *failli*, 280, 1337, 2173 : faire défaut.

Faitement, *cum f.*, 2507, 3505 : de quelle manière ; *si f.*, 2468, 3408 : ainsi.

Falsart, 1805 : faussard.

Fanc, 269, 274 : boue.

Fé, 1638, 2545 ; *feé*, 1480, 1519, 2427 ; *feez*, 2535 ; *fez*, 3499 : fief.

Fedeil, 655 : fidèle ; 661, 663, 978, 985 : compagnon fidèle.

Feie, 890 ; *foie*, 734 : foie.

Feire, 3532 : foire.

Felonie, 2601 : coup du sort ; 2949, 3466 : trahison.

Feltre, 1555, 1559, 1663 : couverture placée sous la selle.

Felun, 264, 540, 2366, 3158, 3422 : cruel, démesuré (désigne, sauf une fois, les païens) ; *fel*, 1581, 2551, 2587, 3164 : traître, maudit (figure dans une formule de malédiction).

Fenil, 2712 : grenier à foin.

Feore, 2623, 2625 ; *forere*, 3323 : fourreau de l'épée.

Fereür, 1260, 1306 ; *ferur*, 1130 : combattant.

Ferir, 516... 3300 ; (pr. 3) *fert*, 397, 437, 566, 786, 795, 920, 1216, 1397, 1835, 1845, 2686 (*fer*), 2910, 3178 (*fer*), 3298, 3303, 3435 ; *fiert*, 321, 398, 745, 777, 915, 1223 (*fier*), 1824, 1829, 1920, 3097, 3160, 3181, 3196, 3294, 3313, 3328 ; (pr. 6) *ferent*, 455, 1718, 1732, 1837, 2064, *fierent*, 332, 3185 ; (fut. 1) *ferrai*, 1655 ; (fut. 4) *ferum*, 2936 ; (fut. 6) *ferunt*, 493 ; (cond. 1) *ferreie*, 2149, 3431, 3464 ; (pft. 3) *feri*, 2984, 3020, 3197 ; *ferid*, 369 ; *ferit*, 3383 ; (pft. 6) *ferirent*, 335 ; (subj. pr. 1) *fiere*, 165 ; (subj. pr. 3) *fierge*, 2132 ; (imp. 5) *ferez*, 451, 452 ; (p. p.) *feru*, 492, 2145, 3219 : frapper.

[*Fermer*], 317 : fixer ; 2892 : clore (assujettir les vantaux d'une porte).

Ferré (*chemin*), 2259 : chemin formé de cailloux agglomérés, grand-route.

*Fest**, 342, 3413, 3442 ; *feste*, 3439, 3451, 3464, 3468, 3472 : poutre maîtresse ; 156 : sommet.

Fi, 882 : assuré ; 1778 : confiant.

Flael, 3210, 3213, 3221, 3241, 3263 : fléau de combat.

Flaguler, 2266 : fouet.

[*Fleerer*], 1992 : répandre une odeur.

Flori, 2565 : qui a les cheveux blancs.

Foer, 2333 : fourrage.

[*Foler*], (pft. 3) *folad*, 269 ; *fulat*, 274 : fouler (aux pieds).

Forçur, 4 : plus fort.

[*Forer*], 2039 : percer.

Forere, cf. *Feore*.

[*Forfaire*], 2165 : commettre une faute.

Forme, 1814 : forme, dessin d'un corps ; 2394 : stalle.

Freindre, 93, 2744, 3009 ; *fraindre*, 2843 ; (pr. 3) *freint*, 442 ; (pr. 6) *freignent*, 2127 ; (pft. 3) *freinst* 2301, 3136, 3333 : briser.

[*Fruisser*], (pr. 3) *fruisse*, 419, 1830, 3179, 3182 ; *froisse*, 1825 ; (p. p.) *fruisses*, 1379 : fracasser.

Fruntel, 223, 1111 : frontal, partie du heaume qui couvre le front.

Fuc, 395 : troupeau.

Fueür*, 246 : fourrageur.

Fuie, 660, 982, 1105, 1701, 1855 : fuite.

Fuieur, 1307 : fuyard.

Fuildre, 1853 : foudre.

Fuler, cf. *Foler*.

Furche*, 342, 3412 : montant.

[*Furcher*], 340 : se croiser.

Fust, 3210, 3215, 3241 : bois ; 2754, 2816, 2910, 2971, 3103, 3207 : pièce de bois, bâton (il s'agit du tinel de Renouart) ; *fustz*, 2265 : bâtons.

Futre, 2604, 2618 : saillir.

G

[*Gaaigner*], 1646 : gagner.

Gaber, 2501, 2704, 2881, 2926, 3384 : se moquer de.

Garder, 150, 185, 387, 390, 407, 473, 607, 941, 1297, 1615, 1970, 2747, 2882, 2995, 3017, 3088, 3096, 3114, 3324, 3410 : regarder ; 826, 1104, 1282, 1377, 1457, 1473, 1490, 1603, 1607, 1628, 2188, 2606, 2690, 2732 : défendre ; 57, 908 : maîtriser (une bataille) ; 686, 996, 1282, 2220, 2690, 3033 : veiller à.

Garet, 1883 : jarret.

Garir, (fut. 1) *garrai*, 1153 ; (cond. 2) *garreies* 1148 (*garreie*) : recouvrer la santé ; 195, 248, 255, 257, 690, 819, 1449 ; (fut. 3) *garrat*, 247, *guarrad*, 2717, *garrad*, 2779 ; (cond. 3) *garreit*, 509, 2105 ; (imp. 5) *garisez*, 815 ; (p. p.) *gari*, 857 : préserver de.

Garnement, 2916 : équipement.

Gascoin, 2768 : gascon (cheval).

Gasteals, 1413, 1416, 1426 ; *gastels*, 1408 : gâteaux.

Gaster, 112, 2262 ; (pr. 3) *gaste*, 16 ; *guaste*, 42, 964 : dévaster.

Genmé, 2319 : incrusté de pierres précieuses.

Genitriz, 813 : qui donne la vie (au Christ).

Gent, 183, 434, 481, 1943, 2184, 2359, 2748, 3165 : noble ; 431 : beau, magnifique.

Gentil, 288, 290, 334, 482, 2002, 2307, 2398, 2413, 2501, 2568 : noble.

Gentilment, 2163 : avec noblesse.

Gernun 2688, 2880 : moustache.

Geste*, 1261, 2101, 3167 : famille héroïque ; *pute g.*, 220, 3158 : race abominable (les païens).

Giembre, (pr. 6) *gement*, 535 : gémir.

Giens*, 835 (*gent*) : en quelque manière.

Giu, 692 : jeu.

*Glaive**, 1545 : lance.

Glut, 1202, 1453, 1460, 1630, 1937, 1948, 1965, 2137 ; *gluz*, 266, 1455, 1841 ; *glotun*, 3282 : gredin (terme d'injure).

Gonele, 1832 : cotte portée sur le haubert.

Graimes, gr. *noveles*, 277 : tristes nouvelles.

Gravele, 228, 1116 : grève, rivage.

Graver, 855, 925, 1097, 1688, 1814, 1838, 3064 : sol sablonneux.

Gré, 1624, 2645, 2711, 3039, 3082 : reconnaissance ; *de g.*, 1389 ; *de sun g.*, 1869 ; *par mun, tun, vostre g.*, 585, 1352, 1360 : volontiers ; *venir a g.*, 3068, 3328 : être agréable ; 853 : volonté ; *gred*, 1532 : bienveillance.

Greignur, 118 : plus grand.

Greille, 2719, 3347 : trompette.

Grezeis, 2171 : grecque (langue).

[*Grundir*] *(sei)*, 1451 : gronder.

Guast, 2417 : désert, solitude.

Guaster, cf. *Gaster*.

Guerpir, 304, 600, 731, 3472 : abandonner.

Guier, 147, 3126 : conduire.

Guige, 432 : courroie du bouclier, servant à le suspendre au cou.

Guische, 2592 : ruse.

Guivre, 770, 871, 877, 1804 : javelines.

Gunfanun, 262, 466, 1673, 2364 : étendard fixé à la hampe de la lance ; 280 : porte-enseigne.

Gunfanuner, 278, 1582 : porte-enseigne.

H

Haan, cf. *Ahan*.

Hace, 2840 : subj. pr. 1 de haïr.

[*Halcer*], 2910, 3434 : lever.

Hanche, 2405 : gigot.

Hanste, 93, 266, 273, 318, 522, 716, 772, 785, 1546, 1664, 1742, 1841, 1901, 2457, 3179, 3182 : hampe de la lance ; *pleine sa h.*, 421, 2302, 3137 : de toute la longueur de sa lance.

Hardement, 1656, 1894, 1997 : vaillance.

Haste, 2732, 2855 : broche à rôtir ; *a h.*, 1046, *en h.*, 1405 : à même la broche.

Haster, 869, 875, 2069 : presser, accabler ; *se h.*, 2771 : se presser.

Haterel, 3270 : nuque.

Healme, 134... 3325 ; *healmes*, 222... 3457 ; *helmes*, 98, 102, 142 ; *halme*, 1301, 1845 : heaume.

Heir, cf. *Eir*.

Helt, 733, 3328 ; *holz*, 889 : quillons (bras de la croix) de l'épée.

Herberge, 152, 155, 167 : campement ; 157 : tente.

Herde, 396 : troupeau.

Herité, 1388, 1469, 1472, 1519, 1657, 1978, 3401 : héritage.

Hermin, 2171 : arménien (une des langues parlées par Guillaume).

Herseir, cf. *Erseir*.

Holz, cf. *Helt*.

[*Honir*], 260, 464 : déshonorer ; 2168, 2948 : mettre à mal, porter tort à.

Honuré, 51, 169 ; *honured*, 2180 ; *onuré*, 1608, 2878 ; *onurez*, 1592 : p. p. de honorer.

Hore, cf. *Hure*.

Hostel, cf. *Ostel*.

Hucher, 2543, 3398 ; (pr. 3) *huche*, 1818, 3198 ; *husche*, 1142, 1182 : crier.

Hui, 19... 3286 : aujourd'hui.

Hui mais, 2158 ; *huimés*, 1720, 3100 ; *oimas*, 11 : désormais.

Hulce, 346, 350 : housse de selle.

Hure, 22... 3030 ; *ore*, 946, 2043, 2903, 3015, 3147 ; *hore*, 2046, 2386 : heure ; *d'ures en altres*, 1888, 2459 : sans cesse, à chaque instant.

[*Hurter*], 344, 2708, 3522 : heurter.

I

Idunc*, 240, 767, 1074, 2125 (*dunc*), 2366, 2728, 3128 ; *idunques*, 1820 : alors.

Ignel, 774, 914, 1213 : rapide.

Ignelemant, 3515 ; *ignelmant*, 3520 : rapidement.

Ignelesce, 410 : rapidité.

Iloec, 676... 3521 ; *iloeques*, 22 : là.

Iree, 2432 ; *irez*, 1848, 1982 ; *irrez*, 2088 : courroucé, affligé.

Irrur, cf. *Errur*.

Issi, 417, 2123, 3101 : ainsi.

[*Issir*], (pr. 6) *issent*, 531 ; (pft. 2) *issis*, 3505 ; (pft. 3) *issid*, 144, *issit*, 2648, *issi*, 701 ; (pft. 6) *issirent*, 228, 1116 ; (fut. 6) *isterunt*, 612 ; (cond. 3) *istereit*, 1973 ; (p. p.) *issu*, 12, 38, 141, 1084, *issuz*, 1506, *issue*, 865 : sortir.

Itant, 1646 : d'autant ; 2203 : tant ; *itantz*, 2999 : autant ; *pur sul i. que*, 1272 : seulement parce que ; *a i.*, 3233 : alors.

Itel, 1648, 2250, 3282 ; *itiel*, 2959 : tel.

J

Jarit, 3213 : bois qui pousse dans la lande.

Joefne, 25, 1640, 2456, 2818, 3146 : jeune.

[*Joïr*], 2697, 2856 : accueillir avec joie.

Juer, 2396 : faire la fête ; 3085 : mener la danse (métaphore de la joute).

Jugleür, 1258 ; *juglers*, 2247 : jongleur.

Juïs, 1424 : Jugement (dernier).

Juste, 370, 1009, 3004, 3127, 3258 : à côté de.

Justiser, 1750 : diriger.

Juvente, 1338, 2001 : jeunesse.

K

Keu, cf. *Cu*

L

[*Lacrimer*], 1315 : pleurer.

Laïnz, 2216 : à l'intérieur.

Laisser, 926 ; (pr. 3) *laisse*, 1426, 2229 ; *laissed*, 632 ; *laisset*, 385 ; *laist*, 1588, 3133, 3224 ; *lait*, 1463, 2320, 3265 ; *leist*, 1904 ; (pr. 4) *laissum*, 3325 ; *laissun*, 764 ; *leissun*, 766 ; (pr. 6) *laissent*, 528, 2490 ; *leissent*, 564, 569, 756 ; *lessent*, 1786 ; (fut. 1) *larrai*, 689, 1531, 1540, 2547, 2558, 2563, 2571 ; (fut. 4) *larrum*, 2234 ; (fut. 5) *larrez*, 2308 ; (pft. 1) *laissai*, 1575 ; (pft. 2) *laissas*, 900 ; (pft. 3) *laissa*, 2084 ; *laissad*, 1265, 1280, 1359, 1557, 2038 ; (imp. 2) *lai*, 2216 ; *lais*, 811 ; *lait*, 904 ; (imp. 4) *laissiun*, 2556 ; *leissun*, 131 ; (imp. 5) *laissez*, 1150, 1189, 1352, 1937, 2500, 2628, 2737, 3281 ; *leissez*, 2925 ; (subj. pr. 3) *laist*, 2430 ; (p.p.) *laissé*, 281 ; *laissié*, 1855 : laisser ; *ne l. que*, 2547, 2558,

2563, 2571 : ne pas manquer de, ne pas renoncer à.

Laner, 3134 : lâche.

Lange, 2649 : vêtement de laine.

Langue, 1295, 1300 ; *lange*, 464 : langue ; *langes* : 319 : franges d'une bannière en forme de langues.

Lasse, 185 : rivage (litt. sédiment déposé par la mer sur la grève).

Lasseté, 1206 : épuisement ; *lassetez*, 2044 : faiblesses (au sens moral).

Latin*, 2169, 3248 : langage propre à un personnage, cf. *Romanz*.

Laz, 369, 1983, 2319 : lacets fixant le heaume au haubert.

Lé, 2040, 3331 ; *lez*, 521, 1520, 1655 ; *liez*, 1865 : côté.

Lé, 3238 : joyeux. Cf. *Lie*.

Lé, 3306 ; *lee*, 2399 : large.

Leccheür, 2700... 2881, *lecheür*, 2922 ; *leccheürs*, 2619 ; *lecchurs*, 2879, 2968 ; *lecchere*, 789... 3425, *leccheres*, 3384, *lechere*, 423 : débauché (terme d'injure fréquemment employé à l'égard des Sarrasins).

Leger, 1613, 2475 : vif, agile.

Lei, *a l. de*, 3256, 3424 : comme, à la manière de.

Leppart, 1717 : léopard.

Lever, 3358, 3387, 3484, 3487 : tenir sur les fonts baptismaux.

Lez, 570, 927, 1097, 1381, 2864, 3445 : à côté de.

Lie, 1245 : joyeuse.

Lier, 521 : bander (une plaie).

Lin, 259, 295, 1054, 1768 : lignage.

Liu, 608, 3065 ; *lius*, 859, 1140, 1181, 2434, 3161 : lieu, endroit.

Liwe, 1097 ; *liwes*, 92, 243, 697, 705, 712, 845, 3198 ; *liue*, 1688 ; *liuves*, 2918 : lieue.

[Loer], 252, 254 : conseiller ; 76, 1397 : faire l'éloge de.

Loigne, 1216, 3178 : reins.

Loinz, *de plus l.*, 832 : depuis plus longtemps.

Los, 3063 : louange.

Lou, 3435 : loup.

Lunc, 196, 344 : le long de.

M

Maigné, 1966 : blessé.

Mail, 3275, 3284, 3293 : maillet.

Main, *par m.*, 2423 ; *par mein*, 99, 2436 : au matin.

Maissele, 1168, 1298 ; *meissele*, 2002 ; *meisseles*, 533 : joue.

Maistre, 2669, 2670, 2674, 2684, 2689 ; *meistre*, 3510 (substantif) : éducateur (parodie du modèle chevaleresque) ; *maistres*, 159 (substantif) : chef ; *maistre*, 2263 ; *meistre*, 1847 (adjectif) : principal.

Maldehé, 3420 : malédiction.

Maleuré, 2702, 3354 : malheureux.

Malfé, 2030, 2290, 3316 : démon.

[Malmetre], 420, 592, 3339 : mettre à mal, d'où briser, massacrer.

Maltalant, 1635, 1982 : colère.

Malté, 1974 : mal.

Malveisted, 3063 : lâcheté.

[Manacer], 2716 : menacer.

Mandoues, 130 (impf. 2 de *mander*) : appeler.

[Maneir] (pr. 2) *mains*, 897, 2079 ; (pr. 3) *maint*, 2010, 2453 : demeurer.

Manevele, 1501 ; *manvele*, 136, 225, 1078, 1113 : courroie du bouclier servant de poignée.

Mangonel, 3215 : mangonneau, machine de siège destinée à lancer des pierres.

Manier, 1741, 1765 : avoir bien en mains, pouvoir se servir de.

Mar, 488... 3450 : pour le malheur (voir B. Cerquiglini, *La Parole médiévale*, Minuit, 1981, p. 228-249) ; 2030, 2428 : équivaut à une négation renforcée.

Marbrin, 1240, 2221, 2504, 2807, 2811 : de marbre.

Marches*, 1020, 1344 ; *marchez*, 16, 42, 112, 964 : territoire frontalier.

Marchis, 85... 2213 ; *marchiz*, 480... 3382 : seigneur à qui est confié le commandement d'une *marche* ; souvent synonyme de guerrier valeureux.

Mas, 2736 : mais.

Mazelin, 1048, 1050, 1410 : hanap de bois veiné.

[*Medler*], 849 : troubler.

Meis, *nen m.*, 1197 : ne plus.

Meisné, 46, 70, 192, 279, 483, 2853 : compagnie d'un seigneur.

Meisnel, 1782 ; *meisnil**, 1770 (*meisnel*), 1793 : métairie.

Meité, 558... 3304 : moitié, morceau.

Mellee, 2628 : querelle, rixe.

[*Menbrer*], (pr. 3) *menbre*, 125, 584, 664, 986 ; (pft. 3) *menbrat*, 2724, 2728 ; (subj. pr. 3) *menbre*, 413 ; (p. p.) *menbré*, 389 : se souvenir de, songer à.

Menbré, 1604, 1614, 2627 : digne de mémoire, renommé.

Menee, 489 : sonnerie pour le rassemblement.

Menur, 1994, 2015 : plus petit.

Merci, 70, 105, 503, 539, 590, 749, 883, 1059, 1319, 1332, 1351, 2042, 2573 : pitié ; 175, 573, 589, 815, 1367, 2009, 2200, 2776, 2801, 3236 : grâce ; 301, 620, 2635, 3489 : remerciement.

[*Mercier*], 1199 : implorer la grâce de ; 2953 : rendre grâce à.

Mes, 1693 : mets.

Mes, 27, 34 : messager.

[*Mesbaillir*], 408 : mettre en mauvais état.

Meschin, 355, 405, 790 : jeune homme.

[*Meschoisir*], 3194 : méconnaître.

Mescine, 2593 : breuvage empoisonné.

Mescreant, 250 : infidèle.

Messages, 47, 54, 178, 1232 : messager.

Mester, 3544 : métier ; *aveir m.*, 2434, 2983 : être utile.

Mieldre, 250, 546, 947, 1375, 1601, 2181, 3544 : meilleur.

Mielz, 84... 3298 : mieux ; *le m.*, 475, *le miez*, 3495 : la meilleure partie.

Mirable, 2480, 3348 : admirable.

Mirer, 101, 188 : regarder.

Mirie, 502, 538 : médecin.

[*Moillier*], 478, 1010 : mouiller.

Moiller, 583, 1330, 1624, 1755, 2429, 3165, 3493, 3500 ; *muiller*, 1875 : épouse.

Molde, 828 : manière.

Mollé, 2224, 2748 : bien fait.

[*Moneer*], 2866, 3369 (associé à *dener*) : frapper (pour en faire de la monnaie).

Morir, 293... 3421 ; *murir*, 504 ; (pr. 1) *moerc*, 1767 ; (pr. 3) *moert*, 1748 ; (pr. 6) *moerent*, 1752, 3441 ; (fut. 1) *murrai*, 1744, 1751, 1757 ; (fut. 3) *murrad*, 3190 ; (fut. 6) *morrunt*, 245 ; (cond. 2) *murreies*, 1447 ; (cond. 5), *murriez*, 2679 ; (pft. 6) *morurent*, 1324 ; (subj. pr. 1) *moer*, 2273 ; (subj. pr. 2) *moergez*, 1325 ; (p. p.) *mort*, 194... 3452 : mourir, tuer (aux temps composés).

Morst*, 3439 : pft. 3 de mordre.

[*Moveir*], (subj. impf. 1) *meüsse*, 3512 ; (subj. impf. 2) *meüssez* 2733 : partir ; (pft. 6) *moürent*, 230 ; *murent*, 1119 : conduire une guerre ; (pr. 3) *muet*, 3159 : réduire à.

[*Mucier*], 3042 : cacher.

Muer, 2169, 2970 : changer ; *ne pot m.*, 320 ; *n'en poez m.*, 1206 : ne pouvoir éviter de.

Mund, 1524 : monde.

Munt, 399, 517, 570, 1180, 1184, 1644 : mont, éminence.

Mure, 383, 736, 741, 891, 944, 1844 : pointe de l'épée.

Muster, 3359, 3388, 3486, 3490 : église.

Mustrer, 2947, 2949 ; (pr. 3) *mustre*, 1842 ; (pr. 5) *mustrez*, 2310 ; (imp. 5) *mustrez*, 3283 ; *mostrez*, 3125 ; (pft. 3) *mustrat*, 240 : désigner ; (p. p.) *mustré*, 1879 : montrer ; 1011, 1029 ; (p. p.) *mustré*, 1331, 1477, 1568, 1591 : expliquer.

N

[*Nafrer*], 519, 522, 526, 558, 859, 1140, 1181, 2089 : blesser.

Naijo, 3485 : non.

Nasel, 885, 1846, 2132, 2194 : nasal (partie du heaume qui garantit le nez).

Navirie, 154 : flotte.

[*Neeler*], 2847 : nieller, incruster d'émail noir.

Nef, 3023, 3045, 3140 ; *nefs*, 186... 3517 ; *nes*, 3009, 3071 ; *niefs*, 151... 3041 ; *niés*, 1632, 2943, 3011 : navire.

Nenil, 128, 2309, 2735, 2758 ; *nenal*, 2820 : pas du tout.

Nent, 2797, 2919 ; *niant*, 3512 ; *nient*, 460... 3538 : rien.

Nes, 2310, 2311 ; *niés*, 866, 1009, 3118 : nez. Voir WILLAME dans l'Index.

Nevou, 8... 3427 ; *neveu*, 427, 1620 ; *nevous*, 542 ; *niés*, 24... 2539 ; *nief*, 1711 ; *niefs*, 1031, 2256 ; *nefs*, 299 ; *nes*, 1625, 1636 : neveu.

Niant, *nient*, cf. *Nent*.

Nies, cf. *Nef*, *Nes*, *Nevou*.

Nife, 2115 : nèfle (au figuré, qui est de peu de valeur).

Niuele, 2405 : sorte d'oublie, cf. *Obleie*.

Noef, 3197 : neuf (adj. num.).

Noise, 2721 : vacarme.

Noneine, 2419 : moniale.

Nou, 3320, 3326 : nœud.

Nu, 416, 2590, 2674, 3385 ; *no*, 153 : négation totale (cf. J. Bédier et L. Foulet, *Commentaires sur la Chanson de Roland*, et Ph. Ménard, *Syntaxe de l'Ancien Français*, § 278).

Nuisir, 1743, 1749 : faire du mal.

Nun, 2802 : non.

Nun, 2827... 3423 : nom.

Nurreture, 684, 994 : soins donnés au cours de l'éducation.

[*Nurrir*], (pft. 1) *nurri*, 1577 ; (pft. 3) *norist*, 1737 ; (p. p.) *nurri*, 1450, 2680 ; *nurriz*, 1393 : donner les soins matériels et la formation qui convient à un jeune noble.

O

Obleie, 2405 : oublie, gâteau fin et léger.

Oblier, 1229, 2859 ; *ublier*, 1778 ; (pft. 1) *obliai*, 2736 ; (pft. 3) *obliad*, 2723 ; *ubliad*, 1317 ;

(pft. 5) *obliastes*, 3467 ; (subj.
pr. 3) *oblit*, 179 ; (imp. 5)
obliez, 55 ; (p. p.) *oblié*, 189...
3351 ; *obliez*, 3418 : oublier.

Ocire, 2998, *oscire*, 2594... 3340 ;
(pft. 1) *ocis*, 642, 676 ; (pft. 3)
ocist, 5... 3242 ; *oscist*, 1184 ;
(pft. 6) *oscistrent*, 2349 ; (subj.
pr. 6) *ocient*, 816 ; (subj. impf. 1)
ocesisse, 1471 ; (subj. impf. 6)
oceïssent, 3216 ; (p. p.) *ocis*,
547... 3025 ; *oscis*, 3169 : tuer.

Od, 25... 3498 : avec.

Oïl, 624, 2776, 3054, 3058 : oui.

Oil, 474... 3460 : œil.

Oimas, cf. *Hui mais*.

Oïr, 1... 3199 ; (pr. 1) *oi*, 258...
3432 ; (pr. 3) *ot*, 1007... 2721 ;
(pft. 1) *oï*, 1458... 3549 ; *oït*,
1823 ; (pft. 6) *oïrent*, 2489,
2953 ; (fut. 1) *orrai*, 616 ;
(fut. 3) *orrat*, 92 ; (fut. 5) *orrez*,
1118, 3506, 231 (*oïrent*) ;
(imp. 5) *oez*, 294 ; (subj.
impf. 3) *oïst*, 2248 ; (p. p.) *oï*,
394, 453 : entendre.

Oneste, 119 : plein d'honneur.

[*Ordeer*], 346 : souiller.

[*Ordener*], 2418 : consacrer.

Orer, 129, 3388 : prier.

Orfreis, 1394 : brocard d'or.

Oscur, 2919 : obscur.

Ost, 434, 2632, 2850, 2929, 2941 :
armée.

Ostel, 96, 2690, 2722, 2736, 2887 ;
hostel, 2766 : demeure, logis.

Ostur, 1572 : autour, oiseau de
proie.

Ottrier, 2537 : donner, octroyer.

[*Ovrer*], 1394 : travailler, broder.

P

Paenisme, 1600, 3306 ; *paenissme*,
2231 ; *païsnisme*, 1374, 2591 ;

paesnisme, 2190 : terre païenne ; 206, 3031 : religion
païenne.

Paieneté*, 1468 : terre païenne.

Paienur gent p., 6 : nation
païenne.

Paille, 316, 2334, 2387 ; *pailles*,
1394 : étoffe de soie.

Paleïm, 3478, *le p. Bertram :* Bertrand, le (comte) palatin.

Paleïz, 390 : palissade.

Paltoner, 2922 : scélérat.

[*Parbuter*], 348 : pousser complètement.

[*Parcure*], 2210 : donner la chasse.

[*Pareir*], (pr. 3) *pert*, 1625, 2718,
2999 ; (pr. 5) *parez*, 2101 ; (p.
pr.) *parant*, 1554 : paraître.

Pareissir, 2772 : sortie (inf.
subst.).

Parenté, 673... 3156 : ensemble
des parents.

Parer, 2860 : préparer.

Partir, 435 : se séparer de.

Paterne, 1082, 1560, 2009 : père
(en parlant de Dieu).

Pavillun, 2693 : tente.

Pé, 2377, 2717, 2779, 2967 : pied.
Employé dans des locutions
négatives, a le sens de « pas un
seul ».

Peccable, 835, 2249, 2382, 2703,
2873 : malheureux (associé à
une lamentation du locuteur
sur son sort).

Peccheriz, 1423 : pécheresse.

Peil, 1442 : poil.

Peis, 508 ; *pes*, 543 : paix.

Pel, 391 ; *pels*, 2449, 3069, 3411 :
pieu.

Pelotte, 3516 : balle à jouer.

Pendant, 3440 : pente.

Pener, 803, 900, 2026, 2038, 2084,
2318, 2526 : tourmenter, éprouver ; 1527, 1641 : supporter des
fatigues.

Per, 527, 2569, 2662 : compagnon ; 831 : égal ; 1095, 1685 : chef ; *prendre a p.*, 946 : épouser (prendre pour compagne).

Perere, 3216 : engin de siège destiné à lancer des pierres, pierrier.

Perun*, 2329, 2469, 2497, 2793 : bloc de pierre servant de montoir.

Peser, 714... 2192 ; (pr. 2) *peises*, 716, 720 ; (pr. 3) *peise*, 1292... 3103 ; *peisit*, 1219 ; (pft. 3) *pesad*, 2457 ; (subj. pr. 3) *peise*, 1313, 1333, 1348 ; *peist*, 664, 986 : peser ; au fig., être pénible.

Pesme, 365, 960, 2786, 3466 : très mauvais, extrême.

Pestur, 1310 : boulanger.

Pevree, 2615 : sauce épicée.

Piece, 2328, *grant p. est :* il y a longtemps.

Pignun*, 157 : oriflamme.

Piment, 1992 : épice ; 2698, 2857 : boisson aromatisée.

Pitet*, 361 ; *pité*, 2680 : compassion.

Pitusement, 1008 : avec compassion.

Piu, 489, 3233 ; *pius*, 2790 ; *pui*, 3141 ; *puiz*, 767 : éminence.

Piz, 324... 3314 : poitrine.

Plaid, 113, 120, 580 : affaire.

Plain, 737 : uni ; *de p. terre*, 1898 : du sol.

[Plaindre], (subj. impf. 3) *plainsist*, 1175 : se lamenter sur.

[Plaire], (pr. 3) *plaist*, 1... 2797 ; (subj. pr. 3) *place*, 2666, 2740, 2834, 2839 : être agréable.

Plante, 2133 : plante des pieds.

[Pleier], 2334 : plier.

Plener, 2347 : qui se donne à fond.

Plesseit, 509 : palissade.

[Plevir], 68, 207, 306, 1536, 1764, 2020, 2907 : promettre, garantir.

Plorer, 1008... 2829 ; *plurer*, 478... 2525 : pleurer.

Plurantment*, 500 : en pleurant.

Plut, (pr. 3 de *ploveir*) 2118 : faire pleuvoir.

Poant, 249, 659, 894, (981a), 1995 : puissant.

[Poeir], (pr. 1) *puis*, 289... 3107 ; (pr. 2) *poez*, 69, 1206, 1660, 2380, 3101 ; (pr. 3) *poet*, 32... 3199 ; *puet*, 128, 256, 3277 ; *pot*, 104... 3129 ; (pr. 4) *poüm*, 3013 ; (pr. 5) *poez*, 2820... 3496 ; (pr. 6) *poënt*, 158... 2952 ; *poeint*, 2393 ; (fut.) *purrai*, etc., 192... 3059 ; (impf. 1) *poeie*, 2515 ; *poei*, 1933, 2181, 2481 ; (impf. 3) *poeit*, 1970, 2071 ; (pft. 1) *poai*, 2758, 2760 ; (pft. 3) *pout*, 392... 3224 ; *pot*, 101, 391, 865, 1175 ; (pft. 6) *pourent*, 856 ; *purent*, 1700, 2713 ; (subj. pr. 1) *puisse*, 1449, 3374 ; *peusse*, 2186 ; (subj. pr. 2) *puisses*, 173, 2196 ; (subj. pr. 3) *puisse*, 285, 707, 809, 902, 911, 3333 ; *poisse*, 1397 ; *peusse*, 1435, 1606 ; (subj. pr. 4) *puissum*, 286, 3318 ; (subj. pr. 5) *puissez*, 2844 ; (subj. pr. 6) *puissent*, 3492 ; (subj. impf. 1) *peüsse*, 1917 ; (subj. impf. 3) *peüst*, 239... 3531 ; (subj. impf. 6) *peüssent*, 3132 ; (cond. pr.) *purreie*, etc., 1022... 2734 : pouvoir.

Poesté, *par p.*, 653, 991 : de vive force.

Poigneür*, 1264, 1267 : combattant.

Poindre, 1766 ; (pr. 3) *point*, 1557... 2752 ; (imp. 2) *poig* 1659 ; (imp. 5) *poignez*, 1877 ; (p. pr.) *poignant*, 3273 : piquer.

Pointe, 335, 2977 : pointe du combat, première ligne.

Polmun, 3431 : poumon.

Pomer, 273 : bois de pommier.

Porcin, 1049, 1055, 1414, 1427 : de porc.

Porz, 2585 : défilés.

Posterne, 141 : porte dérobée d'une ville.

Poün, 1409, 1428 : paon.

*Pramis***, p. p. de *pramettre : 292, 587, 595, 598 : promettre.

Preer, *pr. Dé*, 3359, 3486 : prier Dieu ; (pr. 1) *pri*, 1276, 1378... 3378 : demander.

Preier, 2261 : piller.

[*Preisier*], (pr. 1) *pris*, 3369 ; (pft. 3) *preisad* 2866 : estimer.

Premerains, 338 : premier ; *tut premereins*, 2140 : le premier.

Presse, 123... 2782, 449 (*prise*), 1823 (*press*) : mêlée.

Prime, 91, 1123 : la première heure du jour.

Primes, 3503 : d'abord ; *jo fu pr. né*, 1335 : je naquis ; *a pr.***, 1074, 2728 : pour la première fois.

Pris, 67... 361 : valeur ; *aquiter sun pr.*, 832 : manifester sa valeur.

Privé, 2821 : particulier ; 2830 : proche, familier.

Prodom, 1182 ; *prodome*, 336... 2568 ; *prozdome*, 381 : preux, homme de valeur.

Prof, 848, 1034 : près de ; 1573 : presque.

Prouz, 1269... 3268 ; *preuz*, 8, 1271 ; *pruz*, 450 : vaillant, preux ; *proz*, 1935 : comme il faut.

Provende (*mettre en p.*), 2429 : demander une pension.

Pudcin, 2615 : poussin.

Pudneis, 2603, 2611 : puant.

[*Puier*], 735, 944 : s'appuyer.

Punner, 1857 : fantassin.

Punt, 3321 ; *punz*, 1884, 2847 : pommeau de l'épée.

Purchacer, 1323 : conquérir.

Purpenser (*sei*), 1461, 1894 : réfléchir.

[*Purprendre*], (pft. 6) *purpristrent*, 229 : prendre pied sur ; (fut. 6) *purprendrunt*, 155 : installer.

Purquant, 1420 : cependant.

Pustele, 3438 : meurtrissure.

Put, 103... 3158 : sale, ignoble.

Q

Quanque, 2682 : tout ce que.

Quant, corrélatif de *tant*, cf. *Tant*.

Quarré, 2739, 2816 : solide et épais.

Quart, 776, 1215, 2288 : quatrième.

Quarter, 2431 : portion ; *escu a* ou *de q.*, 872, 1811 : écu écartelé.

Quas, prendre un *q.*, 1294 : faire une chute, tomber.

Quere, 633... 2781 ; (pr. 1) *quer*, 2668, 2836 ; (pr. 3) *quert*, 2786 ; (fut. 3) *querrat*, 1787 ; (cond. 1) *querreie*, 1151, 1193 ; (*querrereie*), 1190 ; (cond. 3) *querreit*, 1974 ; (pft. 3) *quist*, 1787 ; (pft. 6) *quistrent*, 767 ; (p. pr.) *querant*, 3278 : chercher.

[*Quider*], (pr. 1) *quid*, 2158, 2904, 2959* (*qui*) ; (pr. 5) *quidez*, 1651 ; (impf. 1) *quidowe*, 3239 ; (pft. 1), *quidai*, 81 ; (pft. 3) *quidad*, 3176, 3188, 3195 ; *quidat*, 1892, 2685 : croire.

Quir, 3183, 3189 : peau ; 3211 : cuir.

Quite, 2584 : à disposition.

Quor, 9... 3314 ; *quer*, 2185, 2343 : cœur.

R

[*Radrescer*], 1052 : redresser ; cf. **Redrescer**.

[*Rafermer*], 1155 : fixer à nouveau.

[*Rafier*], 310 : promettre de son côté.

Raie, 1732 : rayon.

Raier, 1817 : ruisseler (en parlant du sang) ; (pr. 3) *raed*, 233 ; *raie*, 1731 : rayonner (en parlant de la lumière du soleil).

Raim, 3527 : branche.

Raïndre, 822 : racheter.

Raisun, 616, 1479, 1637, 1948, 1977 : parole, propos ; *r. comencier*, 3248, 3424 : commencer à parler ; *metre a r.*, 411, 622, 1185 : adresser la parole.

Raisuner, 2506 : adresser la parole.

Rancune, 1941, 1947 : peine, amertume.

[*Rasaillir*], 550 : recommencer l'attaque.

[*Raser*], 2404 : emplir à ras bord.

Rad, (pr. 1 de *raveir*) 2253 : avoir à nouveau.

Real, 469, 1133, 1135, 1676 : royal.

[*Rebailler*], 2464 : rendre.

[*Rebracier*] (*sei*), 3310 : retrousser ses manches.

Reclaime, (pr. 3 de *reclamer*), 883, 894 : implorer.

[*Recoillir*], 2327 : accueillir.

Reconuistre, 2025 ; (pr. 3) *reconuit*, 2828 ; (subj. pr. 6) *reconuissent*, 276 : reconnaître.

Recovrer, 2190, 2231, 2741, 2779, 2916 : trouver à nouveau ; 2844, 3333 : prendre en échange ; 2901, 3013 : atteindre à nouveau.

Redde, 1546 : ferme.

[*Redrescier*], 860... 2409 ; *sei r.*, 386, 860 : se redresser.

[*Referir*], (pr. 3) *refert*, 441 : frapper à nouveau.

[*Reflanbir*], (pr. 3) *reflanbist*, 237 : resplendir.

Regart, 1718 : égard, considération.

[*Regenerer*], 898 : engendrer à nouveau, prendre chair.

Regne, 17... 791 : royaume.

Regné, 1252... 3505 : royaume.

Regretter, 479... 2398 : se lamenter sur l'absence ou la mort de quelqu'un.

Regul, 1381 : anse.

Reille, 391 : latte.

Relef, 1579 : droit exigé pour le rachat d'un fief.

[*Remaneir*], (pr. 3) *remaint*, 2093 ; *remeint*, 425, 3342 ; (fut. 1) *remaindrai*, 586, 597 ; (fut. 3) *remaindrat*, 1768 ; 2682 (*remaindrai*) ; (fut. 5) *remaindrez*, 1163 ; (cond. 1.) *remaindreie*, 2596 ; (pft. 3) *remist*, 757... 2607 ; (*remis*), 1129 ; (p. p.) *remés*, 1348... 2517 ; *remis*, 216... 1698 : rester.

[*Remenbrer*], 581... 994 : se souvenir.

[*Remener*], (pr. 2) *remeines*, 1287 ; (fut. 4) *remerrun*, 3425 : ramener.

Remuer, 2713, 2758, 2760, 3059 : faire bouger, déplacer ; (impf. 3) *remout*, 1961 : échanger.

Renvaïr, 414 : repartir à l'attaque.

[*Repareir*], (pr. 3) *repert*, 1814 : apparaître en retour.

Repeier, 35, 121, 125 ; (pr. 1) *repair*, 2254, 2482 ; (pr. 3) *repeire*, 942, 2377 ; (pr. 6) *repeirent*, 2261 ; (fut. 2) *repeireras*, 791 ; (impf. 3) *reperout*, 28 ;

repeirout, 1820 ; (p. p.) *repeiré*, 934, 938 : retourner.

Reprover, (p. p.) *reprové*, 1327, 1967 : reprocher.

Requere, 143, 163 ; (pft. 3) *requist*, 418 ; (pft. 6) *requistrent*, 146, 1086, 1508 ; (fut. 4) *requerrun*, 91 ; (p. p.) *requis*, 1593 : aller attaquer ; 163 : demander ; (pr. 5) *requerez*, 2509 : faire appel à.

Resne, 366, 496, 2490 ; *rednes*, 1923 ; *reisne*, 613, 1557, 1661, 1669 ; *raisne*, 1896, 1928 : rêne.

[*Respundre*], (pr. 3) *respunt*, 78... 2590 ; (pr. 6) *responent*, 513... 3380 ; *respunent*, 305... 2720 ; *respundent*, 294, 1619 ; (pft. 3) *respundi*, 1760 : répondre.

Resteot, 271 : poignée de l'épieu.

Restorer, 806 : fonder.

Retenir, 1667, 1766 : contenir, arrêter un cheval ; 1518 : tenir à l'écart ; 2545 : garder.

[*Retraire*], (pft. 5) *retraisistes*, 1204 : se réclamer de, être du côté de.

Revertir, 286 : se rallier.

Riche, 1305, 1322, 2082, 2494 : puissant ; *r. ambleures*, 1943 : amble magnifique.

Richeté, 2252 ; *richitez*, 2678 : ensemble des signes de la puissance, et notamment la richesse.

Ris, 692 : rire.

Roele, 1394 : rosace (brodée sur une étoffe).

Roiste, 1922 ; *ruistes*, 2601 : dur.

Romanz*, 622, 1331, 1421, 1568, 1591 : langage.

Rote, 2248 : instrument à cordes.

Rover, 823 : demander.

[*Ruer*], 3470 : projeter.

Rumiu*, 2462 : pèlerin.

Rumpre, (pr. 3) *runt*, 273, 1831 ; (pft. 3) *rumpi*, 419 ; *rumpit*, 1983 : rompre.

Runcin, 385, 387 : cheval de bât, rosse.

Rute*, 339, 349 : troupe ; 3131 : chemin.

S

Sablun, 228, 1137, 1178, 1890 : sable de la grève.

Sacré, 2027 : consacré.

Saillir, 238 ; (pr. 3) *salt*, 1071... 3266 ; (pr. 6) *saillent*, 1106, 1696, 3074 ; (pft. 3) *sailli*, 1898... 3071 ; (subj. pr. 3) *saille*, 320 ; (p. p.) *sailli*, 866 ; *sailliz*, 514, 549 : sauter.

Sain, 526, 593, 1367 ; *sein*, 623 : en bonne santé.

[*Saisir*], (p. p.) *saisi*, 2152 ; (cond. pr. 1) *saisereie* ; 1472 : saisir.

Salamoneis, 2170 : une des langues parlées par Guillaume (l'hébreu ?).

Salandre, 187, 1093, 1106 : bateau plat.

Salver, 1524, 2036, 2085 ; (subj. pr. 3) *salt*, 35 ; (p. p.) *salvé*, 1657 : sauver.

Sambuer, 1548 : palefroi.

Saner, 1147... 2195 ; (p. p.) *sané*, 1152, 1191 : soigner.

Sarazinur, 2 : de Sarrasin.

[*Sartir*], (p. p.) *sartid*, 236 : sertir.

Saveir, 3151, 3496 ; *saver*, 3307, 3477 ; (pr. 1) *sai*, 960... 3439 ; *soi*, 113, 120, 580 ; (pr. 2) *sez*, 461... 3057 ; (pr. 3) *set*, 57... 2593 ; *seet*, 181 ; *seit*, 1935 ; *siet*, 2600 ; (pr. 4) *savun*, 3085 ; (pr. 5) *savez*, 595, 2241, 2251, 2510 ; (fut. 3) *savra*, 3039 ; *saverad*, 2493, 2850 ; (cond. 5) *savriez*, 1770 ; (pft. 1) *soi*, 1915,

3058 ; (pft. 3) *solt*, 337... 3409 ; *sout*, 868, 1230, 2849 ; (pft. 6) *sorent*, 216 ; *surent*, 2771 ; (subj. pr. 3) *sace*, 2645, 3082 ; *sache*, 706 ; (subj. impf. 1) *seüsse*, 3553 ; (subj. impf. 5) *seüssez*, 2188 ; (subj. impf. 6) *seüssent*, 109 ; (imp. 2) *sez*, 2111 : savoir.

Secle, 806, 2120 : monde terrestre (par opposition à l'univers céleste) ; *siecle*, 2421 : vie dans le monde (par opposition à l'entrée en religion).

Secure, cf. *Socure*.

Seé, 2528 : résidence.

Seer, 2393, 2395 ; (pr. 1) *sez*, 1955 ; (pr. 2) *sez*, 2614 ; (fut. 2) *serras*, 1311 ; (pft. 3) *sist*, 323, 443, 1794 ; (pft. 6) *sistrent*, 534, 1169, 1299 ; (p. pr.) *seant*, 1167, 1211 : s'asseoir, être assis, se trouver.

Segré, 2049 : consacré.

Seigner, 1936 : saigner (un cheval).

Sein, 3048 : lien.

Sejurner, 2764 ; (p. p.) *sejurné*, 2285, 2917 ; *sojurné*, 2490, 2768, 3089, 3122 : demeurer. Associé à *destrer* : impétueux.

Semblant, 1573, 3106 : mine, manière.

Sempres, 2041, 3313, 3477, 3524 : immédiatement.

Sen, 575, 1998, 2031 : sagesse.

Sené, 1014... 3268 : sage.

Senestre, 140... 1664 : gauche.

Sengler, 578... 1495 : sanglier.

Seor, cf. *Sorur*.

Sergant, 1576, 2381 : homme d'armes, serviteur.

Sermun, 1937 : discours.

Serrement, 2215 : en hâte.

Sester, 1415, 1429, 1796 ; *cester*, 1056 : setier, mesure de capa-

cité valant huit pintes, soit un peu moins de huit litres.

[*Sevrer*], (pft. 6) *sevrerent*, 695 ; *severerent*, 1133, 1135 ; (p. p.) *sevrez*, 1236, 1566 : se séparer.

Sis, 3264 : six.

[*Sivre*], (pr. 3) *siut*, 2812 ; (pr. 6) *siwent*, 142, 145 ; (pft. 3) *siwi*, 349 ; (p. pr.) *siuvant*, 1887 : suivre.

Socure, 360, 649, 2574 ; *secure*, 681, 968 ; (pft. 3) *socurad*, 3180 ; *socurst*, 2570 ; (subj. pr. 2) *secures*, 977 ; (subj. pr. 3) *socure*, 678 ; (subj. pr. 5) *socurez*, 2488, 2523 ; (imp. 2) *secor*, 1005, 1030 ; (imp. 5) *securez*, 1819 ; *socurez*, 1777 ; *socurrez*, 1582 : secourir.

Socurs, 562... 2529 : secours.

Soffrir, 1595, 2734 ; *suffrir*, 289, 1529, 1643 ; (pft. 3) *soffri*, 821 ; *suffri*, 312 : supporter.

Soig, n'aveir s. de, 3282 : ne pas se soucier de.

Sojurner, cf. *Sejurner*.

Solder, 2649, 2915 ; *soller*, 1028 : soulier.

[*Soleir*], (pr. 3) *solt*, 2425 ; (impf. 1) *soleie*, 2250, 3001 ; (impf. 3) *soleit*, 1738... 2477 : avoir l'habitude de.

Soler, 939, 1510 : pièce située à l'étage.

Solunc, 175... 3516 : le long de.

Soruge, 3552 : beau-frère.

Sorur, 2542, 2629, 2849 ; *soror*, 3550 ; *seor*, 945... 2437 : sœur.

Spee, 1917 : épée.

Suef, 1008... 3330 : doux, doucement.

Suffraite, 481, 1745 ; *suffreite*, 1758 : privation, perte.

Sum, 494, 3511 ; *sume*, 3196 : sommet ; *en s.*, 3141, 3368, 3444 ; *a s.*, 1811 : au-dessus de, au sommet de.

Super, 2852 : souper, repas du soir.

Surciller, 3258 : arcade sourcilière.

[Surdre], (pr. 3) *surt*, 3296 : rebondir.

Surparlere, 2603, 2611 : bavarde et calomniatrice.

[Surveeir], (fut. 1) *surverrai*, 167 ; (imp. 5) *surveez*, 161 : guetter.

[Suzcriendre], (pft. 3) *suzcriënst*, 3541 : redouter.

T

Tables, 2397 : jeu de trictrac.

Talent, 965... 3262 ; *talant*, 3480, 3531 : désir, volonté.

Tamis, *pain a t.*, 1047, 1407, 1412, 1413 : pain fait de farine tamisée.

Tant ne quant, 3514 : si peu que ce soit.

Targe, 136... 2126 : bouclier.

[Targer] *(sei)* ; (pft. 3) *targat*, 2791 : tarder.

[Tastuner], (pft. 3) *tastunad*, 1486 : masser.

Teint, (pft. 3 de *teindre*), 1985 : qui a pris une couleur différente ; 2579, pâli.

Teise, 3303 : toise (mesure équivalant à six pieds, soit un peu moins de 2 m).

Temprer, 2593 : mélanger, préparer.

Tenir, 3493, 3494 : tenir sur les fonts baptismaux ; *bataille t.*, 73, 84, 603 ; *champ t.*, 594, 757 : conduire une bataille, se battre.

Tenter, 2725 : sonder.

[Terdre], (pft. 3) *terst*, 2041 : frotter.

Terme, 1424, 1739, 2671 : moment fixé.

Terrail, 2443 : remblai (retranchement en terre protégeant une forteresse).

Testee*, 2622 (*testés*) : coup sur la tête.

Tieis, 2170 : flamand (parler).

Tierz, 2385, 2710 ; *terz*, 1835 : troisième ; *sul mei t.*, 2385 : avec deux compagnons seulement.

Tinel, 2265... 3394 : perche permettant de porter sur l'épaule deux seaux qui s'équilibrent réciproquement ; 2265 : équivalent de gourdin.

Tolir, 391 ; (pr. 1) *toil*, 1570 ; (pft. 1) *toli*, 644, 645 ; (pft. 3) *toli*, 371, 374 ; *tolid*, 378, 722 ; *tolit*, 382 ; (p. p.) *toluz*, 2441 : enlever.

Torbe, 2976 : troupe.

[Tordre], (pr. 3) *tort*, 477 : tordre.

Traire, 410 ; (pr. 1) *trai*, 2623 ; (pr. 3) *trait*, 43, 785 ; (pr. 4) *traium*, 2620 ; (fut. 6) *trarrunt*, 264 ; (pft. 3) *traist*, 316... 3184 ; *trais*, 2350* ; (pft. 6) *traistrent*, 3525 ; (imp. 2) *trai*, 465 ; (imp. 5) *traez*, 1672 ; (p. p.) *trait*, 730... 3323 : tirer.

Trameals, 2650 : partie des chausses ou des braies couvrant les jambes.

[Trametre], (subj. pr. 3) *tramet*, 563 ; *tramette*, 895 ; (imp. 5) *tramettez*, 798, 825, 906 ; (p. p.) *tramis*, 750 : envoyer.

Tranglutre, 3176 ; *transglutre*, 3195 : engloutir, avaler.

[Trebucher], (pr. 3) *trebuche*, 1827... 3272 ; (p. p.) *trebuché*, 788, 2148 ; *tribuché*, 439 : renverser.

Tref, 2647 ; *triefs*, 157 : tente.

Tres, 237, 713, 1840, 2320 : derrière.

*Trescoru**, (p. p. de *trescure*), 2450 : passer.

[*Trespasser*], (p. pr.) *trespassant*, 1924 : passer outre.

Tresque, 138... 3421 ; *tresk*, 1665 : jusque, jusqu'à ce que.

Tressaillir, 392 : franchir en sautant.

Tresturner, 1340 ; (p. p.) *tresturné*, 2980 : changer d'attitude ; 3347 : retourner.

Tresturnur, 1308 : fuyard.

Trestut, 2000, 3237, 3346 ; *trestuit*, 1414, 2638 ; *trestui*, 2321 : tout ; *trestotes*, 1379 : toutes ; *trestuz*, 2810, 2972, 3073 ; *trestuit*, 2920 : tous.

Tristur, 2370, 2412 : tristesse.

Triwe, 508, 543 : trève.

Tuaille, 1043, 2391 ; *tualie*, 3479 : serviette.

Tuenard, 1223 : bouclier.

Tur, *al t. franceis**, 3269 : volte-face du cavalier qui permet de porter un coup par-derrière ; *as turz menuz*, 761 : en escarmouchant.

Turment, *prendre a t.*, 553 : tourmenter, infliger des tourments.

U

Ublier, cf. *Oblier*.

Unde, 3012, 3077 : onde.

Ur, 322, 442, 2127 : bord (du bouclier).

Ures, *d'u. en altres*, cf. *Hure*.

[*Urler*], (p. p.) *urlé*, 372 : border.

Us, 2892 : porte.

[*Usler*], (pft. 3) *ullad*, 3428 ; (p. p.) *udlez*, 2688 ; *ullé*, 2883 ; *uslé*, 2868, 2880 : brûler.

V

Vaissalment, 1808 ; *vassalment*, 418, 2068 : hardiment.

[*Valeir*], (pr. 3) *valt*, 2115, 2161, 3207 ; (pft. 1) *valui*, 3554 ; (fut. 1) *valdrai*, 2662 : avoir la valeur de, montrer sa valeur en faveur de (3554).

Vasselage, 831, 876, 1748, 1988, 2018, 2314 : qualités du vassal, prouesse, bravoure.

Vavassur, 1589, 1612 ; *vavasur*, 1592, 1606 : arrière-vassal, noble de second rang (vavasseur).

Veals, 1195 : du moins.

Vealtre, 1570 : chien destiné à la chasse à l'ours et au sanglier (vautre).

Veer, 2958 ; *veier*, 2515 ; (pft. 3) *vead*, 3512 : interdire.

Veer, 1660, 1970 ; (pr. 1.) *vei*, 152... 3447 ; (pr. 3) *veit*, 411... 3408 ; *veist*, 1053, 1419 ; (pr. 4) *veüm*, 2946 ; (pr. 5) *veez*, 540... 3240 ; (pr. 6) *veient*, 536... 3201 ; (pft. 1) *vi*, 108... 2876 ; (pft. 3) *vit*, 102... 3533 ; (pft. 5) *veïstes*, 3138 ; (pft. 6) *virent*, 214... 2943 ; (fut. 1) *verrai*, 3421 ; (fut. 2) *verras*, 1289... 1740 ; (fut. 4) *verrum*, 763, 3166 ; (fut. 5) *verrez*, 2967, 3110, 3255 ; (subj. pr. 2) *veies*, 359 ; (subj. pr. 3) *veit*, 198 ; (subj. impf. 3) *veïst*, 238, 520 ; (cond. 5) *verrïez*, 3085 ; (imp. 2) *veez*, 177, 3240 ; *vez*, 2966 ; (imp. 5) *veez*, 282, 1632, 2578, 3287 ; (p. p.) *veü*, 151... 2160 ; (p. pr.) *veant*, 1725, 3272 : voir.

Veie, 737, 868, 2169 : chemin, route ; *tote voie*, 67 : en tout cas.

Veintre, 641, 675 ; (fut. 1) *veinterai*, 589 ; (fut. 4) *veinteruns*,

207 ; *veintrum*, 74, 765 ; *vein-trums*, 58, 561 ; *veintrun*, 68... 827 ; *veintruns*, 573 ; (pft. 6) *venquirent*, 669 ; (subj. pr. 2) *venques*, 65 ; (p. p.) *vencu*, 763... 3208 : vaincre.

Veir, 975, 2009 ; *veire*, 2304 ; *veires*, 2601 ; *veirs*, 17, 43, 807, 897, 2035 : vrai ; 2820 : en vérité.

Veire, 301 : en vérité.

Veirement, 23, 2272 : vraiment.

Veirs, 2758, 3054 : vraiment.

Veler, 2419 : couvrir d'un voile (entrer en religion).

Venal, 3528 : bon à être vendu.

Venchir, 393 : esquiver.

[*Venteler*], 1666 : faire flotter.

Veolt, cf. *Voleir*.

Vergoigne, 345 : honte.

[*Vergunder*], 2185, 3297 : déshonorer.

Verne, 151 : proue.

Verreiement, 807, 814 : vraiment.

Vers, 578 : verrats.

Vers, 2804* : conte (récit fantaisiste).

Vertu, 629... 3266 : force, vigueur ; 483, 2444, 2453, 2544 : puissance, manifestation de la puissance divine.

Vespre, 209 : soir ; accompagne, avec cette signification, les refrains *lunsdi**, *joesdi** ; 28, 35, 121, 125, 938 : vêpres, office du soir.

Viande, 1782 : nourriture.

Vielz, *de v.*, 460, 1286 : depuis longtemps.

Vigrus, 1614 : robuste.

Vile, 2463, 2581 : cité ; 3407 : hameau, domaine rural.

Vilment, 1058, 1431, 1522 : honteusement.

Vilté, 1339... 3361 : mépris.

Virgne, 801, 898, 2037 ; *virgine*, 797 : la Vierge.

Vis, *de sa mere v.*, 81 : né de sa mère.

Vis, 533... 3322 : visage.

[*Voider*], 1050 : vider.

[*Voleir*], (pr. 1) *voil*, 275... 3365 ; (pr. 2) *vols*, 2107... 2731 ; (pr. 3) *volt*, 260... 3389 ; *veolt*, 2843 ; (pr. 5) *volez*, 2550, 3253 ; (pr. 6) *volent*, 926, 1340, 3309 ; (pft. 2) *volsis*, 2022 ; *voilsis*, 824 ; (pft. 5) *volsistes*, 2610 ; (fut. 1) *voldrai*, 1031, 1534, 1539 ; (fut. 6) *voldrunt*, 2956 ; (impf. 1) *voleie*, 3514 ; (impf. 3) *voleit*, 2055 ; (impf. 5) *voliez*, 1571 ; (cond. 1) *voldreie*, 1448, 1747 ; (cond. 6) *voldreient*, 928 ; (subj. pr. 3) *voille*, 2658, 2806 ; (subj. impf. 3) *volsist* : 2328 : vouloir.

Volure, 2204 : vol (d'un oiseau).

Y

[*Yverner*], 2117 : faire venir l'hiver.

INDEX DES NOMS PROPRES

ASTARUT, 2139 : Astaroth, divinité infernale.

AVER, 2058 : peuple ou pays des Avares (Tartares).

B

BABILOINE, 3367, 3391 : Babylone (Mésopotamie) ou Le Caire. Il s'agit ici de désigner les extrémités de l'univers païen ; une cité mythique (l'antique Babylone) ou vivante (Le Caire) peut aussi bien convenir.

BAGOT, 2138, 2283, 3229 : divinité païenne.

BALAN, *l'amirail de B.*, 3209 : territoire païen ; anthroponyme sarrasin, si l'on accepte la correction de W (*l'amirail Balan*, voir I, p. 587).

BALÇAN, 1557, 1661, 1742, 2162, 2164 ; *Balzan*, 1548 : Bauçant, palefroi de Guibourc, prêté à Gui et tué par Guillaume.

BALDEWIN, 2576 ; *B. de Flandres*, 2567 : Baudouin de Flandre.

BARBARIN, 773, 789, 913, 1212 ; (*Barbirins*), 917 : Berbère, type de Sarrasin s'attaquant à Vivien ou à Guichard.

BARZELUNE, 932, 933 : Barcelone.

BASSUMET, 2059 : roi païen.

BELLEEM, 2037 : Bethléem.

BELZEBU, 2137 ; *Belzebun*, 3230 : Belzébuth, rangé parmi les divinités païennes.

BERNARD, *de Bruban*, 670, 2257 ; *de la cité de Brusban*, 2345 ; *de Brusban la cité*, 2520 : Bernard de Bruban, frère de Guillaume et père de Bertrand.

BERRI, 159, 357 : Berry, cf. TEDBALD.

BERTRAM, 672... 3494 ; *Bertramt*, 2356 : Bertrand, fils de Bernard de Bruban et neveu de Guillaume.

BOEVE *Cornebut le marchis*, 297, 1437 : Beuve, père de Vivien, personnage par ailleurs inconnu de la geste de Guillaume.

BOEVE *de Comarchis*, 2561, 2931, 2986 : Beuve de Commarchis, frère de Guillaume.

BREHER, 990 : port de mer pris autrefois par Vivien.

BRUBAN, 670, 2257 ; *Brusban*, 2345, 2520 : terre de Bernard, frère de Guillaume. Cf. BERNARD.

BRETUN, 3530 : Breton.

BURDELE, 935, 1018 : Bordeaux.

BUREL, 377, 643 (*Bereal*) : Borel, roi païen, père de douze fils tués autrefois par Vivien.

BURGES, 23, 339, 352, 400 : Bourges, ville de Tiébaut.

BUTIFER, 1710 : roi païen.

C

CABUEL, 1713 : roi païen.

CANALOINE, *Tabur de*, 3170 : adversaire monstrueux de Guielin, Guillaume et Renouart.

CHARLE, 327 ; *Charles*, 2939 : Charles (l'empereur Charlemagne).

CHARLEMAIGNE, 1268, 2142 : Charlemagne.

CHASTELE, 139, 1783 (*de la terre*), 2789 : Castille.

CLAMADOR, 1714 : roi païen.

CLERMUNT, 3423 : Clermont. Cf. ALEALME.

CLODOVEU, 1262 : Clovis, premier souverain franc baptisé.

COMARCHIS, 2986 ; *Comarchiz*, 2561 *(Somarchis) ; Cormarchiz*, 2931 : Commarchis, cité de Beuve, frère de Guillaume.

CORBERAN, *C. d'Oliferne*, 2300 : païen tué par Guillaume.

CORDRES, 12, 38, 961, 1196, 3018 : Cordoue, ville d'Espagne, patrie de Deramé, mais aussi de Guichard (1196) et du roi Ailred (3018).

CORDUEL, 3114 : roi païen.

CORNEBUT, cf. BOEVE.

D

DAMPNEDEU, 820, 1706, 2020, 2095, 2422, 2598, 3171 ; *Dampnedé*, 1197 ; *Dampnedeus*, 909 ; *Danpnedeu*, 3187, 3374 : le seigneur Dieu.

DÉ, 105... 3489 ; *Deu*, 35... 3543 ; *Deus*, 104... 3388 : Dieu.

DEFAMÉ, 2059 : roi païen.

DENISE, *Saint D.*, 2586 : abbaye de Saint-Denis.

DERAMÉ, 969... 3539 ; *Deramed*, 2... 961 : chef des païens, vaincu par Guillaume et tué par Gui à la fin de G1 ; père de Guibourc et de Renouart.

DESTURBED, 2062 : roi païen.

DOSTURGES, 1711 : patrie du roi païen Turlen ; selon W (I, p. 623), il convient de lire *Osturges*, c'est-à-dire Astorga.

DURANT, 3509 ; *Duraz*, 3367, 3391 : Durazzo (Albanie).

DURESTER, 3366, 3390 : estuaire du Douro (Portugal).

E

EADUEL, 2060 : roi païen.

ECLAVUN, 2362 : Slave. Cf. TEDBALT.

EGIPTE, 1709 : Égypte. Cf. ENCAS.

ENCAS, 1709 : roi païen.

ERMENTRUD, 3500 : Ermentrude, épouse de Renouart.

ES, 2803 : Aix-la-Chapelle.

ESCLER, 2056... 3344 ; *Esclers*, 2295... 2978 : Esclavon. Cf. aussi TEDBALT.

ESPAIGNE, 2470... 3386 : Espagne.

ESTEPHNE, *saint E.*, 545 : saint Étienne.

ESTURMI, 24... 2605 : neveu et mauvais conseiller de Tiébaut de Bourges.

EVA, 806 : Ève, mère des hommes.

F

FERAGU, 3235 : roi païen ; dans le *Pseudo-Turpin*, Ferragu (*Ferracutus*) est combattu et tué par Roland.

FEREBRACE, 447 : surnom de Guillaume, « aux bras robustes ». Cf. WILLAME.

FINEMENT, 3228 : Fin du Monde, nom d'un dieu païen.

FLAMENC, 2747 : Flamand.

FLANDRES, 2567 : Flandre. Cf. BALDEWIN.

FLORESCELE, 2151, 2201 ; *Florescèle*, 2180 : cheval d'Alderufe.

FLOVENT, 1264 : Floovent, fils de Clovis, héros d'une chanson de geste.

FORÉ, 3324 : roi païen tué par Renouart.

FRANC, 669 ; *Frans*, 2246, 3457 : Franc.

FRANCE, 475... 3495 ; France.

FRANCEIS, 191... 3471 : Français.

mer, 1564 ; *L. sur mer*, 833...
2950 ; *Larcham sur mer*, 1537 :
Larchamp, théâtre des combats
successifs de la chanson.

LIARD, 1806 : cheval de Guillaume, tué sous lui.

LIMENES, 651, 989 : ville conquise
par Vivien avant le commence-
ment de la chanson. Cf. W, I,
p. 612 et n. 489.

LONGIS, 2039 : Longin, centurion
qui perça de sa lance le flanc
du Christ et recouvra miracu-
leusement la vue.

LOWIS, 3... 2878 : Louis, roi de
France, fils de Charlemagne.

LOÜN, 2424, 2469 ; *L. la cité*, 2743,
2877, 3000, 3036 ; *Munt L.*,
2692, 3226 ; *Munt Leün*, 2647 :
Laon.

M

MABUN, 2360 : roi païen.

MACABEU, 2283 : divinité
païenne.

MAHOMET, 1199... 3364 ; *Mahun*,
2173, 2118 *(Mahomet)*, 2120
(Mahomet) : Mahomet, considéré comme une divinité
païenne.

MALAGANT, 3135 : Sarrasin, tué
par Bertrand.

MARIE, 2577 ; *sainte M.*, 797, 813,
2777 : la Vierge Marie.

MARTUR, *Saint M. de Turoine*,
2262 : Saint-Martin de Tours.

MATHAMAR, 2058 ; *Mathanar*,
3235 : roi païen.

MELIANT, 3508 : cité païenne.

MICHEL, *Saint M. al peril*, 2415 :
le Mont-Saint-Michel, où Guillaume projette de se retirer.

MORANS, 1713 : roi païen.

MUNJOIE, 327... 2938 ; *Muntjoie*,

1102, 1694 : Montjoie !, cri de
guerre des chrétiens ; de Charlemagne, 327, 2938 ; de *Ferebrace* (Guillaume), 447.

N

NAIMERI, NAIMERIS, NEEMERI,
NEMERI, cf. AEMERIS.

NERBUNE, 2553... 3167 ; Narbonne, constamment associée
au nom d'Aimeri.

NICHODEME, 2211, 2784 : terre
sarrasine.

NORMANT, 3530 ; *Normanz*, 674 :
Normand.

NUBIE, 1715 : terre sarrasine
(région d'Afrique du Nord-
Est).

NUBLES *de Inde*, 1712 : roi sarrasin.

O

OLIFERNE, *Corberan d'O.*, 2300 :
ville païenne (Alep ?).

OLIVER, 1269 : Olivier, fils de
Girard de Viane et compagnon
de Roland.

OLIVER *le Gascun*, 2361 : personnage dont le destrier, selon
Guibourc, a été donné à Gui,
frère de Vivien.

OMER, *Saint O.*, 3490 : église
située à Orange.

ORENGE, 668... 3476 : Orange, cité
de Guillaume dans G2 ; lieu
d'un combat livré par Vivien au
profit de Guillaume dans G1.

ORIABEL, 2826, 2875, 3357, 3539 :
mère de Renouart et de Guibourc.

OSTRAMAI, 1709 : roi païen.

OVERTER, 3096 : roi païen.

Table

Imprimé en France par CPI
en août 2017
N° d'impression : 2030863
Dépôt légal 1ʳᵉ publication : mars 2008
Édition 04 - août 2017
LIBRAIRIE GÉNÉRALE FRANÇAISE
21, rue du Montparnasse - 75298 Paris Cedex 06

30/8251/8